Sabine Giebken

ÜBER UNS DAS MEER

magellan

KUBA, 2004

Leiser Seewind schüttelt die trockenen Palmblätter über meinem Kopf und ich schaue nach oben, wo ein paar wintermüde Sonnenstrahlen durch mein provisorisches Dach fallen. Im Sommer kann ich nie hier sitzen, dann gehört dieser Hochsitz den *socorrista*. Die Rettungsschwimmer passen auf, dass keiner der vielen Badegäste im Meer verloren geht. Aber heute braucht niemand aufzupassen, es ist zu kalt, um zu baden.

Acht Wochen ist alles nun her. Vor acht Wochen ist mein ganzes Leben eine Lüge geworden. Sogar Sophia weiß Bescheid, Sophia, die immer alles mitkriegen muss und die mich nun immer ganz komisch anguckt. Ob sie überhaupt noch meine Schwester ist, habe ich gefragt. Aber da haben sie nur den Kopf geschüttelt und gesagt, ich würde Unsinn reden und solle die Sache ganz schnell wieder vergessen.

Ein kleines Boot taucht hinter der Hafenmauer auf. Es nimmt Kurs auf den Strand, kommt aber nicht näher, sondern bleibt draußen auf den Wellen, die es stumm und schläfrig in der Sonne schaukeln. Wie ein Spielzeugschiffchen wippt es hin und her, hin und her. Manchmal kommen Leute mit ihren Hunden hierher und werfen Treibgut oder Bälle ins Wasser. Ich sehe dann zu, wie die Tiere ins

Meer stürmen und vor lauter Übermut die Welt um sich herum vergessen, und oft wünsche ich mir dann, ich wäre als Hund geboren worden. Oder Muschelsucher laufen unter meinem Hochsitz durch und graben im feuchten Sand, ohne mich zu bemerken. Auch die Menschen auf dem Boot sehen mich nicht, und genau darum mag ich diesen Platz – weil ich mich hier verstecken kann. Keiner weiß, wo ich mich rumtreibe, und das soll auch so bleiben.

Einmal hat Soph gefragt, ob sie mitkommen kann, aber ich habe Nein gesagt. Wenn ihre tollen Freundinnen aus der Schule keine Zeit für sie haben, kommt sie immer zu mir. Ich will aber nicht mit ihr spielen, und schon gar nicht werde ich ihr mein Versteck verraten, denn es ist der einzige Platz, der nur mir gehört und an dem sie nichts zu suchen hat.

Vor acht Wochen aber, als es draußen stürmisch und kalt war, da habe ich mit ihr gespielt. Mama war ausgegangen und Maria mit der Wäsche beschäftigt. Soph und ich schlichen uns in die Bibliothek und räumten die unteren Regale leer. Wir spielten Bankier und Kunde, so wie wir es von unseren Eltern kennen, wenn wir in ein neues Land kommen und endlose Gespräche mit wichtigen Leuten mit anhören müssen. Aber Soph wurde das bald langweilig, und so bauten wir aus den dicken Wälzern ein Haus ohne Dach, in dem wir uns mit der Kuscheldecke aus Papas Ohrensessel ein gemütliches Schlafzimmer einrichteten. Dieses Spiel aber wurde mir schnell langweilig und ich stieg auf der fahrbaren Leiter bis ganz nach oben in die Regale, wo die Erwachsenenbücher stehen. Soph bekam es mit der Angst zu tun, denn sowohl die Leiter als auch die Bücher in den oberen Reihen haben sie uns streng verboten. Aber manchmal macht es mir Spaß, meiner Schwester Angst einzujagen. Und ich kam auf die dumme, dumme Idee, sie noch ein bisschen weiterzuärgern.

Das kleine Boot macht parallel zum Strand fest, und ich kann erkennen, dass drei Leute darin sitzen, zwei Jungen und ein Mädchen. Die Jungen tragen Badehosen und springen furchtlos ins Wasser, sie kümmern sich nicht darum, wie kalt das Meer an diesem Wintertag sein muss. Brr. Ich schlage meine Beine unter und wickle den Rock um meine knochigen Knie. Noch immer trage ich meine Schuluniform, weil Maria gleich nach der Schule zum Einkaufen aufgebrochen ist. Sie mag mich, denn ich bin die Einzige, die Spanisch mit ihr redet, und deshalb nimmt sie mich manchmal mit und setzt mich hier am Strand ab. Ich darf dann in ihrem alten Lada vorne sitzen und kann mir *La Habana Vieja* ohne die schwarz getönten Scheiben unserer Limousine und vor allem ohne Sophias Gequassel angucken.

»Hey«, hatte ich meine Schwester angestachelt. »Ich wette, ich schaffe es, das Schloss an Papas Schreibtisch zu knacken.«

»Du spinnst doch!« Soph stemmte ihre Arme in die Hüften und schüttelte den Kopf. »Du weißt genau, dass wir nicht an Papas Sachen dürfen.«

Der alte Mahagonischreibtisch ist für uns Kinder absolut tabu, das weiß ich natürlich, aber genau das machte ihn für mich so interessant. Was für Schätze wohl in dem kleinen, abschließbaren Geheimfach unter der dunklen Tischplatte lagerten? Ich hatte heimlich nach dem Schlüssel gesucht und dabei eine Entdeckung gemacht – er steckte achtlos in einer Ritze genau neben dem geheimen Fach!

Ich lehne meinen Kopf gegen die Rückwand und drehe

meine Haare um mein Handgelenk. Eigentlich habe ich es schon immer gewusst. Da hat zu viel nicht gestimmt. Aber was, wenn ich meine Schwester an diesem blöden Regentag nicht hätte ärgern müssen? Wenn ich nie davon erfahren hätte? Was wäre geschehen? Ob sie es mir jemals gesagt hätten?

Stimmen dringen in meine Gedanken, erst denke ich, es ist Sophia, die mich in meiner Erinnerung anbettelt, nicht an den verbotenen Schreibtisch zu gehen, dann aber merke ich, dass es die kubanischen Jungs sind. Der Wind trägt ihre Stimmen vom Meer bis in mein Versteck. Der ältere Junge lacht und küsst das Mädchen auf den Mund, dann lassen sich beide vom Wasser verschlucken. Ich sehe zu dem Mädchen hinüber und stelle mir vor, sie wäre eine alte Freundin und würde sich umdrehen und mir zuwinken. Dann taucht in meiner Erinnerung wieder das Bild von Papas altem Schreibtisch auf, davon, wie ich so tue, als ob ich auf geheimnisvolle Weise das Schloss aufkriege, und mich stolz und siegesgewiss zu Sophia umdrehe, das offene Schubfach wie das weit aufgerissene Maul eines Monsters in meinem Rücken.

»Mach das nicht«, bettelt Sophia mit piepsiger Stimme. Ihr kann man ziemlich leicht Angst machen, aber genau das wollte ich ja auch. »Papa wird furchtbar böse sein, wenn er das sieht.«

»Wir machen es danach gleich wieder zu«, verspreche ich und zerre sie am Arm, bis sie neben mir steht. »Komm schon, sei nicht so ein Feigling!«

Sophia trippelt neben mir auf der Stelle, aber dann sieht sie doch über meine Schulter, als ich die Schublade ganz herausziehe. Ein Ordner mit dem Logo einer Bank liegt ganz oben. Ich nehme ihn heraus und blättere darin herum, bis ich Kontoauszüge finde, die ein aktuelles Datum tragen.

»Ist das alles Papas Geld?«, fragt Sophia ungläubig, und ich klappe den Ordner schnell wieder zu und lege ihn sorgsam zurück in das Fach. Kein Wunder, dass Papa den versteckt hält! Aber sollte er nicht besser auf den Schlüssel aufpassen? Wenn ein Fremder Wind davon bekommt, wie viel Geld Papa hat, dann könnte er auf die Idee kommen, uns zu entführen oder so. Das habe ich schon in Filmen gesehen und sogar in den Nachrichten haben sie von so was berichtet.

Meine Schwester ist jetzt neugierig und fummelt selbst in dem Fach herum. Unter dem Bankordner klemmen ein paar Urkunden und Verträge, aber damit können wir nicht viel anfangen. Eine Vereinbarung auf Spanisch mit Marias Unterschrift. Die Mitgliedskarte für einen Golfklub. Enttäuscht will ich das Fach schon zuschieben, da leuchtet uns vom Grund eine gelbe Klarsichtfolie entgegen. Sophias kurze Finger greifen danach, und mein Herz setzt einen Schlag aus, als sie die Hülle herauszieht. Denn obendrauf steht mein Name.

Ich muss blinzeln, um die Bilder zu verscheuchen, und hefte meinen Blick wieder auf das Boot, wo das Mädchen nun aufgesprungen ist und sich weit über den Rand beugt. Die Jungen sind von ihrem Tauchgang zurück und ihre Stimmen werden laut. Sie streiten sich.

»Was ist das?«, höre ich Sophias Stimme in meinem Kopf und kann die Gänsehaut noch immer spüren, die meinen Körper wie kaltes Feuer verbrennt. Mir ist klar, dass Papa in dieser geheimen Schublade Dinge aufbewahrt, die von Wert sind. Und noch etwas schnürt mir die Kehle zu und macht mir das Atmen schwer. Denn es gibt nur eine Hülle mit meinem Namen darauf und keine mit Sophias.

Die kühle Seeluft streicht um meine Wangen und lockt mich zurück an den Strand. Ich atme tief ein und inhaliere die kalte Brise, spüre, wie das Zittern in meinen Fingern langsam nachlässt. Der Wind summt in meinen Ohren und ich schaue wieder zu dem Boot hinaus, wo das Mädchen auch jetzt allein in die Tiefe guckt und auf die beiden Jungen wartet. Meine Augen brennen, doch ich gebe nicht nach und lasse keine Träne laufen. Heulen hilft nicht. Nur Vergessen hilft, aber vergessen kann ich nicht.

Natürlich haben wir unseren Eltern von dem Fund erzählt, oder besser, Sophia hat das gemacht. Sie war völlig aufgelöst, sodass Papa sie in den Arm nehmen und trösten musste. Sie! »Wir lieben euch beide«, hat Mama gesagt. »Es gibt keinen Grund, sich wegen dieses kleinen Details den Kopf zu zerbrechen.« Aber mein Kopf zerbricht trotzdem. Seit acht Wochen kann ich an nichts anderes mehr denken.

Warum ist mir nicht früher aufgefallen, dass etwas mit mir nicht stimmt? Ich bin klein und knochig, obwohl Maria so leckere Sachen kocht und ich immer ganz viel davon esse. Meine Haare sind rotbraun, wie die von Papa, aber bei mir kräuseln sie sich viel stärker. Soph sieht genau aus wie Mama in einer jüngeren Ausgabe. Sogar ihre niedliche Stupsnase hat sie geerbt. Bestimmt wird sie mal ebenso groß und schön wie Mama werden. Ich habe den Spiegel in meinem Zimmer mit einem Poster zugehängt, damit ich mich nicht mehr ansehen muss.

Das Mädchen auf dem Boot springt nun aufgeregt hoch. Erst glaube ich, ihr wäre etwas ins Wasser gefallen, dann sehe ich, wie sie mit einem der Jungen spricht. Sie hilft ihm, ins Boot zu klettern. Es ist nicht ihr Freund, sondern der andere Junge, der jüngere. Nass und frierend hockt er im Bug und schlingt ein viel zu kleines Handtuch um seinen mageren Körper. Eine ganze Weile warten wir, aber der zweite Junge kommt nicht wieder zurück.

Das Mädchen fängt nun an zu weinen. Sie zerrt ihr Kleid über den Kopf und lässt es achtlos ins Boot fallen, dann springt sie ins kalte Wasser und krault im Kreis herum, immer wieder steckt sie den Kopf unter Wasser. Der andere Junge wirft das Handtuch fort und folgt ihr und kurz darauf hat das Meer sie beide verschluckt.

Ich habe zu wenig auf das Geschehen da draußen geachtet, doch eines ist mir klar: Die beiden Jungen sind gute Schwimmer, und wenn das Mädchen in Panik gerät, muss etwas verflixt schiefgelaufen sein. Es dauert nicht lange, da sehe ich ihren Kopf in den Wellen auftauchen. Sie schnappt hektisch nach Luft und schon ist sie wieder weg.

Der Junge bleibt länger fort. Er taucht erst auf, als das Mädchen schon dreimal keuchend zum Atmen nach oben gekommen ist. Sie besprechen sich kurz, beschreiben mit den Armen wilde Kreise um das Boot herum. Von dem älteren Jungen ist noch immer nichts zu sehen.

Ich werde nervös. Etwas da draußen stimmt nicht! Ob ich loslaufen und Hilfe holen soll? Aber wo? Als die Köpfe des Mädchens und des Jungen erneut aus dem Wasser tauchen und das Mädchen laut zu schreien beginnt, lasse ich mich von meinem Hochsitz in den Sand fallen. Barfuß renne ich auf das erstbeste Gebäude zu – es ist ein *chiringuito*, ein Strandcafé – und stürme auf den Mann hinter der Bar ein. Er versteht mich erst nicht, weil ich wild durcheinanderplappere, doch als er begreift, was ich sage, werden seine

Augen immer größer. Er greift zum Telefon, wählt und bellt ein paar schnelle Sätze in die Leitung, dann packt er mich an der Schulter und gemeinsam rennen wir an den Strand zurück.

Den Jungen sehe ich zuerst. Er strampelt im Wasser, ein gutes Stück vom Boot entfernt, doch er ist nicht allein. Erleichtert atme ich auf, strecke meine Hand aus und zeige auf den älteren Jungen, der mit kräftigen Schwimmzügen auf seinen Freund zukrault.

»Da, das ist der Junge! Er ist wieder da!«

Der Mann an meiner Seite schirmt die Augen gegen die Sonne ab und starrt hinaus aufs Meer. Ich folge seinem Blick und sehe erschrocken, wie der ältere Junge sich mit einer einzigen Bewegung auf den anderen stürzt, ihn um den Hals packt und unter Wasser drückt. Sie kämpfen miteinander, schlagen aufeinander ein, dann ist da plötzlich eine Bewegung neben dem Boot und ich höre einen spitzen Schrei – meinen Schrei.

Neben mir ein Fluch, dann streift der Mann seine Schuhe ab und stürmt mitsamt seiner Kleidung ins Meer. Er schwimmt schnell, trotzdem habe ich Angst, er kommt zu spät und ich muss mit ansehen, wie einer der Jungen den anderen so lange unter Wasser drückt, bis er aufhört zu strampeln und leblos im Meer treibt.

Leblos, so wie die Puppe mit den dunklen Locken, die jemand neben dem Boot ins Wasser geworfen hat. Sie sieht aus wie das Mädchen, das eben noch nach seinem Freund suchte und schreiend ins Meer getaucht ist. Aber ich weiß, dass es nur eine Puppe ist. Ich weiß es einfach.

LEUCHTKÄFER

HITCHHIKER

Das schmiedeeiserne Tor wuchs schwarz und drohend in den frisch geduschten Nachthimmel. Scharfe Spitzen bohrten sich in die Dunkelheit, um Eindringlinge von der alten Villa fernzuhalten.

Eindringlinge wie mich.

Ich rüttelte am Tor, aber es war fest verschlossen, also legte ich meine Hände an die kalten Eisenstreben und zog mich langsam daran hinauf. Es gab keine Querstangen oder Verzierungen, bloß glattes, schmuckloses Eisen. Wenn ich es nicht nach oben schaffte, musste ich wohl oder übel neben der Straße campieren.

Meine Mütze war schwer vom Nieselregen und fiel herunter, verfing sich aber in meinem Rucksack und blieb dort hängen. Das Ding war verflixt schwer, und ich wünschte, ich hätte es einfach über den Zaun geworfen, aber jetzt blieb mir keine Wahl, außer ihn an der Straße zurückzulassen, und das kam definitiv nicht infrage. Der Rucksack enthielt alles, was mir lieb und teuer war und irgendwie zu meinem Leben gehörte. Das Zeug kam mit. Keuchend und fluchend zog ich mich weiter, Armbreit um Armbreit, bis ich die Eisenspitzen erreicht hatte und meine zitternden Finger darum schließen konnte.

Ich sog den Geruch nach Macchiablüten und Frühling in mich auf und inhalierte die schwere Seeluft, die den nachtschwarzen Wald auf dem Hügel überschwemmte. Alles wusste ich, wo das Meer begann, wohin die Straße führte, wie die Luft roch, wenn der Frühling schlagartig dem Sommer wich. So oft war ich hier gewesen und doch würde diesmal alles anders sein. Alles – denn es war niemand hier außer mir.

Meine Haare fielen mir ins Gesicht, als ich vorsichtig ein Bein anhob und mich über die spitzen Enden des Eisentores hievte. Zum Glück war nur mein Rucksack schwer, nicht ich, sonst hätte ich mich gepfählt. Das ganze Manöver war leichtsinnig und so wenig durchdacht wie die Fahrt hierher, aber ich wollte nicht, dass dieser Tag vor einem blöden Tor endete. Als ich endlich auf der richtigen Seite klebte, fühlte ich so tiefe, erschöpfende Erleichterung, dass ich beinah hinuntergefallen wäre. Gerade noch rechtzeitig schlüpfte ich aus den Riemen meines Rucksacks und warf ihn hinab, hörte, wie er dumpf zu Boden fiel, und hangelte mich rasch hinterher, bevor mich meine Kraft verließ.

Die Reise war anstrengend gewesen, aufreibend und langwierig. Anne hätte gesagt: abenteuerlich. Dabei hatte ich keine zehn Minuten mein Schild hochgehalten, ehe mich eine freundliche Mutter aufgesammelt und erlaubt hatte, dass ich mich zwischen ihre beiden schokoladenverschmierten Sprösslinge quetschte, während sie ihren Fiat ziemlich rabiat über die Bundesstraße steuerte. An der Autobahn musste ich länger warten, die Ferien hatten noch nicht angefangen und niemand schien in den Süden zu fahren. Bestimmt eine Stunde zitterte ich vor Kälte und Angst, entdeckt zu werden, doch dann: Jackpot. Ein Geschäftsmann auf dem Weg nach Modena hatte nichts dagegen, dass ich mich auf seine Rückbank lümmelte und DVDs auf seinem tragbaren Player guckte. Vor Parma ging es schleppend weiter, kleine Etappen, für die ich lange stehen und mein Schild in die Höhe halten musste, doch am späten Abend hatte ich es geschafft und bestieg die letzte Fähre zur Insel, die nur als vager Umriss in der Dunkelheit zu erkennen war.

Ob sie mich suchten? Sie waren bestimmt fuchsteufelswild, wenn sie erst herausfanden, was ich getan hatte. Louise, die ewige Enttäuschung. Aber nach dieser Nacht war mir alles egal – sollten sie kommen, sollten sie doch! Nur noch wenige Stunden, dann konnte mir niemand mehr vorschreiben, wie ich mein Leben zu führen hatte. Ich roch die Freiheit bereits, schwach und noch kaum wahrnehmbar, aber sie war da und wartete auf mich.

Meine Füße berührten den Boden dicht neben meinem Rucksack und schnell drehte ich meine Haare um mein Handgelenk zu einem Knoten und stopfte sie zurück unter die schwarze Mütze. Irgendwie passte dieser Aufzug besser zu einem Einbrecher, zumal ich dunkelgrüne Baggys und meinen geliebten W:O:A-Pullover dazu trug. Kalte Luft schlug über mir zusammen, und ich war doppelt froh, dass ich nichts Fraulicheres angezogen hatte. Nur das Trampen wäre mir dann möglicherweise leichter gefallen.

Meterhohe Dattelpalmen standen Spalier an der langen Kiesauffahrt, die zur Villa hinunterführte. Wie düstere Wächter schirmten sie mich ab, nur ihr leises Rascheln im Frühlingswind verriet ihre Präsenz. Ich lief unter ihnen durch und fragte mich plötzlich, ob vielleicht eine Alarmanlage installiert oder jemand eingestellt worden war, der hier nach dem Rechten sah. Immerhin war das Haus unbewohnt, seit fast zwei Jahren nun schon – das würde den Plan, unsichtbar zu bleiben, zunichtemachen.

Die alte Villa lag in völliger Dunkelheit, als ich um die Kurve bog. Im Sonnenlicht hatte sie in diesem verschliffenen Terrakottarot geleuchtet, die palmgrünen Fensterläden fest geschlossen, um die Hitze auszusperren. Quadratische Steinsäulen stützten den Balkon im oberen Stockwerk ab und bildeten so eine überdachte Veranda, von der aus man das Meer sehen konnte. Ich war bestimmt tausendmal diesen Weg entlanggestürmt, nur im Bikini, und durch die offene Terassentür ins Haus gelaufen, die Haare noch nass und klebrig vom Meer.

Irgendwo vor mir streckten sich die knorrigen Olivenbäume in den Himmel, in denen Soph und ich klettern gelernt hatten. Ich fischte mein Handy aus meinem Rucksack, schaltete die Taschenlampe an und richtete sie auf den Boden. Nun konnte ich auch den dunklen Umriss des Steinbrunnens erkennen, die erstarrten Wasserspeier auf seinem Becken, die viel zu langen Lavendelstiele, die sich wie ein Teppich über den Rand der Terrasse legten. Selbst die unverwüstlichen Olivenbäume wirkten im Kunstlicht trostlos und verkommen.

Ich ließ meinen Rucksack fallen und wanderte weiter. Der Garten fiel zum Meer hin ab, halb verborgen unter dichter immergrüner Macchia. Aber nun stand das Gestrüpp zu hoch und sämtliche Büsche wucherten. Der Garten sah nicht mehr herrlich verwildert aus, sondern traurig und vergessen.

Ohne Vorwarnung ging mein Handy aus, und ich blinzelte, bis sich meine Augen an die Dunkelheit gewöhnt hatten. Ich lief zurück zum Haus, und wäre beinahe in das gähnende Loch gefallen, das einmal unser Pool gewesen war. Natürlich hatte jemand das Wasser abgelassen, Signor Ragazzo vermutlich, trotzdem hatte die Leere etwas Verstörendes an sich. Es machte das Haus so endgültig unbewohnt.

Ich sammelte meinen Rucksack vom Rasen auf und betrat die Veranda, blieb stehen, zog die feuchten Schuhe und Socken aus und genoss das Gefühl des rauen Natursteins unter meinen Fußsohlen. Jetzt konnte die Nacht beginnen. Die Nacht aller Nächte.

Rasch sah ich auf meine Uhr. Noch eine halbe Stunde bis Mitternacht. Ich öffnete den Reißverschluss meines Rucksacks und tauschte das Handy gegen die kalte, kleine Flasche aus, die ich mir auf der Fähre gekauft hatte. Kein Stern funkelte am Himmel und auch der Mond blieb versteckt, doch es machte mir nichts, allein zu feiern. So hatte ich es schließlich gewollt.

Ich machte zwei Schritte in die Dunkelheit und stieß mir schmerzhaft das Knie an einem Gegenstand, der mir den Weg versperrte. Handylampe, dachte ich, aber mein Handy lag im Rucksack und den hatte ich irgendwo hinter mir stehen gelassen. Ich wollte eben um das Hindernis herumgehen, als ich das Stöhnen hörte.

Ich erstarrte zu Eis. Da war doch einer, der auf das Haus aufpasste! Aber würde jemand, der das Haus bewachte, bei diesen Temperaturen draußen auf der Veranda übernachten? Fluchtgedanken stoben durch meinen Kopf, doch meine Füße rührten sich nicht. Das Stöhnen ging nun in ein verschlafenes englisches Fluchen über.

»Scheiße, kann man hier nirgendwo in Ruhe pennen?«

»Sorry«, flüsterte ich blind ins Dunkel. »Aber das ist mein Quartier.«

Es raschelte, so als würde ein Schlafsack von den Füßen gestrampelt. Ich hörte Holz ächzen und spürte, wie jemand in der Dunkelheit auch mich zutrat.

»Das ist dann wohl Pech«, antwortete die Stimme vor mir. »Ich war nämlich zuerst hier.«

»Dummerweise ist das aber mein Haus.« Ich verschränkte die Arme vor der Brust, teils aus Kälte, teils, weil ich mich so sicherer fühlte. Ich brauchte Licht! Der Mond, ein Stern, Handy, egal. Nur diese Dunkelheit machte mich wahnsinnig.

Der andere lachte kurz auf. Ich war mir sicher, dass es ein Er war. »Warum gehst du dann nicht in dein Haus und lässt mich in Ruhe?«

»Ich hab keinen Schlüssel«, gab ich zurück.

»Nee, ist klar.« Wieder das Rascheln. »He, wenn du hierbleiben willst, da links steht noch eine Liege. Halt einfach die Klappe und gut.«

Ich wartete eine Weile, aber der Typ hatte sich wohl wieder hingelegt. Also suchte ich mir blind und tastend meinen Weg zum Haus, bis ich mit dem Knie wieder gegen das kantige Holz einer Gartenliege stieß. »Au, verdammt«, fluchte ich.

Ein Zischen, dann sickerte blassgoldenes Flammenlicht in die Nacht. Endlich konnte ich wieder etwas erkennen. Es war meine Liege, die da am Haus lehnte, ich erkannte das Rosenmuster der Auflage. Auf diesem Teil hatte ich unzählige Nächte verbracht, damals, als Kind unter den Olivenbäumen. Hatte dagelegen und dem Mond zugesehen, wie er langsam über den Nachthimmel wanderte und dabei immer kleiner zu werden schien.

Ich zerrte die Liege ein Stück von der Hauswand weg

und setzte mich auf den Rand. Die Polster waren trocken und der leicht muffige Geruch störte mich nicht. Dann erst drehte ich mich herum und sah eben noch den dunklen Haarwall, bevor das Gesicht darunter zusammen mit der kleinen Flamme erlosch.

»Danke.«

»Kein Ding.«

Ich hätte mich gern hingelegt und wenigstens kurz die Augen geschlossen, aber zum Schlafen war es viel zu kalt und ich hatte keinen Schlafsack, in den ich mich einkuscheln konnte. Außerdem würde ich nicht neben einem komplett Fremden schlafen, ohne wenigstens irgendwas von ihm zu wissen.

»Verrätst du mir wenigstens, wie du heißt?«

Er stöhnte wieder. »Weiber! Wenn ich's dir sage, darf ich dann weiterpennen?«

»Versprochen.«

Erneutes Rascheln, aber die Flamme entbrannte nicht noch mal. »Angel.«

»Wie – Angel?«

»Mein Name ist Angel.«

»Das ist doch kein Name.«

Seine Stimme wurde dumpf, als er sich hörbar in seinen Schlafsack rollte. »Beleidige nicht meine Mutter«, hörte ich noch, dann blieb er still.

»Na dann«, murmelte ich, zog die Beine an und zwängte sie unter meinen Pullover, um mich auf diese Art ein wenig zu wärmen. In all dem Wirrwarr hatte ich ganz die Zeit vergessen, und als ich endlich auf meine Uhr sah, zeigte sie acht Minuten nach zwölf. Trotz allem musste ich lächeln. Ich hatte es geschafft! Um Mitternacht in Italien. An der

Kante meiner Liege hieb ich den Verschluss von der Flasche und prostete dem Mond zu, auch wenn er sich hinter Wolken versteckte.

»Okay«, kam die gedämpfte Stimme unter dem Schlafsack hervor. »Wenn das dein Haus ist, warum hast du dann keinen Schlüssel?«

Ich trank noch einen Schluck und sagte, ohne zu ihm hinzusehen: »Männer. Wenn ich's dir sage, lässt du mich dann in Ruhe?«

Keine Ahnung, ob es ein Lachen war, das sich mit dem Rascheln mischte, auf jeden Fall flammte plötzlich ein neues Streichholz auf, und kurz darauf brannte eine zerlaufene kleine Kerze, die irgendwo neben seinem Notbett auf dem Stein klebte.

»Na, entweder es ist nicht dein Haus oder du darfst nicht hier sein.«

»Was geht's dich an?« Ich klang barscher als beabsichtigt, aber so schroff, wie er mich angeredet hatte vorhin, hatte er es nicht anders verdient.

»Ich bin wach und du bist schuld. Also ist es auch mein Problem.«

Was soll's, dachte ich. Sobald ich den Schlüssel habe, wird er von selber verschwinden. »Das Haus gehörte meiner Oma. Sie ist gestorben, vor zwei Jahren. Seitdem steht es leer.«

Ich linste zu ihm hinüber, aber sein Gesicht lag noch immer im Schatten. Nur seinen dunklen Schopf konnte ich sehen, die unruhigen Haare. Keine Locken, sondern Wellen. Schwarz wie das Meer bei Nacht.

»Und vor wem versteckst du dich hier?«

»Ich versteck mich vor niemandem.«

Er stemmte sich auf einen Arm hoch und sah mich an. Ich konnte seine Augen nicht sehen, aber ich spürte seinen Blick, und das machte es fast noch unheimlicher. »Ich hab nicht viel Ahnung von so was, aber wenn einer abhaut, hat er was ausgefressen. Und so wie du aussiehst, hast du einen ziemlichen Höllentrip hinter dir.«

Plötzlich musste ich lächeln. Das war ja nett – er konnte von mir ungefähr genauso viel sehen wie ich von ihm, einen Scherenschnitt vor einem roten Flämmchen.

»So ein Höllentrip war es gar nicht«, hörte ich mich leise sagen. Ich nahm noch einen Schluck, und auf einmal war mir der Umstand, unter dem ich hier in Gesellschaft geraten war, egal, ich war sogar froh, nicht mehr allein zu sein und mit jemandem reden zu können. »Ich bin getrampt, von Deutschland. Es gab ein paar Wartezeiten, aber im Großen und Ganzen hab ich es mir immer schlimmer vorgestellt. Die Leute waren echt nett und hilfsbereit.«

Er pfiff durch die Zähne. »Getrampt. Das nennst du also nicht abhauen.«

»Na schön, vielleicht bin ich ein bisschen abgehauen.«

Er wartete, aber ich trank noch einen Schluck und genoss das Gefühl, wie sich die pappsüße Flüssigkeit an meine Kehle klebte. Seewind hüllte mich ein, und die Luft wurde so kalt, dass die Flasche in meinen Fingern zu zittern begann.

»Du hast keinen Bock auf Märchenstunde«, stellte er fest. »Dann gute Nacht.« Er stockte. »Hast du keinen Schlafsack oder so was?«

»Nicht mal so was.« Ich schlang die Arme um meine Knie, damit er mein Zittern nicht mehr hörte. »Macht nichts, ich komm schon klar.«

Er murmelte etwas, was ich nicht verstand. Dann hörte ich lautes Rascheln, das Quietschen von Holz auf Stein, gefolgt von schnellen Schritten. Ich schaute hoch, und der Atem stockte mir, als er sich plötzlich zu mir herunterbeugte, doch er berührte mich nicht, während er den Schlafsack über meine Knie legte und bis zu meinen Schultern hinaufzog.

»Jetzt hast du keinen …«, begann ich, aber er schüttelte den Kopf und trat den Rückzug an. Wenn ich richtig gesehen hatte, trug er nichts als eine schwarze Fleecejacke, die sicher keinen Schlafsack ersetzen konnte. »Bist du sicher, dass du nicht …?«

»Ja!«

»Danke.« Ich kuschelte mich tief in das vorgewärmte Daunenbett. Es roch seltsam, nach Wind und Wüste, dem Duft nach Abenteuer. Wenn das ein typisch maskuliner Geruch war, den Männer verströmten – dann hatte ich wohl noch nie an einem richtigen Mann gerochen.

»Ist nur geliehen.«

»Trotzdem danke.«

Eine Weile sagte er kein Wort, und ich dachte schon, ihm sei seine Zunge eingefroren. Ich streckte den Arm aus und hielt die Flasche zu ihm hinüber. »Hier, magst du?«

Er ließ sich Zeit, ehe er sich die Mühe machte, mich anzusehen. Dann griff er zu, schnüffelte kurz und kippte einen Schluck hinunter. Keinen Atemzug später reichte er mir die Flasche zurück. »Was ist das denn?«

»Lemonsoda. Du bist wohl nicht von hier, was?«

»Da wo ich herkomme, trinkt man anderes Zeug, wenn man was aus dem Kopf kriegen will.«

»Und wo ist das?«

Er lachte leise auf. »Fragt die Frau ohne Namen, die nicht in ihr eigenes Haus darf.«

Seine Stimme klang warm und lauschig in der kalten Nacht und irgendwie gefiel mir dieses Spiel.

»Okay, für den Schlafsack. Und weil … weil ich heute Geburtstag habe.« Ich holte tief Luft. Egal – sobald es Morgen wurde, würde ich ihn vermutlich nie wiedersehen. »Ich habe heute mein Abi geschmissen. Bin vor der letzten Prüfung abgehauen. Das Haus gehörte wirklich meiner Großmutter, aber ich weiß nicht, was meine Eltern damit vorhaben. Kann sein, dass sie es längst verkauft haben. Irgendwann werden sie auf die Idee kommen, mich hier zu suchen, aber bis dahin hab ich einen Plan. Jetzt brauch ich erst mal Abstand von meinem Leben – und von meinen Eltern.«

Er schwieg. Es war seltsam, aber er schien auf einmal unendlich weit fort zu sein. Ich wünschte wieder, ich könnte mehr von ihm erkennen, ihn richtig ansehen, doch die winzige Kerzenflamme tanzte wild im Seewind und zeigte mir nicht mehr als ein paar zitternde Schatten auf seinem Gesicht.

»Du hast Geburtstag?«, fragte er plötzlich. »Ohne Scheiß?«

»Erst seit ein paar Minuten.«

»Na dann: Happy Birthday!«

Ich prostete ihm zu und kippte den Rest meines Lemonsoda hinunter. Keine Ahnung, warum es sich nicht so anfühlte, wie ich es erwartet hatte. Hatte ich doch übertrieben, dieses eine Mal?

Ich schloss meine Augen und stellte mir vor, wie das wohl abgelaufen war heute, als ich nicht auftauchte und sie meinen Brief fanden. Bestimmt hatten sie sofort meine Eltern angerufen und die arme Anne in die Mangel genommen, aber Anne würde nichts verraten. Ob sie die Polizei einschalteten? Wohl kaum, schließlich war ich volljährig und konnte gehen, wohin ich wollte.

Ein kalter Windstoß blies die Kerze aus und die Nacht hüllte sich wieder in Schatten.

»Wenn du fliehst«, hörte ich die Stimme aus der Dunkelheit, sacht, glühend, wie die Kerze, ein akustisches Leuchten, »kommst du dir vor wie ein Held. Unbesiegbar. Dann wird auf einmal alles leer, und du fragst dich, warum du eigentlich abgehauen bist. Landest vielleicht voll in der Scheiße und bereust alles, was du je gemacht hast. Bis du merkst, die Geister in deinem Kopf, vor denen du wegläufst, sind alle mitgekommen.«

Ich streckte meine Beine unter dem Schlafsack aus und lehnte meinen Kopf zurück, fühlte, wie das vertraute Polster unter dem Gewicht meines Kopfes nachgab, und kuschelte mich tief in die wohlig warmen Federn. Fast im selben Augenblick fielen mir die Lider zu, und ich musste darum kämpfen, wach zu bleiben. »Warum bist du abgehauen?«, fragte ich leise.

Er antwortete nicht sofort, so als müsse er erst überlegen, ob ich die Antwort verdient hatte. »Ich hab nach jemandem gesucht. Meinem Vater.«

»Und, hast du ihn gefunden?« Meine Stimme entglitt mir beinah und mein Denken verlangsamte sich. Ich konnte einfach nicht mehr, zu viel war heute passiert, zu viel entschieden worden. Die Anstrengungen forderten ihren Tribut, und ich war nicht mehr lang imstande, dagegen anzukämpfen.

»Ich hab sein Grab gefunden.«

»Das tut mir leid«, murmelte ich, schon halb im Schlaf. »Sind die Geister immer noch da?«

»Vor denen kannst du nicht wegrennen. Versuch's gar nicht.«

»Weckst du mich, wenn der Mond rauskommt?« Meine Stimme klang weit fort, wie aus einem anderen Mund. Mehr Traum als Realität. »Ich wollte ihm noch …«

Die andere Stimme antwortete etwas, doch ich bekam nicht mehr mit, was sie sagte. Ich hätte gern noch weiter mit ihr geredet, der warmen Stimme in dieser kalten Nacht, doch meine Sinne verblassten und der Schlaf riss mich mit sich.

Freundschaftsprobe

Blasses Licht weckte mich, aber ich wollte noch nicht aufwachen und drehte mich auf die andere Seite. Etwas um mich war anders als sonst, die kühle Luft, das Rauschen aus dem Off, nur das Bett fühlte sich vertraut an und doch auf seltsame Art vergessen. Verwirrt klappte ich die Augen auf.

Es war Tag und ich lag nicht in meinem Zimmer. Kein Rascheln und Kramen neben mir. Keine summende Anne. Auch die Luft roch anders, nach Wind und Wellen und Kindheit, und meine Ohren waren kalt. Ich musste eine ganze Kette von Augenblicken auf das terrakottafarbene Haus starren, bis ich begriff, wo ich war.

Das Haus. Mein Geburtstag. Die Flucht. Letzte Nacht …

Blinzelnd und halb schlafend drehte ich mich um. Die zweite Liege, die mit dem Blättermuster, stand exakt an derselben Stelle wie in der Nacht. Ein Kerzenstummel klebte auf dem Stein davor und eine Streichholzschachtel lag daneben. Ansonsten – nichts.

Verwirrt rappelte ich mich hoch. »Das gibt's doch nicht«, murmelte ich. Mein Rucksack lag noch immer an den Steinstufen, die von der Veranda in den Garten führten. Ich wollte aufstehen und ihn holen, da erst bemerkte ich den warmen Kokon um meine Beine. Also doch! Ich schälte mich frei und betrachtete den Schlafsack. Schwarz und rot, an manchen Stellen ziemlich mitgenommen. Auf einem Schild stand BlackWolf, aber das hieß nichts. Der Typ hatte englisch gesprochen, ohne jeden Akzent. Nur eines war damit bewiesen: Er war da gewesen, in der Nacht, hier neben mir. Und vielleicht würde er wiederkommen.

Was hatte ich da nur zu ihm gesagt? Weckst du mich, wenn der Mond rauskommt? Himmel! Und überhaupt, ich hatte ihm Dinge verraten, die niemand hier wissen durfte. Wobei ich von einem Eindringling wohl kaum befürchten musste, dass er mich verriet.

Sorgsam faltete ich den Schlafsack am Fußende meiner Liege zusammen und rückte sie näher an die Hauswand. Der Himmel sah alles andere als freundlich aus. Kurz zögerte ich, so als könne meine Berührung die Illusion zerstören, dann packte ich auch die zweite Liege und zerrte sie unters Dach. Kalter Seewind ließ mich frösteln und am liebsten hätte ich mich wieder in den Schlafsack gekuschelt und ganz einfach diesen bedeutsamsten aller Tage verschlafen. Aber das durfte ich nicht, ich musste zusehen, dass ich an den Schlüssel herankam.

Ich lief zu meinem Rucksack und kramte darin, bis ich meine dünne Regenjacke gefunden hatte. Das Gras sah gemäht aus, und ich erkannte, dass die Macchia zu Formationen gestutzt worden war – es gab also doch jemanden, der sich um den Garten kümmerte. Ich wanderte weiter den Hang hinab, zog im Gehen mein Handy aus dem Rucksack und warf einen flüchtigen Blick darauf. Den Ton hatte ich leise gestellt, wohl wissend. Das Display zeigte acht neue Mitteilungen und siebenundzwanzig Anrufe in Abwesenheit, die meisten davon stammten von einem Festnetzanschluss in Indien. Zwei waren von Anne und zwei von einer deutschen Festnetznummer, die ich nicht kannte. Ich hatte versprochen, mich bei Anne zu melden, sobald ich angekommen war. Aber zuerst hatte ich Wichtigeres zu erledigen.

Die Steinstufen am Ende des Gartens schienen eingesunken, kleiner geworden, dabei war es bloß zwei Jahre her, dass ich ihnen zum letzten Mal gefolgt war. Ich schloss die Augen, denn ich kannte ihre Kurven blind, und mit jedem Schritt fühlte ich mich leichter, bis ich auf der letzten Stufe stand. So hatte ich es immer gemacht, in jedem Sommer – Treppe runter, stehen bleiben, tief einatmen. Arme ausbreiten, Wind fühlen, Seeluft aufsaugen und auf meinen Herzschlag lauschen. Ich kannte kein heftigeres Gefühl als dieses – es war Leben pur.

Nur widerstrebend öffnete ich die Augen. Ich löste mich vom Meer und stieg die Treppe wieder hinauf.

Es gab einen Schuppen, eine Art Garage, die zwar zum Haus gehörte, aber ein wenig abseits am Rand des Grundstücks stand. Wir hatten immer unsere Fahrräder darin aufbewahrt, Sophias lilafarbenes Mädchen-Citybike und meinen geliebten schwarzen Cyclewolf mit der Herrenstange. Ich hatte keine Chance, das Fahrrad aus dem Schuppen oder gar über das Eisentor zu hieven, aber mit etwas Glück lagerte noch ein anderes, älteres Erinnerungsstück in dem Schuppen – mein altes Skateboard würde mich wunderbar nach Capoliveri bringen.

Kaum Autos fuhren auf der Straße, die von Großmutters Haus Richtung Norden führte. Nach kurzer Fahrt stieg sie steil an. Hinter einer Biegung kam ich an eine große Straße, die stärker befahren war und sich in schönen Serpentinen wand. Ein kurzes Stück konnte ich mich rollen lassen, dann ging es den nächsten Berg hinauf, und ich schnaufte mehr, als dass ich fuhr. Ich bekam einen Krampf in der Wade, als wechselte ich auf das andere Bein und biss die Zähne zusammen, bis ich schwitzend oben ankam.

Der Wind legte zu und blies mich die letzte Steigung hinauf, an der Post vorbei und unter dem Ortsschild von Capoliveri hindurch. »Benvenuti« stand darauf.

Der Ort war selbst bei Regen zum Träumen schön. Im Sommer wimmelte es in den schmalen Gassen von Touristen und überall flatterte frische Wäsche von kreuz und quer gespannten Leinen und Balkonen herab.

Um diese Jahreszeit allerdings lag das Bergdorf wie ausgestorben, also klemmte ich mir das Skateboard fest unter die Achsel und schritt zügig über das Pflaster, den Blick gesenkt, bis ich den Laden mit den Sandalen, den Flossen und den baumelnden Neoprenanzügen erreicht hatte. Er war tatsächlich geöffnet und ein junges Paar hatte sich aus der kalten Luft ins Innere verirrt und schlenderte ziellos herum.

Ich ließ mein Board stehen und stopfte die herausgefallenen Haare zurück unter die Mütze. Ein Mädchen mit rostroten Locken, daran würde Signor Ragazzo sich sofort erinnern.

Das Paar betrachtete ein paar Trockentauchanzüge eingehender, und ein gedämpftes Quietschen aus dem abgedunkelten Teil des Ladens verriet, dass ihr Interesse bemerkt worden war.

Ich schob mich hinter die Regalwand mit den Schwimmanzügen und beobachtete den untersetzten Mann, der sich nun wie zufällig zu dem Paar gesellte und brummig fragte, ob er helfen könne.

Sagt Ja, bat ich stumm und atmete erleichtert aus, als der Mann den Anzug anhob und in gebrochenem Italienisch eine Frage stellte. Ich suchte den düsteren, zugestellten Laden ab, bis mein Blick an einem Schatten hängen blieb, der unter dem Tisch lag und laut schnarchte. Vorsichtig ging ich in die Hocke und schnalzte mit der Zunge.

Fast augenblicklich hob der Hund den Kopf. Seine Augen waren beinah so schwarz wie sein Fell, die Pupillen groß, daher spürte ich seinen Blick nur. Doch ich hatte Marcos Ruf gut imitiert, denn der träge Labrador erhob sich und wedelte sogar sacht mit der Rute, als er sich gutmütig zu mir bequemte.

»He, Acqua«, grüßte ich ihn leise. Ich sah mich um, aber Marco musste im hinteren Teil des Ladens stecken, dort, wo ich nicht hinsehen konnte. Nach ihm fragen war unmöglich. Aber ich konnte einen Boten schicken – falls der mitspielte.

Rasch krempelte ich meinen Ärmel auf. Ich nahm mein Armband ab, ein einfaches Lederding mit einem winzigen eingestanzten Delfin, das Marco mir einmal geschenkt hatte. Das Teil war ein Unikat, und ich wusste, er würde sich daran erinnern. Ich hängte es dem Hund ans Ohr.

»Such Marco«, wisperte ich dem stämmigen Rüden leise auf Italienisch zu. »Marco – pronto!«

Ich sah noch, wie das Hinterteil des Hundes schaukelnd im Dunkel verschwand, dann war ich auch schon wieder raus aus dem Laden und drückte mich zwischen den Neoprenanzügen an die Wand. Ich hatte mir überhaupt nicht überlegt, wie ich Marco mein plötzliches Auftauchen erklären sollte oder wie es sein würde, ihn wiederzusehen. So lang war alles her.

Ein kahl geschorener Kopf erschien im Eingang und blickte suchend von links nach rechts. Ich rutschte tiefer in mein Versteck und brauchte eine ganze Weile, bis ich ihn erkannte – wie anders konnte ein Mensch mit neuer Frisur aussehen? In meiner Erinnerung war Marco braun gebrannt, wild gelockt und ein kuscheliges klein wenig mollig.

Der Junge, der mich nun mit seinen großen braunen Augen anstarrte wie eine Erscheinung aus der Tiefsee, hatte so gar nichts mehr mit meinem Kindheitsfreund gemein: Blass sah er aus, so als würde er sich den größten Teil des Tages im Laden verstecken, die Locken waren ab und fast kahler Kopfhaut gewichen, was sein Gesicht männlicher machte, außerdem war sein Bäuchlein verschwunden und oben herum hatte er ordentlich an Körpermasse zugelegt. Am eklatantesten aber war sein ruhender Blick. Marco sah aus wie einer, der wusste, wie der Hase lief. Gereift. Fast schon erwachsen.

Als er mich nur anstarrte, aber nichts sagte, beugte ich mich vor und sah ihm in die Augen. »Ich bin's, Lou, erinnerst du dich?«

Er schüttelte den Kopf. Dann nickte er. »Klar, aber ich … hab dich fast nicht erkannt.«

»Ganz meinerseits.« Ich sah demonstrativ an ihm herunter. »Die Verkleidung ist dir gut gelungen.«

Er lachte und fuhr sich mit einer Hand durch seine nicht mehr vorhandenen Locken. Immerhin, diese Bewegung war vertraut.

Acqua quetschte sich zwischen seinen Beinen durch und

äugte neugierig zu mir hoch. Ich kraulte ihn hinterm Ohr, dann sah ich wieder Marco an.

»Du, ich brauch den Schlüssel. Vom Haus. Ihr habt doch noch einen, oder?«

Verwirrt runzelte Marco die Stirn. »Von eurem Haus? Äh, ja, natürlich haben wir den noch. Mein Vater sieht alle paar Wochen nach dem Rechten und kümmert sich um den Garten. Er war erst vor Kurzem dort.«

»Kann ich ihn haben?« Ich wollte nicht hier stehen und warten, bis ich erwischt wurde. Schlüssel und weg. »Bitte«, fügte ich hastig hinzu.

Kurz überlegte er, dann verschwand Marco im Laden und kehrte wenige Sekunden später mit einem kleinen Schlüsselbund zurück. Aber er reichte ihn mir nicht, sondern behielt ihn in der ausgestreckten Hand. »Was machst du überhaupt hier? Bist du allein?«

»Erzähl ich dir ein andermal. Hör zu, kannst du bitte niemandem sagen, dass ich da bin? Vor allem deinem Vater nicht? Ich bleibe wahrscheinlich nicht lang, aber ich brauch erst mal einen Platz zum Schlafen.«

Marco zögerte noch kurz, dann ließ er die Schlüssel in meine ausgestreckte Hand fallen. Er trat einen Schritt zurück und beinah hätte ich ihn umarmt, aus purer Gewohnheit. »Danke«, flüsterte ich fest. »Ich schulde dir was!«

Das Paar, das vorhin mit mir im Laden gewesen war, trat hinter Marco und Acqua auf die Straße. Beide guckten eine Spur zu neugierig, also senkte ich den Blick, bückte mich nach meinem Board, nickte Marco zu und verließ den Neoprenwald.

»Hey, warte mal!«

Ich blieb stehen. Mit ein paar Schritten war er hinter mir.

Ich konnte seinen Atem an meiner Wange spüren, doch er berührte mich nicht, stand einfach nur da, als würde er nicht wagen, mich anzufassen.

»Piazza Matteotti«, sagte er leise. »Nach Sonnenuntergang. Okay?«

Plötzlich musste ich lächeln. Es änderte sich eben doch nicht alles in zwei Jahren! »Okay«, antwortete ich, ohne mich umzudrehen.

Mein rechtes Bein zuckte ungeduldig, also ließ ich das Board zu Boden gleiten, stellte mich darauf und fuhr davon.

Stille empfing mich, der Geruch nach staubigen Möbeln und eine Ahnung von Einsamkeit. So also musste meine Großmutter sich gefühlt haben, wenn sie tagtäglich ihr Haus betrat, und es erschreckte mich, wie leer und riesengroß es wirkte. In meiner Erinnerung schien die Sonne, die großen Fenster zur Veranda standen offen und der Fliesenboden leuchtete im hellem Licht. Aus dem Haus drang Musik und meine Großmutter summte oder sang vor sich hin, es duftete nach selbst gebackenem Apfelkuchen oder frischen Früchten. Niemals war ich durch diese Tür gekommen und hatte nichts gefühlt außer dieser tiefen, stummen Leere.

Die Rattanmöbel waren mit weißen Tüchern verhängt. Sämtliche Türen standen offen und es gab keine Pflanzen mehr im Haus, so wie früher, als alles grün und fröhlich gewesen war. Jemand hatte all die Fotos, Porzellantierchen und Skulpturen aus dem großen Schrank geräumt. Das Haus wirkte wie ausgelöscht, als hätte man es seiner Seele beraubt.

Ich ließ meinen Rucksack stehen und ging langsam die Treppe hoch ins erste Stockwerk. Eine Galerie mit hohen Bücherwänden – die seltsamerweise noch bestückt waren – blickte auf den kahlen Wohnraum hinab. Auch hier standen alle Türen offen, und ich sah, dass jemand Großmutters Bett abgezogen und die Matratze mit einer Tagesdecke verhüllt hatte. Ihr alter Sekretär stand noch in der Ecke, mit einem Buch darauf und der kubanischen Kaffeedose, die ein Geschenk von mir gewesen war und seitdem als Stiftehalter diente. In dem Buch steckte ein Lesezeichen, so als würde sie jeden Moment zurückkommen, um die Geschichte zu Ende zu lesen.

Ich wanderte weiter, fühlte mich immer mehr wie ein Besucher. Wie oft war ich hier heraufgestürmt und hatte die Tür zu meinem Zimmer zugeschlagen, um Sophia auszusperren? Genauso sah die Tür auch aus, ramponiert und mitgenommen. Im Türstock fand ich kleine Striche – ich hatte jedes Mal, wenn ich wieder hierherkam, einen neuen gezogen, um zu sehen, ob ich gewachsen war. Die letzten Linien lagen sehr dicht beieinander, und ziemlich sicher hatte ich geschummelt, um überhaupt noch neue ziehen zu können.

Ich biss mir auf die Lippe, als ich den rosafarbenen Strich betrachtete, der ein gutes Stück über meinem letzten prangte – Sophias Nagellack. Den hatte sie heimlich gezogen, als ich nicht hier gewesen war, weil sie ganz genau wusste, wie sehr ich unter meiner geringen Körpergröße litt und mich das fuchsen würde. Niemals hatte ich ihr gegenüber auch nur eine Silbe darüber verloren – weil ich nämlich wusste, wie sehr das im Gegenzug sie fuchste.

Terrakottarote Steinfliesen liefen ins Zimmer hinein, und

auch hier standen Rattanmöbel, die mit Stoff verhüllt worden waren. Ich keuchte überrascht auf, als ich die Tücher herunterzog und sah, dass meine Sachen noch hier waren, die Kleidung, die ich dagelassen hatte, meine CDs, die Hefte mit den Gedichten und Songtexten, meine Panflöte, selbst Kuscheltiere, die ich als kleines Kind angeschleppt hatte – es war, als hätte der Raum auf mich gewartet, und so fremd das Haus auch geworden war, dieses Zimmer gehörte mir. Sogar das Poster vom Vollmond, das Marco vor zwei Jahren gemacht hatte, hing noch über dem Bett.

Auf einmal hielt ich es nicht mehr aus in der Stille. Ich polterte die Treppe hinunter, holte meinen Rucksack und kippte den gesamten Inhalt in meinem Zimmer auf den Boden. Das meiste waren Klamotten, die ich zu einem Stapel türmte und in Richtung Kleiderschrank schob. Das iPad landete auf dem Nachtkästchen und der MP3-Player unterm Kopfkissen, den Rucksack schubste ich unters Bett.

Als es nichts mehr zu tun gab und sich erneut Stille breitmachte, ging ich die CD-Sammlung durch und fand die ganzen alten Nightwish-Alben, die meine Mutter aus ihrem Haus verbannt hatte. Tarja-Songs ohne Ende.

Ich holte die erstbeste Scheibe aus ihrer Hülle, legte sie in den Player, drückte wahllos eine Zahl und drehte den Lautstärkeregler voll auf. Der Beat erschlug mich beinah und ich zog mir die Mütze tief über die Ohren, änderte aber nichts an der Lautstärke. Dann setzte die Stimme ein, Tarjas einzigartige, klare Stimme.

Ich konnte nicht mehr anders, ich riss mir die Mütze vom Kopf und pfefferte sie quer durch den Raum. Mein Kopf fiel nach vorn, wippte im Takt, hob sich, schoss nach unten und meine Haare flogen wie ein Fächer durch die Luft.

Zum ersten Mal seit unendlich langer Zeit sang ich laut und ungehemmt mit Tarja: *Put a stake through my heart! Drag me into sunlight. So awake … slaying the dreamer …*

Als der Song endete, fühlte ich mich aufgeputscht und voller Energie. Ich wirbelte herum, lief zurück nach unten und riss die Tücher von den Möbeln. Dann stöberte ich jeden Schrank in der Küche nach etwas Essbarem durch, fand aber nur zwei verstaubte Flaschen selbst gemachten Limoncello und ein paar Konserven, die längst abgelaufen waren. Im Haus war es kühl, doch es gab einen Ofen, mit dem meine Großmutter die kalten Wintertage überstanden hatte. Ob noch irgendwo Holz dafür herumlag?

Ich durchquerte den Essbereich, den zwei breite Stufen vom Wohnzimmer trennten, und zog die Glastüren auf. Feuchtkühler Westwind blies Seeduft ins Haus und fuhr durch meinen Pullover bis unter meine Haut. Ich wollte eben auf die Veranda hinaustreten, als das Handy in meiner Gesäßtasche vibrierte. Ich zog es raus, prüfte den Namen und ging dran.

»Hallo, Lou … Lou?«

»Hi, Anne.«

»Mensch, du wolltest dich doch längst melden! Ich hab mir Sorgen gemacht. Alles klar bei dir?«

Ich musste lächeln. Das war typisch. »Ja, alles klar. Ist nur etwas später geworden. Der Trip hat länger gedauert, als ich dachte.«

»Aber dir ist nichts passiert, oder? Du bist doch nicht zu so einem zwielichtigen Typen ins Auto gestiegen?«

»Ich hatte nicht viele Autos zur Auswahl, aber eigentlich waren die Leute alle echt nett! Du, Anne, hat jemand – haben sie schon nach mir gefragt?«

Ihre Stimme wurde leiser, so als müsse sie aufpassen, dass niemand mithörte. »Gefragt ist gut! Die haben unsere Bude auf den Kopf gestellt. Deine Eltern haben verlangt, dass alle deine Sachen sofort zu ihnen geschickt werden. Ich glaub, die waren echt sauer, Lou.«

Ich streifte die Socken von meinen Füßen und trat barfuß hinaus auf die Veranda. Leiser Regen tröpfelte auf die Steinfliesen und sammelte sich vor der Öffnung des Pizzaofens.

»Das war ja klar«, sagte ich leise und ließ meine Finger durch die Pfütze gleiten. »Aber du hast ihnen nicht gesagt, wo ich bin.«

»Was denkst du denn? Natürlich nicht! War aber gar nicht so leicht, die haben mich zum Rektor zitiert und wollten genau wissen, was abgelaufen ist. Du hast die alle ziemlich geschockt.«

Hier hatten wir immer Pizza zum Abschied gebacken, unsere Großmutter, Sophia und ich, mit weichem Peccorino und jeder Menge Oliven aus dem Garten. Ich drehte mich um, und da fiel mir auf, dass etwas fehlte, auch wenn es im Grunde nie hierher gehört hatte.

Der Schlafsack war verschwunden.

»Das gibt's doch nicht!«

»Na ja, mitten im Abi abhauen …«

Ich sah mich um und suchte nach Spuren, doch nichts verriet, wie er hereingekommen oder wohin er gegangen war. Nur eines war damit klar: Angel würde nicht wieder zurückkommen. Offenbar hatte er mir die Geschichte von Großmutters Haus doch abgekauft.

»Lou? Bist du noch dran?«

»Äh, sorry, ja. Hier hat sich einiges verändert, ich muss

das erst mal verdauen. Außerdem hab ich seit gestern nichts mehr gegessen, hab völlig vergessen einzukaufen.«

»Wie kann man so was vergessen! Und was jetzt? Musst du mit dem Schiff zum Festland zurück?«

Ich musste lachen. »Google mal Elba, Anne. Ich bin nicht auf einer einsamen Insel gestrandet! Wir haben hier sogar fließend Wasser und Strom.«

»Haha. Was weiß denn ich! Du hast mir ja nicht gerade viel erzählt.«

Ich klemmte mir das Telefon unters Kinn und lief zur Rückseite des Hauses, wo immer Brennholz unter einem Vorsprung gelagert hatte. »Es regnet und es ist einigermaßen kühl, zumindest in der Nacht. Und wie es aussieht, gibt es kein Feuerholz mehr. Aber das schlechte Wetter hält hier nie lange an. Sobald die Sonne rauskommt, wird es schnell warm. Alles blüht schon und man kann von überall das Meer sehen.«

Sie seufzte. »Oh Mann, da wäre ich jetzt auch gern.«

»Wie ist eigentlich die Prüfung gelaufen?«

»Ging so. Ich musste dauernd an dich denken, wo du wohl gerade bist. Verhauen hab ich sie nicht, aber … irgendwie war mir das gestern alles nicht so wichtig.«

Ich sah mich ein letztes Mal auf der Veranda um, dann hüpfte ich schnell zurück ins Haus und zog die Tür zu. Wenn er zurückkam, konnte er ja klopfen – aber er würde nicht kommen, sonst hätte er den Schlafsack hiergelassen.

»Alles Gute zum Geburtstag übrigens!«

»Danke schön.« Ich ging langsam zur Treppe, stieg Stufe um Stufe hinauf. Aus meinem Zimmer donnerte noch immer die Musik, also öffnete ich die Tür nebenan, die zum Schlafzimmer meiner Schwester führte. Sophia war fünfzehn gewesen, als unsere Großmutter starb, doch das Zimmer hätte auch ihrem heutigen Ich gehören können. Schminkkommode in der Ecke, ein Kleiderschrank mit bodenlangem Spiegel und unzähligen Fächlein und Staumöglichkeiten für diesen ganzen modischen Krempel. Und an den Wänden geairbrushte Traumwelten. Ich ließ mich aufs Bett fallen und machte die Augen zu.

»Mann, ich beneide dich um deinen Mut«, hörte ich Anne sagen, blechern, verzerrt, wie von weit her. »Wenn meine Eltern so einen Auftritt hingelegt hätten wie deine, hätte ich wahrscheinlich geheult und mich total aufgeregt, aber am Ende hätte ich doch gemacht, was sie wollen.«

»Siehst du«, gab ich müde zurück. »Manchmal ist es eben doch nicht so verkehrt, wenn man wegläuft.«

»Na, hoffen wir's. Ich hab ja noch ein Geschenk für dich!« Ich hörte, wie sie grinste. »Sozusagen.«

»Was, hier? Am Telefon?«

»Es ist eine Info. Aber wie es aussieht, ist sie wichtig.« Sie machte eine dramatische Pause, dann flüsterte sie: »Wenn wir aufgelegt haben, nimm schnell den Akku raus. Man kann ein Handy problemlos orten, dafür musst du nicht mal zur Polizei gehen, es gibt Software dafür, die sich jeder aus dem Internet besorgen kann. Du legst also gerade die allerfeinste Spur nach Italien!«

Ich musste lachen, obwohl ich mich plötzlich hundemüde fühlte. »Okay, du hast zu viele Krimis geguckt. Aber danke trotzdem!«

Wir plauderten noch über eine Stunde, ehe wir uns verabschiedeten. Obwohl wir das in der vorletzten Nacht ausgiebig getan hatten, fühlte es sich diesmal anders an, schwerer – so als wäre dieser Abschied endgültiger als der letzte.

Nachdem wir aufgelegt hatten, drehte ich mein Handy herum, löste den Riegel und kippte Akku und SIM-Karte in meine Hand. Ob das jetzt besonders mutig oder total feige war, konnte mir eigentlich egal sein. Ich hatte bekommen, was ich wollte. Nur das zählte im Moment.

Seilschaften

Ich wachte auf, als die Sonnenstrahlen alles um mich herum in eine rosa Glitzerwelt verwandelten. Verschlafen klappte ich die Lider hoch und hatte schon wieder keine Ahnung, wo ich war, bis ich mich selbst in dem langen Spiegel entdeckte. Sophias Zimmer – wie hatte sie es nur ausgehalten, hier zu hausen? Schnell rappelte ich mich hoch und sah aus dem Fenster.

Das Meer hatte seine blaue Farbe wiederbekommen und die Sonne funkelte auf den Wellen. Genau so hatte ich diesen Ort in Erinnerung, nicht grau und trüb und verlassen, sondern voller Sonne und strahlendem Leben. Alles fühlte sich plötzlich richtig an: hier zu sein, mein altes Leben hinter mir zu lassen. Ich zu sein.

In meinem Zimmer lagen die Klamotten immer noch vor dem Schrank, also schob ich sie mit dem Fuß zur Seite und zog die Tür auf. Er knarrte leicht, und ich musste grinsen, als ich durch die Kleider fuhr, die von der Stange baumelten – Sachen, die ich mit sechzehn getragen hatte, Sommergarderobe, Tops und Shorts.

Auf dem Boden standen Sandalen, Flipflops und abgelaufene Sneakers, aber ich tastete mich weiter, bis meine Finger fanden, was sie suchten – meinen alten Tauchanzug, der mit den Füßen und den gelben Leuchtstreifen an den Hüften. Ich zog meine Klamotten aus und zwang meine Glieder in das störrische Neopren. Als ich es geschafft hatte, fühlte es sich an wie eine zweite, fast vergessene Haut.

Die Felsstufen zum Meer bohrten sich hart in meine Sohlen und der Wind blies mir eine raue Gänsehaut in den Nacken. Ich blieb am Fuß der letzten Stufe nicht stehen, sondern lief einfach weiter, ohne auf die Kälte zu achten, die mir den Atem rauben wollte, noch auf das Gefühl, mein Herz würde sich überschlagen vor Schock. Erst als das Wasser sich weich um meinen Körper schmiegte und an ihm wärmte, entließ ich den Atem aus meinen Lungen und blieb still stehen, bis mein rasendes Herz sich beruhigt hatte.

Ich drehte mich zum Haus um. Die Sonne hing hinter den Bergen und schickte ihre Strahlen schräg auf das Dach der Villa. Es sah aus, als würde das Haus in goldenen Flammen stehen.

Schon in wenigen Wochen würde die Sonne so warm werden, dass man auch am Morgen nicht mehr fror und nachts die Fenster offen stehen lassen konnte, um kühle Luft in die Zimmer zu tanken. Und das Meer würde nicht mehr kalt sein und mich lähmen, sondern Abkühlung und Zuflucht bedeuten.

Ich ließ meine Finger durch das Wasser gleiten und stieß mich rücklings vom steinigen Grund ab. Es gab keinen Sand hier, keinen Traumstrand, nur Felsen und Steine, doch das bedeutete auch, dass unser Meer bei Sonnenschein nicht trüb und schlickig wirkte, sondern kristallklar und tiefblau blieb. Ich schwamm an der Oberfläche und genoss das Gefühl, vom Wasser gehalten und getragen zu werden und seinem herrlichen Salzduft ganz nah zu sein. Hier konnte man bis auf den Grund sehen, in die zerklüfteten Felsen, aus denen neugierige kleine Fische flitzten.

Eine Weile trieb ich ziellos herum, dann spürte ich, wie meine Finger und Zehen taub wurden, und begann, in Richtung Horizont zu kraulen. Soph und ich hatten das oft gemacht, schon als Kinder – Blick raus aufs Meer und ins Nichts schwimmen, so tun, als wären wir Gestrandete und müssten eine Insel im fernen Blau finden oder kläglich verdursten.

Erst später hatte ich gemerkt, dass unsere Großmutter immer wie ein Leuchtturmwärter am oberen Fenster stand und uns zusah, die Hand am Telefon, wohl weil sie fürchtete, wir könnten uns zu weit hinauswagen und die Strömungen unterschätzen, die uns den Rückweg erschwerten. Aber ich kannte das Meer an dieser Stelle besser, als ich mich jemals in einem der großen Häuser zurechtgefunden hatte, die wir zu der Zeit bewohnten. Und Sophia hielt sich an mich.

Ich schwamm, bis der Punkt erreicht war, an dem ich umkehren musste. Das Meer fiel an dieser Stelle über zwanzig Meter tief ab. Ich blickte in ein Loch aus grauem Fels. Hier begannen die gefährlichen Unterströmungen und das Meer wurde mit einem Schlag kälter, also warf ich dem Horizont einen letzten, sehnsüchtigen Blick zu und schwamm einen Kreis, ein kleines Wagnis über den Umkehrpunkt hinaus, bis ich das leuchtende Haus über den Felsen wieder sehen konnte.

Bevor ich die Stelle erreichte, an der ich stehen konnte, schloss ich die Luft in meinen Lungen ein und drückte den Kopf unter Wasser. Es war beinahe unmöglich, von der Oberfläche wegzukommen, nicht mit dem Neopren, das mich festhielt und mir Auftrieb gab. Aber auch von hier konnte man hinabsehen in die fremde blaue Welt, zu den Fischen in den Felsen, die wie ein Schwarm Fliegen um meine Füße kreisten. Ich streckte die Finger aus, doch sie flohen und versteckten sich vor mir, bis meine Lungen schmerzend nach Luft verlangten und meinen Besuch für beendet erklärten.

Die Luft schnitt mir kalt ins Fleisch, als ich bibbernd die Steinstufen hinaufjoggte, zum Haus zurück und nach oben lief und mich, wie ich war, unter die Dusche stellte. Ich hatte bereits das Shampoo in den Haaren, als ich merkte, dass nur kaltes Wasser aus dem Duschkopf strömte, also holte ich tief Luft, streifte den Neoprenanzug ab und brüllte, so laut ich konnte, bis keine Seife mehr über meinen Körper lief.

»Verdammt.«

Zitternd schlang ich mir ein Handtuch um die Schultern. Ich musste jemanden wegen des Wassers fragen, am besten Marco, der hatte seinem Vater doch früher immer geholfen, wenn es was am Haus …

»Ach, du Scheiße«, sagte ich zu meinem Spiegelbild. »Den hab ich total vergessen!«

Ohne mein Handy kam ich nicht an Marcos Nummer ran, also zog ich mich schnell an, Klamotten von damals, fuhr ein paarmal mit der Bürste durch meine nassen Locken, drehte sie im Nacken zu einem Knoten zusammen und stopfte alles unter meine Mütze. Dann lief ich in den Schuppen und holte meinen alten Cyclewolf, um die Erinnerung perfekt zu machen.

Die Sonne schien mir warm ins Genick, als ich das Rad vor der Post abstellte. Ich lief die verwinkelten Gassen hinauf, durch die blassgoldenes Sonnenlicht sickerte. Nur wenige Menschen waren um die Zeit zwischen den terrakottaroten Häusern unterwegs, die so dicht beieinanderstanden, als müssten sie sich aneinander festklammern. In den Auslagen türmten sich Körbe voll mit Ölen, Gebäck und Gewürzen, frischem Obst, Likören und Weinen, und es roch ganz genau wie damals, als ich mit Marco immer durch den Ort gestreift war. Alle paar Schritte bildete die Häuserwand ein Fenster oder teilte sich vor einer schmalen Steintreppe, sodass man dann das Meer unter dem Morgendunst sehen konnte.

Ich ging in einen *panificio* und kaufte mir Frühstück und einen Kaffee zum Mitnehmen. Der Tauchsportladen hatte noch geschlossen, obwohl ich sah, dass jemand drinnen herumlief.

Ich drückte mich gegen die Scheibe, wich aber schnell wieder zurück, als ich Signor Ragazzo erkannte. Irgendwann musste Marco aufkreuzen, aber ich hatte auch keine Lust, ewig hier im Schatten zu warten.

»Scusi!« Ohne zu überlegen, hielt ich die erstbeste Passantin auf und erklärte ihr auf Italienisch, dass ich mein Handy verloren hätte und dringend meinen Freund anrufen müsse.

Sie zögerte erst, gab mir dann aber ihr Telefon. Ich versuchte, mir nicht anmerken zu lassen, dass ich die Nummer vom Schild des Tauchsportladens ablas, und hielt mir schnell das Handy ans Ohr.

»Pronto«, bellte Signor Ragazzo in den Hörer.

Ich holte tief Luft und fragte nach Marco.

»Er arbeitet«, bekam ich zur Antwort. »In einer Tauchschule in Lacona. Jones' Dive-in. Den ganzen Tag.«

»Danke«, sagte ich und legte auf. Ich gab der Passantin das Handy zurück und sah sie stirnrunzelnd an. »Ausgerechnet Lacona!«

Ich fuhr aus Capoliveri hinaus und folgte der engen Straße, die sich den Berg hinabwand und schließlich wieder steil anstieg. Links unter mir öffnete sich der Golfo Stella und die Aussicht von hier oben war gigantisch. Dann ging es ein ganzes Stück an der Hauptstraße entlang, und ich musste dicht am Rand fahren, um den Autos auszuweichen, die trotz der Enge ordentlich schnell fuhren. Ich war froh, als ich endlich das Ortsschild von Lacona passierte.

Ich kannte die Abzweigung zu Jones' Dive-in nicht, obwohl ich schon einige Male hier am Strand gewesen war, früher, als Kind mit Sophia. Die Lacona-Bucht war ein beliebtes Badeziel für Ausflügler und Urlauber, denn hier gab es einen breiten Sandstrand, der allerdings von etlichen Restaurants und Bars, Ferienanlagen und Campingplätzen zugestellt wurde. Lacona selbst bestand nur aus einer Ansammlung von touristischen Einrichtungen und ein paar alten Gutshöfen, die zwischen den Bäumen verstreut lagen und von denen ich nun einen ansteuerte.

Marcos Vespa-Roller stand auf einem breiten Parkplatz im Schatten hoher Pinien und Strandkiefern. Dahinter schloss sich ein gemütlicher Vorgarten an und oben an der Fassade des alten Gutshofs hing ein Taucher, aus Holz vermutlich, der sich durch das v schlängelte und halb hinter dem D verschwand. Eine Tafel hinter Glas zeigte Fotos von bunten Fischen, fröhlichen Buddys und geisterhaften Wracks am Meeresgrund. Dazwischen hing ein handschriftlicher Zettel mit Kursbeschreibungen und Abfahrtszeiten.

Ich lehnte mein Rad an eine Kiefer und sah mich um. Da war keiner – aber wenn das eine Tauchschule war, arbeitete Marco ganz bestimmt nicht auf dem Trockenen.

»Hey, suchst du mich?« Ein junger Mann joggte aus dem Haus und sofort suchte mein Gedächtnis nach seinem Namen. Rote Haare, Rastalocken. Schlank, groß, breitschultrig. Er trug einen ausgeleierten Neoprenanzug, der über der Brust offen stand, und grinste mich an.

»Marco«, rief ich, und im selben Moment fand mein Gedächtnis, was es suchte. Pat, so hieß er. Patrick Jones. Und er hatte eine Schwester, mit der wir immer am Strand gespielt hatten.

»Der ist draußen mit Ella und Adriano und dem Verrückten.« Pat hob ein kleines, viereckiges Gehäuse hoch, das an einem Stirnband baumelte. »Der Akku war leer, also bin ich noch mal zurück. Aber hey, komm doch einfach mit!«

»Wohin denn?«

Pat streckte den Arm aus und deutete zwischen die Bäume, die im leisen Seewind raschelten. »Raus, keine zehn Minuten mit dem Boot. Anzüge haben wir drinnen, ist eh nichts los im Moment.«

Kurz kam mir der Gedanke, dass ich meine Tarnung riskierte, aber das war Blödsinn, schließlich hatte Pat keine Ahnung, warum ich hier war. Ich folgte ihm in die Tauchbasis, wo eine hübsche Dunkelhaarige hinter einem Counter auf einem Stuhl hockte.

»He, Francesca, gib ihr mal schnell einen Anzug! Ich nehm sie mit raus, sie ist 'ne Freundin von Marco!«

Das Mädchen führte mich in ein Zimmer, in dem sich orange-schwarze Neoprenanzüge an einer Stange aneinanderdrängten, und scannte meinen Körper.

»Hier, der müsste passen.« Sie reichte mir einen Anzug und legte den Kopf schräg. »Aber lass die Wäsche an.«

Ich gluckste, weil ich dachte, mich verhört zu haben. Ihr Englisch klang unbeholfen, vielleicht hatte sie was ganz anderes ausdrücken wollen. »Die Unterwäsche?«

»Na klar!« Sie grinste. »Je tiefer du tauchst, desto größer der Druck auf sämtliche Organe. Ich würde nie ohne was drunter in einen geliehenen Anzug steigen!«

»Es war auch nicht geplant, überhaupt in einen Anzug zu steigen.«

»Dann bist du bei Pat aber falsch! Der ist süchtig nach dem Meer.« Sie drehte sich um, als ich meine Hose abstreifte, und kramte in einer Kiste mit Masken und Schnorcheln herum. »Flossen sind dahinten in der Kiste, such dir die richtige Größe aus. Ich muss wieder vor.«

Ich sah mich um. An den Wänden klebten wieder Bilder, schön ausgeleuchtete Profifotos vom Wrack Elviscott und einer neugierigen Muräne. Es roch nach Salzwasser und Neopren, und plötzlich konnte ich es kaum abwarten, wieder ins Meer zu steigen. Ich suchte mir Flossen, sammelte Maske und Schnorchel von der Bank und ging zurück nach draußen.

Pat stand zwischen den Schatten und reckte sein Gesicht der Sonne entgegen. »Hey!«, sagte er wieder, und das Grinsen kehrte zurück. Er schien es eilig zu haben und lief über einen Plankenweg zwischen den Bäumen durch, der mich an alte Piratenfilme erinnerte. Wir durchquerten das Wäldchen und schon gruben sich unsere Neoprenfüße in weichen Sand.

Vor uns öffnete sich das Meer und gab den Blick frei auf die fernen Umrisse der Insel Montecristo.

»Das da vorn ist es.« Pat drehte sich zu mir um und zeigte auf eines dieser aufblasbaren Schnellboote, das unweit vom Strand an seiner Boje zerrte.

Wir wateten ins flache Wasser und wichen den Wellen aus, die harmlos ans Ufer schwappten. »Vorsicht«, warnte Pat, als das Schlauchboot schaukelnd in unsere Richtung drehte, dann packte er mich mit beiden Händen um die Hüfte und hob mich mühelos ins Boot. Für ihn war das offenbar ein ziemlicher Spaß, ein fremdes Mädchen auf seinem Boot abzuschleppen.

»Was arbeitet Marco für dich?«, rief ich, bevor der Motor aufheulte und eine Unterhaltung unmöglich machte.

»Er gehört zum Team«, schrie Pat durch den Fahrtwind zurück und deutete ein Knipsen an.

Kamera? Sieh mal an. Schon damals, als wir miteinander rumhingen, war Marco ganz versessen auf Fotografie gewesen und hatte immerzu mit seiner alten Nikonos herumexperimentiert. Es freute mich zu hören, dass er nun damit Geld verdienen konnte.

Die restliche Fahrt über saß ich stumm im Bug und hielt mich an dem Seil fest, das über die Wulst verlief. Kräftiger Seewind trieb mir Tränen in die Augen und schon nach wenigen Minuten verschwand die Küste hinter einem hellen Schleier aus Sonnenlicht. Um uns war nichts als Wasser und Pat jagte das Boot in einem Wahnsinnstempo über die Wellen.

Die Tauchboje sah ich zuerst, ein unschuldiges rot-weißes Schiffchen, das neben dem Bug des grün-weißen Tauchbootes im Wasser dümpelte und uns mit seiner Fahne zuwinkte. Pat bremste und brachte das Schnellboot längsseits zum Halten. In dem Moment bemerkte ich die Gestalt, die auf der anderen Seite an die Oberfläche trieb und Wasser spuckte.

»Na endlich, wo bleibst du denn? Wir haben schon zwei Tauchgänge hinter uns!«

»Sorry, bin aufgehalten worden.« Pat grinste breit und zwinkerte mir verschwörerisch zu. An dem Stirnband zog er das viereckige Gehäuse hervor und reichte es hinunter in die Wellen. »Hier, ich hab dein Baby! Und diese Lady kommt auch deinetwegen.«

Er beugte sich über den Bug und flüsterte Marco etwas zu, was ich nicht verstehen konnte – und auch nicht verstehen wollte.

Marco reckte den Kopf und ich rappelte mich auf die Knie hoch. Mein Genick schmerzte von der wilden Fahrt, aber als ich in Marcos Gesicht sah, musste ich lachen.

»Was – Lou?!«

Ich zog mich auf die Wulst des Bootes und zwängte mit der anderen Hand meine Füße in die Flossen. Dann warf ich meine Mütze in den Bug, griff nach der Maske, schlüpfte mit dem ganzen Arm durch die Schlaufe und ließ mich rücklings ins Wasser fallen. Wie heute Morgen durchfuhr mich die Kälte wie ein Schock, und wieder brauchte mein Körper nur Sekunden, um die Temperatur zu akzeptieren.

»Hi«, sagte ich zu Marco und lächelte. »War keine Absicht, dass ich dich gestern versetzt hab. Ich bin einfach eingeschlafen und erst heute Morgen wieder aufgewacht.«

Marco hatte seine Sprache verloren, denn er nickte nur und starrte mich noch immer an wie eine Erscheinung. Dann räusperte er sich und strich sich mit einer Hand die Salzperlen aus den Haarstoppeln. »Äh – schon okay. Was hast du mit Pat zu schaffen?«

»Er hat mich zu dir gebracht.« Ich sah mich um und fühlte, wie die Wellen an mir zogen und das Pochen meines Herzens immer lauter wurde. Schon ewig war ich nicht mehr so weit auf offener See im Wasser gewesen. »Was treibt ihr hier? Ist das überhaupt ein offizieller Tauchspot?«

Marco deutete mit dem Kinn gen Tiefe. »Pat kennt so einen Typen, der angeblich einen neuen Rekord im Tieftauchen aufstellen will. Er ist total besessen davon, ihn groß rauszubringen, und macht uns alle verrückt damit.«

»Wer ist der Typ?«

»Ich kenne ihn nicht gut. Kommt aus Australien, soweit ich weiß. Auf jeden Fall ist er genauso irre wie Pat.«

»Und du filmst ihn dabei?« Interessiert sah ich zu, wie er sich das durchsichtige Gehäuse um die Stirn schnallte.

Marco lächelte und zog an etwas, was um seinen Hals hing. Ich schaute ins Wasser und sah ein weiteres Unterwassergehäuse, das eine Kamera einschloss, doch diese war ungleich größer und imposanter.

»Die Nikon hier schießt sieben Bilder in der Sekunde und hat beinah keine Auslöseverzögerung. Die GoPro dient nur dazu, dass er seinen Tauchgang später selbst analysieren kann.«

Marco setzte die Maske wieder auf und warf mir einen letzten Blick zu. Dann holte er tief Luft und verschwand mit zwei kräftigen Flossenschlägen nach unten.

Ich kraulte der Spur hinterher, die Marcos abtauchender Körper hinterlassen hatte, spülte meine Maske aus und setzte sie auf. Hinter der Tauchboje trieb eine zweite Markierung im Wasser, ein Schiffchen in Blau, und als ich genauer hinschaute, erkannte ich auch, dass ein Seil daran in die Tiefe hing.

Tieftauchrekord, hatte er gesagt – von welcher Tiefe redeten wir hier überhaupt? So weit ging es an dieser Stelle doch gar nicht runter, oder?

Neugierig setzte ich meinen Schnorchel ein und streckte den Kopf unter die Oberfläche.

Zuerst sah ich kaum etwas. Die Sonne bündelte ihre Strahlen und malte einen diffusen Lichtkreis um meinen Körper. Ein Flimmern vor meinen Augen, dann eine Bewegung, Marco in der Tiefe – sein Schemen wurde klar und schälte sich wie ein Schattenbild aus dem Blau.

Die Sicht war gut, und nun konnte ich auch die zwei Taucher sehen, die in vielleicht zwölf oder dreizehn Metern Tiefe schwerelos im Meer standen. Ihre Atemluft wurde aus bauchigen Flaschen gespeist, die sie an der Weste trugen – Marco dagegen hielt sich locker am Seil und spuckte keine Luftblasen. Er hielt die Luft an, so wie wir es früher oft getan hatten, als wir beim Schwimmen nach Schätzen am Meeresboden getaucht waren, nur mit Maske und Flossen bewaffnet.

Plötzlich fing das Seil an zu zittern. Marco ließ die Leine los und bewegte sich ein paar Flossentritte rückwärts. Dann sah ich ihn, einen Schatten aus der Tiefe. Schwarz und schnell, wie ein Pfeil, der sich lautlos in den Lichtkreis bohrte.

Er stoppte wenige Meter unter mir, eine Hand lose am Seil, und verharrte dort, die Augen geschlossen, das Gesicht nach unten gewandt, zur dunklen Seite des Meeres. Er stand reglos wie eine Statue und seine Haare waberten schwarz und weich um seinen Kopf, und ich musste an diese Geschichte denken, die ich einmal gehört hatte, die Geschichte von den Meerjungfrauen, die am Grund der See warteten, um einen für immer mit sich zu nehmen – da hob er plötzlich den Kopf und sah mich an.

Mein Atem stockte. Sein Blick glitt durch mich hindurch, ans Licht, an die Luft. Wie seltsam, dachte ich noch, seine Haut ist braun, aber seine Augen sind blau, so blau wie das Meer – dann lächelte er plötzlich und ich drehte mich im Wasser und schob mich an die Oberfläche. Meine Haare lösten sich aus ihrem Knoten und fielen hinter mir ins Wasser. Oben spuckte ich den Schnorchel aus und sah mich um.

Hinter dem blauen Schiffchen tauchte das Minigehäuse der GoPro auf, dicht gefolgt von Marcos Gesicht und seiner Riesenkamera. Er lächelte, als unsere Blicke sich trafen, und reckte den Daumen nach oben. Ich strampelte Wasser und suchte weiter, doch der Taucher kam nicht. Er hatte keine Tauchflasche dabeigehabt, also brauchte er auch keine Dekompressions-Stopps einzulegen. Was tat er so lang da unten?

Plötzlich bekam ich mit, wie Marco, der den Kopf wieder unter Wasser hielt, mit schnellen Bewegungen abtauchte. Ich atmete tief ein, sammelte all meine Kraft und drückte mich gegen den Auftrieb des Anzugs nach unten. Ich trug kein Blei und musste kräftig mit den Flossen schlagen, ehe das Wasser mich sinken ließ. Ungeduldig zog ich mich am Seil entlang der Stelle entgegen, wo eben noch der Taucher gewartet hatte.

Der Taucher, der nun verschwunden war, verschluckt vom Blau, als hätte es ihn nie gegeben.

Ich schaute um mich, sah die Lichtwellen, die im Wasser tanzten, und Marco, der eben aus der Tiefe zurückkehrte. Die beiden Gerätetaucher machten sich ebenfalls an den

Aufstieg, langsam zwar, dafür gestikulierte einer von ihnen wild gen Tiefe. Ich wollte ihnen entgegenschwimmen, an ihnen vorbei, dem Taucher hinterher, doch meine Lunge schrie nach Luft. Sie war es nicht mehr gewohnt, so lange unter Wasser zu bleiben, also gab ich ihr nach und ließ mich erneut ans Licht spülen.

Ich drehte mich um und suchte Marco. Er hing am Boot und stieß Pat an, der lässig auf der Wulst des Bootes fläzte und beide Arme ins Wasser baumeln ließ.

»He, Pat, war das abgesprochen?«, fragte Marco eindringlich.

»Nein, aber er weiß schon, was er tut.« Pat deutete mit dem Kinn auf das Gehäuse an Marcos Kopf. »Hast du's drauf, wie er umkehrt?«

Marco runzelte die Stirn. »Nein, und wenn das so weitergeht, bin ich raus aus der Sache. Ich hab echt keinen Bock, den Typen leblos aus dem Wasser zu fischen, das muss ich nicht auf Film haben, klar?«

Pat rollte mit den Augen. »Oh Marco, krieg dich wieder ein. Ich bin nur sein Coach, nicht seine Mama!«

Ohne ein weiteres Wort verschwand Marco wieder unter der Oberfläche. Ich konnte sehen, wie angespannt er war, wie sein Nacken verkrampfte.

»Was ist passiert?« Ich schwamm ebenfalls zu Pat hinüber, hängte mich an das Boot und blinzelte ins helle Licht. »Ist ihm was zugestoßen?«

Das breite Grinsen kehrte zurück auf Pats Gesicht. »Nein, dem passiert nichts! Der Typ ist wahnsinnig. Pass nur auf, nächste Woche wollen wir die Hundert knacken!«

»Hundert Meter?« Ich musste mich verhört haben. »Da runter?«

»Logo«, lachte Pat. »Was denkst du, was wir hier machen?«

Mein Puls beschleunigte und Kälte kroch mir in die Knochen. Hundert Meter ohne Atemluft? Das war kein Rekordversuch, das war ein Spiel mit dem Leben.

Marcos Gestalt näherte sich wieder der Oberfläche. Ich setzte hastig die Maske auf, steckte den Kopf ins Wasser und sah noch, wie der fremde Taucher ins Licht glitt, die Arme ausgebreitet, als würde er von einer geheimen Macht nach oben getragen. Er hielt die Augen dabei fest geschlossen und brach so sanft durch die Trennlinie, als mache es für ihn keinen Unterschied, auf welcher Seite er sich befand. Mein Herz bebte, und fasziniert riss ich den Kopf hoch, um ihn anzusehen.

»Wow, was war denn das für ein Kunststück?« Einer der anderen Taucher hatte uns ebenfalls erreicht und zog sich die Maske vom Kopf. Anzug und Weste trugen ihn im Wasser, trotzdem zappelte er unruhig mit den Beinen.

»Das war genial«, hörte ich eine zweite Stimme rufen. Sie gehörte einer Frau, einer jungen Frau, die ihre feuerroten Haare lässig im Wasser auswrang. »Habt ihr das mitgekriegt?«

Der Taucher senkte den Kopf und legte sein Gesicht auf die Wasserfläche, als müsse er Abschied nehmen vom Meer, ehe er in die Welt der Menschen zurückging. Er schwamm zum grün-weißen Boot, aus dem sich nun ein schwarzer Kopf erhob und zwei freundliche Hundeaugen ihn begrüßten. Mit einem kräftigen Satz stemmte er sich hoch und zog die Nasenklammer ab. Dann erst drehte er sich um und blinzelte ins Licht der Sonne.

Ich konnte nicht verhindern, ihn aus dem Wasser heraus

anzustarren. Der Taucher hatte dunkles Haar, das in nassen Strähnen bis auf seine Schultern fiel. Die blassen Lippen hielt er stur geschlossen. Am faszinierendsten aber waren seine Augen, dieses leuchtende Blau seiner Iris, das völlig fehl am Platz wirkte und doch alles stimmig machte. Ich hätte ewig so im Wasser liegen und ihn einfach nur ansehen können.

»Komm, lass uns fahren.« Die Rothaarige drängte sich in mein Blickfeld und warf umständlich ihre Ausrüstung ins Boot, bevor sie hinterherkletterte. »Kümmert ihr euch um das Seil?«

Marco seufzte schwer, dann schwamm er zu mir herüber und sah mich fest an. »Sorry, ich muss da mit. Aber wie wäre es, wenn wir unser Treffen heute nachholen? Ich habe noch was für dich.«

Ich schüttelte den Kopf, noch immer wie benebelt. »Komm doch zu mir, geht das? Ich wollte dich sowieso fragen, ob du das Warmwasser hinkriegst.«

»Okay, dann sehen wir uns später.« Einen schnellen Herzschlag lang hatte ich Angst, er würde sich vorbeugen und mich auf den Mund küssen, so wie er es vor zwei Jahren immer zum Abschied getan hatte. Doch er lächelte nur, drehte in einer einzigen Bewegung um und kraulte zu dem wartenden Boot hinüber, aus dem die Rothaarige ungeduldig winkte.

»Warte, ich helf dir!« Ich schwamm zu dem zweiten Taucher, der sich bereits daranmachte, das Seil auf das blaue Schiffchen zu wickeln. Gemeinsam zogen wir die Boje zum Boot und reichten sie Pat, der uns dafür hineinhalf.

»Die Videos kannst du dir auf YouTube reinziehen«, verkündete Pat mit unverhülltem Stolz in der Stimme. Dann wurde er plötzlich ernst. »Hey, kannst du eigentlich tauchen? Ich meine, so richtig?«

Ich sah dem Boot hinterher, das vor der Insel bereits klein wie ein Spielzeug aussah. »Ja«, sagte ich nur.

»Cool!« Pat grinste schon wieder. »Dann komm doch morgen wieder, uns fehlt nämlich noch ein Mann.«

TAUCHER-TALES

Marco platzte in mein provisorisches Abendessen – Spaghetti alla Fertigsoße-Carbonara, dazu Wasser aus Plastikflaschen und Dosen-Lemonsoda –, das ich mir auf der Heimfahrt noch schnell besorgt hatte. Den alten Vespa-Roller, mit dem er mich vor zwei Jahren schon über die Insel chauffiert hatte, parkte er am Ende der Auffahrt, sodass er von der Straße aus nicht zu sehen war.

»Da hast du dir ein schönes Ei gelegt«, meinte er und nickte, als ich ihm fragend einen Teller hinhielt.

»Warum? Du machst doch auch mit bei der Sache.«

»Ja, weil er mir einen Job als Fotograf angeboten hat. Aber du kennst Pat nicht«, warnte Marco. Er drehte zwei Nudeln geschickt auf seine Gabel und betrachtete sie kritisch. »Solange er kriegt, was er will, ist er der netteste Mensch auf der Welt. Aber sobald was nicht nach seinem Kopf geht, dreht er durch. Pat kann echt anstrengend sein.«

»Ich hatte eher den Eindruck, seine Schwester hält das Zepter in der Hand.« Ich legte meine Gabel weg und stützte mich mit den Ellbogen auf die Tischplatte. Es tat gut, Marco in der Nähe zu haben, er gehörte zu meinen schönsten Erinnerungen an diesen Ort. Wie Olivenpizza und Wettschwimmen im Meer.

»Ella, ja, Ella – die ist ganz okay. Die führt sich nur so auf, wenn *er* dabei ist.« Marco rollte mit den Augen und schob sich endlich die Gabel in den Mund.

»Was ist das überhaupt für ein Typ? Wo hat Pat den aufgetrieben?«

»Ich weiß auch nicht viel über ihn«, gab Marco zu und schaffte es, drei Nudeln perfekt auf die Gabel zu rollen. »Er hat in Australien als Tauchlehrer gejobbt und so. Immer auf Achse. Erzählt die wildesten Geschichten von Begegnungen mit Weißen Haien und riesigen Walen, keine Ahnung, ob das alles wirklich stimmt.« Nachdenklich hob er die Gabel an und hielt sie auf halber Höhe in der Luft, als würde er den Nudeln eine Galgenfrist einräumen. »Ich weiß nur, dass er verdammt gut die Luft anhalten kann und es länger da unten aushält als irgendeiner sonst.«

»Und dieses Gerede von wegen neuer Rekord und so?«, wollte ich wissen. »Die hundert Meter sind kein Scherz, oder?«

»Sein voller Ernst. Pat hat ihn im letzten Tauchurlaub entdeckt und damit geprahlt, einen Sponsor für ihn aufzutreiben und die Logistik zu organisieren. Vor drei Wochen ist er dann echt aufgetaucht. Du glaubst gar nicht, was Pat seitdem alles anstellt, um ihn groß rauszubringen!« Er sah sich in dem kahlen Raum um. »Hast du einen Computer?«

»Hm, schon. Aber kein Internet.«

Er zog sein Smartphone aus der Tasche, tippte darauf herum und reichte es mir. Fasziniert starrte ich auf den kleinen Bildschirm. Es war das Video von heute Morgen, von dem doppelten Tauchgang, den Marco unterbrochen hatte, weil er auftauchen musste, ganz im Gegensatz zu dem Taucher mit den Meeraugen.

»Das schafft er alles ohne Luft?« Ich startete das Video erneut. Meine Nase klebte am Bildschirm. »Ist das gesund?«

Marco lachte. »Natürlich braucht er Luft! Er presst sie in seinen Brustkorb, bevor er abtaucht. Seine Lunge ist darauf trainiert, also kriegt er mehr Luft rein als ein normaler Mensch und kann es länger aushalten, ohne wieder zu atmen. Das nennt man Apnoe. Oder Freitauchen.«

»Wie lange kann er die Luft anhalten?«, fragte ich, ohne aufzuschauen.

»Wenn er nicht tief taucht und sehr still hält, etwa acht Minuten.«

Ich pfiff durch die Zähne. »Wow! Und wie tief kommt er runter?«

Marco lehnte sich zurück und wartete, bis das Video zu Ende gelaufen war. »Das werden wir bald wissen. Pat behauptet, die hundert Meter schafft er spielend, aber ich glaube das nicht. Unsere Trainingstauchgänge reichen bisher auf maximal sechzig Meter und das konnten wir auch erst zweimal machen. Also abwarten.«

Ich langte nach zwei Dosen Lemonsoda und gab Marco eine davon. Wir öffneten sie synchron und prosteten uns zu. Mit einer Hand machte ich mich daran, das Geschirr zusammenzustellen.

»Gib es mir morgen wieder.« Marco grinste und deutete mit dem Kinn auf sein Smartphone. »Kannst ja heute Nacht noch ein paar Clips gucken. Such einfach nach Dive-in, Constant Weight, Apnoe. Und seinem Namen: Angel.«

Die süße Flüssigkeit perlte aus meiner Kehle zurück in meinen Mundraum und sprudelte über. Ich prustete und spuckte alles in einen leeren Teller.

»Er heißt nicht wirklich so.« Marco lachte mich an. »Aber

alle spielen sein Spiel mit, was weiß ich, er findet wohl, der Name klingt besonders geheimnisvoll oder so.«

Ich packte den Tellerstapel und floh damit in die Küche. Im Halbdunkel ließ ich alles geräuschvoll in die Spüle rutschen und stellte das Wasser an, um mein Gesicht damit zu kühlen. Angel – das konnte nicht stimmen, so viele Zufälle gab es nicht! War er das wirklich? Aber warum hatte ich ihn dann nicht erkannt? Hatte er mich erkannt? Wohl nicht, schließlich konnten wir uns kaum sehen in dieser Nacht, nur hören.

»He, alles klar bei dir?«, rief Marco aus dem Esszimmer.

Ich atmete zweimal tief durch. »Alles klar. Kommst du mal mit nach oben, bitte? Ich will dir noch den defekten Boiler zeigen.«

Ohne ein Wort sprang Marco auf, packte seine Tasche, die im Flur stand, und lief hinter mir die Treppe hoch und ins Badezimmer. »Weißt du, eigentlich finde ich die Sache auch spannend. Aber es stört mich, dass alle so um ihn rumtanzen. Sogar Pat macht, was er verlangt. Und die Mädels sowieso.«

»Also darum geht es. Ihr habt Angst, dass er euch die Mädchen abspenstig macht.«

Er grinste und fuhr sich mit der Hand über den Kopf. Mir fehlten seine gemütlichen Strubbelhaare, ohne sie wirkte er so fremd und erwachsen. Gar nicht mehr wie jemand, der nachts heimlich mit mir an den Strand abgehauen war.

»Ihr habt einen hydraulisch geregelten Durchlauferhitzer.« Marcos Gesicht verschwand unter dem Boiler. »Der hat manchmal einen Wackler, das kriege ich hin. Gibst du mir mal meine Tasche, bitte?«

Vom Türrahmen aus sah ich zu, wie er an dem Gerät herumschraubte und schließlich harsch dagegenschlug. Dann drückte er den Anschalter und ein zufriedenes Lächeln umspielte seine Lippen. »Na bitte. Wenn das Duschen trotzdem zur Kneippkur wird, ruf mich an, dann schau ich ihn mir noch mal an.«

»Du bist super. Vielen Dank!«

Er schob die Hände in die Taschen seiner Cargohose und sah mich von unten herauf fast schüchtern an. »Freust du dich eigentlich, mich wiederzusehen?«, fragte er leise.

Ich drückte meinen Rücken gegen die kühlen Fliesen. »Ja«, sagte ich ebenso leise. »Natürlich!«

Er nickte langsam, nahm den Blick von mir und starrte stattdessen auf den Boden. »Nur nicht so sehr wie damals.«

»Marco …«

»He, kein Problem!« Er packte sein Werkzeug zusammen und stopfte es zurück in die Umhängetasche. Dann schob er die Finger in die Hosentasche, zog etwas heraus und gab es mir.

»Hier … falls du es überhaupt wiederhaben willst.«

Ich nahm das schmale Armband entgegen und fuhr mit dem Finger sacht über den eingestanzten Delfin. Ein Relikt aus einer anderen Zeit, eine Erinnerung an meinen letzten Sommer in diesem Haus – an einen Marco mit Strubbelhaaren. »Warum sollte ich es nicht wiederhaben wollen? Das würde doch bedeuten, dass ich den vorletzten Sommer bereue, und das tue ich nicht, kein bisschen!«

Ein paar Herzschläge lang standen wir schweigend voreinander und suchten beide die Muster der Mosaiksteinchen ab, dann räusperte Marco sich und schulterte seine Tasche. Auf einmal schien er es sehr eilig zu haben, von hier wegzukommen.

»Marco, warte mal!« Ich lief ihm hinterher, holte ihn aber erst ein, als er bereits in seine Schuhe schlüpfte. »Kannst du mich morgen mitnehmen?«

Er schaute mich an und ein Lächeln erschien in seinen Augen. »Na klar. Bin um neun Uhr da.«

»Dann schlaf gut«, flüsterte ich. Er zögerte kurz, dann kam er noch mal zurück und nahm mich in den Arm. Bevor ich reagieren konnte, hatte er mich auch schon wieder losgelassen und stieg ohne ein weiteres Wort auf seine Vespa.

Später hockte ich mich mit Marcos Smartphone vor dem hohen Fenster auf den Boden meines Zimmers. Es gab tatsächlich etwas, was ich nachsehen wollte, etwas, was nichts mit Angel zu tun hatte.

Ich schaltete das Gerät ein und sofort sah ich sein Gesicht. Wie zuvor im Meer hielt er die Augen auf dem Video geschlossen und blieb für sich, während er mit anliegenden Armen gen Lichtkegel trieb. Verwirrt schloss ich die App und startete stattdessen den Webbrowser. Mit bebenden Fingerkuppen tippte ich »Apnoe« in das Suchfeld ein.

Unzählige Einträge wurden angezeigt, und da ich nicht wusste, wonach genau ich überhaupt suchte, klickte ich wahllos einen an.

Apnoe – ein Wort, das aus dem Griechischen stammt und so viel bedeutet wie ›ohne Atem‹ – wird für den bewussten sowie unbewussten Zustand des Atemstillstands verwendet.

Ich scrollte weiter und beugte mich unwillkürlich dichter über den Bildschirm.

Freitauchen ist die ursprünglichste Art des Tauchens überhaupt. Bereits vor über zweitausend Jahren stiegen die ersten Schwammtaucher dreißig Meter tief hinab, um im Mittelmeer

Badeschwämme zu ernten. Bevor es den ersten Tauchapparat gab, war das Tauchen mit angehaltenem Atem die einzige Möglichkeit, an Muscheln, Korallen oder Meeresfrüchte heranzukommen.

Mein Herz schlug schneller und meine Augen flogen nur so über die Sätze, als ich den Text weiter nach oben schob. *Sportler, die Apnoe wettkampfmäßig betreiben … unterschiedlichste Disziplinen … das Abtauchen in immer größere Tiefen.*

Mediziner hatten einmal vorausgesagt, dass der menschliche Körper bei fünfzig Metern auf seine physiologische Grenze träfe – etwa so tief, wie der schiefe Turm von Pisa hoch war. Deren Gesichter hätte ich gern gesehen, als Jacques Mayol, in den Siebzigerjahren eine Legende des Freitauchsports, als erster Mensch ohne Atemgerät die Hundert-Meter-Grenze erreichte. Ich fand außerdem heraus, dass es einen Verband namens AIDA gab, der die Weltrekorde im Apnoetauchen verzeichnete. Der Rekord in statischer Apnoe, also dem reinen Luftanhalten unter der Wasseroberfläche, lag bei über elf Minuten. Fasziniert schüttelte ich den Kopf. Tiefenrekorde gab es verschiedene, je nach Disziplin – zum Beispiel das Tieftauchen mit konstantem Gewicht, wobei der Apnoist aus eigener Kraft in die Tiefe hinab- und aus eigener Kraft auch wieder auftauchte –, der Rekord lag bei hundertachtundzwanzig Metern. Tieftauchen mit variablem Gewicht bedeutete, dass zum Abtauchen ein Maximalgewicht oder Schlitten benutzt werden durfte. Nur der Aufstieg musste aus eigener Kraft erfolgen. Die grenzenloseste Form dieses Sports hieß »No Limit« und erlaubte es dem Athleten, sich von einem beliebigen Gewicht in die größtmögliche Tiefe ziehen und von einem Hebeballon oder einer Seilwinde wieder nach oben bringen zu lassen. Die Rekorde bei den Frauen lagen hinter denen der Männer zurück, obwohl auch hier atemberaubende Tiefen erreicht wurden.

Mein Kopf schwirrte, trotzdem spürte ich, wie meine Haut leise prickelte. Die Rekorde auf der AIDA-Seite waren irre, absolut verrückt – was musste es für ein Gefühl sein, sich so tief vom Meer verschlucken zu lassen? Welche besonderen Fähigkeiten hatten diese Menschen? Ließ sich das trainieren?

Ich schloss die Augen, und plötzlich schob sich ein anderes Bild vor meine abtauchenden Gedanken, eines, das die ganze Zeit über schon da gewesen sein musste: Angel konnte etwas, was nur sehr wenige Menschen beherrschten. Im Meer war er frei.

AUGENBLICKE

Die erste Nacht in meinem Bett verbrachte ich halb schlafend, halb träumend. Bildfetzen jagten durch meinen Kopf und verwirbelten Erinnerungen mit Erzählungen, Zahlen mit Buchstaben, bis mein Verstand aufgab und ich wach wurde. Ich stand auf, um wieder schwimmen zu gehen, doch als ich das Fenster aufriss, empfing mich brausender Seewind mit einer ungemütlichen Mischung aus Sprühregen und Kälteschauer. Nein, das war kein guter Tag, um ins Meer zu steigen. Ich musste mich anders ausprobieren.

Ich zog meinen schwarzen Kapuzenpullover über und wickelte mir die Bettdecke um die Hüfte. Mit dem Fuß schob ich die Fenstertür weit auf und hockte mich davor auf den Boden. Mein Herz schlug laut vor Aufregung. Wie lange konnte ein normaler Mensch die Luft anhalten?

Die Uhr an meinem Handgelenk besaß keine Stoppfunktion, doch ich hatte in einer der Schubladen meine alte Taucheruhr entdeckt, die ich nun aktivierte. Ich holte tief Luft, sperrte sie in meinen Lungen ein und drückte den Auslöser.

Obwohl ich Sternchen sah, schaffte ich nicht mal eine Minute. Verwirrt blinzelte ich in die Nacht. Acht Minuten? Niemals, da gab es einen Trick, bestimmt! Ich versuchte es wieder und danach gleich noch einmal. Und noch mal. Am

Ende hatte ich die Minute überschritten, sogar fast anderthalb Minuten gepackt, ohne zu atmen. Es ging also doch mit Training! Aber ich brauchte mir nichts vorzumachen, schließlich saß ich hier, warm eingekuschelt in meine Decke, ohne mich anstrengen zu müssen. Ein Abstieg in die Tiefen des Meeres würde viel mehr Kraft kosten.

Irgendwann kam ich auf die Idee, dem Spiel etwas mehr Pfiff zu verleihen, und angelte meine alte Panflöte aus dem Schubfach neben dem Bett. Sie klang ein wenig verstaubt, doch sofort malten die Töne Bilder in meinem Kopf. Sophia und ich unter dem Weihnachtsbaum, wie wir uns mit Blicken duellierten, weil keine den ersten Ton spielen wollte. Im Hosenanzug bei einem dieser langweiligen Empfänge, die unsere Eltern immer gaben, die Querflöten rutschig zwischen unseren Fingern, weil wir beide vor Nervosität schwitzten. Für die Panflötenspielerei dagegen hatte meine Mutter nie was übrig gehabt. Vielleicht hatte ich sie deshalb behalten.

Ich setzte die Flöte an die Lippen und versuchte, so lang wie möglich zu spielen, ohne dabei Luft zu holen. Ohne Stoppuhr hatte ich keinerlei Kontrolle über meinen Fortschritt, also begann ich, immer dasselbe Lied zu spielen, immer von vorn und so weit, bis mir die Puste ausging. Ich schaffte es bis zum Refrain, die ersten Takte der Bridge, dann fast die ganze. Atemlos ließ ich das Instrument sinken und stand auf, als jemand draußen am Tor klingelte.

»Hi, ich bin's!«

»Marco!« Erschrocken sah ich an mir runter. »Ist es schon so spät? Ich bin noch nicht mal angezogen!«

Er lachte. »Nein, keine Angst. Bin früher gekommen, weil ich dachte – also, ich hab Frühstück mitgebracht.«

Kopfschüttelnd drückte ich auf den Summer und wartete, bis er den alten Transporter seines Vaters unter den Palmen abgestellt hatte. Er wurde rot, als ich das Nachthemd unter meinem Pullover lang zupfte.

»Jetzt komm rein, das hast du alles schon mal gesehen!«

Er grinste, trat dann aber hinter mir durch die Tür und folgte mir in die Küche. Ich setzte Wasser auf, kippte es über das Kaffeepulver und stellte eine Tasse vor Marco auf den Tisch. »Du musst mich nicht verköstigen, ich komm schon klar!«

»Den Service gibt es auch nicht jeden Morgen, also gewöhn dich nicht dran.« Er griff nach der Panflöte und drehte sie in den Fingern. »Ich wusste gar nicht, dass du das kannst.«

»Hab's auch lange nicht mehr gemacht. Sie lag hier im Schrank, ich hatte sie total vergessen.«

»Spielst du mal was?«

Ich streckte die Hand aus und ließ die Flöte in meiner Tasche verschwinden. »'n andermal, okay? Ich brauch jetzt erst mal eine Dusche. Meine Haare riechen immer noch nach Carbonara.«

Kein Boot schaukelte auf den Wellen, als wir die Straße von Capoliveri in Richtung Lacona fuhren. Die Sonne blinzelte aus dem Wolkenmeer, und der Himmel sah aus, als habe jemand seine Farben ineinandergemischt.

Zwischen den Bäumen spürte man den aufziehenden Sturm nicht so stark wie auf den Felshängen über dem Meer, doch Marco trat vorsichtshalber auf die Bremse und nahm die Kurven gemächlicher. Mit jedem Kilometer, den wir hinter uns ließen, wurde die Aufregung schlimmer. Pat und Ella Jones kannten mein Gesicht, obwohl ich damals noch ein Kind gewesen war. Konnten sie meinen Plan kaputt machen? Das war ein paranoider Gedanke, schließlich konnten sie nicht wissen, unter welchen Umständen ich wieder hier war – trotzdem wäre mir wohler gewesen, dieser Angel hätte sich eine andere Tauchschule für seinen verrückten Rekord ausgesucht.

Der Taucher hinter dem Schriftzug rüttelte im brausenden Wind an seinen Seilen, und Marco zog den Kopf zwischen die Schultern, als wir das Dive-in betraten. Die Tür war nur angelehnt und drinnen lief laute Musik, aber ich hörte sie kaum. Meine Augen übernahmen das Ruder und gespannt sah ich mich um.

Ein großer Tisch dominierte den Raum, der fast das gesamte untere Stockwerk einnahm. Pat und Ella saßen darum und der Presslufttaucher von gestern mit der hübschen Brünetten auf dem Schoß. Niemand sonst.

Enttäuscht blieb ich im Eingang stehen. Große Sprossenfenster fluteten den gekachelten Raum mit hellem Tageslicht und Staubstürmchen tanzten über dem zersessenen Ledersofa. Links von uns türmten sich Bücher, CDs, Sonnenbrillen, Kappen, T-Shirts und allerlei Souvenirkrempel in einem hohen Regal, daneben hingen Postkarten mit Unterwassermotiven und Tauchführer in unterschiedlichen Sprachen an einem Drehständer. Drei Türen führten in den hinteren Teil, mit Karikaturen daran, die je einen Taucher beim Pinkeln, beim Umziehen und beim Schleppen schwerer Pressluftflaschen zeigten, eine vierte Tür versteckte sich in der Seitenverkleidung und trug ein schlichtes Schild mit der Aufschrift »Privato«. Rechts von uns duckte sich ein Tresen hinter die Tür, vollgestellt mit Kaffeeautomat, Bildschirm, Tintenstrahler, Maus, Tastatur und allerlei Papierkram.

»Hey!« Pat sprang auf und umarmte mich stürmisch. Er grinste breit und deutete auf die freien Stühle am Tisch. »Cool, dass du gekommen bist. Wir sind gerade an der Planung!«

Marco zog zwei Stühle für uns heraus und hockte sich neben mich. Acqua, der ihm wie ein Schatten gefolgt war, verdrückte sich unter den Tisch und rollte sich zwischen seinen Füßen zusammen.

»Was soll das denn, Pat?«, fragte Ella auf Italienisch. »Ich dachte, neue Leute sind eine Teamentscheidung.«

Pat ignorierte den Einwurf und deutete auf mich. »Das ist – ich weiß noch gar nicht, wie du heißt!«

»Lou … ich heiße Lou.«

»Lou hat angeboten, bei uns mitzumachen. Ihr wisst ja, die Zeit drängt und wir müssen den Tauchgang auf hundert Meter schaffen, bevor wir Sponsorengelder kriegen. Also schlage ich vor, wir verzichten auf die Formalitäten und sagen: Willkommen im Team, Lou!«

Ella verdrehte die Augen, aber dann lehnte sie sich in ihrem Stuhl zurück und lächelte. »Also, Pat kennst du ja schon, er spielt sich hier gern als Chef auf, ist es aber nicht. Ich bin Ella und das sind Adriano und Francesca.«

»Das wäre also geklärt.« Pat hockte sich auf den Tisch und sah uns mit blitzenden Augen an. »Du weißt ja, worum es geht: Wir planen einen Tieftauchrekord auf hundertdreißig Meter mit konstantem Gewicht. Bei einem offiziellen Rekordversuch müssen Sicherungstaucher in Abständen von zehn bis zwanzig Metern am Seil postiert sein, um dem Taucher zu helfen, falls er ein Problem bekommt. Unser nächster Trainingsschritt sind hundert Meter und genau da kommst du ins Spiel.«

»Lasst uns mal die Rollen durchsprechen.« Ella malte eine rote Linie auf die Karte mit den unterschiedlichen Blautönen, allerhand Kurven und Zahlen, die mitten auf den Tisch gepinnt worden war. »Stellt euch ein Seil vor, das hundert Meter in die Tiefe hängt. Das ist die Führungslinie, an der Angel sich orientiert. Hier ist die Hunderter-Marke, da brauchen wir einen Mann. Die anderen verteilen wir in Abständen darüber …« Sie strichelte die Linie und sah fragend in die Runde.

»Das mach ich!« Pat klaute seiner Schwester den Stift und schrieb seinen Namen an die unterste Stelle. »Über mir kommt Adri und den nächsten Sicherungstaucher setzen wir auf vierzig Meter.«

»Ihr schickt Sicherungstaucher auf hundert Meter? Mit Pressluft?« Ich lehnte mich dichter über die Zeichnung. »Wie wollt ihr das anstellen?«

»Rebreather«, erklärte Pat ungeduldig. »Adri und ich haben eine Sonderausbildung im technischen Tauchen, wir können auch noch tiefer runter.«

Ich wechselte einen Blick mit Francesca, die sich lässig eine Haarsträhne um den Finger wickelte. »Jungs. Lass sie einfach machen.«

»Vierzig Meter: Marco.« Ella holte sich den Stift zurück, blies sich eine rote Strähne aus dem Gesicht und sah zur Tür. »Dann übernimmt Lou die Zwanzig-Meter-Marke, in Ordnung?«

Ich nickte und sah zu, wie sie meinen Namen aufs Papier schrammte.

»Gut, das hätten wir geklärt. Francesca bleibt als medizinischer Back-up auf dem Boot, damit sind wir erst mal komplett.«

Marco runzelte die Stirn und sah Ella und Pat abwechselnd an.

»Euch ist aber schon klar, dass wir für den Rekordversuch einen Arzt an Bord haben müssen? Nichts gegen dich, Francesca, aber eine Krankenschwester werden sie kaum akzeptieren, da kannst du noch so viel Erfahrung mit Tauchunfällen vorweisen.«

»Lass das mal meine Sorge sein«, warf Pat ein. »Kümmere du dich lieber darum, dass wir das mit dem Licht geregelt kriegen. Er muss die GoPro dabeihaben, wir brauchen Material, sonst glaubt uns das keiner. Hundert Meter, ist euch klar, wie irre das ist?«

»Den Leuten müssen wir es klarmachen«, sagte Ella, ohne ihn anzusehen. »Wir brauchen irgendein Plakat oder so, was Visuelles, damit alle kapieren, was er da leistet!«

»Da kann Marco bestimmt was basteln.« Pat malte mit den Fingern ein dickes Kreuz auf eine dunkelblaue Stelle in der Karte. »Also, Leute, diese Stelle ist strömungsarm und vor allem: Sie hat die perfekte Tiefe. Wir können das Führungsseil am Grund beschweren.«

»Wichtig ist auch, dass das Wetter mitspielt.« Adriano warf einen bedeutsamen Blick zum Fenster. »An dem Tag muss es absolut windstill sein.«

Die Tür schwang auf, ich hörte es am Rauschen des Windes, das plötzlich anschwoll. Ein Windstoß fuhr durch Ellas Haare und ließ sie hochwirbeln, und ihre Augen flogen zur Tür, bevor das Rauschen wieder verklang.

Ich brauchte mich nicht umzudrehen, ich wusste, wer dort stand. Auch Francesca hielt kurz die Luft an und starrte in die Richtung. Ihr Blick begann zu flimmern und zu rufen – wie Glühwürmchen in einer dunklen Nacht.

»Komm mal, du musst dir das anschauen!« Ella rückte ihren Stuhl zur Seite, um Platz für den Ankömmling zu machen. »Die Wetterprognosen für die Woche sind gut.« Pat rutschte vom Tisch zurück auf seinen Platz, konnte aber kaum still sitzen bleiben. »Wir machen noch einen Testtauchgang mit den Rebreathern, und am Freitag kannst du beweisen, was du draufhast.«

Angel drehte einen Stuhl herum und hockte sich rittlings darauf, die Arme lässig auf die Lehne gestützt. Seine dunkelblauen Augen scannten die Meereskarte, die vor ihm ausgebreitet lag, und ein paar tiefschwarze Haarsträhnen fielen ihm locker ins Gesicht. Ich hatte recht gehabt, damals im Dunklen – es waren tatsächlich Wellen. Seine Haut war zu dunkel für Anfang Frühling, um sonnengebräunt zu sein, wenn auch nicht so dunkel wie Marcos oder die von Adriano. Er atmete tief und ruhig, ein Ausbund an Selbstkontrolle, und augenblicklich suchte ich nach Hinweisen, die verrieten, wie dieser Typ acht Minuten ohne Luft auskommen konnte.

»Passt«, sagte er schlicht. Dann schien ihm etwas aufzufallen. »Wer ist oben?«

»Ich«, meldete sich Ella. »Und Francesca im Boot.«

»Ich brauch jemanden für die letzten Meter.« Angel hob den Blick und sah an Ella vorbei zu Pat. »Da oben wird's gefährlich, nicht unten, wo ihr seid.«

»Schon klar«, winkte Pat ab. »Aber Ella ist dafür viel besser geeignet als ich.«

»Ella taucht mit Flasche. Ich brauch jemanden, der es ohne Atem kann.«

Hätte er so über mich gesprochen, während ich neben ihm saß, so als wäre ich gar nicht da, hätte mich das stinkwütend gemacht. Aber Ellas Gesicht wurde ganz weich, und sie legte sich halb auf den Tisch, bis sie ihn von unten herauf ansehen konnte. »Ich mach es genau so, wie du es willst, Baby.«

Angel beugte sich über die Stuhllehne zu ihr herunter, bis seine Lippen nur noch wenige Fingerbreit über ihren schwebten. »Dann musst du besser werden, *Baby.*«

Pat und Adriano lachten. Selbst Francesca grinste, obwohl sie den beiden mit unbewegter Miene zugeguckt hatte.

Marco lachte nicht. »Wir riskieren alle unser Leben da unten für dich, Mann. Das ist kein Spiel mehr.«

Angel ließ von Ella ab und sah hoch und plötzlich war sein Blick kalt wie Eis. »Für mich war es nie ein Spiel, Marco.«

»Können wir dann weitermachen?« Pat trommelte ungeduldig mit dem Stift auf die Unterlage. »Ich hab mit dem Sponsor gesprochen. Er kommt in den nächsten Tagen nach Elba und will natürlich was sehen. Den Rekordtauchgang haben wir dann für Anfang Juni angesetzt. Das lässt uns genug Zeit, auf die geplante Tiefe zu kommen. Wir packen das, Leute!«

Ella lächelte versonnen, dann blieb ihr Blick an mir kleben und sie stieß Angel mit den Fingern an. »Ach, übrigens, das ist Lou, Marcos …« Sie tauschte einen fragenden Blick mit Marco, der sofort bis über die Ohren rot wurde. »Eine Freundin von Marco.«

Adriano streckte seinen Kopf hinter Francescas Rücken hervor. »Heißt du wirklich Lou?«

»Ja, warum?«

»Ist schon 'n komischer Name.«

Und da rutschten sie heraus. Ich musste sie sagen, nur für ihn, und obwohl ich nicht hinschaute, um zu sehen, ob er mich daran erkannte, sagte ich sie. Vier Worte, die allein für ihn bestimmt waren.

»Beleidige nicht meine Mutter.«

Francesca fing an zu lachen und Adriano kniff ihr spielerisch in die Seiten, worauf sie nur noch mehr quiekte. Pat zog die Pins aus dem Tisch und rollte die Karte zusammen. Zufrieden schob er sie in ein Fach hinter dem Counter. »Ach, Lou, bevor ich es vergesse – ich brauch noch dein Brevet. Ist Vorschrift, wegen der Versicherung und so.«

In meinem Kopf jonglierte ich die Ausreden, weshalb ich es nicht vorlegen konnte. Ich war ziemlich sicher, dass Pat sich nicht an meinen Nachnamen erinnern konnte, aber mir fiel auch keine Alternative ein, wie ich diese Vorschrift umgehen konnte, ohne auf das Tauchen zu verzichten.

Pat besah sich meinen Schein und runzelte leicht die Stirn, dann gab er ihn mir wortlos zurück und setzte sein Grinsen wieder auf. »Cool«, lautete sein einziger Kommentar. Ein leises Unbehagen aber blieb. Ein Geheimnis auf einem Blatt Papier war kein Geheimnis mehr.

»Ich bin dann weg.« Angel schob in einer Bewegung den Stuhl zur Seite und erhob sich. Er war nicht groß und auch nicht sonderlich kräftig, eher sportlich und kompakt, und er schien seinen Körper extrem gut unter Kontrolle haben.

»Kommst du nicht mit, was essen?« Francesca wollte aufstehen, aber Adriano hielt sie fest und drückte ihr einen schmatzenden Kuss auf die Wange.

Angel war schon an der Tür. »Heut nicht. Will noch trainieren.«

»Aber du kommst doch mit, oder?« Ella schaute mich an und ich nickte, obwohl ich am liebsten auch durch diese Tür verschwunden wäre. Ich hätte gern gewusst, was er jetzt trieb. Was trainierte er, wenn er nicht im Wasser war?

»Training, von wegen«, brummte Ella. »Sicher ist er mit der Kleinen vom Campingplatz verabredet.«

»Oder ihm gehen die Ausreden aus, bis du endlich kapierst, dass er bei dir keinen wegstecken will«, säuselte Pat und lachte, als Ella ihm auf den Rücken sprang und die Arme um seinen Hals legte.

Wir gingen zum Campingplatz über der Laconella-Bucht, der seine Pizzeria ganz oben auf den Felsen balancierte, und ich bekam immer mehr das Gefühl, dass Ella nicht halb so sehr am Tauchen interessiert war wie an dem Taucher mit den Meeraugen.

SEE YOU OUT THERE

Der Sturm dauerte noch den ganzen nächsten Tag an. Regen trommelte gegen die Fenster und Blitze zuckten gespenstisch über dem Meer, sodass wir nichts weiter tun konnten, als auf besseres Wetter zu warten.

Irgendwann nach Mittag kam Marco vorbei und brachte Nudeln, Wein und frisches Gemüse mit.

»Deine Carbonara aus der Tüte war grauenvoll«, gestand er und hielt mir die Tasche mit den Lebensmitteln hin. »Erzähl mir nicht, deine Großmutter hat euch mit Pasta aus der Tüte gefüttert!«

Wir kochten zusammen, und Marco erzählte von seinen Unterwasserfotos, mit denen er es unbedingt in Zeitungen oder Tauchmagazine schaffen wollte.

»Der Job bei Pat ist eine echte Chance für mich, weißt du? Ich hab hier nicht so viele Möglichkeiten. Ziemlich sicher übernehme ich irgendwann den Laden von meinem Vater und dann ist es sowieso vorbei mit dem Fotografieren.«

»Warum? Ich kenne einige Fotografen, die ganz normale Jobs machen und trotzdem erfolgreich sind.«

Er kippte einen Schluck vom Wein in die Sauce und gluckste. »Was kennst du denn für Fotografen?«

Ich nahm ihm die Weinflasche aus der Hand und goss mein Glas damit voll. »Ich hab jahrelang gemodelt, da trifft man eben auf Fotografen.«

Jetzt lachte er richtig. »Was, du? Ein Model?«

Ich kniff die Augen zusammen und funkelte ihn an.

»So mein ich das nicht!« Er wurde rot. »Du bist nur – also, das passt überhaupt nicht zu dir.«

Ich reichte ihm das Weinglas und machte ein zweites voll, damit wir anstoßen konnten. »Meine Mutter wollte das so, und anfangs waren wir zu klein, da haben wir halt mitgemacht. Kindermode, Klamotten für Teenager, solche Sachen. Wir sind sogar mal in Paris auf so einer Show gelaufen.«

Marco starrte mich an. »Wow. Das hab ich nicht gewusst.«

Ich setzte mein Glas an die Lippen. »Ist sowieso vorbei. Jetzt posiere ich maximal noch vor deiner Kamera.«

Am Abend hockten wir uns mit Decken und einer Flasche Elba Rosso auf die Veranda und redeten über früher. Aber schon bald wurde ich schläfrig und meine Augen fielen zu. Ich merkte noch, wie Marco die Decke über meine Schultern zog und mir die Haare aus der Stirn strich, und eine andere Erinnerung mischte sich darunter, eine, die schon ein paar Nächte alt war – dann tauchte ich in den Schlaf.

Spät in der Nacht wurde ich plötzlich wach. Ich schälte mich aus meinen Decken und setzte mich auf. Das Meer rauschte leise und die Luft roch völlig klar, wie durchgewaschen. Etwas war anders als vorhin, aber ich brauchte etliche Atemzüge, bis ich merkte, dass man die Sterne wieder sehen konnte. Sofort begann mein Herz, wie wild zu schlagen. Endlich konnten wir tauchen!

Ich lehnte mich wieder zurück und inhalierte die kühle Nachtluft. Die Olivenbäume raschelten, und einen Moment glaubte ich, meine Großmutter leise summen zu hören, so wie sie es immer gemacht hatte, wenn wir zusammen unter den Sternen saßen. Sollte ich wirklich schlafen, in so einer herrlichen Nacht? Schlafen konnte ich immer noch, in unzähligen Nächten nach dieser.

Ich lief barfuß ins Haus und nach oben, nahm meinen Neoprenanzug vom Haken und tauschte meine Kleider dagegen aus. Dann hüpfte ich die Treppe hinunter wie ein kleines Kind und huschte zurück auf die Veranda.

Die Luft um mich schien zu flirren und ein Gefühl durchströmte meinen Körper, eine Art Erwartung. »Komm«, schienen die Blätter der Olivenbäume zu flüstern. »Die Nacht ist viel zu kurz!«

Lautlos lief ich die Steinstufen hinab, bis meine Zehen die Kälte spürten. Keine Seele war hier, nur der Mond folgte mir und legte einen silbrigen Schimmer auf die Wellen.

»Hallo«, begrüßte ich das Meer. Ein sanftes Streicheln an meinen nackten Waden, dann hatte das schwarz glänzende Wasser meine Knie verschluckt. Meine Hüften folgten und ein kühler Schwall drang durch die Poren des Neopren und schmiegte sich weich an meine Haut. Ich blieb nicht stehen, ließ mich vom Takt der leisen Wellen leiten und watete so weit hinein, bis ich den Halt verlor und schwimmen musste. Immer wieder glitten meine Arme nach vorn und trugen mich weiter hinaus, dem wandernden Mondlicht entgegen. Ein letztes Mal sah ich nach oben, betrachtete die unregelmäßigen Linien, die mich immer an ein zerfurchtes Gesicht erinnerten. Dann sog ich tief die kühle, salzige Nachtluft in meine Lungen und kämpfte mich hinab in die Finsternis.

Stille umfing mich, so friedlich und machtvoll wie der Mondschein. Ich schwamm zum Grund, der an dieser Stelle nicht tief war, und suchte nach einem Stein, an dem ich mich festhalten konnte. Etwas huschte aufgescheucht an meinem Ohr vorbei, und ich hielt mich reglos, um es nicht noch mehr zu erschrecken. Den Stein auf dem Schoß, saß ich auf dem felsigen Meeresboden und lächelte dem schalen Leuchten zu, das mir durch das Wasser gefolgt war und aussah wie gesplittertes Glas. Eine Kette aus Luftperlen zog an meinem Gesicht vorbei nach oben zum heilen Mond.

Erst jetzt fiel mir auf, dass ich meine Taucheruhr nicht trug. Ich hatte sie auf meinen Nachtschrank gelegt, wo sie nun die Nacht im Meer verschlief. Andächtig hob ich die Hand und streckte den Zeigefinger aus. »Accio Taucheruhr«, blubberte ich, und ein neuer Schwarm Luftbläschen wirbelte an meinen Augen vorbei. Ich musste kichern und spürte, wie mir die Luft knapp wurde.

Wie lange hockte ich wohl schon hier unten? Und was hieß: unten? Wie tief war ich eigentlich? Den Mond konnte ich noch sehen oder zumindest ein verschwommenes Zerrbild von ihm. So tief konnte ich also nicht sein. Das ist kein Freitauchen, dachte der wachere Teil meines Gehirns, das ist Schlafwandeln im Meer. Ich bin ein mondsüchtiges Meermädchen, das ist alles. Wer braucht schon Regeln und Gesetze, wer braucht schon Typen, die einem vormachen, was man auch selbst rausfinden kann?

Okay, Lou, das reicht.

All meine Sinne schrien nach Sauerstoff, also ließ ich den Stein los und glitt zurück zur Oberfläche. Es ging leicht, der Anzug trug mich hinauf, ohne dass ich mich anstrengen musste. Mein Kopf durchbrach die Wasserlinie und meine

Lungen schnappten nach Luft, sogen gierig, bis mein Kopf wieder klar war.

»Der spinnt doch!«, rief ich dem Mond zu. »Kein normaler Mensch taucht hundert Meter ins Meer, ohne Luft mitzunehmen, oder?«

Der Mond antwortete nicht, sondern grinste stumm auf mich herab. Ich wurde von einem neuerlichen Kicheranfall geschüttelt und wollte schon zurück zu der Steintreppe schwimmen. Doch etwas hielt mich zurück. Ich konnte es noch länger – ich musste nur die Sekunden zählen, dann wusste ich es! Noch einmal, rang ich mir ab. Nur einmal noch runter, die Nacht war viel zu schön, um schon aufzugeben.

»Ich weiß schon«, flüsterte ich dem Mond zu. »Nie alleine tauchen. Schon gar nicht in der Dunkelheit.« Hatte er mir eben zugezwinkert? »Ich weiß, dass ich es kann«, wisperte ich und holte tief Luft, dann hatte das schwarze Meer mich abermals geschluckt, und ich genoss es, haltlos durch die silberbleiche Finsternis zu schweben.

»Schlechte Nacht?« Marco lehnte sich neben mir an die Reling und sah mich blinzelnd an. Wir hatten früh abgelegt und die Sonne stand noch tief, aber sie wärmte unsere schwarzen Anzüge bereits mit aller Kraft. »Ich konnte dich nicht aufwecken, du hast so tief geschlafen.«

Francesca, die mir gegenüber lehnte, drehte neugierig den Kopf in unsere Richtung.

»Du hättest nicht gehen müssen«, rief ich gegen den Fahrtwind an. »Im Haus ist doch Platz genug!«

Marco lächelte und schüttelte den Kopf. »Danke, aber da hätte ich kein Auge zugemacht. In diesem Haus …«

»Marco«, sagte ich streng und nestelte die Sonnenbrille aus meinen Haaren. »Ich bin nicht meine Mutter, klar? Wenn ich sage, du kannst da pennen, dann ist das auch okay!«

Er lachte und fuhr sich mit der Hand über den Kopf, aber ich wusste, er wäre trotzdem nicht geblieben. Und das nicht nur, weil sein Vater als Hausmeister für meine Eltern arbeitete.

Ich setzte mir die Sonnenbrille auf die Nase und blendete Marco aus. Jetzt wollte ich nicht reden, ich wollte analysieren und lernen. Eine gefährliche Mischung aus Neugier und fester Entschlossenheit hatte mich gepackt. Was auch Angels Geheimnis war, die anderen würden es nie rausfinden, denn sie waren viel zu sehr mit ihm beschäftigt.

Angel stand im Bug und streckte die Nase in den beißenden Fahrtwind. Er kümmerte sich weder darum, dass ihm seine Haare wie wilde Tentakel ins Gesicht schlugen, noch um Ella, die neben ihm lehnte und sich halb auf die Reling stützte, den Körper leicht abgeknickt, um ihm noch näher zu sein. Ich versuchte, nicht hinzustarren, doch immer wieder streifte mein Blick die beiden, und ich fragte mich, ob sie wohl mehr über seine Fähigkeiten wusste als ich. Ließ er sie deshalb nicht an sich heran? Oder hatte er für niemanden einen Blick, weil er schon versunken war in dieser Welt, die dort unten auf ihn wartete?

Wir stoppten ein gutes Stück von der Küste entfernt, hissten die Tauchfahne und sammelten unsere Ausrüstung zusammen, doch Pat hielt mich am Arm zurück.

»Lou, ich muss mit dir reden. Wir müssen noch was klären, bevor wir runtergehen.«

Ich erstarrte. Suchten sie mich etwa doch? Konnte Pat

davon gehört haben, und seit er meinen Namen gesehen hatte …

»In deinem Log steht, dass du schon ziemlich viele Tauchgänge gemacht hast. Genau neunundneunzig, stimmt doch, oder?«

Vor Erleichterung hätte ich fast gelacht. »Keine Ahnung, kann sein. Warum, ist das wichtig?«

»Na ja … schon!« Pat grinste. Ich sah, dass auch Adrianos Augen blitzten und Marco in seiner Bewegung innehielt und aufschaute. »Es gibt diese Tradition unter Tauchern, du weißt schon – die Hundert ist eine magische Zahl. Die feiern wir. Deshalb findet der hundertste Tauchgang immer nackt statt.«

Adriano lachte glucksend, während Marco für mich rot wurde. Pats Grinsen wurde immer breiter. Ich schüttelte entschieden den Kopf. »Vergiss es, das mach ich nicht.«

»He, die Tradition verlangt es! Normalerweise machen wir Nachttauchgänge dafür, aber diesmal geht es nicht anders. Tja …«

Ich schaute Marco an, dem das Ganze nur noch peinlicher wurde. »Hast du davon gewusst?«

Er schüttelte den Kopf und zog die Schultern hoch. Irgendwie also schon. Toll.

»Wir gehen zuerst rein«, plante Pat vergnügt. »Du kannst nachkommen, bis dahin sind wir schon viele Meter unter dir.«

»Pat, ich mach es nicht – mir egal, was ihr für Traditionen pflegt.«

Adriano hob die Arme und sagte auf Italienisch zu Pat: »Ich hab's dir gleich gesagt, Mann, da musst du dir schon was Besseres ausdenken.«

Mich wurmte es, dass sie in einer anderen Sprache über mich redeten, als wäre ich nicht da, also gab ich patzig zurück: »Viel besser, aber ich bezweifle trotzdem, dass du kriegst, was du willst.«

Pat lachte. Und plötzlich hatte ich einen Einfall, wie ich die Steilvorlage zu meinen Gunsten nutzen konnte, ohne dass auffiel, was ich vorhatte. Ich schnappte mir zwei Flossen, zwängte meine Füße hinein und schnallte einen der Bleigurte um meinen Bauch. »Dann streike ich für heute. Ich verzichte auf eure Luft und behalte lieber meine Sachen an!«

Bevor sie kapierten, was ich tat, hatte ich schon die Maske aufgestülpt und sprang vom abgesenkten Heck ins Wasser.

»Feigling«, rief Pat mir feixend nach, bevor auch er ins Wasser sprang und sich sofort von den Wellen verschlucken ließ.

Ich holte tief Luft und ließ mich nach unten fallen. Kälte oder Anspannung existierten auf einmal nicht mehr, nur diese flimmernde, fremdartige Welt um mich, das Gefühl, gehalten und getragen zu werden, eins zu sein mit dem Meer. Ich fühlte, wie meine Sinne entspannten, wie alles in mir still und zufrieden wurde. War es das, was Angel hier suchte? Ruhe vor der Welt?

Meine Ruhe störten Pat und Adriano, die geräuschvoll unter mir durchzogen. Sie brachten mich aus dem Gleichgewicht und ich musste hoch, Luft nachtanken.

Wieder unter Wasser waren sie nur noch als blasser Schemen im tiefen Blau zu erkennen. Von ihren Köpfen stiegen keine Luftperlen auf, doch ich bildete mir ein, das Geräusch ihres Atmens trotzdem bis zu mir herauf zu hören. Bevor ich erneut an die Oberfläche musste, drehte ich mich im Kreis und fand sie endlich – Ella, von der ich nur die Füße sehen konnte, und unter ihr Angel.

Vor lauter Staunen vergaß ich, dass mir die Luft knapp wurde. Er saß perfekt austariert im Wasser, in einer Stellung, wie ich sie nur von Sophia kannte, wenn sie mal wieder auf ihrem Yogatrip war. Die Augen hielt er geschlossen, er brauchte nicht zu sehen – er konnte sogar existieren, ohne zu atmen.

Ella zog eine Schleife und schwamm tanzend wie eine Ballerina in mein Sichtfeld, sie spielte mit ihm … Es wurmte mich, dass ich nicht zusehen konnte, wie er reagierte, denn ich musste hinauf, ich brauchte Luft.

»Alles klar bei dir?«, rief Francesca vom Boot herüber.

»Ja, alles okay«, gab ich zurück. »Kannst du mal die Zeit stoppen, die ich weg bin?«

Ich hätte es auch selbst tun können, aber ich wusste, meine Sinne würden da unten abgelenkt sein. Angel war mit Ella zu einem Felsvorsprung geschwommen, um den sich kleine Meerjunker tummelten. Sie glitten lautlos durch den Schwarm hindurch, zum Felsüberhang, den Ella als Plattform gebrauchte, um sich kopfüber dranzuhängen. Angel machte Zeichen mit der Hand und deutete auf etwas, aber Ella ging die Puste aus und sie musste ihn zurücklassen.

Ohne große Anstrengung ließ ich mich vom Wasser mittragen, bis ich die Felsnase direkt vor mir hatte. Die Meerjunker umrundeten mich neugierig, aber ich wollte sehen, was Angel entdeckt hatte. Sein Körper lag nun reglos im Wasser, flach nach vorn gekippt, und ich musste sehr dicht an ihn ranschwimmen, um das platte, gefleckte Tier zu erkennen, das wie ein Schatten unter ihm hing. Es war ein

Adlerrochen, ein seltener Besucher – und ein ziemlich großer noch dazu.

Angel spürte meine Anwesenheit, doch er glaubte wohl, ich wäre Ella, denn als er den Kopf drehte, wurden seine Augen groß. Einen stillen Herzschlag lang sahen wir uns an, dann schrie mein Körper mit all seinen Fasern nach Sauerstoff, und ich musste mich von der Felsnase wegstoßen, um rechtzeitig an die Luft zu kommen.

Keuchend schwamm ich zum Boot zurück und hängte mich an das tiefe Heck. »Und?«

»Ziemlich genau eine Minute und vier Sekunden.«

»Was?« Ich drehte mich zu Francesca, die ihre Füße ins Wasser baumeln ließ. »Echt?«

»Ja, du warst irre lang weg.«

Nein, dachte ich, war ich nicht. Ich konnte es noch länger aushalten, ich hatte doch trainiert! Mein Puls raste, mein Körper zitterte vor Aufregung. Ich wollte wieder runter und sehen, was die zwei trieben – nur wie sollte ich es schaffen, lang genug da zu bleiben?

Ich holte halbherzig Luft und sank hinab. Dabei versenkte ich beinah Marco, der unter mir mit seiner Kamera hantierte und mich blitzschnell in den Sucher nahm. Er hielt mir die Hand hin und zog mich ein Stück mit, und mit dem neuen Schwung fühlte ich, wie meine Kraft zurückkam. Entschlossen ackerte ich mich vorwärts und hielt erst still, als ich hinter Ella die Felsnase umklammerte.

Der Adlerrochen schwamm nun unter Angel. Seine Flügel bewegten sich nur sehr sacht, er flog genau wie Angel schier ohne Kraftanstrengung durchs Meer. Ella applaudierte heftig und tanzte auf der Stelle, dann bemerkte ich mit Genugtuung, wie sie unruhig wurde und sich nach oben wegdrückte. Jetzt hätte ich gern Marcos Kamera in der Hand gehabt. Die Sonne malte Lichtflecken auf Angels Anzug und sie schienen sich auf dem gefleckten Rücken des Rochens zu spiegeln – farblose, unscheinbare Schönheit, die mir buchstäblich den Atem raubte. Und so stieß auch ich mich ab und folgte Ella ans Licht.

Ella hing an der Boje und atmete tief ein und aus. Ganz in unserer Nähe kam der Rochen nach oben und stellte sich senkrecht. Ich hatte mal was in Bio über Rochen aufgeschnappt: Wenn ich mich richtig erinnerte, nannte man den Mund mit diesen zwei punktförmigen Einkerbungen sein Engelsgesicht. Der zweite Engel, der mit den Meeraugen, tauchte nur unweit hinter dem Rochen an die Luft. Seine Lunge machte ein Geräusch, als würde ein Autoreifen aufgepumpt – wie viel Luft kriegte ein einzelner Mensch in seinen Körper? Der Rochen drehte sich einmal im Kreis, sah uns der Reihe nach an und entschwand lautlos und allein wieder in die Tiefe.

»Mädels, so wird das nichts.« Ich hatte nicht damit gerechnet, seine Stimme zu hören, und beinah hätte ich meinen Halt verloren und mich von meinem Gurt nach unten ziehen lassen. Angel schwamm in unsere Mitte und hängte sich neben Ella an die Boje. »Könnt ihr nicht mal ein paar Minuten aufhören zu zappeln?«

Ich machte meinen Mund auf, um zu protestieren, da sah ich, wie Ella grinste. Okay, gut, wir hatten gezappelt. Um ihn herum, wie die Hühner um den einzigen Gockel. Überhaupt nicht peinlich.

»Macht mal die Augen zu.« Seine Stimme lullte mich ein, und ich gehorchte, ohne nachzudenken. Plötzlich war ich nicht mehr im schaukelnden Meer, sondern lag auf einer

Gartenliege, eingekuschelt in duftende, weiche Daunen, versteckt vor der Welt und …

»Jetzt atmet aus, so tief ihr könnt. Haltet den Punkt, überschreitet ihn. Erst wenn es nicht mehr weitergeht, einatmen, Luft einsperren und loslassen.«

Wieder dieses Geräusch, der Autoreifen, dann war der Körper fort und ich folgte ihm wie ein Fisch am Haken, fiel hinab, sank, fing mich auf und schwebte. Noch immer hielt ich die Augen geschlossen, doch ich konnte ihn spüren, seine Nähe, sogar seinen Blick merkte ich, fühlte, wie er sich in meinen wabernden Haaren verfing und Bruchstücke zusammensetzte. Er wusste, wer ich war, er musste es wissen. Und trotzdem wusste er überhaupt nichts.

Als ich die Augen aufschlug, war Ella weg und auch niemand sonst störte den blauen Frieden in mir. Ohne auf eine Uhr zu schauen, wusste ich, dass es lang gewesen war, ziemlich lang. Und meine Lunge schmerzte und schrie nicht, sie bat lediglich um Luft. Angels Blick folgte mir zur Oberfläche und ließ mich erst los, als wir beide durch die Wasserlinie brachen und Ella mich an den Schultern packte und zur Boje schleppte.

»Alles in Ordnung?«

Verwirrt nickte ich. »Ja, na klar.«

»Ich dachte schon, du wärst abgesoffen.« Ella winkte jemandem beim Boot, der offenbar auf dieses Signal gewartet hatte. Schon hörte ich Wasser weichen, dann Schwimmgeräusche.

Marco erreichte mich und legte mir die Hand auf den Rücken. »Lou, du warst über dreieinhalb Minuten weg. Beinah vier Minuten.«

Mein Herz, das so herrlich still gewesen war in den vergangenen Minuten, fing nun wieder an zu pochen, schneller und heftiger als je zuvor. »Ehrlich?«

»Ja, wir haben's gestoppt. Wie hast du das gemacht?«

Ich hob den Blick und musste gegen die Sonne anblinzeln, die sich genau über Angels Kopf erhob. Seine Augen schimmerten wie das Wasser und stellten dieselbe Frage wie Marco, lautlos.

»Blau«, sagte ich nur und schüttelte mich.

Marco lachte auf. »Komm, wir bringen dich besser zum Boot. Sonst siehst du noch Schwarz vor lauter Blau.«

Er wich mir nicht von der Seite, bis ich über das abgesenkte Heck ins Boot geklettert war. Francesca legte mir ein Handtuch um die Schultern und hockte sich zu mir in den Bug.

»Ich dachte, du machst nur wegen Marco mit«, gestand sie mir flüsternd. »Aber du hast eindeutig mehr drauf, als wir dachten.«

MONDFIEBER

Ich erwachte so plötzlich, dass ich mein Herz laut schlagen hörte. Helles Mondlicht strömte ins Zimmer und malte silberblaue Schatten an die Wände. Ein Blick auf die Uhr verriet mir, dass es noch nicht mal drei Uhr morgens war. Stöhnend kroch ich tiefer unter die Decke und versuchte, wieder einzuschlafen, doch es gelang mir nicht. Also glitt ich aus dem Bett, wankte zum weit geöffneten Fenster und trat auf den Balkon, wo ich den gesamten Südhimmel im Blick hatte.

Vollmond.

»Mann«, schimpfte ich hoch zu ihm. »Noch eine Stunde, ist das nicht drin?«

Der Mond grinste mich an und ich ließ meinen Blick fallen, bis ich sein Spiegelbild fand, das mitten im schwarzen Wasser schwamm. Im Internat war ich nie aufgewacht und bei Vollmond durch die Gänge gegeistert, nur hier war mir das ständig passiert.

Was machte ich jetzt bloß mit der angebrochenen Nacht? Ich konnte runtergehen und lesen oder mich auf die unterste Stufe setzen und aufs Meer blicken. Schwimmen gehen. Tauchen. Nicht mehr denken und nicht mehr atmen. Dann kam mir eine viel bessere Idee, also schloss ich das Fenster wieder und wühlte die Sachen in meinem Schrank durch, bis ich gefunden hatte, wonach ich suchte. Zum Schluss kramte ich nach dem schwarzen Kapuzenpullover mit dem W:O:A-Schriftzug und schnappte mir meinen iPod vom Regal. Dann nahm ich den Schlüssel vom Brett und verließ das Haus so leise wie ein Schatten.

Flüsternder Ostwind strich mir um die Wangen, kaum hatte ich meinen alten Cyclewolf durch das Tor geschoben. Die Luft um mich duftete nach Salz und Meer und kühler Dunkelheit. Ich stopfte meine Haare unter die Kapuze, stöpselte einen Lautsprecher in mein Ohr und suchte nach Musik, die für schlaflose Nächte geschaffen war. Dann begann ich, unter dem wachenden Mond die Straße nach Capoliveri hinaufzufahren.

Ever felt away with me, just once that all I need, entwined in finding you one day, sang Tarja in mein Ohr. Die erste Stimme von Nightwish.

Ich war neun gewesen, als ich anfing, diese Art von Musik zu hören. Meine Eltern hatten begonnen, Sophia und mich auf diverse Opernabende zu schleppen, um unseren musikalischen Horizont zu erweitern. Ich spielte zu dieser Zeit Querflöte und war mit klassischer Musik mehr als bedient, da entdeckte ich Tarja, die Frau mit der opernhaften Gesangsstimme, die sich einer finnischen Metal-Band angeschlossen hatte. Meine Eltern fanden die Kombination aus klassischem Gesang und harten Metal-Klängen natürlich schrecklich und sahen diese Abwandlung ihrer musikalischen Erziehung als Rebellion an, aber ich verliebte mich in die fast poetischen Texte und spielte die Scheiben bei jeder Gelegenheit – in angemessener Lautstärke.

Der Mond sank gen Westen und ich folgte seinem Schein,

spürte, wie mein Herzschlag sich dem Rhythmus der klackenden Pedale anpasste. Ich strampelte den Hügel hinauf und ließ Capoliveri hinter mir zurück. Neben mir erzitterte der Silberschein auf den schläfrigen schwarzen Wellen, so als würde er über meine nächtliche Mondfahrt lachen.

Ich folgte einem unbefestigten Pfad bis in die Bucht des Golfo Stella, und von da an ging es leichter voran, auf geteerten Straßen, in Kurven an den Felswänden entlang. Kaum Autos fuhren um diese Zeit und ich brauchte nicht vor jeder Biegung zu gucken, also warf ich den Kopf zurück, atmete tief und sperrte die Luft in meiner Lunge ein, aber strampelnd schaffte ich es nicht lang, die Luft anzuhalten, bevor mir die Puste ausging. Keuchend und prustend hielt ich an.

Du willst atemlos tauchen, Lou? Vergiss es. Deine Kondition war auch mal besser.

Im Internat hatten sie uns jeden Morgen an die frische Luft gescheucht, Dauerlauf, mehr Gesundheit als Sport, aber nach ein paar anstrengenden Wochen war ich so gut, dass mir das tägliche Training sogar Spaß machte. Wieder hielt ich die Luft an, energischer diesmal, verbissener. Doch abermals schaffte ich es gerade mal um die nächste Kurve, ehe ich schier vom Rad kippte. Was war nur los? Ich lauschte auf mein Herz, das rasend schnell schlug und mir signalisierte, dass ich langsamer machen musste, wenn ich heil in Lacona ankommen wollte. Aber ich war ungeduldig, also probierte ich es ein letztes Mal. Vor Anstrengung blies ich meine Backen auf und ignorierte den drückenden Schmerz in meinem Brustkorb, bis ich Sternchen sah und erst im letzten Moment merkte, dass es die Scheinwerfer eines entgegenkommenden Fahrzeugs waren, dem ich auf seiner Spur gefährlich nahe gekommen war. Der Fahrer hupte und ich riss den Lenker herum.

»Verdammt«, keuchte ich zum Mond hinauf. »Das kann doch nicht so schwer sein!«

Ich fuhr durch das Pinienwäldchen zum Dive-in und stellte mein Rad erschöpft vor der dunklen Tauchbasis ab. Die Fenster im oberen Stock waren verschlossen, alles schlief, und ein Blick auf die Uhr verriet mir, dass ich noch über eine Stunde warten musste, bis die Sonne aufging.

Was tun? Ich überlegte nicht lang, sondern folgte dem beplankten Weg durch die Nadelbäume bis zum Strand. Der Mond war mir hinterhergewandert und stand nun wie ein silberner Lampion direkt über dem Capo Fonza, dem westlichen Zipfel der Bucht.

Meine Schuhe sanken in den weichen Grund, also zog ich sie aus und grub meine Zehen tief in den kühlen Sand. Zwei Segelschiffe ankerten in der Bucht sowie Pats beide Tauchboote. Menschen waren noch nirgends zu sehen. Achtlos warf ich meine Schuhe in den Sand und setzte mich so nah wie möglich ans tiefschwarze Wasser.

Ich nahm den Stöpsel aus meinem Ohr und erschrak beinah über die plötzliche Stille. Mein Atem ging flach und schnell und beruhigte sich nur langsam. Dann hörte ich, dass der Strand seine eigene Musik spielte. Eingerollte Segel raschelten im Wind und dunkle Wellen schlugen leise seufzend gegen Schiffsrümpfe und Felsen. Schnüre klackten metallisch an ihren Masten und irgendwo bellte ein Hund. Das sanfte Rauschen, das vom offenen Meer in die Bucht hereinwehte, überlagerte alle anderen Geräusche und ließ mich kaum spürbar frösteln.

Eine Weile lauschte ich stumm dem Meer, lehnte mich

zurück und inhalierte die dunkle Luft. Sie roch nach Fisch, nach perfektem Tauchwetter und nach Freiheit. Ich rollte die Ohrstöpsel auf und stopfte den Player tief in die Tasche meines Pullovers. Dabei trafen meine Finger auf einen abgeschrägten Gegenstand. Meine Panflöte! Ich zog sie hervor und spielte mit den leichten Bambusringen, dann setzte ich sie an die Lippen und begann, leise hineinzupusten, einen langsamen, fast spielerischen Song, den ich mir in einer schrecklichen Nacht unter den Olivenbäumen beigebracht und nie wieder aus dem Kopf gekriegt hatte.

Ich spürte die Schritte auf den Planken mehr, als sie zu hören. Abrupt ließ ich die Flöte sinken und fuhr herum. Jemand stand am Ende des Plankenweges und beobachtete mich, jemand, der wie ich einen dunklen Pullover mit Kapuze trug und dessen Augen im Schein des Vollmonds aufblitzten. Die Kapuze rutschte halb von meinem Kopf und meine Haare fielen auf meine Schulter. In diesem Moment schien mich die Gestalt zu erkennen, denn sie brachte die Entfernung zwischen uns mit wenigen geschmeidigen Schritten hinter sich.

»Was tust du denn hier?« Mein Herz fing an, lauter zu klopfen, auch wenn ich insgeheim froh war, dass er mich hier allein am Strand überraschte und nicht irgendein angetrunkener Camper.

»Mondfieber«, sagte Angel mit rauer Stimme und setzte sich unaufgefordert neben mich. »Zu hell zum Pennen.«

Eine ganze Weile sagte keiner von uns ein Wort. Angel saß reglos wie eine Statue, nur seine Haare kräuselten sich im Seewind. Ich spürte eine sachte Spannung zwischen uns und fühlte mich plötzlich unwohl in meinem Schweigen.

»Wohnst du jetzt hier?«

Ein leises Lachen. »Ja, hier.« Er schwieg einen Atemzug lang und sah mich schräg von der Seite an. »Nachdem mein Vermieter mich rausgeschmissen hat.«

Ich biss mir auf die Lippe und schaute hoch zum Mond. »Auf Eigenbedarf plädiert, das ist ein Unterschied.«

Er nahm seinen Blick nicht von mir und musterte mich so eindringlich, bis ich es nicht mehr aushielt und ihn wieder ansah.

»Lou, hm?«

»Hey, ich hab nie gesagt, dass du verschwinden musst. Die Liege steht immer noch auf der Veranda.«

Jetzt lachte er richtig. »Ja, klar!«

»Du wärst sogar ungestört, ich bin nach drinnen umgezogen.«

»Dann hast du den Schlüssel zu deinem Schloss aufgetrieben?«

Ich nickte. »So sieht es aus.«

Seine Augen blitzten dunkelblau. »Und weil du mich nicht vergessen konntest, hast du gleich die Insel nach mir abgesucht?«

Ich musste ebenfalls lachen. »Tut mir leid, da muss ich dich enttäuschen. Ich hab nicht nach dir gesucht, sondern nach Marco.«

Er schob sich mit einer Hand die Kapuze vom Kopf und schüttelte ein paar lose Strähnen aus seiner Stirn.

»Du schläfst doch nicht wirklich hier?« Ich ließ meinen Blick schweifen. »Am Strand?«

»Sand ist gemütlicher als eure harten Liegen. Kannst es ja mal ausprobieren.«

»Die Veranda hat ein Dach, falls es regnet.«

»Wir haben fast Mai. Es regnet jetzt nicht mehr.«

Ich war mir immer noch nicht sicher, ob er mich verarschte oder das tatsächlich ernst meinte. »Wie bist du überhaupt reingekommen? Auch über das Eingangstor?«

»Du bist echt über das Tor geklettert?« Er schüttelte sich. »Wie krass bist du denn?«

»Einen anderen Weg gab es nicht!«

Wieder sah er mich von der Seite an und schaffte es, dass mein Herz gefühlt in die Bauchhöhle rutschte. »Den einfachsten überhaupt. Und man braucht nur ein paar Stufen hochzuklettern.«

»Oh Mann.« Ich löste mich aus seinem Blick, richtete mich auf und drehte meine Haare ums Handgelenk. »Du hast ein Boot! Da hätte ich echt selbst drauf kommen können.«

»Im Gesicht eine Festung, im Arsch das offene Meer. Kannst du jetzt noch ruhig schlafen, wo du weißt, wie leicht man bei dir einsteigen kann?«

»Wer bricht schon in ein leer stehendes Haus ein? Außer Marco weiß niemand, dass ich da bin.« Vorsichtig sah ich zurück und suchte seine Augen. »Und das soll bitte auch so bleiben.«

Sein Gesicht verriet nicht einen seiner Gedanken, aber er nickte ganz leicht, und das genügte mir.

»Okay, Lou, aber eine Sache muss ich wissen.«

»Na, frag schon.«

Er stützte sich auf die Ellbogen und blickte zum Mond, nicht zu dem am Himmel schräg über uns, sondern zu seinem Zwilling im Wasser. Seine Augen blitzten. »Was war das für ein Spruch: Weckst du mich, wenn der Mond rauskommt?«

Na toll. Von allen Dingen musste er sich ausgerechnet

das merken? Ich ließ meine Haare los und schüttelte sie. »Er war mein Verbündeter. Er hat zugeschaut, in der Nacht, als ich abgehauen bin. Und er wollte mit mir feiern.«

Klasse, Lou. Jetzt hält er dich für völlig bescheuert.

Seltsamerweise lachte er nicht, sondern sah mich wieder an, ich spürte es, ohne hinzusehen. War es das, was Ella an ihm so faszinierte? Er sah nicht nur verteufelt gut aus, sondern konnte einen auch völlig aus dem Konzept bringen. Mein Verstand schrillte dabei mit all seinen Alarmglocken. Vorsicht, gefährlich! Der Typ war wie geschaffen dafür, einer Frau das Herz zu zerbrechen.

Irgendwann drehte er sich ebenfalls wieder zum Mond, der nun silbergrau schimmerte. Nicht mehr lang und die Sonne würde sein Licht schlucken.

»Was war das für ein Song?«, fragte er unvermittelt in die Stille.

»Welcher Song?«

»Den du vorhin gespielt hast.«

Ich hob meine Flöte ins Mondlicht. »*White Night Fantasy*.« Er reagierte nicht, also ließ ich sie wieder sinken und setzte hinterher: »Nightwish?«

»Nie gehört«, stellte er fest und sah mich an. »Aber er passt zu dir, Luna-Girl.«

Luna-Girl? Ein kühles Kribbeln kroch über meine Haut und beinah hätte ich gelacht. »Er passt zum Vollmond, und daran ist Pan schuld, der Gott des Waldes und der Natur. Pan hatte sich in eine Nymphe verliebt, doch sie wollte ihn nicht und verwandelte sich lieber in ein Schilfrohr. Er verfolgte sie trotzdem und blieb so lange liebestrunken sitzen, bis der Wind blies und durch das Rohr heulte. Also brach er es in sieben Teile, immer eines kürzer als das andere, band sie zusammen und baute so eine Flöte, die er von da an mit sich herumschleppte.« Ich musste lächeln. »Später galt seine Liebe der Mondgöttin Selene, die er mit genau dieser Flöte verführt haben soll. Deshalb wirkt Panflötenspiel bei Mondlicht wie verzaubert.«

Angels Mundwinkel zuckten, aber er lachte nicht. Seine Stimme wurde zu einem Wispern, kaum hörbar im Rauschen des Nachtwindes. »Spiel weiter.«

Normalerweise hätte ich mich geweigert – doch unter dem Vollmond war nichts normal. Die Flöte berührte meine Lippen, ehe ich wusste, was ich tat, und ich begann zu spielen, erst zaghaft und leise, dann immer flotter und so selbstvergessen, als würde ich wie damals allein unter den Olivenbäumen sitzen und nur für mich und den Mond spielen.

Als die Sterne blass wurden und der Himmel blau schimmerte, setzte ich die Flöte ab und stopfte sie zurück in meine Tasche. Ich wagte nicht hochzuschauen. Lange hatte ich nicht mehr so unmittelbar für einen anderen Menschen gespielt, nicht seit ich meine Stücke und mein Publikum selbst bestimmen durfte.

»Ich muss gehen.« Ich sammelte Schuhe und Socken ein und stemmte mich umständlich auf die Beine, die kribbelten wie im Fieber. Die weißen Bäuche der Segelboote funkelten in der Morgensonne und ihre Masten warfen leuchtende Schatten ins Meer.

Angel folgte mir, dann holte er mich ein und lief neben mir über den Plankenweg. »Ich weiß, wo es heißen Kaffee und eine Dusche gibt.«

»Auch ein Telefon? Ich muss Marco sagen, dass ich schon hier bin. Der wartet sonst auf mich.«

Vor dem Dive-in blieb ich stehen und deutete mit dem Kopf auf den einsamen Cyclewolf.

Er grinste. »Bei Nacht und Nebel abhauen ist ein Hobby von dir, was?«

»An Nebel kann ich mich nicht erinnern«, brummte ich, während er den Vorgarten betrat, einen der Blumenkästen anhob und einen kleinen, silbrig schimmernden Gegenstand hervorzog. Einen Schlüssel.

»Nächtlicher Hausfriedensbruch ist ein Hobby von dir, was?«, gab ich leise zurück.

Er schloss die Tür auf und trat als Erster ein. »Wenn man nicht will, dass jemand reinkommt, darf man ihm nicht verraten, wo der Schlüssel versteckt ist.« Er lächelte, als ich mich nicht rührte. »Komm schon. Pat reißt uns nicht den Kopf runter.«

Ich folgte ihm zögernd und wartete, bis er den morgenblassen Hauptraum durchquert und das Licht im Umkleideraum angeknipst hatte. Es gab zwei Duschkabinen im Bad, nur durch eine dünne Wand getrennt. Ein unwillkommenes Beben zuckte durch meine Venen, und einen kurzen Moment war ich versucht, ihn zu bitten, draußen zu warten – dann kam mir mein eigenes Verhalten kindisch vor und ich schnappte mir je eine Packung Duschgel und Shampoo von der Ablage, griff mir ein Handtuch aus einem Regal und betrat die rechte Kabine, ohne mich noch einmal umzusehen.

Neben mir ging das Wasser an, als ich mich eben aus meiner Kleidung geschält hatte. Die Vorstellung, dass ich völlig nackt nur wenige Schritte von ihm entfernt stand, wirkte wie eine heiße Dusche auf mich, also hielt ich den Atem an und stellte mich unter den prickelnden Strahl, bis meine Lungen zu bersten drohten und ich wieder klar denken konnte.

Als ich aus der Kabine schlüpfte, stand Angel in engen Badeshorts in der Umkleide und faltete in aller Seelenruhe ein T-Shirt auseinander. Er war trainiert, aber nicht zu kräftig, hatte muskulöse Oberarme, ohne breitschultrig zu wirken. Und einen Sixpack, der ganz bestimmt nicht vom Tauchen kam.

»Was trainierst du, wenn du nicht tauchst?«

»Alles, was das Lungenvolumen erhöht. Vor allem Ausdauer, Laufen, Biken, aber auch Schwimmen im Meer ist superanstrengend.«

»Kein Krafttraining? Fitnessstudio oder so?«

»Nein, echt nicht. Was ich mache, hat mehr mit innerer Kraft zu tun, und die trainierst du nicht im Fitnessstudio.« Er drehte leicht den Kopf und schlüpfte mit einer fließenden Bewegung in sein Shirt. Dabei entdeckte ich die Narbe, die sich deutlich von seiner dunklen Haut abhob, ein lang gezogener Riss links unter dem Brustbein. Ich hob unwillkürlich die Hand, zog sie aber rasch wieder zurück, als ich mir dessen bewusst wurde.

»Das ist alt.«

»Sieht schlimm aus«, hörte ich mich sagen. »Ein Unfall?«

Er lachte kurz auf, wurde aber sofort wieder ernst. »Kaum. Mein Bruder und ich haben gekämpft. Dabei ist er abgerutscht und … Ist viele Jahre her.«

Während er sich vollständig anzog, trat ich ans Fenster. Vom Mond war kaum noch was zu sehen, die Sonne hatte ihn in eine blasse, durchsichtige Scheibe verwandelt, die außerstande schien, jemandem den Schlaf zu rauben. Siedend heiß fiel mir ein, dass ich selbst nur mit einem Handtuch bekleidet war und Angel sich nicht die Mühe machte, das Feld zu räumen. Betont beiläufig drehte ich mich wieder um und begann, meinen Klamottenhaufen auf der Bank zu sortieren, aber ein Foto ließ mich innehalten.

Es klebte an der Innenwand eines Spinds und zeigte das riesige Auge eines Wals, der geradewegs in die Kamera schaute. Ein heller Mantel aus Parasiten wucherte über dem Lid und das stark gebogene Maul zeigte schräg nach oben, die hell umrandete Iris konzentrierte sich jedoch voll auf den Menschen hinter der Kamera, der entweder einen Megazoom benutzt hatte oder ziemlich nah dran gewesen war.

»Boah«, entfuhr es mir. Ehrfürchtig trat ich näher und fuhr mit der Fingerspitze die fleckigen Wucherungen nach, als könne man sie durch das Fotopapier hindurch spüren. »Was sind das nur für Leute, die solche Bilder schießen?«

»Freitaucher.«

Ich fuhr herum. »Hast du das gemacht?«

Er zuckte mit den Achseln, als wäre es das Alltäglichste der Welt, neben einem solchen Riesen zu schwimmen.

»Was ist das für ein Wal?«

»Ein Südkaper. Sie schwamm eine ganze Weile in meiner Nähe, hat richtig mit mir geflirtet.«

Ich konnte kaum meine Augen von dem Foto lassen. »Was benutzt du für eine Ausrüstung?« Das Bild musste Marco sehen, er kannte sich damit aus – einmal mit einem großen Wal zu schwimmen, war sein heimlicher Traum, das hatte er mir mal erzählt.

Angel verzog die Lippen zu einem schiefen Grinsen. Er langte in den Spind und förderte eine klobige Unterwasserkamera zutage, eine alte Canon, die noch mit analogem

Film funktionierte und weder einen Zoom noch sonstige Raffinessen besaß. Marco hatte auch noch so ein Teil, die alte Nikonos, von der er sich partout nicht trennen wollte. Angels Canon aber hatte mehr Gemeinsamkeit mit einer Spielzeugkamera für Kinder.

»Hab ich mal gewonnen, bei einem Tauchwettbewerb.« Achtlos warf er sie zurück in den Schrank und schlug die Tür zu. Dann drehte er sich um und sah mit hochgezogenen Brauen an mir herab. »Bleibst du so?«

»Nein, meinen hundertsten offiziellen Tauchgang werde ich erst morgen haben. Um für die größtmögliche Ablenkung zu sorgen, damit dir die hundert Meterchen nicht langweilig werden.«

Er grinste, dann trat er rückwärts aus dem Raum und schob die Tür zwischen uns zu. Ich atmete tief ein und prüfte, ob sie auch wirklich zu war, bevor ich meine Hülle fallen ließ und schnell in meine Klamotten schlüpfte.

Angel hatte der Maschine auf dem Counter zwei Becher Kaffee entlockt und hielt mir einen davon hin, als ich zu ihm an den Tisch trat.

»Woher kannst du das alles?«, fragte ich und hockte mich neben ihn auf die Kante.

Zwei Strähnen hatten sich hinter seinem Ohr gelöst und fielen ihm locker ins Gesicht. »Kaffee kochen?«

Ich verdrehte die Augen. »So tauchen natürlich. Ohne Luft.«

»Keine Ahnung.« Er stockte kurz, dann fügte er hinzu: »Als wir Kinder waren, hatten wir keine Tauchausrüstung, also blieben uns nur zwei Möglichkeiten: oben bleiben oder ohne Atem runter.«

Die Formulierung gefiel mir, denn das war es, was Apnoe

in der alten Übersetzung bedeutete: ohne Atem. »Was ist mit dir? Mal von einem Boot abgehauen?«

»Haha.«

»Okay, du hältst nur zum Spaß vier Minuten die Luft an.«

Mein Magen kribbelte und hüpfte vor Aufregung, aber das wollte ich ihm nicht zeigen, also sagte ich: »Ja, nur zum Spaß. Ich habe keine Ahnung vom Freitauchen.«

In seinen Augen flackerte es, als wüsste er es besser. »Du täuschst dich. Das, was du da gestern gebracht hast, diese dreieinhalb Minuten Schwebezustand, das kann man nicht mal eben so.«

Plötzlich schlug irgendwo eine Tür, und ich erkannte die Stimmen von Pat und Ella, die polternd näher kamen. Angels Blick fiel von mir wie ein Stein in tiefes Wasser. Er ließ sich vom Tisch gleiten und trank seine Tasse in einem Zug leer. Als er an mir vorüberging, lehnte er sich zu mir, so nah, dass ich seinen Atem an meiner Wange spüren konnte.

»Du willst doch frei sein«, raunte er mir zu. »Beim Freitauchen gibt es nur eine einzige Grenze und die bestimmst du selbst.«

HUNDERT METER UNTER DEM MEER

»Meint ihr, er hat das schon mal gemacht?« Francesca, die mit Marco und mir zum Boot watete, um den ersten Schwung unserer Ausrüstung zu verstauen, konnte kaum ruhig gehen vor Aufregung. Wir hatten am Abend zuvor im Dive-in nach Menschen gegoogelt, die mit nur einem Atemzug schon mal in dieser Tiefe gewesen waren. Es waren nicht allzu viele. Dazu kam, dass Angel sich nicht von einem Gewicht ins Meer hinabziehen ließ, sondern aus eigener Kraft ab- und wieder aufstieg.

»Zumindest hat er Pat das erzählt. Dabei hatte er in Australien kein Team, das sich um die Logistik gekümmert hat. Ich will mir das nicht mal vorstellen.« Marco kletterte ins Boot und ließ sich von mir die erste Pressluftflasche reichen.

»Warum?«, fragte Francesca und wuchtete ächzend ihre Last in die Höhe.

»Weil ich glaube, dass er es allein gemacht hat. Ohne Partner und ohne Sicherungstaucher. Vielleicht sogar ohne Seil. Er ist … ich weiß nicht, so absolut furchtlos gegenüber dem Meer und das ist nicht gesund. Wenn du allein da unten bist und irgendwas läuft schief, bist du tot. Auch der beste Taucher hat mal einen schlechten Tag.«

Mein Herz setzte einen Sprung aus, um dann umso heftiger weiterzuhämmern. Er war der Alleingangtyp, das schon, aber so ein Manöver – nein, niemals.

Francesca sprach aus, was wir alle dachten. »Das wäre komplett lebensmüde.«

»Heute passiert ihm nichts«, prophezeite Marco ruhig. Er nahm ihr die letzte Flasche ab und klinkte sie sorgfältig neben den anderen in die Verankerung. »Wir passen schon auf ihn auf.«

Wir, dachte ich, und mit einem Mal fühlte ich mich ganz leicht und schwerelos. Als würde ich schweben. Francesca lächelte und Marco legte jeder von uns einen Arm um die Schultern und in dem Moment glaubte ich ihm. Wir hatten es in der Hand, wir konnten auf ihn aufpassen. Wir zusammen.

Am Tag zuvor hatte ich mit Ella und Francesca zusammen das Seil vermessen und bei hundert Metern eine fluoreszierende Markierung angebracht. Die musste er mit hochbringen, sonst galt der Versuch als gescheitert.

Auf dem Plankenweg kamen uns Pat und Adriano entgegen, die Flaschen mit den Trimix-Mischungen im Arm. Als er uns sah, blieb Adriano stehen und baute sich vor Marco auf. »He, Kumpel, dir geht's wohl zu gut – Finger weg von meinem Mädchen!«

Francesca lachte, machte einen Schritt vor und drückte ihm einen Kuss auf die Wange. Fast verlegen ließ Marco den anderen Arm auch von meiner Schulter gleiten.

»Ich hab immer Schiss, dass was schiefgeht.« Francesca sah den beiden über die Schulter nach. »Wenn einer von den Jungs da unten dem Tiefenrausch verfällt, kann die Sache echt übel ausgehen.«

Marco schüttelte den Kopf. »Adri kennt sich doch aus,

der war schon in ganz anderen Extremsituationen tauchen. Außerdem ist er nicht allein, Pat bleibt ganz in seiner Nähe. Wir werden ihnen den Film aus der GoPro runterschicken, damit ihnen nicht langweilig wird.« Er hielt uns die Tür auf und wartete, bis wir hindurchgegangen waren. »Mit Trimix dauert der Aufstieg ja locker zwei Stunden.«

Wir betraten das Dive-in und Marco schulterte die fertig gepackten Taschen mit den Flossen, Masken, Schnorcheln und Ersatzteilen. Ich half Francesca, heißen Tee und Kaffee in Thermoskannen zu füllen und zusammen mit Tassen und Proviant in Körbe zu stapeln.

»Du weißt, was Trimix ist, oder?«, fragte Francesca, als wir fertig waren. »Eine Spezialmischung aus Stickstoff, Sauerstoff und Helium. Damit darfst du tiefer tauchen als mit den normalen Atemgasmischungen, viel tiefer. Allerdings ist sie nicht ganz ungefährlich. Und du brauchst eine Sonderausbildung dafür.«

»Aber die haben sie doch, oder?«

Francesca runzelte die Stirn. »Ja, schon. Aber es gibt nicht viele Taucher, die dafür ausgebildet sind. Und ich verwette meinen Arsch darauf, dass Pat am Tag des Rekordversuchs keine drei Stunden unter Wasser bleibt, während oben die Party abgeht.«

»Und das heißt, Adriano wird dann der tiefste Sicherungstaucher?«

Francesca nickte. »Er ist bestimmt ganz wild darauf. Aber ich hab jetzt schon Angst, wenn ich dran denke, dass er dann ganz allein da unten ist.«

Wir wollten eben zurück zum Boot, als Ella aus der Umkleide stürmte. Sie hatte einen feurigen Blick drauf und in ihren Augen glänzte die pure Wut.

»Hier, nimm die«, fauchte sie und drückte mir ein Paar Flossen in die Hand. Sie waren länger als meine, viel länger. Mit solchen Flossen war ich noch nie getaucht.

»Warum?« Ich hielt die fremden Flossen in die Höhe. Sie sahen aus wie Angels Flossen, schmal und fest, und ich hätte sie gern ausprobiert, aber nicht an einem Tag wie heute. Ich brauchte meinen Kopf und all meine Energie für andere Dinge.

»Wir gehen schon mal vor«, rief Francesca von der Tür.

»Weil du sie brauchen wirst«, blaffte Ella mich an. »Frag nicht so blöde, ich weiß nicht, was du angestellt hast, aber du hast Glück, dass Pat sich für dich eingesetzt hat. Ich hätte dich rausgeschmissen.«

»Bitte was?« Mein Puls beschleunigte und augenblicklich wurde mein Körper steinhart. Was bildete sie sich ein, so mit mir zu reden? Ich hatte nichts angestellt, was sie so verärgern konnte. Oder doch? Ein Augenpaar tauchte in meiner Erinnerung auf, ein dunkelblauer Blick voll stummer Verwunderung. Du täuschst dich, sagte der Blick. Das kann man nicht mal eben so.

Plötzlich wusste ich, was die ganze Chose sollte. Was die Flossen bedeuteten. Und auf einmal war ich wieder ganz ruhig und atmete tief in meinen Bauch. Ich richtete mich auf, um Ella fest in die Augen sehen zu können. »Du kannst mich nicht rauswerfen, ich bin freiwillig hier.«

Ella beugte sich zu mir herunter und kam ganz nah an mein Gesicht, zu nah für meinen Geschmack. »Du bist hier, weil wir es erlauben. Reize es nicht aus, verstanden? Wir brauchen dich heute, dieses eine Mal. Danach können wir jederzeit jemand anderen finden.«

Wortlos drehte ich mich um und ließ sie einfach stehen.

Ich packte die Riesenflossen fester und stapfte wild entschlossen den Plankenweg entlang. Sollte sie doch sauer auf mich sein, was kümmerte es mich? Ich hatte es nicht darauf angelegt, Ella aus dem Boot zu drängen. Und Angel hatte es auch nicht meinetwegen getan, sondern weil ich länger die Luft anhalten konnte als sie.

Am Ende der Planken lief ich Pat vor die Füße. Ich war so in meinem Ärger versunken, dass ich es erst merkte, als sich seine langen Arme um mich schlossen. »Langsam, Prinzessin, ohne dich fahren wir nicht.«

»Verdammt, Pat, lass mich sofort los!« Ich schubste ihn von mir weg und er stolperte erschrocken zwei Schritte rückwärts.

»Ganz ruhig, ich wollte dir doch nur helfen!«

Ich hielt die langen Flossen hoch. »Was soll das? Deine Schwester tickt völlig aus da drin!«

Pat hob abwehrend die Hände. »Haltet mich da bloß raus! Die ist stinkeifersüchtig, aber das ist ihr Problem. Ich hab ihr von Anfang an gesagt, sie soll die Finger von ihm lassen.« Er beugte sich zu mir runter, ganz genau wie Ella. »Was soll ich machen? Er hat gesagt, entweder tauscht Ella den Platz mit dir oder die Sache ist gelaufen.«

Mein Ärger löste sich von mir und perlte davon wie die verbrauchte Atemluft eines Tauchers. »Warum?«, fragte ich tonlos.

»Frag ihn das selbst. Oder nein – frag ihn besser nicht. Rede gar nicht mit ihm, bis er wieder zurück ist, sonst kriegt er noch mehr Allüren, und wer weiß, was er dann noch haben will. Mann, der Kerl ist vielleicht anstrengend.«

Ich lief über den Strand zum Boot und kletterte am Heck hinein. Marco runzelte die Stirn und sah mich verwundert an, aber ich schüttelte nur den Kopf und rutschte wortlos neben ihm auf die Bank.

»Keine Sorge«, flüsterte er mir zu. »Es wird alles gut gehen.«

Aber diesmal glaubte ich ihm nicht mehr so recht, denn Ellas Blicke trafen mich wie grüne Giftpfeile, und ich war richtig erleichtert, als wir endlich ablegten.

Das Meer lag klar und totenstill unter uns, wie Seide, die im Morgennebel schillerte. Wir hielten Kurs auf die Insel Montecristo, die sich vor uns im Dunst versteckte. Das Tauchboot stellte sich auf, gewann an Fahrt und beschrieb eine Kurve. Wir fuhren weiter hinaus, als ich je mit Marco gewesen war, zu einer Stelle, wo der Grund einhundert Meter tief unter uns lag. Hier gab es keine Strömungen und keine versteckten Gefahren, nur das endlose Meer und die fernen Konturen der Inseln im Nebel.

Pat verringerte das Tempo und wir tuckerten die letzten Meter vorwärts. Unser Rumpf grub eine Fährte kreiselnder Spuren ins Meer, die langsam versanken und immer schwächer wurden. Ich setzte mich auf und kniff die Augen gegen das helle Streulicht zusammen. Eine rote Nussschale schwamm auf den Kräuselwellen, ein winziges Ruderboot mit Außenbordmotor. Es schien verlassen zu sein, doch beim Näherkommen sah ich, dass jemand darin lag, das Gesicht der Sonne zugewandt und die Augen geschlossen. Es schien, als würde er schlafen und zufrieden träumen, doch seine Atmung ging zu ruhig, zu konzentriert und sein Brustkorb hob und senkte sich unnatürlich langsam.

Die Motoren stoppten, dann wurde ein Treibanker ausgeworfen und mit einem Mal schlug mein Herz laut und schnell. Es war so weit – er würde es tatsächlich tun. Vor unseren Augen. Angel würde im Meer verschwinden und erst wieder auftauchen, wenn er den Grund berührt hatte. Es war Wahnsinn, was er vorhatte, purer, leichtsinniger Übermut. Kein normaler Mensch tauchte hundert Meter ins Meer hinab, ohne zu atmen.

»Hey, Mann! Alles klar?« Pat grüßte zu dem Ruderboot hinüber, aber Angel rührte sich nicht. Er ist schon nicht mehr hier, schoss es mir durch den Kopf, ein Teil von ihm ist längst ins Meer hinabgestiegen. Der andere Teil von ihm meditierte.

»Nicht«, raunte Ella ihrem Bruder zu. »Er braucht seine Ruhe!«

Ich faltete die Arme um meine Beine und blieb allein sitzen, weil alle sich nun fertig machen und ihre Ausrüstung anlegen mussten. Ella hielt sich abseits und starrte mit grimmiger Miene zu Angel hinüber, als könne sie ihn kraft ihrer Gedanken zwingen, die Augen aufzuschlagen und ihr ihren alten Posten zurückzugeben.

Pat gab Adriano und Marco letzte Anweisungen, und Ella versenkte die Abstiegsleine im Wasser, die Pat mit einer Seilwinde am Boot angebracht hatte. Sie trug ein Gewicht, sodass es nicht nötig war, sie am Grund zu verankern. Ich sah die Markierung an ihrem Ende ins Wasser gleiten und in die Tiefe sinken und wusste im selben Moment, dass Angel ohne diesen Beweis nicht wieder auftauchen würde.

Die Taucher machten sich bereit, sie prüften ihre Luftzufuhr, checkten Systeme, säuberten Masken. Alles wartete bloß noch auf den Mann im roten Boot, von dem alles abhing. Der sich nicht aus der Ruhe bringen ließ, sondern sich sehr langsam aufsetzte und mit geschlossenen Augen tiefe Gruben in seinen Bauch atmete.

»He, Lou.« Pat winkte, und ich musste zu ihm kommen, wenn ich ihn über all die Geräusche an Bord verstehen wollte. Mit den Flaschen links und rechts von seinem Körper sah er aus wie ein Raketenmann.

»Ich weiß, was zu tun ist. Ich beobachte seinen Aufstieg oben am Seil. Die letzten Meter sind die entscheidenden, da wird es gefährlich.«

Pat grinste. »Er will, dass du runtergehst und die letzten Meter mit ihm zusammen aufsteigst. Du sollst so lange warten, bis du ihn sehen kannst, und dann zu ihm tauchen.«

Er will. Du sollst. Sonst noch was? Er hätte mir wenigstens selbst Instruktionen geben können. Aber zum Streiten war ich viel zu neugierig.

Hinter uns hörten wir ein schwaches Platschen, und als wir uns umwandten, war das rote Boot leer. Angel kraulte in langsamen Zügen zu der Winde und klinkte mit ruhigen Bewegungen eine elastische Gummischlinge um das Seil, das ihn in die Tiefe leiten würde. Obwohl dieser Tauchgang nur ein Testlauf war, durfte er das Seil nicht berühren, wie Marco mir erklärt hatte. Das war in der Disziplin Tieftauchen mit konstantem Gewicht nicht erlaubt und würde einen Rekordversuch ungültig machen.

Angel sah auf und gab Pat ein Handzeichen, dann fühlte ich einen Luftzug und im nächsten Moment klatschte Pat unter mir ins Wasser. Adriano folgte, anschließend Marco und Ella. Ich schlüpfte in die Riesenflossen, legte mir den Bleigurt um und befestigte den Schnorchel an meiner Maske. Mehr brauchte ich nicht anzuziehen, auf nichts zu achten, nur auf mich und meinen Körper – und plötzlich war ich froh, nicht hinunterzumüssen, sondern hier oben bleiben zu dürfen. Hierher würde er zurückkehren, und ich war die Erste, die erfuhr, ob der Versuch gelungen war. Ich nickte Pat entschlossen zu und ließ mich lautlos ins Wasser gleiten.

Pat ging als Erstes runter – sobald er weg war, lief die Zeit, denn er würde nur wenige Minuten am Grund bleiben können. Je tiefer ein Taucher mit Pressluft abstieg, desto mehr Zeit musste er für seine Deko-Stopps einplanen und umso weniger Zeit blieb ihm in der Tiefe.

Angel brauchte sich darüber keine Sorgen zu machen, denn er atmete keine Pressluft. Er atmete überhaupt nicht.

»In hundert Metern Wassertiefe beträgt der Druck elf Bar«, hatte Pat am Abend gepostet. »Das bedeutet, da unten wird Angels Lunge auf die Größe einer Orange komprimiert und sein Körper hat das Blut aus seinen Armen und Beinen in die Lunge gepumpt, um zu verhindern, dass der Unterdruck sie einfach zerquetscht!«

Wenn man es ausspricht, hört es sich schlicht wahnsinnig an, dachte ich, während ich langsam auf das zitternde Seil zuschwamm. Dabei sah es bei Angel so leicht aus. Sein trainierter Körper würde alles tun, um die notwendigsten Organe zu schützen, er würde den Sauerstoffverbrauch des Organismus reduzieren und sogar den Herzschlag verlangsamen. Angel musste es trotz des immensen Drucks auf seinen Körper und dem schwindenden Gefühl in Armen und Beinen schaffen, aus eigener Kraft zur Oberfläche zu schwimmen.

Als ich das Seil erreichte, fühlte ich mich seltsam befangen. Angel sah mich nicht an, sondern hielt sich mit einer Hand am Seil fest und starrte blicklos in den Himmel. Wir waren nicht allein, und doch hatte ich das Gefühl, nichts auf der Welt mehr wahrzunehmen außer Angels tiefen, alles entscheidenden Atemzügen. Ganz plötzlich begann er, in hektischen Zügen Luft zu tanken, sie förmlich in sich hineinzuschlingen – bis er wieder ganz ruhig wurde. Seine Bewegungen gefroren, dann ließ er das Seil los und tauchte anmutig wie ein Delfin mit dem Kopf voran ins Wasser.

Eine Sekunde lang war ich wie erstarrt und konnte nicht glauben, dass er tatsächlich fort war. Im nächsten Atemzug besann ich mich auf meine Aufgabe und drückte mir hektisch den Schnorchel in den Mund, schob den Kopf unter die Oberfläche und legte meine Hand ans Seil, um seinen Weg in die Tiefe nachzufühlen.

Das Meer schwieg, Stille umfing mich. In diesem Augenblick hätte ich gern meinen iPod bei mir gehabt, wusste, Tarjas Stimme hätte etwas von der bleiernen Angst vertrieben, die dem Schatten folgte, der immer tiefer mit dem Blau des Meeres verschmolz. Luftblasen perlten zu mir herauf, die Marco gehörten oder Ella – ich konnte sie nicht sehen, doch die Luftblasen beruhigten mich, sie waren der Beweis, dass noch jemand atmete in dieser endlos scheinenden Tiefe.

Eine Bewegung am Seil zog meine Konzentration wieder ins Wasser, runter zu Angel, der gerade seine Wendung vollführte. Pat konnte ihn nun sehen, konnte ihm auf die Schulter klopfen und sich freuen, wenn Angel die Marke eingesammelt hatte. Falls er dort unten ankam, falls er nicht irgendwo auf dem Weg verloren gegangen war, seine Kräfte überschätzt und seine Luft falsch eingeteilt hatte …

Plötzlich zog jemand am Seil, schickte ein Zeichen – und mein Herz setzte einen Schlag aus vor Schreck, als ich einen Körper aus dem Blau herantreiben sah, einen stillen, reglosen Körper, stumm wie das Meer. Ich fühlte Panik in mir aufwallen, dann wurde mir klar, dass ich diejenige war, die ihn retten musste, die anderen waren zu tief unten, für sie war es zu gefährlich … Aber sie mussten ihn doch bemerkt haben, jemand hatte mich gewarnt, warum kamen sie dann nicht und halfen mir?

So schnell wie möglich tauchte ich auf, spuckte den Schnorchel aus und zählte die Atemzüge, die mich bremsten. Ich musste mich beruhigen! Atme, Lou, atme tief aus, Lunge leeren, ja, gut so. Jetzt Luft holen, halten, ausatmen. Noch mal Luft holen, tiefer, noch tiefer – und los!

Mein Körper gehorchte und glitt in die Tiefe. Die fremden Flossen halfen mir, sie trugen mich viel schneller hinab, bis ich den Auftrieb kaum mehr spürte und nicht kämpfen musste, um zu ihm zu gelangen. Angel trudelte noch immer haltlos auf mich zu, dann schlug er plötzlich die Augen auf und sah mich an. Ich erschrak.

Seine Augen schienen dunkler geworden, tiefe Schatten lagen in der Iris. Darunter sah ich einen feinen Glanz, der in seinen Wimpern hing wie das Glitzern von Tränen. Doch am meisten erschreckte mich sein Blick, die tiefe Traurigkeit, die wie ein Anker an ihm zog und ihn nicht freigeben wollte.

Eine Sekunde lang überlegte ich, ob ich ihn einfach packen und mit mir zur Oberfläche ziehen sollte. Bestimmt hätte ich hier im Wasser die Kraft dazu gehabt. Der Versuch würde als ungültig erklärt werden, wenn ich ihm half, doch wie sollte er zurück ans Licht gelangen, wenn er das gar nicht wollte?

Plötzlich lächelte er, leicht und flüchtig wie im Traum, aber es genügte, um den Anker abzuschütteln. Seine Beine bewegten sich wieder, machten sich von der Traurigkeit los, und er schwebte förmlich auf mich zu. Er kam so nah, dass ich die Finger in seine losen Haare schlingen und ihn ganz zu mir heranziehen …

Luftperlen suchten den Weg ans Licht, überall um uns herum, und das Wasser war auf einmal voller fremder Geräusche und Gefühle. Marco und Ella, die laut atmend ihren Weg nach oben suchten. Verwirrt schüttelte ich die Bilder ab, die sich in meinem Kopf übereinanderschoben, und stieß mich mit kräftigen Beinbewegungen hinauf. Ein Flossenschlag brachte mich bis dicht unter die Oberfläche, doch Angel blieb abermals stehen und verharrte im Wasser, nur wenige Herzschläge von der rettenden Luft getrennt.

Ich spürte, wie mir die Luft ausging, das gefährliche Ziehen in meiner Brust, doch ich konnte nicht einfach austauchen und ihn hier zurücklassen. Ich durfte es nicht, ich hatte Angst, ihn noch einmal an die Traurigkeit zu verlieren.

Er formte mit zwei Fingern ein O, »Alles klar« in Tauchersprache, dann grinste er plötzlich, hielt die Hand hoch und wedelte mit einem Stück gelbem Leuchtpapier. Es war die Marke, die Tiefenmarkierung, die auf dem Grund gelegen hatte. Hundert Meter unter dem Meer.

Mein Herz beschleunigte vor Aufregung und beinahe zeitgleich ging meinem Körper der Sauerstoff aus. Ich brach durch die Oberfläche und schnappte hektisch nach Luft, versuchte, mich zu beruhigen, um wieder zu ihm zu gelangen, doch Angel war mir gefolgt und saugte gierig den kühlen Atem des Meeres ein. Mit einer Hand fasste er das Seil und inhalierte tief, dann riss er sich die Nasenklammer herunter. Seine Züge wirkten nun nicht mehr bizarr verzerrt, sondern erleichtert, fast befreit. Was immer dort unten geschehen war – es war vorüber, er hatte es dort gelassen.

»Alles klar?«, keuchte ich.

»Ich bin okay«, sagte er ruhig und ohne mich anzusehen. »Pat hat gekriegt, was er wollte.«

»War es nicht das, was du wolltest?« Meine Beine hatten Schwierigkeiten, mit dem ungewohnten Schub der neuen Flossen klarzukommen, mein Körper kippte immer wieder seitlich weg. Er schüttelte den Kopf. »Ich will tiefer runter.«

Vom Boot rief Francesca etwas herüber und ich antwortete ihr automatisch auf Italienisch, sagte, dass wir okay wären und nur noch auf die anderen warteten. Wenige Minuten später tauchte Ella auf und spuckte ihr Mundstück aus. Sie schwamm zu Angel und fiel ihm stürmisch um den Hals, als sie die Leuchtkarte in seiner Hand entdeckte, küsste ihn auf die Wange und strubbelte ihm durch die Haare. Es war eine so vertraute Berührung, dass es wehtat, ihr zuzusehen. Ich drehte mich um und schwamm zum Boot zurück.

Marco hielt den Kopf gesenkt und starrte fasziniert auf das Display seiner Kamera. Er nahm sein Mundstück erst heraus, als seine Finger von den Knöpfen des Kameragehäuses lassen konnten. Seine Augen lächelten, als er mich sah.

»Geht's euch gut, Mädels?«

»Das war Hammer«, berichtete Francesca gut gelaunt. »Ich wünschte, wir hätten ihm da unten zuschauen können!«

»Ihr könnt euch die Fotos ansehen.« Marco hievte sich an Bord und reichte ihr die Kamera. Ella kam zu ihm und gab ihm das Unterwassergehäuse mit der GoPro, die Angel um den Bauch getragen hatte, damit Marco den Film sichern und auf eine zweite Karte übertragen konnte. Dann packten wir die Kamera zusammen mit der gelben Grundmarke und einer Notiz in einen Beutel, beschwerten alles mit Blei aus unseren Gürteln und ließen das Paket am Seil in die Tiefe rauschen.

Angel blieb am längsten im Meer. Bevor er ins Boot kletterte, senkte er den Kopf und ließ sein Gesicht aufs Wasser sinken. Er wirkte fast, als würde er beten oder jemandem danken, und vielleicht tat er das auch – oder aber es war ein Versprechen, darauf, dass er zurückkommen und es noch einmal versuchen würde, noch tiefer hinabsteigen, tiefer als je zuvor.

Ein Plakat hing an der Wand neben dem Counter, dasselbe Plakat, das auch draußen an die Tafel gepinnt worden war. Es zeigte ein Hochhaus mit dreißig Stockwerken, das auf dem Meeresboden stand und bis zur Wellenlinie hinaufreichte. Ganz unten, wo sich der Sockel in den Boden grub, brannten Lichter in den Fenstern, um die Dunkelheit zu zerstreuen. Weiter oben wechselte die Umgebungsfarbe von Anthrazit zu Tiefblau und schließlich einem leichten Himmelblau und nur die Wellenlinie trennte Wasser vom Horizont. Oben vom Dach des Hochhauses hing ein Seil in die Tiefe, bis ganz nach unten, in die Dunkelheit. Und neben diesem Seil, kaum erkennbar und winzig klein, war ein Taucher mit langen Flossen auf seinem Weg nach unten. Die Menschen klebten an den Fenstern und winkten hinaus ins Blau, es sah aus, als würden sie den Taucher anfeuern. Den Taucher ohne Luft, der ganz allein das Meer durchschnitt. Dreißig Stockwerke lang. Hundertdreißig Meter tief.

Ich betrachtete das Plakat so lang, bis meine Augen flimmerten. Marco hatte ganze Arbeit geleistet, denn die Dimensionen dieses Hochhauses gegen den winzigen Taucher im Meer wirkten wie Dynamit – sie hauten einen schier um. Den ganzen Abend über scharten sich die Gäste im Dive-in darum und schüttelten ungläubig die Köpfe, redeten und flüsterten und wollten alle unbedingt dabei sein.

Pat köpfte eine Sektflasche und ließ den Korken zischend an die Decke knallen. Ein paar Mädchen kreischten und er grinste entschuldigend, dabei hatte ich genau gesehen, wie er die Flasche zuvor geschüttelt hatte. Er hob sie feierlich in die Höhe und prostete Angel zu. »Auf dich, Mann!«

Becher wurden reihum gereicht und Pat verteilte den Sekt an alle Anwesenden. Als er fertig war, ging Angel zu ihm und nahm ihm die halb leere Flasche aus der Hand, um mit jedem anzustoßen. Er war aus seiner seltsamen Starre aufgewacht und jeder hier reagierte mit purer Faszination auf die Wandlung.

Seit wir zurück waren, lief er herum wie aufgeputscht, half beim Ausladen, zockte mit Francesca am Flipper, kniff Ella in den Po und sah sogar Marco beim Schneiden des Films über die Schulter. Als Pat und Adriano zurückkehrten – ein paar Leute vom Strand im Schlepptau, die angeblich alle rein zufällig dort herumgelungert hatten –, ließ er sich nicht nur feiern, sondern erzählte bereitwillig und mit glitzernden Augen von dem Tauchgang und seinen Plänen, den Rekord im Constant Weight zu brechen.

Die Mädchen klebten an seinen Lippen und er spielte damit, ließ sie um sich herumzappeln wie Aufziehpuppen, bis Ella sich auf seinen Schoß setzte und damit unmissverständlich ihre Besitzansprüche klarmachte. Selbst die Kerle schwänzelten um ihn rum, mit diesem animalischen Funkeln in den Augen – sie alle träumten davon, wie er das Meer zu besiegen.

Ich verkrümelte mich zu Marco und half ihm, seine Bilder vom Vormittag zu sichten. Dabei hoffte ich bloß, einen Hinweis auf Angels Verwandlung zu entdecken. Was war da unten geschehen? Weshalb hatte er so tieftraurig gewirkt und wo war diese Person geblieben – draußen, im Meer? Irgendwann rief einer »Pizza!« und die anderen stimmten ein, also lief Adriano los, um welche zu besorgen. Ich ließ Marco allein weitermachen und ging zu Francesca, die so am Flipperautomaten lehnte, dass sie die Menschentraube um Angel im Blick hatte.

»Er ist unglaublich, oder?« Sie seufzte, ohne wegzuschauen. »Die Leute sind völlig verrückt nach ihm!«

»Sie sehen nur, was sie sehen wollen.« Und das da vorn ist nicht Angel, setzte ich in Gedanken dazu. Ich weiß vielleicht nicht viel von ihm, aber diesen Typen da, den kann ich nicht leiden.

»Pat hat echt einen Riecher für solche Leute«, sagte Francesca. »Der kann nicht nur was, der sieht auch noch wie ein Champion aus mit seinen Wahnsinnsaugen!«

Ich sprach leise, dabei achtete sowieso niemand auf uns. »Was glaubst du, wie tief man auf die Art tauchen kann? Wann spielt der Körper nicht mehr mit? Und was bringt ihn dazu, so was Verrücktes zu versuchen?«

»Vielleicht ist er einfach nur ehrgeizig. Er hat kapiert, dass er was Besonderes kann, und genau das kostet er jetzt aus. Warum auch nicht? Würde ich auch machen.«

»Ich weiß nicht. Glaubst du nicht, da steckt mehr dahinter?«

Sie zuckte die Achseln und lächelte versonnen. »Aber sicher. Die Mädels fahren total darauf ab! Wenn das kein Grund ist?«

Adriano kam mit einem Stapel Pizzakartons zurück und

die Aufmerksamkeit gehörte für diesen Moment ihm. Angel nutzte das Chaos und stahl sich durch eine der Türen, offenbar, um aufs Klo zu gehen – doch kurz darauf sah ich seine dunkle Silhouette am Fenster vorbeigehen. Verstohlen schaute ich mich um, aber vor lauter Pizza hatte wohl niemand etwas mitgekriegt.

»Ich bin gleich wieder da«, sagte ich zu Francesca und huschte durch die Vordertür. Angels schattenhafte Gestalt verschwand eben zwischen den Bäumen, er benutzte nicht den Plankenweg, sondern lief mitten durch den Wald. Er wollte nicht, dass jemand ihm folgte – aber ich hatte ein Recht, ein paar Dinge zu erfahren, und ich wollte den einsamen Angel unter dem Vollmond fragen, nicht diesen aufgesetzten Macho aus dem Dive-in.

Die Sonne war untergegangen und der Strand hatte sich blau verfärbt. Das Wasser, der Himmel, alles versank im selben Farbton, bis kaum mehr Linien zu erkennen waren, die Land und Meer voneinander trennten. Ich blieb stehen und schloss die Augen. Früher hatten wir die blaue Stunde immer gefürchtet, denn sie bedeutete das Ende eines schönen Tages am Strand. Wenn das Licht verschwand, mussten auch wir nach Hause gehen. Aber dort hatte dann meistens ein warmes Essen auf uns gewartet und der Duft nach Penne alla boscaiola oder Großmutters Lasagne al forno hatte uns jedes Mal ins Haus getrieben. Vielleicht hatte ich mich deshalb nie heimisch gefühlt in den riesigen, fremden Anwesen, die wir mit unseren Eltern bewohnten – es fehlte der Duft nach Pilzen und Pasta, nach Heimkommen und Behaglichkeit.

Ich machte die Augen wieder auf und folgte Angel, der bis zum Wasser lief und sich dicht an den schwappenden

Saum stellte. Ich hätte schwören können, dass er die Augen geschlossen hielt, wie ich eben noch.

Auf einmal war ich mir nicht mehr so sicher, warum ich hier war. Ich hatte ihn zur Rede stellen und ihn ein paar Dinge fragen wollen, doch nun klopfte mein Herz so laut, dass es mir schwerfiel, die paar Schritte über den Sand zu ihm zu gehen. Aber Angel bemerkte mich auch so und drehte den Kopf zu mir. Er sah mich stumm an und wartete, bis ich dicht vor ihm stand.

»Wie heißt du wirklich?«

Er lächelte. »Wie heißt du wirklich?«

Es machte mich verrückt, dass mein Puls so raste, also trat ich noch einen Schritt näher und sah ihn fest an. »Verrätst du mir wenigstens, was heute passiert ist?«

Er runzelte die Stirn, ganz leicht nur. »Nichts ist passiert. Wir sind hier. Du hast deinen Job gut gemacht.«

»Und das ist alles? Du hast ausgesehen, als wolltest du gar nicht mehr hoch, ich dachte, du wärst …« Ich brachte das Wort nicht über die Lippen. Er verstand mich auch so.

»Es ist nicht schwer, da runterzutauchen, Lou. Um wieder umzukehren, brauchst du einen verdammt guten Grund. Aber so leicht passiert mir nichts, ich weiß, was ich kann.«

»Und warum mit mir?« Wenigstens das musste ich wissen. »Warum hast du Ella weggeschickt und mir diese Position gegeben?«

»Das wolltest du doch, oder?« Sein Lächeln wurde breiter und seine Augen passten sich wie kleine Chamäleons der dunkelnden Umgebung an. »Du hast sie ganz schön alt aussehen lassen, vorgestern im Meer.«

Mein Herz klopfte wieder heftiger, und plötzlich fühlte ich mich ausgeliefert, so allein mit ihm am Strand. Ich machte zwei Schritte rückwärts, weg von ihm. »Das gibt dir noch lange nicht das Recht, mich so herumzukommandieren. Wenigstens Danke hättest du sagen können! Aber wenn die Leute sowieso um einen rumscharwenzeln, braucht man sich nicht mit Plattitüden aufzuhalten, was?«

Er lachte, lachte mich einfach aus. »Hey, auf wen bist du sauer? Ich kann nichts dafür, die machen das von ganz allein.«

»Ich aber nicht, und ich finde es beschissen, dass du dich wie ein Guru aufführst, bloß weil alle auf dich abfahren.«

»Alle?« Seine Augen blitzten amüsiert auf. »Fährst du auch auf mich ab?«

Dankbar für die Dunkelheit starrte ich ihn an und alles drehte sich auf einmal um mich. Irgendwie schaffte ich es zu lachen – und die Welt kreiselte nur noch schneller.

»Vergiss es, Angel«, sagte ich und stolperte rückwärts. »Sorry, dass ich gefragt hab.«

Erst unter den Bäumen holte er mich ein, überholte mich und versperrte mir den Weg, und auf einmal war er so nah, dass ich ihm nicht mehr entkommen konnte. Er schob mich rücklings gegen einen Baum, stemmte eine Hand gegen die Rinde und sah mich an. Die Haare waren ihm in die Stirn gerutscht und hüllten seinen Ausdruck in Schatten. Er fragte nicht und eine Antwort brauchte er auch nicht. Seine Mundwinkel zuckten, und ich dachte: Wehe, du lachst, doch seine Miene blieb ernst, und dann dachte ich nichts mehr, weil seine Lippen ganz sacht auf meinen landeten.

Ich spürte, wie mein Körper nachgab. Angel schmeckte nach Sand und Salzwind und der Kühle des Meeres. Seine Zunge glitt an meinen Zähnen entlang und tastete sich langsam vorwärts, während seine Hand an meinem Hals nach hinten wanderte und sich in meine Haare schob. Er wickelte ein paar Strähnen um seine Finger und schloss seinen Mund über meinem.

»Danke«, flüsterte er an meinen Lippen, ließ mich los und war verschwunden, bevor ich nur einmal Luft holen konnte.

Ich stand an den Baum gelehnt und versuchte zu begreifen, was eben geschehen war. Meine Beine zitterten so sehr, dass ich mich nicht rühren konnte, selbst wenn unter mir der Boden weggebrochen wäre. So hatte mich noch nie einer geküsst! Es hatte nichts zu bedeuten, natürlich nicht, das war nur ein zuckender Blitz, ein Augenblick – ein Kuss, wie geschaffen dafür, einem den Atem zu rauben.

BLOODSHIFT

WARTESCHLEIFEN

Die blaue Welt schluckte mich leicht und lautlos. Sofort spürte ich den vertrauten Druck auf meinem Gesicht und lauschte auf das Glucksen in meinen Ohren. Unter mir reckten sich graubraune Felsen ins Meer und ich erkannte Langusten und unförmige Sternschnecken, die in den Ritzen klebten. Winzige Schleimfische schwärmten um meinen Kopf und flohen, sobald ich die Finger nach ihnen ausstreckte, nur um sich von hinten erneut anzuschleichen. Ich merkte, wie das Bleigewicht an mir zerrte, und hatte plötzlich das starke Bedürfnis, mich von ihm nach unten tragen zu lassen. Wie einfach war das Leben im Meer, wenn man nicht gegen den Auftrieb des Anzugs ankämpfen musste! Ausgelassen gab ich dem Sog nach und versank.

Der Grund rauschte näher, glitzernde Felsen, deren heller Bewuchs das Sonnenlicht reflektierte. Sehr tief kam ich hier nicht, maximal acht Meter, dann stoppten mich Steine und spitze Kanten. Ich wusste, dass nur wenige Meter hinter der Felskante Sandboden lag, dort, wo die Strömungen stärker waren, aber da durfte ich nicht tauchen. Ich musste in Hausnähe bleiben, nur so weit draußen, dass ich es schwimmend zurückschaffte. Das Gewicht um meinen Bauch spürte ich nicht mehr, es war eins geworden mit dem

Wasser, mit mir, also schloss ich die Augen und ließ mich tragen, drehte mich mit ausgebreiteten Armen um mich selbst wie eine Ballerina und schlug einen Salto vorwärts. Mit dem Meer als Partner ging es ganz leicht.

Als mein Zwerchfell zuckte, beendete ich den Tanz. Ich versuchte, wie Angel eine gerade Linie zu ziehen und kurz vor dem Sonnenlicht einen Halt zu machen, eine letzte Prüfung für die Selbstdisziplin. Der Bleigurt zerrte an mir, doch ich hatte genug Kraftreserven in meinen Beinen übrig. Klare Luft strömte in meine Lungen und pumpte pures Leben in mein Herz.

Der Tag war perfekt zum Tauchen, das Wasser ruhig und sanft und kein Wölkchen spiegelte sich darin. Trotzdem hatte ich den Tauchgang hinausgezögert und beim Frühstück getrödelt, auf eine Nachricht von Marco gehofft und nach einem Grund gesucht, zurück zum Dive-in zu fahren. Es gab keinen, zumal mir Ellas Ausbruch vom Tauchtag noch deutlich in den Ohren nachklang.

Ich war mir nicht mal mehr sicher, wie meine Rolle jetzt aussah – wollten sie mich bei dem Weltrekordversuch überhaupt noch dabeihaben? Oder war ich nur ein kurzfristiger Helfershelfer gewesen?

Mein Magen fuhr Achterbahn seit letzter Nacht. Ich hatte kaum geschlafen, weil mein Kopf immer wieder zu dem Moment unter den Bäumen zurückspulte und die Szene in Dauerschleife laufen ließ. Irgendwann dämmerte ich weg, aber als ich aufwachte, fühlte sich alles immer noch so lebendig und intensiv an, als hätte mein Körper die Erinnerung genauso abgespeichert wie mein Kopf.

»Mann, verdammt!« Ich schüttelte entschieden den Kopf und begann wieder mit meinen Atemübungen. Aber etwas blockierte mich, und ich bekam es nicht hin, konzentriert zu bleiben.

»So hat das keinen Sinn«, schimpfte ich mit dem Meer unter mir und strampelte in Richtung Ufer zurück. Das Dive-in war eine Tauchschule, ich konnte also hingehen und mir Ausrüstung leihen oder einen Tauchgang buchen, ganz legitim. Zumindest würde ich so rauskriegen, was Sache war.

Ich fuhr mit dem Rad in das Bergdorf hinauf, obwohl die Mittagssonne ihre Glut erbarmungslos über mir auskippte. Erst in den engen Gassen sammelte sich der Schatten und brachte ein wenig Abkühlung.

Nur Marco und Acqua hüteten den Laden, aber es war gerade Kundschaft da, also wühlte ich mich durch die Auslagen und probierte wahllos Apnoemasken auf, in denen ich wie ein gestrandetes Insekt aussah. Angel tauchte immer ohne Maske, weil es unmöglich war, in einer Tiefe von hundert Metern Luft für den Druckausgleich in einer Maske zu verschwenden. Aber vielleicht brauchte er auch nichts zu sehen da unten, zumindest nichts, was ihm das Plexiglas einer Tauchmaske zeigen konnte.

Ich verfolgte Marco und die Kunden in den Teil des Ladens, wo unterschiedlich lange Flossen von einem Ständer baumelten. Und plötzlich wusste ich, was ich brauchte. Unbedingt sogar. Marco beobachtete mich aus den Augenwinkeln, wie ich mich nach einem Paar Langflossen ganz oben auf dem Ständer streckte, dann griff er nach einem langen Stab und holte sie für mich runter.

»Gute Wahl«, sagte er leise zu mir. »Erschrick nicht, wenn du den Preis siehst. Sind die besten, die du kriegen kannst.«

Ich trat die Sneakers von meinen Füßen, tastete mich mit den Zehen vorwärts und zog das Fersenband an seinen Platz. Seitlich war ein Logo eingestanzt, das ich noch nie gesehen hatte, daneben der Name »Finn's Fins«. Schnell schlüpfte ich mit dem zweiten Fuß hinterher.

Die Flossen saßen perfekt und fühlten sich an meiner Haut weich und biegsam an. Nach dem Preis schaute ich gar nicht – ich musste sie haben, egal, wie viel meiner Reserven sie verschlangen.

»Hast du schon gehört, welche Wellen unser kleiner Testlauf gestern geschlagen hat?«

Ich schaute hoch. Der Laden war leer und Marco hielt ein Schild in der Hand mit der Aufschrift »Mittags geschlossen«.

»Pat hat das Video ins Netz gestellt und seitdem laufen die Leitungen heiß. Reporter von überall haben sich angekündigt und wollen seinen Champion am liebsten sofort kennenlernen.«

Ich kramte meinen Geldbeutel raus und schluckte, als ich nun doch einen Blick auf das Preisschild warf. »Er hat nichts anderes erwartet, oder?«

Marco nahm mir die Flossen ab und packte sie in eine Tüte. »Nein. Ich hoffe nur, dass die jetzt nicht größenwahnsinnig werden.«

Marco machte den Laden zur Mittagspause dicht, dann liefen wir zur Piazza Matteotti, holten uns Pizzen zum Mitnehmen und hockten uns auf ein Mauerbänkchen. Die Sonne stach uns in den Nacken und glitzernde Wellen tanzten auf dem Meer, und kurioserweise musste ich bei dem Anblick an Sophia denken, an unzählige Abende auf unserem Balkon in Abidjan, wo wir zu klein gewesen waren, um allein ans Meer zu dürfen, und die anrauschenden Wellen nur von dem geschützten Ort aus sehen konnten.

»Was hast du eigentlich vor?« Marco deutete mit dem Kopf auf die Tüte mit den aberwitzig teuren Apnoeflossen.

»Ich will es lernen.« Die Pizza fühlte sich heiß und klebrig in meinem Bauch an, aber weil ich mein Frühstück schon nicht runtergebracht hatte, aß ich trotzdem weiter. »Und eigentlich bin ich gekommen, um dich zu fragen, ob du mich mitnimmst.«

»Ins Dive-in?« Marco schmunzelte und verfütterte seinen Teigrand an Acqua, der bereits gierige Speicheltropfen hechelte. »Worum geht's, um das Tauchen – oder bist du jetzt auch dem Taucher verfallen?«

Die Szene unter den Bäumen schob sich vor Marcos sonnenüberströmtes Gesicht, und ich musste blinzeln, um die Bilder abzuschütteln, denn sofort fing mein Puls wieder an zu rasen. Schnell schob ich mir die Pizza in den Mund, ohne etwas davon zu schmecken. Total lächerlich, wie ich mich benahm – das war doch nur ein blöder Kuss gewesen! Und nicht mal ein erlaubter Kuss, er hatte ihn sich einfach genommen, mich überrumpelt, wie am Morgen im Meer. Ich sollte sauer auf ihn sein.

Marco lachte und stieß mich mit der Schulter an. »He, schon gut, das war nicht ernst gemeint. Natürlich nehm ich dich morgen mit. Allein tauchen ist nämlich das Dümmste überhaupt.«

Der Abend blieb mild genug, um im Pullover draußen zu bleiben, ohne zu frösteln, aber ich hatte keine Lust auf lauschigen Sternenhimmel, also verdrückte ich mich mit meinem iPad auf mein Zimmer. Bevor ich zurückgefahren war, hatte ich einen Zwischenstopp eingelegt und mir ein neues Handy und eine Prepaid-Flat für einen Monat besorgt, um wenigstens auf dem Laufenden zu sein, was den Rekordversuch betraf. Ich stöpselte Tarja in mein Ohr und warf mich auf mein Bett, Kissen im Rücken, und rief die YouTube-App auf.

Der Zähler des Videos stand bereits bei über fünfzehntausend, keine Ahnung, wie Pat das zuwege gebracht hatte. Ich spielte den Film wieder und wieder ab. Dabei redete ich mir ein, Angels Geheimnis lüften zu wollen, seine Traurigkeit zu enträtseln und rauszufinden, was in der Tiefe schiefgelaufen war, doch da war nichts, kein Straucheln, kein Hinweis – bis ich mir selbst nicht mehr glaubte und das iPad entnervt ausschaltete, die Augen schloss und mich in die Kissen warf, um sein Gesicht aus meinen Gedanken zu kriegen. Was rein gar nichts brachte, denn mein Gedächtnis spulte die Szene vor dem Dive-in immer noch ab. Legte die Tonspur seines gehauchten »Danke!« darüber und mischte mein Beben dazu, lauter Gefühle, die da nicht hingehörten und mich durcheinanderbrachten. Er war immer noch ein Unbekannter – ich wusste ja nicht mal seinen richtigen Namen! Und außerdem war ich es nicht gewohnt, die Kontrolle zu verlieren und ständig von einem Typen zu träumen. Das war noch nie passiert, nicht mal bei Marco. Das war alles nur eine zeitweise Verwirrung, nichts, worüber ich mir den Kopf zerbrechen musste.

Als Marco früh am nächsten Morgen vor dem Tor hielt, wartete ich schon auf ihn. Er hatte frische Erdbeeren mitgebracht, die wir auf dem Sitz seiner Vespa verzehrten, dann ließ er Acqua zwischen seine Füße springen und ich schlang die Arme fest um seinen Bauch, während er den Roller durch die Kurven steuerte.

Aber schon auf dem Weg durch das Wäldchen spürte ich, dass er nicht hier war, nicht mal in der Nähe. Ich wusste es einfach, keine Ahnung, woher.

Adriano saß vor dem Dive-in, Händchen haltend mit Francesca, und beide freuten sich, uns zu sehen. Adriano begrüßte uns mit Handschlag, Francesca sprang auf und drückte mich wie eine alte Freundin.

»Die Jones sind nicht da.« Adriano holte zusätzliche Stühle und brachte Getränkedosen für uns. »Tauchgäste, gestern angekommen. Bleiben bis morgen. Wir haben auch schon einige Buchungen, geht gut los, die Saison!«

»Und die Journalisten?«, wollte Marco wissen. »Ich dachte, hier steht das Telefon nicht mehr still.«

Francesca beugte sich vor und flüsterte uns zu: »Das Problem ist, dass wir es mit Mister Geheimnisvoll zu tun haben! Der hält sich aus dem ganzen Trubel komplett raus, sagt immer nur, er muss trainieren, aber wenn ihr mich fragt, ist das seine Masche. Was will er denn bitte trainieren, wenn wir nicht dabei sind? Wir sitzen sowieso alle auf Abruf, die ganze Saisonplanung dreht sich bloß um diesen einen Termin im Juni.«

»Pat sucht jetzt Leute, die beim Rekordversuch als Sicherungstaucher dabei sein werden«, informierte uns Adriano. »Uns fehlen ja mindestens noch drei Mann!«

In meinem Kopf überschlug ich die Rechnung, aber Francesca kam mir zuvor. »Ihr solltet euch trotzdem bereithalten. Sobald Angel wieder auftaucht, geht das Training in die nächste Phase.«

»Und Ella?« Die Worte rutschten so raus, aber dann war

ich froh, dass ich sie gesagt hatte und das Thema endlich auf den Tisch kam. »Noch so eine Drohung lass ich mir nicht gefallen.«

»Ella kann nicht verlieren.« Francesca zwinkerte mir zu. »Dir ihren Posten zu überlassen, hat sie echt Überwindung gekostet. Sie trainiert nun wie besessen, damit sie beim Rekordtauchgang besser ist als du.«

Adriano und Marco wechselten einen Blick und grinsten, aber Francesca boxte beide gegen den Arm. »Jetzt tut bloß nicht so, als ob euch das kaltgelassen hätte!«

»Wir sind immer noch ein Team«, stellte Marco fest. »Ella ist manchmal ein bisschen melodramatisch, aber selbst ihr war klar, warum Angel sich für dich entschieden hat.«

Am Nachmittag musste Marco arbeiten, also legte ich mich auf der Veranda in die Sonne und starrte in den Himmel. Marcos Worte rauschten durch meinen Kopf wie der Wind durch die Olivenbäume und genau wie die Bilder ließen sie sich einfach nicht abstellen. Die Sache war wichtig. Es ging einzig um den Rekordversuch. Angel hatte ein Ziel, etwas, was ihn da runtertrieb, und er tat alles dafür, an diese Grenze zu gelangen. Er tauschte auch die Gesichter in seinem Team so aus, wie es der Sache diente.

Irgendwann nervten mich meine eigenen Gedanken und ich ging rein und schrieb eine abgehackte Mail an Anne. Aber die Worte halfen auch nicht, weil immer wieder Dinge zwischen die Zeilen rutschten, die ich nicht aussprechen wollte. Zur Ablenkung holte ich ein Buch aus dem Regal, eines, das ich als Kind mehrfach gelesen hatte, aber die Handlung hatte nicht mehr dieselbe Wirkung auf mich wie als Kind und die Stille im Haus machte es nicht besser.

Früher hatte ich so viel mit Soph gestritten, dass hier immer was losgewesen war, zumindest während unserer Sommer hier. Ich schloss die Augen.

»Du hast mich geschubst!«, brüllte Soph in meiner Erinnerung. »Oma, sie hat mich geschubst!«

»Na und?«, hatte ich zurückgeschrien. »Du hast mich zuerst geschubst!«

»Aber nicht so doll, ich hab dich nicht in den Pool geschmissen! Stimmt's, Oma?«

»Du hast mich in die Dornen geschubst, das hat viel mehr wehgetan, als ins Wasser zu fallen!«

Sie war zu unserer Großmutter gerannt und hatte sich weinend an ihren Arm geklammert, das T-Shirt triefend nass, die Shorts schwer an ihren Beinen. Aber Großmutter hatte sie nicht getröstet, sondern drei Handtücher geholt, und dann hatten wir ein Wettspringen veranstaltet, alle drei gleichzeitig vom Beckenrand, in Schuhen und Klamotten, dass es nur so spritzte.

Eine plötzliche Sehnsucht packte mich, Sehnsucht nach meiner Großmutter, die so schrecklich schnell gestorben war, zu schnell, um sich von ihr zu verabschieden – und nach Sophia. Irgendwie gehörte sie für mich zu diesem Ort wie Olivenpizza, und ein Teil von mir fragte sich, was sie in diesem Augenblick machte.

Ich ging wieder raus, aber die Stille verfolgte mich. Ob sie überhaupt noch in Indien waren? Oder war mein Vater längst in ein anderes Land geschickt worden? Ich könnte einfach anrufen. Aber was sollte ich sagen? Mich rechtfertigen? Sie würden ja doch keine Erklärung gelten lassen. Mich entschuldigen? Auf keinen Fall. Nein, anrufen war definitiv eine dumme Idee.

Irgendwann stieg ich auf mein Rad und folgte der Straße in Richtung Morcone. Die Tour mündete in eine holperige Schotterpiste und führte in einem schweißtreibenden Rundkurs nach Capoliveri zurück.

Als ich vor dem Tor der Villa hielt, stand Marco mit dem Transporter seines Vaters davor und brachte eine angerostete Waschmaschine mit.

»Sie sieht nicht so aus, aber sie wäscht deine Sachen. Manchmal spinnt sie, dann kräftig dagegentreten – kriegst du hin, oder?«

»Marco, du bist ein Schatz.« Ich packte mit an und half ihm, das schwere Ding die Treppenstufen hochzuhieven, während Acqua es sich auf der Veranda bequem machte.

»Wo hast du die so schnell aufgetrieben?«

»Die alte Lady steht schon eine Weile bei uns im Keller rum, ein Überbleibsel aus einer der Villen, die mein Vater betreut. Die vermisst keiner mehr.« Er strich sich verlegen die nicht mehr vorhandenen Haare zurück und grinste etwas schief. »Das ist übrigens auch ein Grund, warum ich hier bin. Ich habe angeboten, nach dem Rechten zu sehen und mal durchzulüften – das heißt, ich müsste mich noch eine Weile hier rumdrücken, sonst schöpft mein Vater Verdacht.«

Wir schafften die Waschmaschine ins Bad, und ich wartete, bis Marco kriechend und liegend alle Schläuche und Kabel angeschlossen hatte. Auf dem Weg nach unten mussten wir an meinem Zimmer vorbei. Die Tür stand halb offen und Marco starrte zur Wand über meinem zerwühlten Bett, wo der silberne Vollmond mit meiner Silhouette hing. Etwas an seiner Haltung verriet mir, dass die Tür besser zu gewesen wäre.

»Du hast es noch«, sagte er erstaunt. »Das war die Nacht, in der wir zum ersten Mal …«

»Ja«, unterbrach ich ihn schnell. »Ich hab es nicht vergessen.«

Er sah mich noch immer nicht an, aber seine Stimme vibrierte leicht, als er flüsterte: »Ich werde mich mein Leben lang an diese Nacht erinnern.«

Ich legte Marco sacht die Hand auf die Schulter und schob ihn zur Treppe. »Komm«, sagte ich und lief an ihm vorbei. »Ich hab noch Olivenbrot und Tomaten da. Heute bin ich mal dran mit dem Verköstigen!«

Acqua schaute hoch, als wir mit Tellern und Brotkorb beladen auf die Veranda traten. Marco stellte die Sachen ab und beugte sich runter zu seinem Hund. »Also, Lou, wie soll das hier weitergehen?«

»Weiß ich noch nicht«, antwortete ich langsam. »Den Sommer über bleibe ich erst mal.«

Marco kraulte Acqua hinter den Ohren und schaute hoch zu mir. »Aber du weißt schon, dass Rechnungen kommen werden? Wasser und Strom zum Beispiel, das alles läuft jetzt über uns. Ich kann die Briefe für dich abfangen, bezahlen musst du allerdings schon selbst.«

»Ich kann bezahlen.«

»Wie lange, Lou?« Er lächelte, aber er sah traurig aus dabei. »Irgendwann werden sie dich finden.«

»Bis dahin ist mir eine Alternative eingefallen. Ich hab dir doch von den Modeljobs erzählt, die ich als Kind immer machen musste. Das Honorar gehört mir und ich hab es nie angerührt, bis jetzt. Außerdem kann ich mir einen Job suchen, irgendwo auf der Insel, ich komme schon klar …« Meine Stimme verlor sich. Ich hatte keine Ahnung, wie meine Zukunft aussehen sollte. Aber das waren meine Probleme, die gingen niemanden etwas an.

Marcos Handy klingelte und ich ließ mich aufatmend in einen Stuhl fallen. Ich wollte nicht, dass er sich zu sehr einmischte, nicht jetzt, nicht mit falschen Gefühlen im Bauch. Und der Erinnerung an einen falschen Kuss auf den Lippen.

Es war Pat, und Marco stellte den Lautsprecher an, um mich mithören zu lassen. Pat klang aufgeregt und überdreht und seine Worte infizierten mich wie das Gift einer Wespe. Ich wusste schon jetzt, dass sie bis zum Morgen brennen und jucken würden.

»Leute, ihr müsst kommen, unbedingt! Wir treffen uns morgen früh im Dive-in. Der Meister kommt auch. Ich hab was aufgetrieben, ein Superteil – damit versenken wir sogar eure Ärsche hundert Meter im Meer!«

DEEPER

Pat stand auf dem abgesenkten Heck und ließ den tonnenförmigen Torpedo mit einer einzigen Drehung der Handkurbel ins Wasser rutschen. Glucksend versank das bleischwere Teil unter der Oberfläche und blitzte wie das riesige Auge eines Seeungeheuers durch die Wasseroberfläche zu uns herauf.

Pat drehte sich zu uns und grinste zufrieden. »Das hier, Leute, nennt man einen Tauchschlitten. Er hat schon ein paar Jahre auf dem Buckel, aber er war mal das Trainingsgerät eines echten italienischen Spitzensportlers und für unsere Zwecke genügt er.«

»Was soll das, Pat?« Angel hockte auf der Reling und schob sich die schwarze Sonnenbrille ins Haar, die sein Gesicht bis eben noch getarnt hatte. Seine Augen funkelten in der Sonne so blau wie das Meer unter den Schaumwellen. »Ich mach kein No Limit, das hab ich dir gesagt.«

»Aber darum geht es doch gar nicht!« Pat sprang wild gestikulierend auf. »Pass auf, was wir brauchen, ist ein Tiefentest. Wir müssen versuchen, dich auf hundertdreißig Meter runterzukriegen, damit dein Körper sich an den Druck gewöhnen kann. Dazu brauchen wir den Schlitten, denn mit dem kannst du entspannt nach unten fahren und sehen, wie du da unten klarkommst. Wie in einem Aufzug, verstehst du?«

»Ein Aufzug in die Tiefe. Klar, Mann.«

»Okay, etwas komplizierter ist es schon.« Pat grinste bereits wieder. »Komm schon, ist ja nur ein Test, ein Spiel! Jeder darf mal reiten. Und wenn es funktioniert, schießen wir dich vor deinem Rekordversuch einmal damit runter.«

»Wie tief geht das Teil?«

»Tief. Du kannst es auf zweihundert Meter versenken, wenn du das willst. Aber nicht hier, wir sind nicht weit genug draußen.«

Das klang skurril, denn um uns war nichts als Blau, eine schillernde, leicht aufgewühlte Wasserfläche, die endlos in den Horizont lief. Elba versteckte sich irgendwo hinter uns als blasse Zwergeninsel im Morgennebel.

Mein Blick glitt über die Anwesenden auf dem Tauchboot, von Pat und Angel zu einer nachdenklichen Ella, Adriano und Francesca Händchen haltend hinter dem Steuer, dann Marco, der vom träge ausgestreckten Acqua nicht aus den Augen gelassen wurde, und weiter zu dem Fremden im T-Shirt, der seinen Neoprenanzug bis zur Hüfte runtergekrempelt und bislang nicht ein Wort gesprochen hatte. Er war älter als wir, mindestens Anfang dreißig, und sah ziemlich blass um die Nase aus, seit das Geschaukel schlimmer geworden war. Und hier draußen hielt das Meer niemals still.

Wieder sah ich zu der gewaltigen Seilwinde, die sich über dem Torpedo in den wolkenlosen Himmel streckte. Eine neue Gefahr hing an dem Seil in die Tiefe, das Monster, das stärker sein wollte als das Meer und einem Menschen helfen konnte, es zu bezwingen.

Meine Augen bewegten sich erneut, ferngesteuert, fremdbestimmt. Angel hatte seinen Anzug wie der Fremde bis zur Hüfte abgerollt, doch er trug kein Shirt darüber. Seine nackte Haut glänzte im Sonnenlicht, und man sah deutlich die Narbe, die ihm sein Bruder zugefügt hatte. Sein Bruder – wieder wurde mir bewusst, wie wenig ich ihn kannte. Soph und ich liebten uns nicht gerade, doch nicht mal uns würde es einfallen, uns bis aufs Blut zu bekriegen. Wo bitte machte man seine Probleme noch mit dem Messer aus?

Angel sah hoch und sein Blick verharrte auf mir, aber er schaute mich nicht an, sondern durch mich hindurch. Auf einmal schien er meilenweit fort zu sein und seine Augen wurden trüb – ein Spiegel des Schmerzes, den er fühlte? Doch er schüttelte den Kopf, ganz leicht, und das Bild verschwamm wieder.

»Geht klar«, hörte ich ihn sagen. »Machen wir's.«

Marco und Adriano schlüpften in ihre Jackets und prüften die Luftzufuhr an ihren Atemreglern. Adriano watschelte aufs tiefe Deck und ließ sich hintenüberkippen, Marco blieb vor der Seilwinde stehen und starrte mit gerunzelter Stirn auf die Konstruktion.

»Wie kriegt man das Teil wieder hoch?«

»Elektronische Seilwinde.« Pat klopfte gegen das Gestell. »Wir speisen sie mit Strom aus dem Generator, so können wir mehrere Versuche hintereinander machen.«

»Und wie kommt der Taucher wieder rauf? Braucht man dafür nicht einen Hebeballon, der da unten mit Gas gefüllt wird?«

Ella schob sich neben Pat und er zog den Reißverschluss an ihrem Anzug zu. »Der obere Teil bringt ihn rauf. Du musst nur den Stift lösen und schon schießt du in Sekundenschnelle zurück an die Luft. Ist sicherer als die Variante mit dem Hebeballon.«

Marco warf mir einen Gut-dass-du-nicht-auf-das-Teufelsding-steigst-Blick zu, dann schluckte ihn das schaukelnde Meer ebenso wie Adriano und beide machten sich auf den Weg ins lichtgeflutete Blau.

»Okay, los geht's.« Pat löste die Verankerung und die Seilwinde quietschte. »Du kannst bremsen, hier oben, wenn dir die Fahrt zu rasant wird. Wir stoppen bei zwanzig Metern, das ist ein Kinderspiel für dich.«

Angel hockte sich auf das tiefe Deck und ließ seine Füße ins Wasser baumeln. Dann schloss er den Anzug und glitt ins Meer, lautlos wie ein Geist. Der Torpedo schaukelte leicht, als er daraufstieg und sich an dem Gestänge festhielt, die Hände dicht beieinander, als würde er stumm beten. Er legte das Gesicht aufs Wasser, und ich sah, wie seine Lungenflügel ihre Funktion einstellten, erstarrten. Dann hob er den Kopf wieder, doch seine Augen blieben blicklos und leer, er blendete die restliche Welt komplett aus, das Boot, all die Geräusche, Pats Fragen – er reagierte auf nichts und niemanden mehr.

»Komm«, sagte ich zu Ella, drängte mich an Pat vorbei und zog meine Flossen an. Ich musste zu ihm, wir durften ihn nicht allein lassen – er brauchte einen Grund, um zurück zum Licht zu schwimmen. Ohne auf Ella zu warten, sprang ich ins Wasser und schwamm einen Bogen zum Seil, an dem der Torpedo in die Tiefe zeigte.

»Auf dein Kommando.« Pats Stimme war dünn geworden, er schien verunsichert, weil Angel nicht mehr auf ihn reagierte. Ich sah, dass der käseweiße Fremde aufgesprungen war und zum Heck stürmte – dann hörte ich die tiefen, alles verschlingenden Atemzüge von Angel, der seine Lunge belud und schließlich mit einer Bewegung seiner linken Hand den Schlitten löste und mit ihm im Meer versank.

Ella und ich lieferten uns einen Wettkampf im Schnorcheleinsetzen. Wir kippten synchron vornüber, paddelten zum Seil und hielten uns daran fest, um zu beobachten, wohin der Schlitten Angel trug. Viel sehen konnten wir nicht, die blaue Welt war erfüllt von den Luftblasen der Flaschentaucher, dazu kam der Wirbel, den der absinkende Torpedo verursachte, doch plötzlich spürte ich ein Zucken am Seil und der Schlitten stoppte. Pat startete den Mechanismus und die Winde zerrte das Gestell ächzend nach oben.

Ich brauchte nicht so lang wie Ella, um zu erkennen, dass der Platz auf dem Schlitten leer war und niemand sich daran in die Höhe ziehen ließ. Sofort schnappte ich nach Luft und tauchte hinunter, doch ohne Bleigurt musste ich mich am Seil hinabziehen, weil es mir so nicht schnell genug ging. Nur wenige Meter unter mir sah ich, wie Angel seelenruhig nach oben trieb. Die Luftblasen hängten ihn mühelos ab und verhüllten ihn wie ein Umhang.

Kurz unter der Oberfläche hielt er an und öffnete die Augen. Seine Mundwinkel zuckten, als er unsere erschrockenen Gesichter sah, aber ich entdeckte keine Spur der bedrohlichen Traurigkeit, keine Spur von Gefahr. Er kam so nah, dass er uns streifte, dann griff er nach unseren Händen und nahm uns mit nach oben.

»Was ist passiert?« Pat ließ die Kurbel los und stürzte zur Reling. »Hat sich das Ding nicht gelöst?«

Angel ließ uns los und schwamm zum Boot zurück. Mit beiden Armen stemmte er sich auf das abgesenkte Deck hoch. »Vielleicht hast du recht, das Ding kriegt ganz schön Fahrt drauf. Damit kommt man tief runter.«

»Warum bist du dann abgestiegen?«

Mit einem Mal wurde seine Miene wieder ernst und verschlossen. »No Limit gibt es für mich nicht, Pat. Wenn ich es nicht selbst schaffe hochzukommen, bleib ich unten.«

»Hey«, rief Ella dazwischen, bevor Pat erneut ansetzen konnte. »Was ist mit uns? Du hast gesagt, wir dürfen den Schlitten alle mal ausprobieren.« Sie schaute mich an und lächelte. »Was ist, Lou, machen wir einen kleinen Wettkampf?«

Ella griff nach dem Hebel des Schlittens, den Pat eben wieder arretiert hatte. Sie stellte sich auf den Torpedo und wackelte mit den Hüften. »Zwanzig Meter, das ist easy. Wer kneift und vorher abspringt, hat verloren, okay?«

Ich schüttelte den Kopf, weil ich keine Lust hatte, mit ihr einen Wettstreit anzuzetteln. »Warum tauchst du nicht gegen Angel, Ella? Schiss?«

Ella lächelte süffisant und warf dem Boot mit Angel einen schnellen Blick zu, wie um sich ein Einverständnis zu holen, das sie niemals kriegen würde. »Es soll doch fair bleiben. Aber ich hab eine bessere Idee, sozusagen als Ansporn.« Ihr Lächeln wurde milder, beinahe träumerisch. »Der Sieger bekommt einen Kuss von unserem Champion, gleich hier. Was sagst du?«

Ich wusste nicht, ob sie mich oder Angel meinte mit ihrer Frage, aber seine Antwort brachte mich augenblicklich zum Schweigen. »Lass sie in Ruhe, Ella. Sie macht das noch nicht lang genug. Sie ist noch nicht so weit.«

Ich schwamm einen Halbkreis, legte den Kopf schräg und sah zum Boot hoch, wo Angel noch immer hockte und die Beine ins Wasser hängen ließ. Seine Mundwinkel zuckten und er hob die Brauen, fragend, als verstünde er nicht, was schlimm an dieser Aussage war.

»Sie kann jederzeit abspringen.« Ella sah ihn verwundert an. »Ich dachte, sie hätte mehr drauf, nachdem du sie letzte Woche unbedingt haben wolltest.«

Bestimmt bereitete ihm das Spaß, er suhlte sich in unserem Wettstreit – welcher Typ würde das nicht tun? Aber ich konnte es auch nicht auf mir sitzen lassen. Wenn ich so schnell aufgab, konnte ich es mit dem Apnoetauchen gleich sein lassen.

»Von mir aus«, stimmte ich knurrig zu. »Machen wir's!«

»Ha!« Ella gab Pat ein Zeichen, dass sie bereit war, dann entspannte sie ihre Atmung, holte tief Luft und zog an dem Hebel, der die Arretierung löste. Mit einem entschiedenen Klonk sauste der Schlitten mit ihr hinab.

Angel sprang ohne Schnorchel ins Wasser und starrte wie ich nach unten in den Blasenwirbel, um zu sehen, was geschah. Schon rastete der Schlitten bei zwanzig Metern ein und Pat ließ die Seilwinde röhren. Ich sah, dass Ella sich mit geschlossenen Augen an der Stange festklammerte, als sie mit ordentlich Tempo durch die Schaumwellen brach. Sofort war Angel bei ihr und hielt sie, bis sie genug Luft geschnappt hatte, um sprechen zu können.

»Wow, Leute, das müsst ihr versuchen, das war absolut irre! Der pure Kick, ihr könnt euch das nicht vorstellen!«

»Doch«, sagte Angel nur.

Ella sah ihn an, strahlend. »Ist das immer so? Wenn du da unten tauchst, meine ich? Man fühlt sich wie ein Baby im Mutterleib, so leicht und körperlos!«

»Das nennt man Bloodshift«, entfuhr es mir. »Dein Blut

wird vom Körper in die Lunge gepumpt, bis erst deine Arme und Beine einschlafen und schließlich dein Gehirn.«

Pat lachte laut, Angel grinste nur. Dann sah er mich an und schüttelte ganz leicht den Kopf, wie zu einem lautlosen Befehl.

Tu es nicht.

Aber warum, dachte der teuflische Teil meines Ichs, der einfach nicht verlieren konnte, niemals, gegen niemanden, nicht mal mich selbst, warum hast du dann verdammt noch mal zugestimmt, sie zu küssen? Oder nicht wenigstens Nein gesagt?

»Alles klar, Lou?« Pat hatte den Schlitten wieder heraufgezogen und sah mich forschend an. »Wenn sich irgendwas blöd anfühlt, lass los, ja? Du kannst jederzeit abspringen.«

Ich schwamm zu dem Schlitten hinüber und klammerte mich an das Gestell. Auf einmal fühlte ich mich zittrig, ausgeliefert und aufgewühlt. Außerdem war ich sauer, ohne genau sagen zu können, auf wen.

»Du bestimmst, wann es losgeht«, erinnerte Pat mich unnötigerweise. Ich nickte abwesend und konzentrierte mich auf die Geräusche der Umgebung, das Glucksen des Wassers, das Schweigen der anderen, mein eigenes laut schlagendes Herz. Plötzlich glaubte ich, eine ferne Stimme zu hören, und spulte in meinem Kopf den Song ab, der mir als Erstes in den Sinn kam, bis mein Körper langsam ruhiger wurde.

Enchantress came to me and said meet me at the lake tonight …

Ein letztes Mal füllte ich meine Lungen mit kühler Seeluft. Meine Hand fuhr nach oben, tastete nach dem Hebel und zog. Augenblicklich schloss sich das Wasser über mir und ich rauschte los. Zuerst verlor ich komplett die Orientierung, glaubte, nach oben zu schießen anstatt in die Tiefe, irgendetwas war schiefgelaufen – dann begann der Schmerz. Er fing in meinem Kopf an und breitete sich wellenförmig auf meinen Oberkörper aus, zog hinunter in meine Beine, bis ich schreien wollte vor Pein. Etwas war verkehrt, nichts stimmte mehr – wie tief war ich überhaupt? Ich musste längst tiefer sein als zwanzig Meter, Pat hatte den Schlitten nicht angehalten, und nun fuhr ich hinunter, hundert Meter, ich versenke eure Ärsche hundert Meter im Meer, oh Gott, es war eine Falle gewesen, Ella wollte mich umbringen, weil ich ihr Angel abspenstig gemacht hatte, sie hatte den Kuss beobachtet, ganz bestimmt, und nun ließen sie mich im Meer verschwinden, sie hatten das geplant, und der Typ, der Fremde, der war Seebestatter, Marco, wo war Marco, ich musste doch an ihm vorbeigerauscht sein, warum tat er nichts, um meinen Fall aufzuhalten, Marco würde nicht zulassen, dass sie meine Leiche einfach versenkten, niemals! Plötzlich kam mir in all dem Wirrwarr der Gedanke, meine Füße zu bewegen. Sie waren nicht festgebunden oder sonst wie fixiert, ich konnte sie bewegen, ich konnte abspringen und aus eigener Kraft zur Oberfläche zurückkehren, ganz bestimmt schaffte ich das, ich hatte noch genug Luft in den Lungen! Ich würde zurück zum Land schwimmen, wenn ich oben ankam – so leicht brachte mich keiner um!

Der Schmerz ließ nach, als ich den Schlitten losließ und meine Füße bewegte, stieg statt sank. Ich hörte, wie der Torpedo weiter am Seil hinabsauste, und war dankbar für den rettenden Einfall und mein schnelles Handeln. Um mich war Licht, leuchtende Luftperlen, tanzende Sonnenstrahlen, die Unterwasserwelt war wunderschön – ich könnte hierbleiben und mir die Menschen angucken, die wie lang gezogene Schatten über mir an der Oberfläche klebten. Einer von beiden löste sich nun und kam auf mich zu, schwebte, was wollte er, mich hinabstoßen, dafür sorgen, dass ich unten blieb, wo ich hingehörte?

Der Schatten flog heran, und ich erkannte, dass es Angel war, nicht Ella. Vor Erleichterung hätte ich beinahe laut geschrien. Er kam ganz nah heran, viel näher, als er durfte, er musste Abstand halten, sonst würde ich nämlich ihn küssen, und seine Augen, in diesen Augen wollte ich ertrinken, nicht in diesem Meer, sondern dort drin, für immer. Die Augen folgten mir, saugten mich an und brachten mich dem Licht und den Schatten immer näher. Nein – noch nicht! Ich kann noch hierbleiben, ich brauche noch nicht zurück!

Doch die Augen blieben unerbittlich, sie zogen mich hoch, bis mich die Sonne blendete und mein Kopf nach hinten sackte und meine Kehle hektisch Luft in meine Lungen pumpte.

Jemand hielt mich, ein starker Arm um meine Schultern. Der Arm brachte mich zum Boot zurück und half mir auf die Plattform, wo sofort jemand ein Handtuch um meine nassen Schultern legte. Ich lehnte mich dankbar an und merkte, erst als ich das Handtuch vor meiner Brust zusammendrückte, wie stark meine Hände zitterten.

»Was ist passiert?« Pat klang ernsthaft erschrocken. Er kniete neben Francesca auf der Plattform und sah mich an. »Geht's wieder?«

»Ich … ja. Was habt ihr mit mir gemacht?« Nur langsam verblassten die Bilder, die irren Gedanken, die mich auf dem Weg nach unten begleitet hatten. Wie der Schmerz ebbten sie ab, aber die Erinnerung daran blieb und machte mir Angst.

»Nichts! Der Schlitten hat bei zwanzig Meter gestoppt. Aber da warst du schon runter und bist wie eine Wahnsinnige nach oben gepaddelt.«

»Bitte was?« Fassungslos starrte ich ihn an. »Aber das ist unmöglich!«

»Dann check mal deine Tiefe. Du kannst maximal auf fünf Meter gewesen sein, vielleicht sechs.«

Ich machte mir nicht die Mühe, seine Behauptung zu überprüfen. Ihre verstörten, erschrockenen Gesichter sprachen Bände. Es stimmte, ich hatte versagt – aber warum? Das Blut hatte meine Glieder nicht verlassen, sondern all seine Energie auf meinen Schmerz verwendet.

»Wann hast du deinen ersten Druckausgleich gemacht?« Angel hing neben meinen Füßen im Wasser und sah nicht minder besorgt zu mir hoch. Auf einmal musste ich an seine Warnung denken. *Sie ist noch nicht so weit.*

»Ich weiß nicht mehr …«

»Stechender Schmerz im Ohr? Dann im ganzen Kopf, Schwindel, Orientierungslosigkeit?«

Ich starrte ihn nur an, Worte fand ich nicht mehr. Auf einmal verstand ich alles. Oh Mann, war ich blöd! Wie lange ging ich schon unter Wasser und was lernte man als Taucher in der ersten Stunde? Absolute Basics: der Druckausgleich, um den Unterdruck auszugleichen, der beim Abstieg in die Tiefe entstand. Schmerzen im Kopf. Warum war ich nicht selbst drauf gekommen, warum diese Panik, all die wirren Gedanken? Drehte ich jetzt komplett durch?

Angel tauschte einen Blick mit Pat, der mich daraufhin an der Schulter festhielt und sehr bestimmt ins Boot zog.

Das Schaukeln auf den Wellen war schlimmer geworden und der Fremde hing mit bleichem Gesicht an der Reling, aber mein Bauch blieb stumm. Seegang war nicht das Problem. Acqua erhob sich schwerfällig und legte sich zu mir, den Kopf auf meinen Schoß gebettet. Ich versenkte mein Gesicht für ein paar Atemzüge in seinem warmen Hundefell und spürte, wie seine Ruhe auf mich abfärbte.

Ella wollte unbedingt noch mal mit dem Schlitten fahren, aber ich hörte nur mit halbem Ohr zu, wie der Torpedo ein zweites Mal mit ihr in die Tiefe rauschte und sie in überschäumendem Taumel zurückkehrte. Irgendwo vor mir hörte ich hektische Schritte, dann mischten sich Würgegeräusche mit dem Glucksen der Wellen.

»Ich könnte immer mitkotzen, wenn ich das höre.« Francesca sank neben mir an die Außenwand und griff nach meinem Handgelenk. »Alles klar? Puls wieder normal?«

Ich hob den Kopf und sah über ihre Haare zu dem Fremden, der hilflos über der Reling hing und sich den Bauch hielt.

»Wer ist das?«

»Keine Ahnung. Pat hat ihn uns auch noch nicht vorgestellt. Ich hab ihm ein paar Pillen gegeben, aber er meinte, bei dem Seegang würde gar nichts helfen.«

Ich streichelte Acquas weiche Ohren und sah wieder rüber zu Ella, die immer noch aufgeregt mit den Armen gestikulierte.

»Gehst du trotzdem wieder rein?«

Die Frage überraschte mich, aber Francesca schaute mich ganz ernst an. »Natürlich«, sagte ich, obwohl meine Stimme noch immer leicht zitterte. »Das passiert mir nicht noch mal.«

Sie lächelte, aber ihre Hand grub sich ins Hundefell und blieb dort liegen. »Ich kann verstehen, wenn es einem Angst macht. Die endlose Tiefe, die Ungewissheit, was da unter dir lauert. Ich hasse es, im offenen Meer zu schwimmen. Solange ich stehen kann, ist es kein Problem. Aber hier draußen? Nein danke.« Sie schüttelte sich. »Angst macht verrückte Dinge mit deinem Körper, weißt du? Sie lässt dich die Kontrolle verlieren.«

»Kennst du Acquas Geschichte?« Ich legte meine Hand neben ihre auf das Hundefell. »Marco hat ihn eines Nachts aus dem Hafenbecken in Porto Azzurro gefischt, halb verdurstet und schon fast ertrunken. Aber er hat keine Angst vor dem Wasser, er klettert auf Boote und schwimmt sogar im Meer. Wenn er vergessen kann, werde ich das wohl auch schaffen.«

»Er vertraut eben Marco.« Ihre Augen blitzten und sie schaute mich wieder an. »Seid ihr eigentlich zusammen, Marco und du?«

Angel hängte sich mit den Ellbogen an das abgesenkte Heck und Ella folgte ihm, als brauche sie eine Pause. Aber ich wusste, sie hatte was anderes vor.

»Nein, nicht mehr«, sagte ich abwesend und versuchte, nicht zum Wasser zu starren. »Waren wir aber mal. Vor zwei Jahren.«

Francesca folgte meinem Blick und stöhnte auf, als Ella die Arme um Angels Nacken schlang und sich gegen seine Brust lehnte. »Sag es nicht Adri«, flüsterte sie in mein Ohr. »Aber für den Typen würde sogar ich ins Meer steigen.«

Ich wollte nicht hinsehen, es war wie ein Déjà-vu im falschen Körper, ein Film aus meinen eigenen Erinnerungen. Angel warf den Kopf zurück und lachte kurz auf, dann drehte er sich im Wasser herum, bis Ella mit dem Rücken gegen das Boot stieß. Er lehnte sich näher zu ihr, aber er schaute sie nicht mehr an, sondern sah an ihr vorbei zu uns. Ich kniff die Augen zusammen und funkelte zurück. Wenn du sie jetzt küsst …

»Seid ihr fertig mit euren Spielchen?« Pats Stimme klang kühl und schneidend. Ungeduldig klopfte er gegen das Gestell.

Angel ließ Ella los und schwamm zurück zu dem Schlitten. Er nickte Pat zu und strich sich eine nasse Strähne aus dem Gesicht. Ich versuchte, in seine Augen zu sehen, aber er befand sich längst wieder in seiner eigenen blauen Welt.

»Schieß das Teil auf fünfundfünfzig Meter runter, Pat.«

Der Duft nach Olivenpizza ließ für einen Moment die Umgebung verschwimmen, den Sand unter unseren Knien, die zitternden Flammen der drei Fackeln und unsere gespenstisch ausgeleuchteten Gesichter. Vom Mond war noch nichts zu sehen, nur unzählige Sterne blitzten vom Nachthimmel und tauchten den schmalen Strandstreifen in tiefe Schatten.

Wir saßen dicht beieinander um die Pizzakartons und berührten uns immer wieder unabsichtlich mit den Knien. Francesca hatte sich Acquas Gunst erschlichen, indem sie großzügig mit ihren Pizzarändern umging, und so lag der Hundekopf nun auf ihrem Schoß, was Marco schmunzelnd duldete. Er hockte neben mir, die Hände in den noch warmen Sand gegraben, den Körper auf die Ellbogen gestützt, und betrachtete den Himmel. Genau so hatte ich ihn vor zwei Jahren wiedergetroffen, einen leise lächelnden Jungen am nächtlichen Strand, der zu viel von Blendenzahlen und

Verschlusszeiten erzählte, wenn er aufgeregt oder unsicher wurde.

Adriano lümmelte auf Marcos anderer Seite und beobachtete den Fremden mit dem flackernden Blick, der zwischen Ella und Pat auf den Fersen hockte und reinhaute, als habe ihm das Meer sämtliche Reserven gestohlen. Er hatte sein schulterlanges Haar zu einem Zopf gebunden und trug eine stoppelige Mischung aus Reife und Coolness um den Mund. Als Angel in den Kreis zurückkehrte, räusperte er sich und schlang hastig das letzte Pizzastück hinunter.

Pat hebelte eine weitere Bierflasche auf, aber Angel schüttelte den Kopf, als er sie ihm reichte. »Unser ausgehungerter Freund hier ist übrigens Finn. Finn, willst du es ihm selbst sagen?«

Der Fremde schluckte und nickte, dann blickte er uns nacheinander im Kreis der Fackeln an. »Hi, ich bin also Finn. Sorry, ich konnte nicht sonderlich viel reden auf dem Boot, ich werde so leicht seekrank.« Schließlich schaute er Angel an, und ich stellte belustigt fest, dass er nervös wirkte, jetzt, wo er direkt mit ihm sprach – konnte es sein, dass Angel diese Wirkung auch auf erwachsene Männer hatte? »Ich würde dir gern ein Angebot machen, wenn du das willst. Von Pat weiß ich, dass du bisher nur allein gearbeitet hast, also nicht mit anderen Unternehmen zusammen, stimmt doch, oder?«

Angel nickte. Sein Brustkorb hob und senkte sich langsam wie immer, er sah aus, als würde ihn das alles gar nichts angehen. Finn kramte in seiner Hosentasche und zog einen Stift hervor, einen Kuli, mehr konnte ich im Flackerlicht nicht erkennen.

»Hier – da steht meine Adresse drauf, die Webseite und

so, du kannst alles über mich da nachlesen. Ich entwickle Flossen, die sich an der Form von Walfluken orientieren, Finn's Fins, habe ein Patent darauf. Sie machen einen Schwimmer oder Taucher noch aerodynamischer und damit schneller.«

»Ich soll also deine Flossen testen?« Angel warf kaum einen Blick auf den Stift, nur seine Finger spielten damit.

»Ja, das wäre toll – aber natürlich machst du es nicht umsonst. Ich würde sozusagen dein Sponsor werden, gegen Bezahlung. Du müsstest nur meine Flossen tragen, wenn du den Rekordtauchgang machst, und mein Firmenlogo auf dem Anzug. Was sagst du dazu?«

Ella grinste breit, offenbar hatte sie von dem Angebot gewusst. Finn's Fins? Plötzlich wusste ich, woher ich den Namen kannte und warum mir vor Aufregung warm wurde. Was hatte Marco noch mal über die Flossen gesagt, die ich unbedingt hatte haben müssen? Das Beste, was du im Moment kriegen kannst. Angel musste vor Freude ums Fackelfeuer tanzen!

Doch als ich zu ihm hinsah, hatte sich an seiner Haltung nichts verändert. Er saß noch immer stumm da, ließ den Werbekuli auf- und zuschnappen und blickte Finn ruhig an.

»Ich weiß nicht, ob ich das machen kann.«

Pat und Ella schossen gleichzeitig hoch, aber Ella hatte schneller den Mund offen. »Angel, überleg mal, das könnte dein Durchbruch sein. Ein Sponsorenangebot kriegt man nicht jeden Tag!«

»Ja, Finn lässt sich nicht lumpen und er hält große Stücke auf dich, Mann! Es wäre absolut bescheuert, das auszuschlagen.«

Angel lächelte und sah fort, hoch zu den Sternen. Nur weg von ihnen. Er erinnerte mich an das Mädchen, das von allen gesagt bekam, wie wichtig das Abi und ein Studium an einer Eliteuni für die Zukunft waren, der einzig akzeptable Weg, und das diese Chance trotzdem in den Wind schlug, weil der akzeptierte Weg sich nun mal falsch anfühlte, nicht ihrer war. Ging es ihm ähnlich wie mir? Hatte er sich seine Freiheit so hart erkämpft, dass er sich nicht mal an einen generösen Sponsor binden würde?

Angel pustete sich eine Strähne aus dem Gesicht, aber dann nickte er ganz leicht. »Dazu muss ich die Teile aber erst testen. Wenn sie gut genug sind, machen wir den Deal.«

Finn strahlte über das ganze Gesicht und sah aus, als würde nun er Fackelfeuertänze vorführen. Pat schlug ihm auf die Schulter und beide stießen klirrend auf das halb fertige Geschäft an.

Nach einer Weile stand Ella auf und zog einen Notizblock aus der Tasche. Sie drehte sich so, dass sie uns alle im Blick hatte, obwohl sie ständig zu Angel schielte. »Okay, Leute. Wir konzentrieren uns jetzt auf die Tiefe von hundertdreißig Metern. Wir gehen vorher nur einmal so tief runter, bei unserem Testtauchgang mit dem Tauchschlitten. Bis dahin wird Angel Streckentauchen trainieren und viel im Wasser meditieren. Außerdem haben wir uns überlegt, einmal in der Nacht tauchen zu gehen, damit wir alle ein Gefühl für die Dunkelheit kriegen, der er in hundertdreißig Metern Tiefe ausgesetzt sein wird. Wir sind ein Team, Leute. Von uns allen hängt es ab, ob der Rekordversuch klappt!«

Ich schloss die Augen und atmete das Gefühl tief in meinen Bauch. Wir sind ein Team, hatte sie gesagt. Ob sie mir nach dem Sieg heute verziehen hatte oder bloß nicht auf mich als Taucher verzichten wollte, war mir egal. Ich gehörte zum Team, nur das zählte.

»He, träumst du?« Marco berührte mich leicht am Arm und ich schlug die Augen wieder auf. Er lächelte und ich grinste zurück. Ich fühlte mich leicht und schwerelos wie im Meer.

Wir saßen, redeten und lachten, lange nachdem die letzte Pizza aufgegessen war. Pat zeigte Finn auf seinem Handy die Filme, die Marco von den letzten Tauchgängen gemacht hatte, und Ella sah aus, als hätte ihr jemand ein paar Glückspillen ins Bier gemixt. Nur Adriano und Francesca hatten sich an den Rand des Fackelfeuers zurückgezogen und versanken in ihrer eigenen Welt.

Angel drehte einen leeren Pizzakarton um und begann, mit dem Kugelschreiber darauf herumzukritzeln, schnelle, fahrige Striche, die sinnlos und willkürlich wirkten, doch als ich nach einer Weile wieder draufschaute, hätte ich beinahe gelacht: ein Taucher, der ins sonnendurchflutete Meer hinabstieg, neben ihm ein Seil, wie wir es benutzt hatten. Doch der Taucher war nur zur Hälfte Mensch, zur hinteren Hälfte – Kopf und Rumpf hatte er in einen Wal verwandelt, einen riesigen Südkaper, der mit einem Auge auf den überraschten Betrachter schielte, als würde er ihn heimlich auslachen.

Ich wollte schon etwas sagen, damit die anderen das Bild ebenfalls sahen, da drehte er den Karton herum und ließ ihn langsam von den Flammen der heruntergebrannten Fackeln fressen.

»Hast du was von deinen Eltern gehört?«, fragte Marco mich leise, als Pat und Finn begannen, aus den leeren Bierflaschen einen wackeligen Turm zu bauen.

»Nein, wieso?«, fragte ich ebenso flüsternd zurück. »Du etwa?«

Er hob die Hand und fuhr sich über den Kopf. »Nicht direkt, aber ich hab was gefunden. Zufällig.«

»Sag schon!«

»Einen Brief von einem Immobilienmakler. Weißt du, ob deine Eltern die Villa verkaufen wollen?«

Eine kalte Hand griff nach meinem Herz. »Ich hoffe nicht! Meinst du, die werden kommen und sich das Haus ansehen?«

Marco legte mir den Arm um die Schultern. »Mach dir darüber keinen Kopf. Ich halte die Ohren auf, versprochen.«

Später, als wir zurück an der Villa waren und Marco mich vor dem Eisentor absetzte, bemerkte ich, dass etwas in meiner Gesäßtasche steckte, etwas Kantiges, Festes. Ich zog es heraus und betrachtete es im Scheinwerferlicht. Ein Stück Karton, unsauber abgetrennt und auf einer Seite voller rötlicher Schlieren.

»Pizzakarton?«, fragte Marco.

»Kann sein. Wie kommt das in meine Tasche?«

»Vielleicht hat dir jemand seine Nummer zugesteckt.« Marco griff danach, aber da sah ich, dass etwas daraufgemalt war.

Es war eine Kulizeichnung von einem Mädchen mit langen Haaren, das im Bikini auf einer Treppe stand, die Sonne im Rücken, zu ihren Füßen das Meer. Es war nur eine fahrige Kritzelei, wie die Kratzbilder, die Sophia als Kind so geliebt hatte. Ich starrte darauf und wurde nicht schlau daraus, bis ich die Signatur unten in der Ecke entdeckte. Sie wirkte ebenso hektisch gezeichnet wie der Rest des Bildes.

Und sie ließ meinen Puls rasen, genau wie an dem Abend vor dem Dive-in.

»Es ist nichts«, sagte ich schnell und drückte mit einer Hand das Eisentor auf. Mit der anderen hielt ich das Stück Pizzakarton fest an meinen Bauch gedrückt.

Marco verabschiedete sich und rollte davon, trotzdem presste ich die Botschaft an mein Shirt und schaute erst wieder drauf, als ich die Haustür hinter mir zugemacht hatte.

Keine Initialen, kein Name. Sondern Engelsflügel.

FAHRT INS BLAUE

Die halbe Nacht lag ich wach, hörte dem Rauschen des Meeres zu und starrte die Zeichnung an, die ich auf meinen Nachttisch gestellt hatte. Ich hatte keine Ahnung, wie sie in meine Gesäßtasche gelangt war, und einen kurzen, unsinnigen Gedanken lang hatte ich Ella im Verdacht. Doch Ella hatte keinen Stift in der Hand gehalten, sondern Angel.

Den ganzen Abend hatte er auf dem Karton herumgekritzelt, es wäre für ihn durchaus möglich gewesen, dieses Bild zu zeichnen, ohne dass es jemand merkte. Aber wozu? Was wollte er mir damit sagen? Wollte er mir damit überhaupt was sagen? Und wenn, warum sagte er es nicht, warum zeichnete er kryptische Figuren und Kitschmotive, bei denen die Gefahr bestand, dass ich überhaupt nicht kapierte, worum es ging? Er hatte ein Mädchen gemalt, das bei Sonnenuntergang am Meer stand. Oder hatte er mich gemalt?

Meine Augen fielen zu, bevor ich meine Antwort gefunden hatte. Die Nacht klappte über mir zusammen und ich fiel in den Schlaf wie ein Taucher ins Wasser. Ich träumte von schaukelnden Wellen, aber seltsamerweise trieb ich nicht im Meer, sondern lag immer noch auf meinem Bett. Es fühlte sich an wie meine private kleine Insel, während es schaukelnd auf den Horizont zutrieb, also kuschelte ich mich in die Decke und versuchte weiterzuschlafen. Aber etwas blendete mich, und wohin ich mich auch drehte, das Licht war zu grell. Es schien von überall zu kommen und mich durch die Decke zu verfolgen. Blinzelnd öffnete ich die Augen und sah, wie die Sonne im Zeitraffer hinter den Bergen hochstieg. Sie brannte wie Feuer auf das Haus nieder und verwandelte das Wasser um mich in ein Meer aus glühender Lava …

Ich sprang hoch und verhedderte mich in meiner Decke. »Kein Sonnenuntergang«, keuchte ich atemlos. »Wenn ich auf der Treppe stehe, geht die Sonne hinter mir nicht unter. Sie geht auf!«

Ich starrte wieder auf die Zeichnung, ohne sie zu sehen. Meine Augen gewöhnten sich nur langsam an das Dämmerlicht. Dann lief ich hinaus auf den Balkon und lehnte mich weit über die Brüstung. Morgengrau löste die Nacht ab, mir blieb nicht mehr viel Zeit. Schnell schloss ich die Fenstertür, atmete einmal tief durch und lief zum Schrank.

Weil es auf kuriose Weise zum Bild gehörte, entschied ich mich für meinen Bikini. Darüber zog ich Shorts und ein weites Shirt, das nicht zu sexy aussah, und schlüpfte am Ende in meinen W:O:A-Pullover. Auf Schuhe verzichtete ich, dafür nahm ich meine Flossen mit. Dann verließ ich das Haus und schloss die Terrassentür hinter mir.

Ich schlich durch den Garten, am gähnenden Loch des Pools vorbei, den Hang hinab. Das Grau verblasste schon, und ich spürte bereits die Wärme, die der Tag bringen würde, ein weiterer Tag voller Frühlingssonnenstrahlen. Die Macchia war verblüht, und ich roch nur noch das Salz der See, das um diese Tageszeit viel intensiver schmeckte.

Barfuß folgte ich den Steintreppen bis zur Wasserlinie. Ganz unten hockte ich mich auf die letzte Stufe, nur wenige Handbreit über dem glucksenden Meer, und streckte einen Fuß hinein. Das Wasser rann kalt und kristallklar durch meine Zehen. Jeder, der sich vom Meer aus näherte, würde mich sehen können. Falls, nur falls tatsächlich jemand kam.

Etliche Minuten saß ich so, auf die Steinstufe gekauert, und starrte hinaus auf das erwachende Funkeln auf den Wellen.

Was machte ich hier? Niemand kam, ich konnte hier sitzen und warten, bis es Abend wurde – was hatte ich mir nur dabei gedacht? Plötzlich war es mir peinlich, dass ich auf ein hingekritzeltes Bild hereingefallen war, auf eine Verabredung auf Pizzakarton, die gar keine war. Was immer er mir damit sagen wollte, ich hatte es falsch verstanden.

Die Sonne erwachte, ich konnte ihre Wärme spüren, als sie über meinen Nacken streichelte. Sie drängte die Schatten auf dem Meer zurück und malte alles golden, die Wellen, den Himmel, selbst die Felsen schienen etwas von ihrem tiefdunklen Grau abzugeben. Ich tauchte den Fuß erneut ins Meer, und diesmal fühlte ich keine Kälte mehr, nur eine verschlingende Sehnsucht.

Ich drehte mich um. Über dem Haus ging die Sonne auf und hüllte mich in ihren Schein, genau wie auf der Zeichnung. Irgendwo in der Ferne brummte etwas, ein sonores Tuckern, das langsam näher kam. Ich richtete meinen Blick wieder aufs Meer, und mein Herz vergaß einen Schlag lang seine Aufgabe, so fantastisch wirkte das kleine rote Boot, das langsam auf mich zusteuerte. Es kam mir so unwirklich vor wie ein Traum, genau wie die Gestalt mit den dunklen Haaren, die mit einer Hand über den Augen gegen die Helligkeit anblinzeln musste, um eine Kollision mit den Felsen zu verhindern.

Ich wartete mit heftig klopfendem Herzen, bis er so nah heran war, dass er mir das feuchte Tau zuwerfen konnte. Ein paar Atemzüge lang sahen wir uns nur an. Dann streckte er eine Hand aus und half mir, in das schaukelnde Boot zu steigen.

Er senkte den Blick und ich musste lächeln. Wie in Zeitlupe lösten wir unsere Finger voneinander. Er zog das Tau wieder ein, ließ es im Bug auf den Boden fallen und wartete, bis die Wellen das Boot ein Stück von den Felsen weggetrieben hatten. Stotternd sprang der Motor an und das Boot jagte los, ein roter Blitz auf dem silberorangen Meer. Ich warf nicht einen Blick zurück.

Wir redeten nicht, wir fuhren zu schnell. Das Wasser verwischte unsere Spuren und die Welt über dem Meer verschluckte uns. Elba schrumpfte auf Erbsengröße zusammen und versank schließlich am Horizont, aber ich fragte nicht, ich wollte nichts wissen, nur fühlen und bei ihm sein.

Irgendwann tauchte eine Insel aus dem Blau, ein Felsengebilde ohne menschliche Behausung, winzig klein und doch riesig und bedeutsam hier draußen. Angel umfuhr das Inselchen und steuerte die Leeseite an, wo vereinzelte Felsen wie kleine Eisberge aus dem Wasser ragten. An einen dieser Steine ließ er das Boot herantreiben, packte mit einer Hand zu und wickelte das Tau darum, damit sich das Boot nicht ohne uns davonmachen konnte. Ich blieb reglos sitzen und beobachtete ihn stumm. Seine Muskeln spannten sich unter dem dünnen T-Shirt, als er das Tau warf, und ich konnte den Blick kaum von der Stelle losreißen, an der sich der Stoff nach oben schob und blanke Haut über dem Hosenbund freigab. Ich wollte ihn berühren, jetzt sofort. Und ich sehnte mich nach einem zweiten Kuss, seit dieser Nacht zwischen den Bäumen.

Angel fuhr herum und ließ sich in derselben Bewegung in die Hocke nieder.

»Bist du immer so leicht abzuschleppen?«

Das Meer spiegelte sich in seinen Augen und ich musste lachen, lachen und loslassen, alles, was nicht an diesen Ort und in diesen Augenblick gehörte. »Klar, oder denkst du, du bist was Besonderes?«

Er lachte ebenfalls, und ich spürte, wie etwas in mir schmolz. Niemand hörte uns hier draußen, wir waren völlig allein mit einer unbewohnten Insel mitten im offenen Meer, und ich hätte zumindest eine vernünftige Art von Vorsicht empfinden müssen, mich wappnen oder so – doch alles, was ich sah, war er.

Angel stand auf und zog sich mit einer schnellen Bewegung das Shirt über den Kopf. Ich hielt fast automatisch den Atem an. Anstelle einer Hose trug er seine Badeshorts und die behielt er an, doch sein Blick musterte mich abwartend, fordernd.

»Ich kann mich erinnern, ein Mädchen im Bikini gezeichnet zu haben. Genau genommen hättest du also gar nicht mitkommen dürfen.«

»Ach, wie viele Mädels im Bikini hattest du denn zur Auswahl?«

Er lachte wieder, doch plötzlich wurde sein Blick tief und seltsam ernst. »Ich hätte sowieso keine andere mitgenommen.«

Wieder setzte mein Herz einen Schlag aus und meine Atemluft schwand, ein Gefühl wie unter Wasser, bloß dass es mir hier neben ihm ungleich schwerer fiel, mein Gleichgewicht zu halten und an die Oberfläche zu gelangen.

»Und was jetzt?« Ich versuchte, ihn nicht anzustarren, und sah ihm deshalb in die Augen. »Hoffst du auf einen Striptease oder soll ich mit dir in deinem Boot 'ne Nummer schieben?«

Diesmal lachte er nicht, aber seine Augen blitzten einladend. »Würde zu beidem nicht Nein sagen, aber eigentlich hatte ich was anderes im Sinn.« Er deutete mit dem Kopf zum Wasser, ohne seinen Blick von mir zu nehmen. »Wobei du um Ersteres nicht herumkommen wirst.«

»Ich soll also mit dir da reingehen? Allein?«

»Wir sind nicht allein, ich hab ein paar Freunde herbestellt – aber sie haben ausdrücklich nach einem Mädchen im Bikini verlangt, sonst zeigen sie sich nicht.«

Er schlüpfte mit schnellen Bewegungen in seine Flossen und sprang von Bord. Das Wasser schluckte ihn lautlos und schloss ihn in sich ein wie ein Geheimnis, einen wertvollen Schatz, den es behüten wollte. Und natürlich würde ich ihm folgen, die Versuchung war viel zu groß – mit ihm allein das Meer zu spüren und möglicherweise herauszukriegen, was er sah, dort unten. Das allein genügte schon, um mich in Windeseile aus meinen Shorts zu schälen und Pulli und Shirt loszuwerden. Er tauchte nicht auf, während ich meine Langflossen anzog und den Sitz meines Bikinis überprüfte, also inhalierte ich tief die kühle Morgenluft und sprang ihm hinterher, hinab, hinein – direkt in seine Arme.

Er umfing mich, als ich taumelte, nicht vor Kälte, sondern vor Erschaudern, weil seine Berührung so unerwartet kam. Mit beiden Händen umfasste er meine Taille und zog mich mit sich, ein Spiel – ein Versuch, was er alles mit mir anstellen konnte, bis ich mich wehrte. Ich sank viel leichter, weil ich kein Neopren am Körper trug, sah die Felsen, die im Morgenlicht funkelten wie Kristalle, an mir vorüberziehen, gerade so, als würden sie sich bewegen und nicht ich. Mein Körper ergab sich willig seinen Händen, bis meine Füße auf Grund stießen und sich in weichen Sandboden bohrten. Zu meiner Überraschung war das Meer an dieser Stelle nicht tief, nur wenige Meter trennten uns von der tanzenden Silhouette des kleinen Bootes, und doch schien die Wirklichkeit dort oben unendlich weit entfernt.

Seine Augen standen offen und blickten völlig ruhig. Er stieß uns vom Grund ab, griff nach meinen Händen und gemeinsam glitten wir durch das funkelnde Blau bis an die Oberfläche.

Ich saugte gierig Luft in meine Lungen. Mein Sprung ins Wasser war nicht für so ein Herzschlag-Crescendo gedacht gewesen. Er ließ eine meiner Hände los, um nach dem Bootsrand zu greifen und uns daran festzuhalten.

»Das verstehe ich nicht«, fand ich meine Stimme wieder, noch immer atemlos. »Warum hier? Das sind bestenfalls vier Meter. Wie willst du hier Tiefe trainieren?«

Angel schüttelte den Kopf und lächelte. »Das will ich nicht, und bevor du fragst – ja, ich komme oft hierher. Dieser Ort ist friedlich und sicher, hier kriege ich genau das, was ich dort unten am meisten brauche. Ich finde Entspannung.«

Entspannung, das klang so nach Lotussitz und Meditationsmusik, doch ich hatte gesehen, was vor dem Hundert-Meter-Tauchgang mit ihm geschehen war, und das war eine völlig andere Art von Entrücktheit. Sich auf diese Art seines Denkens zu entledigen, musste die Erfüllung schlechthin sein, ein Zustand, in dem nichts und niemand ihm das Geringste anhaben konnte.

»Freitauchen bedeutet nicht nur, die Tiefe zu jagen und so lang wie möglich ohne Luft auszuhalten«, stimmte er meinen Gedanken zu. »Es ist viel mehr. Es heißt, der Welt zu entkommen. Frei zu sein. Wenn du unter Wasser bist, hast du die ultimative Kontrolle.«

»Das klingt wie eine Flucht«, flüsterte ich, ohne es zu wollen.

Er lächelte wieder. »Es ist eine Flucht. Aber der, vor dem du wegläufst, bist du ganz allein.«

Wir atmeten synchron ein, und Angel zeigte mir, wie ich atmen musste, um mein Lungenvolumen besser auszuschöpfen. Ich hatte viel trainiert in letzter Zeit, überall, sogar im Halbschlaf, und ich beschloss, ab sofort bis zum Exzess zu üben, so lange, bis ich ohnmächtig davon wurde – ich wollte besser werden, noch viel besser. Gut genug für ihn.

Wir sanken wieder hinab und diesmal überließ er mir die Führung. Zwar hielten wir uns immer noch an den Händen, doch diesmal bestimmte ich das Tempo und die Richtung, in die es ging. Wir umschwammen die Insel an ihrem felsigen Sockel, dann folgten wir dem Schatten unseres Bootes und legten uns in den Sand. Angel wartete am Grund, während ich neue Luft schöpfte, und als ich zurückkehrte, hatte er zwei Steine gefunden, die wir uns auf den Bauch legen konnten. Wie Schlafende lagen wir so nebeneinander, die Augen geschlossen, über uns das Meer.

Angel folgte mir hinauf und seine Lungen öffneten sich pfeifend. Er hörte sich beinahe an wie ein Wal, der seinen gewaltigen Körper für die Reise in die Tiefe wappnete.

Wieder glitten wir hinab, ich diesmal fest entschlossen, annähernd lang auszuhalten wie er. Nun hielt er die Augen offen und schaute mich an, schaute in mich hinein – so fühlte es sich an. Wir umkreisten uns wie kampfbereite Katzen, sacht und lautlos, ohne uns zu berühren. Sanken, verharrten, stiegen, drehten uns und blieben liegen, auf halber Strecke zwischen Grund und oben, bis ich nicht länger konnte und aufgeben musste.

Über der Wasserlinie war das Licht inzwischen gleißend hell geworden, die Sonne stark und die Luft schwülwarm. Ich schwamm zum Boot, hängte mich daran und schöpfte Atem, dabei konnte ich es kaum erwarten, wieder zurück ins Blau zu kommen, zu ihm. Doch Angel war mir gefolgt, er hängte sich auf der anderen Seite ins Boot und kramte unter der Sitzbank herum.

»He, hast du einen Lippenstift dabei?«

»Bitte was?«

»Einen Lippenstift. So ein Teil, mit dem ihr euch den Mund bemalt.«

»Tut mir leid, den hab ich glatt vergessen. Ich schleppe sonst immer einen mit zum Tauchen, aber gerade heute hast du Pech.«

Er grinste und zog einen dünnen Block hervor, an dem ein Bleistift baumelte. »Dann geht es so.«

Plötzlich dachte ich an die Zeichnung auf meinem Nachttisch und mein Bauch begann, unruhig zu flattern. »Was soll das werden?«

»Wir müssen noch ein bisschen warten, bis meine Freunde auftauchen«, erklärte er knapp. »Deshalb überbrücken wir die Wartezeit mit Ausdauerspielchen!«

Ich versuchte, mein Herz zu beruhigen, bevor ich ihm

diesmal folgte. Er hockte bereits im Schneidersitz auf dem Grund und deutete auf einen zerklüfteten Felsen, auf dem ich Platz nehmen sollte. Ich gehorchte und hielt mich mit den Beinen fest, um nicht wegzudriften. Über mir brachen sich die Sonnenstrahlen an der Oberfläche und drehten sich im Takt der Wellen wie in einem Kaleidoskop. Ich hatte so was mal in einem Film gesehen, bei dem die Kamera falsch herum durchs Wasser gefahren war, sodass es aussah, als wäre die Welt auf den Kopf gekippt.

Verstohlen blinzelte ich zu Angel hinüber und fühlte, wie meine Haare der Bewegung meines Nackens folgten und umherwirbelten. Sie hatten ihren eigenen Willen hier unten, wie die Schlangen der Medusa. Angel hielt den Block – eine Unterwasserschreibtafel – auf seinen Knien und zeichnete. Mich. Wie verrückt wurde dieses Date eigentlich noch?

Nach einer Weile merkte ich, dass es mir leichter fiel, die Luft anzuhalten, wenn ich mich nicht bewegte, sondern still dasaß und mich dem Meer ergab. Es durfte mich anfassen und wiegen, meine Haare verwirbeln und mir Augen und Ohren überschwemmen, ich wehrte mich nicht, ließ alles geschehen, bis ich mich beinah wie ein Meermädchen fühlte. Ich war fast enttäuscht, als Angel seinen Block zuschlug und meine Hand nahm, um uns zum Boot zurückzubringen.

»Zeigst du es mir gar nicht?«

Seine Augen spiegelten die Farbe des Meeres, denn sie funkelten und blitzten wie die Sonne auf den Wellen. »Später. Jetzt lernst du meine Freunde kennen!«

Suchend sah ich mich um. Kein Boot weit und breit, doch irgendwie hatte ich auch nicht damit gerechnet, andere Menschen zu treffen. Das passte nicht zu Angel und hätte auch keinen Sinn ergeben, warum sollte er mich hier rausbringen, allein, wenn er sich dann mit Pat oder Ella oder sonst wem verabredete? Aber wen meinte er dann? Wer war hier?

Plötzlich sprang etwas aus dem Wasser, ein großer grauer Körper, rund und flink, doch bevor ich seine Gestalt erfassen konnte, war er auch schon wieder verschwunden. Ich brauchte eine Weile, bis ich sah, dass Angel lachte – und dass ich bloß zu tauchen brauchte, um nachzusehen. Schnell sank ich hinab.

Angel folgte mir und überholte mich mühelos. Er schwamm auf die beiden Delfine zu und imitierte ihre Bewegungen, bis er einer von ihnen war. Sie tanzten miteinander, so wie wir es getan hatten, viel anmutiger und vertrauter allerdings. Angel folgte den Delfinen nach oben, um Luft zu tanken, dann schwebten sie wieder hinein ins Blau, und sie erlaubten ihm sogar, nach ihren Flossen zu greifen und sich von ihnen mitziehen zu lassen.

Das Wasser war auf einmal erfüllt vom Summen und Fiepen ihres Sonars. Einer der Delfine kam ganz nah zu mir, so nah, dass ich ihn hätte berühren können – er umkreiste mich und nickte mit dem Kopf, als wolle er mich auffordern, ebenfalls mit ihnen zu spielen.

Ich floh an die Luft, atmete tief, und als ich zurückkam, wartete Angel schon auf mich. In seinen Augen pulsierte das Leben, genau wie in den dunklen Augen der Delfine. Er nahm mich bei der Hand und half mir mitzuhalten. Nun kreisten die Delfine um uns beide, versuchten sogar, einander an den Flossen zu berühren, so als wollten sie uns nachmachen. Sie balgten herum wie Kinder, die den Erwachsenen ihr Können beweisen wollten, und veranstalteten

Wettschwimmen mit uns, die sie alle mühelos gewannen, und dann pfiffen und quiekten sie und trieben uns an, noch schneller zu werden.

Ich kann nicht mehr sagen, wie lang wir mit den Delfinen spielten, doch ebenso plötzlich, wie sie aufgetaucht waren, hatte das Meer sie verschluckt. Die Sonne stand hoch am Himmel und mein Magen knurrte, außerdem fühlte ich mich vollkommen ausgepowert.

»Wow«, keuchte ich, »ihr kennt euch schon länger, oder? Sie hatten überhaupt keine Scheu vor uns!«

Angel schwamm zu dem roten Boot hinüber und streckte die Hand nach mir aus. »Als wir Kinder waren, sind wir immer mit den Delfinen in der Bucht geschwommen. Die waren genauso zutraulich.«

Zögerlich ließ ich meine Finger in seine Hand gleiten. »Ich wusste nicht, dass sie Berührungen erlauben.«

Er zog mich zum Rumpf, löste seine Hand aber gleich wieder von meiner und hängte sich mit einem Arm an die Bordwand. Mit der freien Hand holte er eine Packung Müsliriegel und zwei Flaschen Wasser aus dem Boot, doch anstatt mir hineinzuhelfen, hielt er alles mit einer Hand hoch und schwamm auf dem Rücken zu der Insel hinüber.

»Einmal haben wir gesehen, wie ein paar Männer welche gefangen haben, für Delfinshows. Die Schreie hast du meilenweit gehört. Seitdem sage ich ihnen, sie sollen nicht jedem vertrauen.«

Mit müden Beinen folgte ich ihm und klemmte meine Flossen wie er in eine Felsspalte. Die Insel bestand beinahe nur aus silbergrauem und braunem Fels und kargen Büschen, und die Sonne brannte erbarmungslos auf uns herab, aber nichts störte mich weniger.

Angel reichte mir eine der Wasserflaschen und setzte die andere selbst an die Lippen, während ich mich auf den Müsliriegel stürzte.

»Gibt's in deiner Villa nichts zu futtern?«, fragte er belustigt.

Ich schüttelte den Kopf. »Hab schon am ersten Tag alles aufgegessen.« Das hatten wir früher tatsächlich gemacht. Nach unserer Ankunft hatten wir uns auf die Vorräte unserer Großmutter gestürzt und all das Zeug in uns hineingeschlungen, das unsere Mutter immer von uns fernhielt. Soph hatte sich immer furchtbar drüber aufgeregt, dass ich trotzdem mager blieb, während sie wieder Kalorien zählen musste, um ihre Modelfigur zu halten.

»Woran denkst du?«, fragte er, ohne den Blick von mir zu nehmen.

»An meine Schwester«, gab ich zu.

»Vermisst du sie?«

Fast hätte ich gelacht. »Nein. Wir sind … ziemlich verschieden.«

»Familie wird überschätzt«, sagte er leise. »Meine Brüder waren wie Haie, alles haben sie sich streitig gemacht.«

»Vermisst du sie?« Ich ließ meinen Blick zu seiner Narbe wandern, die in der Sonne heller aussah, gefährlicher. Der Schnitt musste tief gewesen sein und der Schmerz gewaltig, aber Angel lächelte nur.

»Wir hatten auch ein paar Schwierigkeiten.«

»Erzähl mir von ihnen«, bat ich und ließ ihn nicht aus den Augen. »Nur eine Geschichte!«

»Es gibt keine schönen Geschichten von damals.«

»Sie muss nicht schön sein. Nur wahr.«

Ein paar Herzschläge lang sah er mich forschend an,

dann wandte er die Augen ab und ließ seinen Blick ins Meer fallen. Ich dachte schon, er würde meine Bitte einfach ignorieren, doch ganz plötzlich fing er an zu reden.

»Unser Haus hatte keinen richtigen Keller, sondern so einen Bunker unter der Erde, in den man nur über eine schmale Treppe von außen reingekommen ist. Die Luft da unten war kalt und feucht und es roch immer irgendwie schimmelig da unten, nach toten Ratten und Mäusedreck. Licht gab es nicht, man musste eine Taschenlampe mitbringen oder die Tür auflassen, wenn man was erkennen wollte. Überall stand altes Zeug rum, Säcke voller Kleidung, Kisten mit altem Geschirr und Werkzeug. Außerdem hat mein Vater seine Waffen da unten gelagert. Deswegen war der Raum für uns tabu.« Er stockte und seine Miene verschloss sich, seine Augen wurden trüb und dunkel wie das Meer bei Regenwetter. »Ich war damals fünf oder sechs Jahre alt. Sie haben mich in den Bunker gelockt und die Tür verrammelt. Sie schlugen dagegen und lachten, und als sie mich damit nicht zum Heulen brachten, sind sie abgezogen und haben mich allein im Dunkeln sitzen lassen, den ganzen Tag und die halbe Nacht, bis meine Mutter nach Hause gekommen ist und mich gefunden hat.«

Ich wartete, aber er schaute noch immer aufs Meer und presste die Lippen aufeinander.

»Das ist echt keine schöne Geschichte«, sagte ich so emotionslos wie möglich. »Du hast hoffentlich die Waffen in ihrem Schrank gelassen, als du endlich rausgekommen bist?«

Er schnaubte. »Hass lässt sich nicht töten, Lou. Nicht mal mit einer Waffe.«

»Aber warum?«, sagte ich tonlos. »Warum haben sie dich so gehasst?«

»Weil ich nicht wie sie war.« Sein Blick ließ das Meer los und er schaute mich wieder an, bitter und traurig. Ich wusste, was er meinte – seine Augen. Blaue Augen in einem dunklen Gesicht. Ausgerechnet der Teil von ihm, der ihn so außergewöhnlich machte.

»Bist du … adoptiert?«

Er sah durch mich hindurch. »Nein. Meine Mutter hatte eine Affäre mit einem Hotelgast. Sie wollte das nicht, sie wollte es nicht kaputt machen, aber mein Vater war so schwierig geworden. Ich glaube, dieser fremde Mann war die einzige Flucht, die sie sich je erlauben konnte.«

»Hast du noch Kontakt zu deiner Mutter?«

Er schüttelte den Kopf und sein Blick wurde haltlos.

»Sie weiß nicht mal, dass du noch lebst?«, fragte ich leise.

Er schien meilenweit fort zu sein, so weit, dass ich mich vor ihn hinstellen und den geforderten Striptease hätte aufführen können und er hätte es nicht bemerkt.

»Angel«, begann ich vorsichtig. Durfte ich ihn das fragen? Hatte überhaupt schon mal jemand danach gefragt? »Was wartet da unten? Ganz unten, meine ich … an deiner Grenze?«

Er schwieg, und ich dachte, er habe mich immer noch ausgeblendet. Doch er blinzelte und plötzlich war er wieder da, bei mir, ganz nah.

»Meine Geister.«

»Du tauchst hundert Meter ins Meer, weil dort Geister auf dich warten?«

Er legte den Kopf schräg und eine dunkle Strähne fiel ihm ins Gesicht. Sie rollten sich nicht erst ein, wenn sie trocken waren, sie blieben selbst im nassen Zustand störrisch und eigenwillig, genau wie meine Haare. »Nein, Lou. Ich tauche, um die Geister zu finden, die mich nicht loslassen. Ich weiß nicht, in welcher Tiefe sie auf mich warten, aber sie sind irgendwo da unten. Und ich geb erst auf, wenn ich ihnen entkommen bin.«

Er stand auf, hob die Flasche mit dem Wasser an und kippte sich den restlichen Inhalt übers Gesicht. In jeder anderen Situation hätte ich das wahnsinnig erotisch gefunden, aber im Augenblick fühlte ich mich so schwer wie der Fels, auf dem ich festsaß.

Geister, wollte ich sagen, spuken so lange, bis sie ihren Zweck erfüllt und bekommen haben, weshalb sie geistern. Aber was, flüsterte eine düstere Stimme in mir, wenn es ihr Ziel ist, dich zu töten?

»Hast du eigentlich jemandem erzählt, wo du bist?«, fragte er unvermittelt, und mit einem Mal war das Funkeln zurück, das Lebendige in seinen Augen.

Ich schüttelte den Kopf und er lachte leise. »Ganz schön mutig, Lou, einem wildfremden Unterwasserjunkie in einem winzigen Boot zu vertrauen. Ich hätte dich verschleppen oder Schlimmeres mit dir anstellen können.«

Ich lachte mit ihm, aber mein Magen zuckte plötzlich, als hätte ich einen Schwarm Fische verschluckt. »Typen, die einem frierenden fremden Mädchen auf dunklen Veranden ihren Schlafsack leihen, sind für gewöhnlich keine Entführer oder Schlimmeres.«

Er war bei mir und packte mich um die Taille, bevor ich reagieren oder mich wehren konnte, hob mich hoch und sprang mit mir von dem Felsen ins Wasser. Die Sonne hatte unsere Körper derart aufgeheizt, dass ich einen kleinen Schock bekam, als das kühle Meer uns umschloss. Ich strampelte und schnappte hastig nach Luft, dann zog er mich auch schon unter Wasser, und ehe ich begriff, was geschah, hatte er seine Lippen auf meine gedrückt und küsste mich stürmisch.

Ich küsste ihn zurück, schlang beide Arme um seinen Hals und ließ mich mit ihm fallen, bis das Meer uns auffing und mir die Luft ausging.

Angel half mir, ins Boot zu klettern, und reichte mir das einzige Handtuch, das über einer der Sitzbänke hing und von der Sonne ganz warm und starr geworden war. Er schwamm zurück zur Insel, um unsere Flossen einzusammeln. Ich merkte erst jetzt, wie müde ich war und wie tief die Sonne bereits stand.

Das Boot schwankte leicht und ich verlagerte mein Gewicht auf die andere Seite, damit Angel hineinsteigen konnte. Dann gab ich ihm sein Handtuch zurück und schlüpfte stattdessen in meinen W:O:A-Pullover, nicht sehr sexy, aber funktional. Angel drehte sich ganz pragmatisch um und zog sich die Shorts herunter, nur wenige Handbreit von mir entfernt. Mein Mund klappte auf und ich musste hinsehen, ich konnte nicht anders – da bückte er sich und schlüpfte in eine andere Shorts aus dem Chaos am Boden, als wäre es das Normalste von der Welt, sich vor einem Mädchen auszuziehen.

Wir fuhren der Sonne davon, auf Elba zu, bis mir der Tag im Meer immer mehr wie ein Traum vorkam, genau wie die kleine Felseninsel, die in unserem Kielwasser blasser und unwirklicher wurde und schließlich ganz verschwand.

WAHRHEITEN

Der schrille Klingelton schien direkt aus meinem Kopf zu kommen und immer lauter zu werden, je länger ich ihn ignorierte. Ich zog mir das Kissen unterm Kopf hervor und presste es auf mein Ohr, aber der Ton verfolgte mich durch die Daunen, bis ich mich stöhnend aufrappelte.

Handy? Oh ja, richtig. Das neue Prepaid-Teil, das ich mir zugelegt hatte, falls Marco oder Pat mich erreichen wollten. Einen Moment war ich zu verschlafen, um das Geräusch einer Richtung zuordnen zu können, dann sah ich, dass mein T-Shirt vibrierte, und griff danach, um das Telefon zum Schweigen zu bringen.

»Lou? Hallo?«

»Morgen, Pat.« Ich rieb mir die Augen. »Was ist passiert?«

»Du hast unsere Verabredung verpennt, das ist passiert!«

»Was?« Erschrocken schaute ich auf den Wecker. Was war heute noch mal für ein Tag?

In meinem Kopf drehte sich alles.

»Streckentauchtraining vor Corbella. Wo bleibst du? Wir warten alle auf dich!«

Mein Blick fiel auf mein Nachtschränkchen, wo noch immer der Pizzakartonfetzen lehnte. Das Bild erinnerte mich daran, dass ich ganz vergessen hatte, nach der anderen

Zeichnung zu verlangen, der, die er unter Wasser von mir gemacht hatte – sein Kuss hatte mein Gedächtnis benebelt.

Sofort war ich hellwach. »Verdammt, ich hab wirklich verpennt! Aber warum hat Marco denn nicht geklingelt?«

»Marco kommt heute nicht. Was ist jetzt? Sollen wir ohne dich fahren?«

Hastig ging ich meine Möglichkeiten durch. Mit dem Fahrrad brauchte man viel zu lang bis nach Lacona. Ohne Marco hatte ich keine Mitfahrgelegenheit, aber hierbleiben kam definitiv nicht infrage.

»Bin gleich da«, versprach ich und zerrte mir im selben Atemzug das Schlafshirt über den Kopf.

Ich sah ihn, sobald ich Sand unter meinen Füßen spürte. Mein Atem ging heftig und mein Puls raste, weil ich von der Straße bis zum Strand gelaufen war, aber mit einem Mal war jede andere Empfindung wie ausgeschaltet.

Die anderen warteten schon beim Boot und winkten ungeduldig, als sie mich sahen. Finn war wieder mitgekommen, er trug eine Tauchflasche, genau wie Pat und Adriano. Ich lief auf sie zu und nahm Anlauf, um auf das abgesenkte Heck aufzuspringen, und eine Hand packte meine und hielt mich fest, bis ich sicher auf dem schaukelnden Boden stand. »Danke«, keuchte ich atemlos, und unsere Finger glitten auseinander. Angel schob sich seine tiefschwarze Sonnenbrille vor die Augen und ließ sich neben Ella zu Boden gleiten, trotzdem spürte ich, dass er mich noch immer anschaute.

Jemand warf den Motor an und das Boot setzte sich in Bewegung. Ich ließ meine Tasche zu Boden fallen und hockte mich ihm gegenüber. Mein Magen wippte im Takt der Wellen auf und ab, und am liebsten hätte ich mich vorgebeugt und ihm die Sonnenbrille heruntergezogen, damit er mich offen ansehen musste.

»Hi!« Francesca schob sich neben mich und ich rutschte auf Ellas Seite hinüber. »Wie bist du so schnell hergekommen?«

»Mit so einem Typen.«

»Per Anhalter?« Sie pfiff durch die Zähne. »Du kennst echt keine Angst, oder?«

Angel verzog die Lippen zu einem Grinsen und schüttelte ganz leicht den Kopf. Ella holte eine Tube Sonnenöl aus ihrer Tasche und drehte sich so, dass Angel ihr den Nacken eincremen konnte. Ich zog meine eigene Sonnenbrille aus meinen Haaren und schob sie mir vor die Augen.

»Wollt ihr auch, Mädels?«

Angel lehnte sich von Ella weg und kippte sich das Öl in die Handfläche. Francesca fackelte nicht lang, zog ihr T-Shirt aus und ließ sich mit geschlossenen Augen von ihm massieren. Dann wandte er sich zu mir und sah mich auffordernd an.

Meine Hände bebten, als ich meine Haare ums Handgelenk wickelte und mich mit dem Rücken zu ihm drehte. Er schob mein T-Shirt hoch und ich hielt den Atem an. Seine Berührung war sanft und warm und wirkte so entspannend, dass ich fast vergaß, wo wir uns befanden.

Er hatte mich an derselben Stelle abgesetzt, wo er mich aufgesammelt hatte, und unser Abschied war ebenso stumm verlaufen wie die Begegnung am Morgen. Gerade so, als hätten wir an Land keine Worte füreinander oder als bräuchte er das Meer, um sich sicher zu fühlen. Ich hatte ihm nachgeschaut, verborgen hinter dichter Garrigue, und mir gewünscht, er wäre dageblieben. Aber keiner hat gefragt, dachte ich, während er meine Schultern knetete. Er nicht und ich auch nicht. Dabei wäre es so leicht gewesen. Er hätte auf der Veranda schlafen können oder auf der Couch. Oder …

Ganz plötzlich ließ Angel die Hände fallen und zog mein T-Shirt wieder herunter. Finn balancierte auf den Fersen vor uns und grinste gut gelaunt in die Runde.

»Du siehst richtig gesund aus heute«, zog Ella ihn auf. »Im Gegensatz zum letzten Mal, meine ich.«

Finn lachte. »Dein Bruder hat mir zwei seiner Wunderpillen gegeben, die scheinen tatsächlich zu helfen.« Er blinzelte zu Angel hin. »Hast du die Flossen schon ausprobiert?«

Angel nickte. »Ja, gestern den ganzen Tag.«

Finn wippte ungeduldig auf den Fersen auf und ab. »Und? Was sagst du?«

»Ich bin einverstanden«, sagte Angel ruhig. »Von mir aus machen wir den Deal.«

Ella jauchzte auf und fiel ihm stürmisch um den Hals, und Finn sah aus, als würde er gleich dasselbe machen.

»Super! Ich hab einen Vertrag aufgesetzt, aber das kann ich auch später mit Pat besprechen.«

In Sichtweite von Corbella stoppte das Boot und Francesca hisste die Tauchflagge. Ich zog meinen Tauchanzug an und schnallte die Flossen von meinem Rucksack.

Pat stand auf und stellte ein Bein auf den Bootsrand. »Hört mal her, Leute! Heute trainieren wir Dynamik. Angel schwimmt von hier aus unter Wasser bis zu den Felsen da drüben. Ella und Lou begleiten ihn mit dem Schnorchel, Adri und ich gehen am Ende der Strecke runter und warten da auf euch. Francesca bleibt auf dem Boot und passt auf, dass sie keinen Sonnenbrand kriegt. Oder warte – du protokollierst die Tauchzeiten mit.« Er schaute zu Angel und grinste. »Wir brauchen schließlich Futter für deine Fans.«

Angel wandte sich ab und zog seine neuen Flossen an. »Du übertreibst die Sache, Pat.«

»Hey, wir hatten über hunderttausend Klicks in einer Woche«, verkündete er mit stolzgeschwellter Brust, »das soll uns erst mal einer nachmachen!«

Angel zog sich aufs abgesenkte Heck zurück und begann mit seinen Atemübungen. Ella und ich setzten Masken und Schnorchel auf und sprangen ins Wasser, um uns schon mal warmzuschwimmen. Ich konnte die Strecke nicht abschätzen, die wir zurücklegen würden – es sah nie so weit aus, wie es tatsächlich war. Dazu kam, dass ein leichter Wind blies und das Meer kräuselte.

Ella sprach kein Wort, also legte ich den Kopf in die Wellen und begann zu paddeln. Nach zwei Runden um das Boot sah ich einen Schatten unter uns ins Wasser tauchen. Ella gab mir ein Zeichen und wir schwammen los.

Obwohl wir uns scheinbar so wenig zu sagen hatten, klappte unsere Kommunikation im Wasser problemlos. Eine von uns blieb immer mit den Augen bei Angel, während die andere die Richtung kontrollierte und die Umgebung scannte. Wir hatten eine Tauchboje dabei, die kreuzenden Booten unsere Anwesenheit signalisierte. Aber um uns blieb es still, bis auf die tiefen Atemgeräusche, die Angel machte, wenn er zum Luftholen an die Oberfläche kommen musste.

Mit der Zeit wurden meine Beine schwer und meine Kehle trocken. Die Strecke war tatsächlich länger als gedacht, dabei atmeten wir durch den Schnorchel, während

Angel die Distanz drei Meter unter uns bewältigte und keine Sekunde lang müde oder erschöpft wirkte. Ich versuchte, seine Bewegungen nachzuahmen und völlig ruhig zu schwimmen, genau wie er, Nacken gerade, Kopf nach unten gerichtet. Am liebsten wäre ich zu ihm hinuntergetaucht und hätte mich an seine Seite geheftet, um noch mehr zu lernen.

Wir hatten beinahe die Stelle erreicht, an der Francesca mit dem Boot auf uns wartete, als wir an einer Art Felsnadel hielten, die vielleicht vier Meter unter uns aus dem Boden wuchs und aus porösem Gestein bestand. Muränen streckten ihre Köpfe aus den Einkerbungen, in denen sie ihre Höhlen bauten, und ich schwamm näher heran, um sie besser sehen zu können – doch was da am Grund des Steinbodens schlaff im Wasser hing, war keine Muräne. Es war überhaupt kein Meeresbewohner.

Mein Herz stoppte, begann dann wie rasend zu klopfen. Ich spuckte den Schnorchel aus und strampelte mich in die Tiefe, ich musste da runter, sofort! Das Wasser hielt mich fest, spülte mich in die falsche Richtung, aber ich kämpfte mich weiter, immer weiter auf die Gestalt zu, die da unten am Felsen hing. Ein Mädchen im Wasser, leblos wie eine Puppe. Dunkle, lange Haare, die wie ein Teppich im Meer schwammen. Panik drückte meinen Brustkorb zusammen. Ich griff nach den Haaren, aber die reglose Gestalt rührte sich nicht. Wo blieb Ella, warum half mir niemand? Panisch sah ich mich um, zog und zerrte, keuchte, musste atmen, aber ich konnte nicht hoch, noch nicht, ich musste sie mitnehmen, unbedingt! Ich trat gegen den Felsen, gegen etwas Weiches, packte noch fester zu. Die Haare glitten durch meine Finger wie dünne Fäden, ich konnte sie nicht festhalten, konnte sie nicht befreien, zu spät, es war längst zu spät, wie eine Puppe auf dem Wasser, die Haare wellig wie das Meer über uns ...

Dann waren da Hände, die zupackten, die ebenfalls zogen und stärker waren als ich, bis ich einen Ruck spürte und die Gestalt federleicht durch die Luftblasen im Wasser trieb.

Mit letzter Kraft stieß ich mich vom Grund ab und schwamm nach oben, bis ich keuchend in den Wellen hing und hastig frische Luft in meine Lungen saugte. Etwas stieß gegen mein Bein und ich wirbelte herum, aber es waren nur Pat und Adriano, die mit einem breiten Grinsen im Gesicht zwischen uns an die Luft tauchten.

»Seid ihr völlig bescheuert?« Ella schwamm zu ihrem Bruder, packte ihn an den Schultern und schüttelte ihn durch. »Was war denn das für eine Nummer?«

»He, versteht ihr keinen Spaß? Wir wollten nur sehen, ob Angel sich ablenken lässt, wenn ihm da unten eine Meerjungfrau begegnet.«

»Meerjungfrau, ja klar.« Ella verdrehte die Augen, ich aber verstand immer noch nichts. Ich sah zu Angel, der die leblose Gestalt wie ein Baby im Arm hielt – der Schreck stand ihm genauso im Gesicht wie mir.

»Kommt schon, es war ein Witz! In meiner Ausbildung haben sie ganz andere Sachen mit mir gemacht, dagegen war unsere Meerjungfrau sogar noch sexy.«

Angel schob die Gestalt von sich und endlich erkannte ich meinen Fehler. An diesem Mädchen war nichts Lebendiges, nie gewesen. In ihrem richtigen Leben musste sie eine Schaufensterpuppe sein, denn ihre Glieder waren starr und ihre Augen blickten glasig und trüb in unbestimmte Richtung. Erst langsam begriff ich und gleichzeitig erwachte die Wut in mir.

»Du bist so ein Arschloch«, schrie ich Pat ins Gesicht. »Mit so was spielt man nicht, was hast du nur für einen kranken Humor?«

Fast verlor sich sein Grinsen. »Jetzt bleibt mal cool. Ist schließlich nichts passiert.«

»Ich hab mal gesehen, wie jemand ertrunken ist«, fauchte ich ihn an. »Das Mädchen hat genauso ausgesehen und daran war nichts komisch.«

Pat gab seine Gegenwehr auf und Ella schubste ihn ein Stück, bevor sie von ihm abließ. Wir sahen uns an, schwer atmend und aufgewühlt, bis Angel die Puppe umdrehte und den Fischschwanz aus dem Wasser beförderte, den jemand um ihre Beine gebunden hatte. Glänzende Pailletten waren wie Schuppen überall auf den seidigen grünen Stoff genäht.

»Wir dachten echt, es kommt als Witz rüber«, erklärte Adriano kleinlaut. »Deshalb haben wir sie ja als Meerjungfrau verkleidet, damit sie nicht so menschlich aussieht.«

Ella schüttelte nur den Kopf und stieß ein paar italienische Schimpfwörter aus, aber mir saß der Schreck immer noch zu tief. Ich drehte mich um und schwamm ohne ein weiteres Wort zum Boot hinüber, das bei den Felsen wartete.

Francesca half mir hinaufzuklettern, brachte mir ein Handtuch und reichte mir einen Becher mit heißem Kakao.

»Diese Idioten«, murmelte sie. »Gegen Pat und seine Spielchen ist Trampen wirklich Kinderkram!«

Nacheinander kehrten auch die anderen zum Boot zurück, aber ich wollte nicht reden. Ich wollte die alten Bilder wieder aus meinem Kopf kriegen.

»He, Francesca, pack mal mit an!« Pat hievte die Meerjungfrau aufs Deck und zog ihr den Fischschwanz runter. »Bring die Lady zurück ins Schaufenster vom Dive-in, wenn sie getrocknet ist!«

Francesca hob mit zwei Fingern den grün und blau schimmernden Haufen vom Boden auf und betrachtete ihn nachdenklich. Pat war längst wieder in seinem Element, er checkte die Tauchzeitentabelle, die Francesca erstellt hatte, und diskutierte die Ergebnisse mit Angel. Ella gestikulierte mit Adriano herum, aber sie lachte schon wieder, als wäre die Sache mit der Wasserleiche längst vergessen.

»Hast du dich wieder eingekriegt?«

Ich schaute hoch und sah mich selbst in den Gläsern von Pats spiegelnder Sonnenbrille. Wasser tropfte aus seinen Haaren in mein Handtuch. »Eingekriegt?«

»Du ziehst ein Gesicht, als hätten wir sonst was verbrochen. Komm schon, wir haben's ja kapiert.«

»Du kapierst gar nichts, weil du viel zu verblendet bist und nur noch diesen Rekord im Kopf hast! Aber um die anderen geht es ja nicht, stimmt's? Hauptsache, du kriegst, was du willst!«

»Stell dir vor, ohne mich wäre keiner von euch hier! Das ist mein Boot und meine Tauchschule und meine Kohle. Ich hab auch das Recht, die Regeln zu machen! Wenn dir das nicht passt, kannst du ja gehen.« Pat schnaubte, doch er wurde mit einem Schlag still, als Angel seinen Namen rief.

»Pat, lass sie in Ruhe.«

»Lass sie doch, wir können ein Dutzend andere …«

»Lou bleibt. Ohne sie mache ich den Rekordversuch nicht. Und noch was, Pat – noch so eine Nummer und ich bin raus aus der Sache.«

Mit einem Mal war es ganz still auf dem Boot. Man konnte sogar die Wassertropfen aufs Deck platschen hören. Angel drehte sich um und setzte sich allein in den Bug. Er schlang die Arme um die Beine und starrte aufs Meer, aber sein Brustkorb hob und senkte sich viel schneller als sonst. Ella lief ihm hinterher und redete leise auf ihn ein, aber er sah aus, als würde er nichts davon mitkriegen.

Finn gesellte sich zu Francesca und mir, als wir die Bucht von Lacona ansteuerten.

»Du bist doch mit dem Kameramann befreundet«, fing er an. »Könntest du da was für mich vermitteln?«

»Worum geht's denn?« Plötzlich brannte ich darauf, Marco zu sehen und ihm alles zu erzählen. Er hätte Pats dubiosen Scherz bestimmt auch alles andere als witzig gefunden.

Finn kratzte sich mit der Hand die Bartstoppeln. »Ich will eine Fotostrecke schießen, mit Finn's Fins. Im Ligurischen Meer trifft man um diese Jahreszeit mit etwas Glück Finnwale an, also habe ich ein Boot gechartert und fahre nächste Woche los. Ich schicke ein Model ins Wasser und lasse sie mit dem Wal schwimmen, mit Finn's Monoflosse, die sich am Vorbild des Finnwals orientiert. Aber ich finde so schnell keinen Fotografen, keinen, der eine gute Unterwasserausrüstung besitzt und dazu noch hochseefest ist.« Fast flehend sah er mich an. »Meinst du, er würde das machen? Ich bezahle auch gut, sag ihm das.«

Werbefotos? Das war nicht nur ein Jobangebot, das war Marcos Lebenstraum. Aber das würde ich diesem Finn's Finn ganz bestimmt nicht verraten.

Gespielt gleichgültig zuckte ich mit den Schultern und sagte: »Klar, wenn er Zeit hat? Ich frage ihn. Ist bestimmt nur eine Frage des Preises.«

Am Abend radelte ich nach Capoliveri hinauf, um Marco zu suchen. Ich hätte lieber mit Angel über die Sache geredet, aber er war mit seinem roten Boot verschwunden, kurz nachdem wir angelegt hatten. Mein Cyclewolf rauschte beinahe lautlos durch die goldrote Abendluft, und die Anstrengung tat gut, um die Bilder aus meinem Kopf zu vertreiben. Am Fuß der Berge legte sich das Meer schlafen und verschwamm mit der aufziehenden Nacht.

Ich folgte den Pflasterstraßen und zwängte mich durch die engen Gassen. Der Tauchladen hatte noch geöffnet, wie alle Geschäfte. Ich atmete tief durch und betrat den Laden. Herrlich kühle Luft empfing mich, der Duft nach Gummi und Neopren, vermischt mit dem Geruch nach Pfeifentabak. Ich drückte mich schnell hinter einen baumelnden Tauchanzug, bis Signor Ragazzo an mir vorbeigeschlurft war, dann trat ich an die Kasse und stupste Marco an.

»Träumst du?«

Er lächelte. »Langer Tag. Was machst du hier?«

Ich sah mich nach seinem Vater um, aber der war mit ein paar Kunden im anderen Teil des Ladens beschäftigt.

»Können wir reden? Ich brauch ein bisschen Ablenkung. Hatte auch einen komischen Tag.«

Marco stand auf und schob mich sanft zur Tür. »Warte um die Ecke auf mich, ich bin gleich da!«

Ungesehen schlüpfte ich aus dem Laden, schnappte mir mein Rad und schob es die Gasse hinunter. An einem Mäuerchen machte ich halt und hockte mich auf den kühlen Stein. Ich lauschte dem Wispern der Nacht, den fröhlichen Unterhaltungen der Passanten aus dem Off, dem Rauschen der Brandung tief unter mir. Überall erhellten goldene Lichter die Gassen und der Duft nach Steinofenpizza mischte sich in die Luft. Capoliveri war so ein friedlicher Ort. Schon als Kind wäre ich am liebsten für immer hiergeblieben.

»Schon was gegessen?« Marco hatte seine Ärmel hochgekrempelt und erinnerte mich damit irgendwie an Finn. Er sah dadurch noch erwachsener aus. Ich schüttelte den Kopf.

»Kein Hunger.«

»Ich kenn einen Ort, da kommt der Hunger ganz von allein.«

Wir gingen nebeneinander die Gasse entlang und betraten eine kleine Osteria, die um diese Jahreszeit kaum Gäste bewirtete. Unter einer Markise setzten wir uns abseits an einen Tisch mit Blick auf den dunklen Golfo Stella. Marco bestellte eine Flasche Rotwein für uns, und obwohl sich mein Magen immer noch wie zugeschnürt anfühlte, orderte er einen Teller Bruschetta und zweimal Penne all'arrabbiata hinterher.

»Na, dann erzähl mal. Was war so schlimm an deinem Tag?«

Ich wartete, bis der Kellner Wein und Wasser gebracht hatte, dann setzte ich mein Glas an die Lippen und schüttete mir die säuerliche Flüssigkeit ungebremst in die Kehle.

Marco hob die Brauen, aber jetzt konnte ich reden. Ich erzählte von dem Scherz, den Pat und Adriano sich mit uns erlaubt hatten, von der lebensgroßen Schaufensterpuppe mit dem Fischschwanz, von meinem Schock, als ich sie da leblos im Wasser treiben sah. Und dann erzählte ich ihm von dem Mädchen, in so wenigen Worten wie möglich – es fühlte sich immer noch seltsam an, über sie zu reden.

Als der Kellner die Bruschetta brachte, schaute Marco nachdenklich auf den Teller vor uns.

»Ich hab dich gewarnt, ganz am Anfang, weißt du noch?

Ich hab dir gesagt, Pat zieht sein eigenes Ding durch. Der will nicht nett sein zu Angel oder zu dir oder mir. Er ist nur kooperativ, solange was für ihn dabei rausspringt.«

»Und jetzt hat er ein Problem, weil er nämlich seinen Champion verliert, wenn ich nicht mehr mitmache.«

Marco biss in ein Brötchen und sah mich mit großen Augen an. »Echt jetzt?«

Ich zog mir den Teller heran und nahm mir ebenfalls ein Stück. Der Duft nach Tomaten und Knoblauch war stärker als der Knoten in meinem Bauch, und als ich hineinbiss, merkte ich, wie hungrig ich tatsächlich war. »Na ja, er hat so was gesagt.«

»Hm.« Marco hörte auf zu kauen und fuhr sich mit der Hand über die Haarstoppeln. Dann schaute er mich wieder an. »Also, das mit der Meerjungfrauenpuppe finde ich eigentlich nicht so wild. Ich hab das auch mal irgendwo gelesen, dass Ablenkung im Training wichtig ist. Du musst unter Wasser immer die Nerven bewahren, egal, was du siehst.«

»Jetzt nimmst du ihn auch noch in Schutz, ich glaub es nicht! Marco, ich dachte, du rastest aus!«

Der Kellner kam und stellte zwei dampfende Teller mit Nudeln vor uns hin. Marco nickte ihm zu und wartete, bis er gegangen war, bevor er mich wieder anschaute. »Warum bist du so sauer? Er konnte doch nicht ahnen, dass du so was Schreckliches miterlebt hast. Der denkt nur an Angel und das Training.«

Ich pikte eine Nudel auf meine Gabel und ließ sie wieder fallen. »Diese Erinnerungen … ich hab versucht, das zu vergessen, weißt du? Die Meerjungfrau sah genauso aus wie sie. Das hat alles wieder hochgebracht, alles.«

Marco rührte in seinen Nudeln und eine Weile aß er schweigend. Als der Kellner kam, bestellte ich noch eine zweite Flasche Wein.

»Wer war das Mädchen? Kanntest du sie?«

»Nein«, sagte ich leise. »Das ist zehn Jahre her. Wir haben damals auf Kuba gelebt, ich hab das nur vom Strand aus gesehen.«

»Tut mir leid. Das war bestimmt furchtbar für dich.«

Ich nickte abwesend. Die Bilder waren zurück, aber diesmal zeigten sie nicht das tote Mädchen im Wasser, sondern Sophia und mich, wie wir in der riesigen Bibliothek stöberten und aus Büchern Häuser bauten. Schnell schüttelte ich den Kopf und starrte runter zum Meer.

»Weißt du noch, wie wir uns wiedergetroffen haben, vor zwei Jahren? Ich war so sauer, weil ich lieber tauchen gehen wollte, als meinem Vater zu helfen, die Büsche an eurer Villa zu stutzen, aber er hatte sich die Hand verletzt und brauchte mich. Das war der Tag, an dem ihr angekommen seid, deine Schwester und du. Ich wusste natürlich, wer ihr wart, aber ihr hattet euch doch beide ziemlich verändert, seit wir das letzte Mal am Strand gespielt hatten.«

Ich nippte an meinem Wein und lächelte. »Ja, du warst total still und bist immer rot geworden, wenn wir dich angeschaut haben. Soph hatte dir einen Cocktail gemixt, und du hast ihn über ihr Kleid geschüttet, weil du so nervös warst.«

Marco lachte. »Stimmt, dafür hat mich mein Vater noch tagelang ausgeschimpft. Aber deine Großmutter war cool, sie hat ihr einfach einen Lappen gebracht und mir einen neuen Cocktail. Und dabei die ganze Zeit gegrinst.«

»Sie dachte wohl, du stehst auf Sophia.«

»Tja.« Er senkte den Blick. »Da lag sie allerdings falsch.«

Ich musste lächeln. Marco mit den Locken und dem Bäuchlein, ein verträumter Junge mit einer Kamera – Soph hätte sich nicht mal zum Spaß mit ihm eingelassen. Die Typen, auf die sie stand, wurden nicht rot oder schütteten vor lauter Verlegenheit ihre Drinks aus.

»Unglaublich, dass ihr Schwestern seid.« Marco klang nachdenklich. »Ihr zwei seid so verschieden. Ich meine nicht nur äußerlich, mir kam es manchmal vor, als wärt ihr von unterschiedlichen Planeten gekommen. Ihr wart euch nie einig, habt nie freiwillig was zusammen gemacht oder wenigstens dieselben Klamotten angehabt. Als ob ihr euch gegeneinander wehren würdet. Ich konnte mir nie so ganz vorstellen, wie euer Leben aussah, wenn ihr nicht auf Elba wart, ich weiß nur das, was mein Vater mir erzählt hat. Und da passt Sophia perfekt rein. Du warst immer ganz anders als sie.«

Meine Augen brannten plötzlich und ich hob schnell mein Glas und trank den Wein leer. Ich würde nicht heulen, nicht vor Marco – vor niemandem. »Scheiße«, flüsterte ich und grub eine Hand in meine Haare. »Du hast keine Ahnung, was du da eben gesagt hast.«

»Das sollte nicht beleidigend klingen«, fuhr er schnell dazwischen. »Ich wollte dich nicht …«

»Marco«, unterbrach ich ihn, »du hast recht. Es stimmt, wir sind keine Schwestern.«

Er starrte mich verwirrt an und ich seufzte. »Dieser blöde Tag heute hat alles wieder hochgebracht. Wahrscheinlich bin ich deshalb so sauer auf Pat. Auf Kuba habe ich damals rausgefunden, warum ich nicht in diese Familie passe oder in dieses Leben, wie du so schön sagst. Ich bin nicht wie sie, weil ich nicht zu ihnen gehöre.« Etwas versperrte meine Kehle, ein Wort, das nicht gesagt werden wollte. Ich spuckte es trotzdem aus. »Ich bin adoptiert.«

»Was?« Er lehnte sich vor, als hätte er mich nicht richtig verstanden. »Ist das wahr?«

»Sie haben mich als Baby zu sich geholt, weil meine Mutter keine eigenen Kinder kriegen konnte. Das haben die Ärzte jedenfalls behauptet.« Ich lächelte, damit meine Stimme nicht traurig klang. »Drei Monate später war sie wie durch ein Wunder doch schwanger, und nach einem Jahr hatte sie plötzlich zwei Kinder, eine wilde, rothaarige Rebellin und ein süßes, pausbackiges Engelchen mit goldenen Locken.«

Marco sagte nichts, sondern langte zwischen den Tellern durch und nahm meine Hand. Seine Finger schlangen sich um meine und drückten sie fest.

»Bist du deshalb abgehauen? Weil du das Gefühl hast, nicht zu ihnen zu gehören?«

»Ich will nur frei sein«, sagte ich fest. Meine Augen brannten jetzt nicht mehr, und ich zog meine Hand unter Marcos heraus, um mir die Haare aus dem Gesicht zu streichen. »Ich hatte immer das Gefühl, ich muss ihnen was beweisen, ich wollte in allem besser sein als Sophia, damit sie mich genauso lieben wie sie. Aber damit ist es vorbei. Ich beweise jetzt nur noch mir selbst was.«

Marco winkte dem Kellner und ließ sich die Rechnung bringen. Ich zog meinen Geldbeutel raus, aber er schüttelte entschieden den Kopf. »Du bist eingeladen. Es gehört sich nicht, ein Mädchen bezahlen zu lassen.«

»Das gilt nur, wenn es ein Date ist, Marco.«

Er zog ein paar Geldscheine heraus und zählte das Kleingeld ab. »Das gilt auch, wenn man sich schon ewig kennt. Außerdem habe ich dich zu dem Essen überredet.«

Wir liefen die Gasse zurück und Marco begleitete mich bis zur Post am Ortsrand, wo die Straße in Richtung Morcone abfiel.

»Hast du mal versucht, deine leiblichen Eltern zu finden?«

»Die Adoption ist unter der Hand gelaufen, nur mit einem Anwalt, der die Papiere aufsetzte und meine Eltern juristisch absicherte. Meine leibliche Mutter bat ausdrücklich um Immunität. Ihr Name taucht in keinem Dokument auf. Es ist gar nicht möglich, sie zu finden.«

»He, Lou«, rief er, als ich bereits im Sattel saß, die Hände in den Taschen vergraben, das Gesicht so rot wie damals, als er den Drink übers Kleid meiner Schwester gekippt hatte. »Ich finde, du bist genau richtig, so wie du bist.«

Ich fuhr schnell, zum einen, weil es bergab ging, zum anderen, weil ich den kalten Wind auf meiner Haut genoss. All die Bilder und Worte hingen in der Luft wie winzige summende Fliegen, bereit, erneut zuzustechen und viele Tage lang wehzutun. Ich presste die Lippen aufeinander und trat in die Pedale, um noch schneller nach Hause zu kommen.

Es war keine Lüge gewesen, ich hatte tatsächlich nie die Spur meiner leiblichen Mutter gesucht – aber ihr fehlender Name war nicht der Grund. Meine Großmutter hatte mir einmal von den Umständen erzählt, die zu meiner Adoption geführt hatten, weil sie es nicht fair fand, dass meine Eltern ein Geheimnis darum machten. Damals hatte ich geweint, aber niemand hatte meine Tränen gesehen.

Ich schlief draußen, auf der Liege mit dem Rosenmuster,

eingekuschelt in eine Decke, und starrte lang zu den knorrigen Ästen der Olivenbäume hoch. In der Nacht damals war ich auch hiergeblieben, unter dem Sternenhimmel, doch der volle Mond hatte aufgepasst, dass ich nicht für immer ins Meer verschwand. Er und Tarja, der ich so lange zugehört hatte, bis meine Panflöte den Song beinah allein spielen konnte: *Crestfallen soul, rest for this night, love is here, right here under my wings.*

NIGHTTIME

Ich erwachte vom Zwitschern der Vögel, die im Gestrüpp saßen und sich um die Blüten zankten. Mein Kopf brummte von zu viel und zu schnell getrunkenem Wein, also beschloss ich, den Tag mit einer Tour in die Berge zu beginnen. Auf meinem Handy fand ich nur eine Nachricht von Pat, der für später einen Nachttauchgang ankündigte.

Im Haus war es still und kühl, also füllte ich eine Flasche mit Wasser und lief schnell zurück in die Sonne, die gerade an den bewaldeten Hügeln hochkletterte. Um mich herum sang, pfiff, summte und quakte es plötzlich so ohrenbetäubend laut, als habe jemand einen Schalter umgelegt. Einen Lichtschalter für das Leben.

Als die Straße besonders steil anstieg, hielt ich die Luft an und zwang mich, erst auf halber Strecke auszuatmen. Das Spiel wiederholte ich bei jedem Anstieg, bis meine Beine vor Anstrengung schmerzten und ich mich einer Ohnmacht näher fühlte als dem Sattel unter meinem Hintern. Wie lange dauerte es wohl, bis ich tatsächlich vom Rad kippte?

Ich fuhr links an Capoliveri vorbei bis zum Friedhof, wo eine riesige Boje an einem Gestänge hing, die mich immer an den Wacken-Schädel erinnerte. Mein Herz klopfte heftig, aber ich schaffte es einfach nicht, mein Rad vor der

Mauer zurückzulassen und durch das unscheinbare Tor in den stillen Garten aus Grabwänden und Steinplatten zu treten.

Die Sonne stieg höher und es wurde schnell warm. Ich stöpselte Musik in meine Ohren und folgte der schmalen Straße nach Naregno hinunter, zwischen ungemähten Blumenwiesen und unter ausladenden Kiefern hindurch, bis sich vor mir das Meer ausbreitete. Ich bremste am Fuße einer Hotelburg und hakte meine Finger in den Maschendrahtzaun. Von hier aus konnte man bis nach Porto Azzurro sehen, dem zweitgrößten Hafen Elbas, auf den Hafenvorplatz mit seinen sonnengelben Restaurants, Bars und Geschäften, all die schicken Segeljachten und Motorboote im Hafenbecken, die zwischen den urtümlichen Booten der Fischer im sachten Wind schaukelten. Auf den Molen türmten sich blutrote Netze, die Seile wie Äderchen in den Leib gewickelt.

Die Sonne verbrannte meinen Nacken und ich öffnete den Knoten in meinen Haaren. Am Abend vor meiner Flucht war ich kurz davor gewesen, sie abzuschneiden, aber dann hatte ich es doch nicht übers Herz gebracht. Ich wusste, früher oder später würde mich jemand an ihnen erkennen, aber Marco hatte recht, ich konnte mich nicht ewig hier verstecken, ich musste mich ihnen früher oder später stellen – und wenn es so weit war, wollte ich mich nicht wie eine Fremde fühlen.

Ich drehte die Lautstärke an meinem MP3-Player hoch, ließ den Zaun los und stieß mich mit einem Fuß von der Mauer ab. Das Auto hörte ich erst, als die Reifen quietschten und der Fahrer mit voller Wucht auf die Hupe hämmerte. Mein Fuß rutschte vom Pedal, und ich riss den Lenker so heftig herum, dass die Räder auf dem Schotter am Straßenrand wegrutschten und ich in einem Bogen Richtung Straße schlitterte. Für einen kurzen, schrecklichen Moment sah ich die Kühlerhaube des kleinen Wagens über mir aufragen, dann war alles still.

Eine Tür schwang auf, Schritte auf dem Asphalt. Ich schloss die Augen und versuchte zu begreifen, was gerade geschehen war. Das Auto hatte meinen Weg gekreuzt, aber ich hatte es nicht kommen hören. Dann waren wir zusammengestoßen und nun lag ich unter dem Wagen und hatte mir bestimmt sämtliche Knochen gebrochen.

»Bist du okay?«

Atme, Lou. Einatmen. Luft anhalten. Tief ausatmen. Weiterleben.

Ich schlug die Augen auf und blickte in ein erschrockenes Paar dunkler Augen. »Weiß nicht.«

»Kannst du aufstehen?« Er streckte mir die Hand hin. Sie war groß und kräftig, eine Männerhand. Ich schielte nach unten, aber meine Beine lagen lang ausgestreckt auf dem Boden. Das Auto war nicht darübergerollt, es hatte eine knappe Handbreit vor mir angehalten. Um uns stank die Luft nach Gummi und Asphalt.

Ich ergriff die Hand und sie hievte mich mühelos in eine aufrechte Position. Die Kabel mit den Stöpseln daran schlenkerten um meinen Körper, sie mussten bei dem Sturz vom Rad aus meinen Ohren gerutscht sein. Vorsichtig probierte ich meine Beine aus, belastete erst eines, dann das andere, und stellte erleichtert fest, dass sie bis auf ein leichtes Zittern einwandfrei funktionierten.

»Du blutest ja!« Der Mann griff nach meinem Shirt und schob es nach oben. Normalerweise hätte ich diese intime

Berührung als unangenehm empfunden, doch mein Körper bebte noch immer vor Schreck und die Synapsen funktionierten noch nicht richtig. Er riss den Saum meines Shirts auseinander, bis die Wunde freilag. Mir stockte erneut der Atem, als er die Enden meines Shirts über meiner Taille verknotete, doch ich hielt still, bis er fertig war und einen Schritt zurücktrat.

»Danke«, murmelte ich, ohne zu wissen, wofür. Immerhin hatte er mich eben beinahe über den Haufen gefahren und eines meiner Kleidungsstücke zerstört.

Der Mann starrte mich an, als hätte ich ihn mit diesem Wort beleidigt. Sein Mund klappte auf, und für einen Moment hatte ich Angst, er würde mir das übrige Shirt ebenfalls vom Körper reißen, dann veränderte sich sein Mienenspiel und er schüttelte ganz leicht den Kopf.

»Wie heißt du?«, fragte er mit belegter Stimme.

»Lou.« Die Information war heraus, bevor ich darüber nachdenken konnte. Schnell fügte ich hinzu: »Aber ich bin okay, wirklich. Alles noch dran. Kein Grund zur Panik.«

»Du bist plötzlich aus der Einfahrt geschossen.« Der Mann deutete mit einer Hand zur Straße, die sein roter Fiat noch immer blockierte. »Ich konnte dich hinter dem Baum nicht sehen.«

»Wie gesagt – nichts passiert.« Ich wollte auf einmal nur noch weg. Hinter uns ragte der riesige Komplex des Hotels auf, trotzdem waren wir ganz allein auf der Straße.

»Ich kann dir was zum Saubermachen bringen.« Er deutete mit dem Kinn auf die Schrammen an meiner Seite. »Du musst nur warten, bis ich … eingecheckt habe.« Sein Gesicht verzog sich zu einem Grinsen, dabei sah ich, dass einer seiner Schneidezähne abgebrochen war und sein Lächeln dadurch irgendwie schräg aussah. Er hob die Hand, dann trat er einen Schritt zurück, lehnte sich in das Auto und suchte darin herum. Der kleine Wagen war bis unters Dach vollgestopft mit Reisetaschen, Seesäcken und Einkaufstüten. Es sah aus, als habe der Mann sein ganzes Leben in dieses Auto gepackt.

Als er sich wieder ins Freie faltete, hielt er einen kleinen Zettel in der Hand, den er mir entgegenstreckte. »Hier. Meine Nummer. Falls du – na ja, falls du doch noch Kopfschmerzen kriegst oder so.« Er ging an mir vorbei, bückte sich und hob meinen Cyclewolf auf. Ich versuchte, die Berührung seiner Finger zu vermeiden, als ich meine Hände an den Lenker legte und das Rad von ihm entgegennahm. Ich stand noch immer leicht unter Schock, doch so langsam begann der Schmerz in meiner Seite zu pochen.

»Cuál belleza«, murmelte er leise, und ich sah erneut auf.

»Äh – bitte was?«

»Dein Rad.« Er grinste leicht verrutscht. »Ein cooles Teil!«

»Dann werde ich mal sehen, ob es was abbekommen hat.« Ich zwang mein Bein über die Stange und stellte einen Fuß auf das Pedal. Okay, das würde schmerzhaft werden, aber ich konnte die Route immer noch abkürzen, wenn es nicht mehr ging. Jetzt und hier aufgeben kam nicht infrage.

»Ich kann dich nach Hause fahren!« Der Mann verstellte mir den Weg und griff mit einer Hand an die Tür seines Wagens. »Dein Rad stellen wir so lange im Hotel unter.«

Etwas zu hastig schüttelte ich den Kopf. »Nein, echt nicht. Und ich muss jetzt auch wirklich weiter.«

Er sah enttäuscht aus, vielleicht war er neu hier und wollte nur plaudern – aber um fremde Männer in mein abgelegenes Zuhause zu führen, brauchte es schon mehr

Verzweiflung. Plötzlich musste ich daran denken, dass ich genau diese Situation vor nicht allzu langer Zeit schon mal erlebt hatte – mit dem kleinen Unterschied, dass der fremde Typ vor mir an meinem Haus gewesen war. Damals war ich mutiger gewesen. Oder verzweifelter.

»Also bis dann!« Ich hatte eine Floskel gewählt, aber sie hörte sich an wie ein Versprechen.

Der Mann stieg wieder in seinen roten Fiat, und ich hörte, wie die Fahrertür zuschlug. Ich fühlte mich beobachtet, durch staubige Scheiben, von Augen in einem Rückspiegel, also trat ich trotz meiner Schmerzen fest in die Pedale und machte, dass ich davonkam.

Es klingelte am Tor, als ich mich gerade mit meinem Kaffee auf die Veranda gesetzt hatte. Ich war nicht überrascht, Marco und Acqua draußen zu sehen, die dritte Person hätte ich allerdings nicht erwartet.

»Buongiorno«, flötete Francesca und drängte sich vor Marco durch das Tor. Sie hielt mir eine Tüte mit frischem Gebäck unter die Nase und schwenkte einen Korb, aus dem es nach Käse und Speck duftete.

»Was ist denn mit dir passiert?« Marco griff nach meinem Arm und besah sich erschrocken die Schrammen und Abschürfungen.

»Kleiner Unfall mit dem Rad. Nichts Schlimmes.«

Er schmunzelte. »Betrunken Radfahren war wohl keine gute Idee, was? Warum hast du mich nicht angerufen?«

»Weil es heute erst passiert ist.« Ich wartete, bis Marco seinen Roller in die Allee geschoben hatte, dann lief ich hinter den beiden her ins Haus. Marco deutete auf Francescas Rücken und flüsterte mir zu: »Sie stand heute Morgen vor meiner Tür und wollte unbedingt mit dir reden. Was sollte ich machen?«

»Schon gut«, gab ich leise zurück. »Sie kennt meine Eltern ja nicht mal.«

Francesca sah sich mit großen Augen um, als wir ins Haus kamen. »Wow«, kommentierte sie schließlich und schaute mich überrascht an. »Hier wohnst du? Allein?«

»Das Haus gehörte meiner Großmutter«, sagte ich. »Sie ist gestorben. Vor zwei Jahren.«

Francesca nickte, als würde das alles erklären. »War sie Italienerin?«

»Nein, Deutsche. Aber sie hat immer davon geträumt, ihren Lebensabend auf einer italienischen Insel zu verbringen. Als mein Großvater starb, hat sie die Villa gekauft und alles renovieren lassen.«

»Hast du auch hier gelebt?«

»Nein, ich war immer nur in den Ferien hier.« Ich wollte nicht länger über mich reden, also drehte ich mich zu Marco um.

»Du, das habe ich gestern ganz vergessen. Meinst du, Pat lässt dich für ein paar Tage verschwinden?«

Marco hob überrascht die Brauen. »Wieso, hast du was mit mir vor?«

Ich erzählte ihm von Finn und seiner verrückten Idee, eine Taucherin mit Flosse vor einem lebensechten Finnwal zu fotografieren.

Marco starrte mich ungläubig an, als ich fertig war. »Im Ernst? Da nimmt er mich mit? Und zahlt mir Geld dafür?«

Ich musste lachen. »Ja, das macht er, und wenn du schlau bist, handelst du ihn ordentlich hoch. Er scheint sein Werbebudget ziemlich locker sitzen zu haben.«

Wir schlugen Eier auf, würfelten den Speck hinein und Marco schäumte Milch auf, in die wir den Espresso kippten. Francesca hatte Waldbeerenmarmelade und weichen Pecorino toscano mitgebracht und mein Magen fing an zu knurren. Wir schleppten alles raus auf die Veranda und setzten uns in die Sonne.

»Erklärt ihr mir jetzt endlich, warum ihr hier seid?«

Francesca machte ein geheimnisvolles Gesicht und schaute von Marco zu mir und wieder zurück. »Marco«, sagte sie langsam, »wie würdest du reagieren, wenn dir beim Tauchen plötzlich eine Meerjungfrau begegnet? Keine Puppe, sondern eine richtige?«

Marco grinste. »Kommt darauf an, wie vollständig sie bekleidet wäre.«

Francesca rollte mit den Augen. »Also, ihr wisst doch, dass Pat für heute Abend einen Nachttauchgang plant. Wie wäre es, wenn wir ihn ein bisschen erschrecken? So wie er es bei euch gemacht hat.« Ihre Augen blitzten. »Aber wir schicken ihm keine Puppe da runter, sondern eine richtige, echte, lebendige Meerjungfrau!«

Marco lachte auf. »Kennst du denn eine?«

Francesca grinste mich breit an, dann beugte sie sich unter den Tisch und fischte etwas aus ihrem Korb. Ihre Finger entwirrten den glänzenden grünen Stoff, und ich erkannte den Fischschwanz, den die Schaufensterpuppe im Wasser getragen hatte. Die Paillettenschuppen schillerten in allen Regenbogenfarben und sahen täuschend echt aus.

Mit einem Schlag waren die Schmerzen an meiner Seite wie weggelöscht. »Francesca, das ist genial! Damit kriegen wir ihn dran!«

Ein schwarzes Meer schaukelte unser Boot wie die Hand eines unsichtbaren Riesen, während sich über uns ein perfekter Sternenhimmel spannte. Der schmale Mond stand tief am Südhimmel und leuchtete auf die vier Taucher, die gerade über das abgesenkte Heck ins Wasser sprangen und glucksend versanken.

Pat wollte mit Angel ein Orientierungstraining in der Dunkelheit abhalten, denn in hundertdreißig Metern Tiefe herrschte selbst bei hellem Sonnenschein finstere Nacht. Wir anderen sollten ein Gespür dafür bekommen, wie er sich fühlte, damit wir am großen Tag so nah wie möglich bei ihm sein konnten. Angel widersprach nicht, dabei hatte ich gesehen, dass er die Augen meistens geschlossen hielt. Er schien kein Licht zu brauchen, um sich da unten zurechtzufinden.

Als es still wurde an Bord, blieben nur noch Angel, Francesca und ich übrig. Francesca wurde zappelig und steckte mich mit ihrer Unruhe an. Aber zuerst mussten wir Angel einweihen. Er würde mich sowieso erkennen, und ich brauchte einen Buddy, weil ich blind und mit Monoflosse tauchen musste.

»Du musst jetzt stark sein«, sagte ich zu ihm und begann, den Reißverschluss meines Neoprens herunterzuziehen. Er blieb an die Reling gelehnt stehen und beobachtete stumm, wie ich aus meinem Anzug stieg. Schwaches Silberlicht hüllte meinen Körper ein, und ich merkte, wie mein Herz unter seinem Blick raste, obwohl er mich längst im Bikini gesehen hatte.

»Um da runterzutauchen, muss ich meinen Puls auf zwanzig Schläge pro Minute senken«, informierte er mich knapp. »Du machst gerade alle Pläne zunichte.«

Ich musste lächeln. »Du brauchst dich nur umzudrehen.«

Er rührte sich nicht einen Nanometer.

Francesca räusperte sich vernehmlich. »Bist du bereit?«, fragte sie aufgeregt. Ich nickte. Dann half sie mir, in den engen Schlauch zu steigen, den wir am Nachmittag an meine Hüfte angepasst hatten. Er würde zwar nur dem Streulicht einer Taschenlampe im schwarzen Meer standhalten müssen, aber wir hatten ihn trotzdem ordentlich aufgemotzt, Perlen dazugenäht, Silberfäden eingewoben und die Pailettenschuppen nachgebessert, bis das grünlich schimmernde, schuppige Etwas tatsächlich aussah wie aus einem Bilderbuch gestohlen. Marco hatte mir eine Monoflosse besorgt, die wir mit einem ähnlichen Stoff überzogen, sodass sie zum Kostüm passte.

Ich drehte mich um und schlüpfte mit einer schnellen Bewegung aus meinem Bikinioberteil. Francesca legte die beiden handtellergroßen Muschelschalen über meine Brüste und band sie mit dem durchsichtigen Gummi zusammen, an dem wir sie in Position genäht hatten. Ich betete, sie würden halten! Dann schmierte sie mir schleimgrüne wasserfeste Mascara auf Stirn, Wangen und Hals, damit Pat abgelenkt wurde und mich nicht sofort erkannte. Ich wuschelte wild durch meine Haare, holte tief Luft und drehte mich um.

Angel schüttelte den Kopf und kam langsam auf mich zu. »Sind die echt?«, fragte er und deutete auf die Muschelschalen.

»Wag ja nicht, es zu überprüfen«, warnte ich leise, und er lachte und schüttelte noch mal den Kopf.

»Also, auf die Erklärung bin ich gespannt.«

»Kleine Retourkutsche für Pat.« Ich warf Francesca einen

schnellen Blick zu und grinste. »Du musst eigentlich nichts machen, nur in meiner Nähe bleiben und später behaupten, du hättest nicht dasselbe gesehen wie er.«

»Was springt für mich dabei raus, wenn ich euer Meermädchenspiel mitspiele?«

Ich sah am Funkeln in seinen Augen, dass er mich nur aufzog, also rückte ich demonstrativ meine Muschelschalen zurecht und zupfte meinen Fischschwanz in Position. »Das ist mein Tribut, du verlangst schließlich auch, dass ich deinen Buddy spiele.«

»Schon, aber die Bezahlung haben wir noch nicht geklärt.« Er machte einen Schritt auf mich zu, zwei, dann drei, bis er dicht vor mir stand, zu dicht. Sein Atem streifte über meinen Kopf, während ich reglos dastand und merkte, dass ich mich überhaupt nicht bewegen konnte, nicht mal genug, um vom Boot ins Wasser zu springen, denn meine Füße steckten fest in der breiten Monoflosse, mit der ich bestenfalls hüpfen konnte.

Angel lehnte sich über meine Schulter und rief zu Francesca hinüber: »Irgendwelche letzten Instruktionen?«

»Verlier sie nicht da unten«, sagte sie, dann spürte ich seinen Mund an meinem Ohr. Mit zwei Fingern strich er meine Haare zur Seite, und ich hörte ihn flüstern: »Lass los, Lou. Schließ die Augen und lass deine Zweifel hier, lass sie oben. Das Wasser spürt deine Stimmung und spiegelt sie wider. Kannst du die Stille hören, Luna-Girl? Die Stille ist alles, was du mitnehmen musst. Jetzt atme, atme tief in deinen Bauch. Bist du bereit?«

Ich nickte, wie gefangen in seinen hypnotischen Worten. Mein Körper gehorchte, er nahm die Luft auf wie flüssige Nahrung. Angel packte mich, hob mich hoch und drückte mich gegen seine Brust. Für einen Moment verlor ich den Fokus, dann war auf einen Schlag wieder alles klar, als wir in kaltes schwarzes Wasser fielen.

Das Meer bei Nacht ist eine magische Angelegenheit. Silbriges Mondlicht malte einen schlanken Streif auf die Unterseite der Wellen, dann sanken wir tiefer und um uns wurde es finster. Angel ließ meine Taille los und griff nach meiner Hand, er entführte mich in die Dunkelheit. Ich hatte nur zwei kurze Testtauchgänge mit der Monoflosse gemacht und war froh, ihn als Halt bei mir zu haben, trotzdem tat ich alles, um ihn meine Unsicherheit nicht spüren zu lassen.

Als ich die Augen öffnete, sah ich den Schein der Taschenlampen nicht weit unter uns. Zehn Meter, so war es abgemacht. Im Dunkeln musste man nicht tief tauchen, es reichte eine kurze Distanz zur Oberfläche, um die Orientierung zu verlieren, denn die meisten Taucher waren es gewohnt, den Luftblasen ihrer Atemgeräte nach oben zu folgen und sich sehend zurechtzufinden. Warf man sie in ein dunkles Meer, ohne Tiefenkontrolle und ohne künstliches Licht, gingen sie verloren.

Angel kannte solche Probleme nicht, ich fühlte, dass er sich blind orientieren konnte. Sein Gespür reichte sogar für mich mit, denn neben ihm gab es keine Gefahren, keine Angst. Ich drückte leicht seine Hand und er zog mich mit sich und brachte mich seitwärts an die Gruppe, dann erwiderte er den sachten Druck und langsam glitten unsere Finger auseinander.

Ich sah, wie er zu der Gruppe stieß, ein lautloser Geist aus der Tiefe, und alle wirbelten erschrocken herum. Die Taschenlampen flirrten durch die Dunkelheit, und ich wusste, mein Auftritt war gekommen. Angel zog sich zurück, tauchte tiefer, bis er aus den Kegeln ihrer Lampen verschwand. Aber nach ihm schauen durfte ich nicht – ich musste es tun, jetzt oder nie! Meine Beine bewegten sich, als hätten sie das schon immer getan. Plötzlich fühlte ich mich mit der engen Haut verbunden, die mich eben noch behindert hatte, und die Monoflosse schob mich kraftvoll nach vorn. Ich drehte den Kopf, zog meine Haare um meinen Körper, bis sie mein Gesicht verhüllten wie einen Schleier, und kreuzte den Strahl von Pats Lampe.

Sie alle zuckten zurück, ich sah es am Erzittern ihrer Lichter. Beinahe hätte ich gelacht. Mein Körper drehte sich, zeigte jetzt nach unten, und ich sank wie von allein. Die Lichter folgten mir und fraßen sich in die Dunkelheit, doch irgendwann konnten sie mich nicht mehr einholen, ich war zu schnell für sie.

Arme fingen mich auf und bremsten meinen Fall. Ich spürte Hände auf meiner Haut, bestimmende Hände, die sich um meine Hüfte legten und mich mit sich zogen. Es ging aufwärts, denn der Druck ließ nach, der Druck, der meine Lunge und meinen Körper zusammenpresste. Wie tief war ich gesunken? Ich wusste es nicht und es war auch egal. Es war schön gewesen, haltlose Finsternis – ich wünschte, ich hätte ewig so weitersinken dürfen.

»Wow«, keuchte Angel, als wir endlich an der Oberfläche trieben. »Das Gesicht von dem Kerl hätte ich gern gesehen!«

»Ich auch«, japste ich. »Komm, eine Runde geben wir ihm noch.«

»Alles klar?« Er nahm die Hand nicht von meiner Hüfte, obwohl ich sie nun nicht mehr brauchte. »Nicht übertreiben. Ich brauch dich noch.«

Mein Herz schlug schneller, aber das durfte es nicht, ich musste ruhig bleiben, die Stille mitnehmen. So konnte ich nicht tauchen, so würde ich keine Minute unten aushalten. *Lass los, Lou.* Ich ließ los, lehnte mich vor und drückte ihm einen schnellen Kuss auf die Lippen. Dann verschluckte mich das Nachtmeer.

Zuerst sah ich nichts, die Lichter nicht und auch nicht den Sternenhimmel über mir. Meine Augen brannten, aber dann fand ich sie am Rande des Riffs. Ich schwamm genau auf die Kegel ihrer Lampen zu, als das Licht von Marcos Kamera mich blendete. Wir hatten abgemacht, dass er einmal abdrücken durfte, damit ich mich auch sehen konnte – aber der Blitz kam unerwartet und ich taumelte zur Seite weg. Dabei stieß ich mit der Flosse gegen etwas Hartes, etwas, das vor der Berührung floh – ein Tier? Oder Angel, der mir gefolgt war? Ich drehte mich in die Richtung, aber natürlich konnte ich nichts erkennen. Mein Herz begann zu hämmern, dann besann ich mich auf meine Mission und zog noch einmal durch den Strahl der Lampen.

Diesmal schienen sie fest entschlossen, mir zu folgen, denn Pat stürzte auf mich zu und versuchte, mich an der Flosse zu packen. Aber ich war schneller als er. Die Monoflosse half mir zu entkommen, und diesmal floh ich in die richtige Richtung, schwamm und paddelte, bis ich genau neben dem dunklen Umriss des Bootes auftauchte.

Francesca hing mit ihrem halben Körper über der Reling und ich konnte der Versuchung nicht widerstehen. Mit einem leisen Sprühregen tauchte ich genau unter ihren herabhängenden Haaren auf und spritzte ihr kaltes Wasser ins Gesicht. Sie schrie los – musste aber gleich wieder lachen.

»Wie ist es gelaufen?«

»Super, genau nach Plan!«

»Komm schnell, auf den Schreck werden die gleich hochkommen. Wir müssen uns beeilen!«

Gemeinsam zerrten wir das enge Kostüm von meinen Beinen, und ich schlüpfte in meinen Neoprenanzug, während Francesca mit einer Abschminkcreme versuchte, möglichst viel von der Mascara aus meinem Gesicht zu wischen.

»Okay, Maske und Flossen an und los!«

»Was ist mit dem Zeug?« Ich deutete mit dem Kopf auf das schillernde Chaos am Boden.

»Das mach ich schon – hau ab, schnell!«

Ich sprang ins Wasser, doch diesmal drang das schwarze Meer sanft unter meine Schutzhaut. Ich trieb gemächlich an der Oberfläche, bis ich die Lichter sah, und schwamm ihnen entgegen.

Sie machten wilde Zeichen, alle schienen aufgewühlt und hatten es eilig, zurück an die Luft zu kommen. Nur Angel nicht, er schwamm gelassen zwischen ihnen und war der Einzige, dem der Schreck nicht im Gesicht stand. Ich schwamm auf ihn zu, aber er blieb reglos.

Die anderen redeten alle durcheinander, als wir zurück an Bord waren, und schienen völlig außer sich. Pat klebte bereits mit der Nase an Marcos Kameradisplay. »Hast du das, hast du's drauf?«

»Wo wart ihr so lang?« Ella sah forschend zwischen Angel und mir hin und her. »Wir haben ewig auf euch gewartet!«

»Ich hatte Probleme mit meinen Ohren«, log ich ungehemmt. Das zumindest würde sie mir sofort abkaufen. »Wieso, was war denn so spannend? Habt ihr einen Hai gesehen?«

»Du glaubst nicht, was wir gesehen haben«, mischte Pat

sich ein, ohne aufzusehen. Seine Miene hellte sich auf und er stieß einen Triumphschrei aus. »Yeah! Genial, Mann! Los, Leute, seht euch das an!«

Überrascht wechselte ich einen Blick mit Francesca. Wir hatten eigentlich abgemacht, dass Marco das Bild von mir nicht zeigen würde, um Pat in dem Glauben zu lassen, er wäre tatsächlich einer Meerjungfrau begegnet – aber Marco sah mich nur mit weit aufgerissenen Augen an. Er war so schreckensbleich, dass ich zu ihm ging und mich neben ihn stellte, um auch einen Blick auf das Bild zu erhaschen.

»Du … du hast echt was verpasst da unten«, keuchte Marco. »Wir haben eine Meerjungfrau gesehen, die ihr Haustier dabeihatte. Ich wäre fast gestorben vor Angst!«

Wollte er mich verarschen? Verständnislos starrte ich ihn an. Marco legte mir den Riemen seiner Kamera um den Hals, aber mein Verstand weigerte sich zu glauben, was das hell erleuchtete Display mir zeigte. Es war das Bild einer Meerjungfrau, die ihren mächtigen Fischschwanz leicht schräg in die Kameralinse hielt. Ihre Haare sträubten sich wirr gegen die Aufnahme und verbargen ihr Gesicht, nur ihre Augen starrten wild und weit aufgerissen zwischen den rostroten Wellen hindurch. Sie sah unnatürlich schön aus, doch das Unheimliche, das wirklich Gruselige an dem Bild war der riesige graue Hai neben ihr, der mit schwarzen Augen über seine Gefährtin zu wachen schien.

HERZSCHLAG

Das Licht im Dive-in flackerte auf, und wir drängten uns um den Computer, während Marco mit fliegenden Fingern die Chipkarte aus seiner Kamera holte und in den Kartenleser steckte. Ella brachte Bierflaschen aus dem Kühlschrank, Verschlüsse klackten. Dann wurde alles ganz still.

In Großaufnahme wirkte der Hai noch imposanter und seine runden Augen blickten noch eine Spur gefräßiger. Er war mindestens doppelt so lang wie ich, hatte eine lange, flaschenförmig zulaufende Nase und schielte leicht in Richtung Fotograf. Sein Maul – und ich war dankbar, dass er es geschlossen hielt, sonst wäre ich an Ort und Stelle in Ohnmacht gefallen – schwebte dicht über meinen Waden, so als wüsste er nicht, in wen er zuerst reinbeißen sollte, den Mann mit dem Blitzgewitter oder den seltsamen, grün schillernden Riesenfisch.

Mir wurde kalt, als ich auf das Bild starrte, antarktisch kalt. Und wenn ich an den festen Widerstand dachte, gegen den ich in meinem blinden Spiel getreten hatte, wurde mir noch ein Stück kälter.

»Du hast das manipuliert«, entfuhr es Ella. »Du hast das Bild auf deine Kamera geladen, um uns Angst zu machen. Das ist nicht echt!«

»Klar ist es echt, ihr habt die Tante doch auch gesehen, ihr habt sie gesehen, oder?« Pat raufte sich die Rastalocken und drehte sich im Kreis. »Mann! Was für ein Bild, wie genial – seht euch nur an, wie sie in die Kamera schauen, Marco, mit dem Bild hast du ausgesorgt, ich bring das ganz groß raus, wetten?«

»Nein, Pat«, schoss ich dazwischen. »Das tust du ganz bestimmt nicht.«

»Dieser Hai war nicht wirklich mit euch dort unten, oder?«, flüsterte Francesca mit weit aufgerissenen Augen.

»Es verirren sich schon manchmal Haie aus dem Nordatlantik ins Mittelmeer. Wir können ja mal googeln, was das für ein Genosse ist …«

»Ein Blauhai«, kam es vom Sofa an der Wand. »Normalerweise leben die in der Hochsee, sind Tieftaucher. Schaffen über dreihundert Meter, das muss ihnen ein Mensch erst mal nachmachen.«

Blauhai. Tieftaucher. Mein Magen vollführte seltsame Kapriolen. Ich hätte mich gern zu Angel auf die Couch gesetzt, um etwas von seiner Gelassenheit abzubekommen, doch meine Beine rührten sich nicht, und ich starrte wieder wie gefesselt auf das skurrile Foto von mir.

»Das Bild ist gefakt«, beharrte Ella. »Ich hab keinen Hai gesehen.«

»Die zeigen sich auch nicht jedem. Haie sind extrem menschenscheu.«

»Ja, klar.« Ella ließ sich nun auf den freien Platz neben Angel sinken. »Du bist ja auch schon mit Weißen Haien getaucht, hab ich recht?«

Angel zuckte mit den Schultern und spielte mit dem Verschluss seiner Bierflasche. »Ohne Scheiß, den ganzen

Kram, den du über Haie weißt, kannst du vergessen. Du schmeckst ihnen nicht mal.«

»Bist du nun oder bist du nicht?« Ella nahm ihm sein Bier aus der Hand und trank selbst den ersten Schluck daraus. Dann gab sie es ihm zurück.

»Bestimmt eine halbe Stunde, direkt neben einem Großen Weißen. Er hatte drei Reihen Zähne hintereinander und blutunterlaufene Augen. Und er hat sich einen Scheiß um uns gekümmert, wir waren dem total egal.«

»Das Bild muss echt sein«, beharrte Pat. »Das Meermädchen haben wir doch auch gesehen!«

Marco warf mir einen schnellen Blick zu, den ich an Francesca weitergab. Sie stand blass hinter einem Stuhl und hatte die Finger fest um die Lehne geklammert. Ich schaute sie an, bis sie die Schultern hochzog und nickte. Wir hatten Pat erschrecken wollen, aber wir hatten den Schreck doppelt zurückbekommen.

»Das Bild ist echt«, gestand ich. »Und die Meerjungfrau, die bin ich.«

Ella lachte und verdrehte die Augen, Pat und Adriano sahen mich verdattert an.

»Du?«, fragte Pat und scannte das Bild erneut. »Das bist nicht du!«

»Die Chose galt übrigens dir. Hast du das Kostüm nicht wiedererkannt?« Ich prostete Francesca zu.

»Du willst mir sagen, du hast dich als Meerjungfrau verkleidet und einen Hai angelockt, nur um mich zu verarschen?«

»Die Verkleidung, ja. Der Hai hat ungeplant mitgespielt.«

»Aber … aber wie konnte Marco dieses Foto machen? Woher wusste er, wann er draufdrücken musste?«

»Glaub mir, ich wünschte, ich hätte früher abgedrückt«, sagte Marco leise. »Dieses Bild kriege ich nie wieder aus dem Kopf.«

»Aber du hättest ihn bemerken müssen«, warf Ella ein. »Er war doch genau neben dir!«

»Hab ich auch, ich bin gegen was Hartes gestoßen. Aber es zog sich zurück. Sehen konnte ich gar nichts, Meerjungfrau mit Maske hätte leicht bescheuert gewirkt.«

Francesca musste aufstehen und das Kostüm auspacken, und dann erzählten wir alles haarklein, von meiner Umkleideaktion auf dem Boot bis zu der zweiten Begegnung, als Marco mich mit dem Blitzlicht geblendet hatte. Ich konnte es ihnen auch nicht erklären, ich hatte den Hai nicht gesehen – und ich wollte mir die Szene auch gar nicht so genau vorstellen.

»Bitte, Lou, ich flehe dich an, ich tu alles für dich – bitte, lass es mich veröffentlichen! Das Bild ist der Hammer! Komm schon, du musst auch an Marco denken.«

Ich sah Marco an, aber er zuckte nur mit den Achseln. Er war ziemlich still gewesen, den ganzen Abend schon. Ich lehnte mich an seine Schulter, spürte, wie schnell sein Herz schlug. Er hatte den Hai nur für den Bruchteil einer Sekunde mehr ahnen als sehen können, doch ihm musste im selben Moment klar gewesen sein, dass es für mich vorbei sein konnte, ehe überhaupt jemand begriff, was geschah.

»Kommt schon, Leute! Lou?«

»Nein. Das ist mir zu gruselig, ich will es nicht ständig sehen.«

Pat setzte an, auf mich einzureden, aber Marco zog wortlos die Chipkarte aus dem Computer und steckte sie zurück in seine Kamera.

Wir packten zusammen, aber erst als wir draußen standen und uns aufgewühlt verabschiedeten, fiel uns auf, dass Angel nicht mehr da war.

»Wo ist er hin?«, fragte Ella und schaute sich um, aber ich konnte ihr die Antwort nicht geben.

Vielleicht war das heute eine Warnung gewesen, ein Rat des Meeres. Vorsicht, Lou – spiel nicht mit dem Feuer. Du hast keine Ahnung, wie es sich anfühlt, wirklich zu brennen.

Am Morgen ging ich schwimmen, aber das Meer war aufgewühlt und wild, und ich musste mich nahe am Ufer halten, um nicht hinausgetrieben zu werden. Ich schwamm so lang auf und ab, bis meine Beine vor Anstrengung zitterten, dann lief ich zurück zum Haus, wickelte mich in ein großes Badetuch und blieb im Wind sitzen. Die Sonne schien, trotzdem schlang ich fröstelnd die Arme um die Knie. All die Geräusche um mich wirkten dumpf, wie gefiltert vom Meeresrauschen.

Ich sah auf mein neues Handy. Eine SMS von Marco war darauf, der wissen wollte, wie ich mich fühlte. Sonst hatte mir niemand eine Nachricht hinterlassen. Und plötzlich kam mir ein Gedanke. War es nicht seltsam in einer Zeit, in der jeder digitale Spuren hinterließ, rein gar nichts über einen Menschen zu wissen – nicht mal seine Handynummer? Und Angel war sicher nicht sein richtiger Name.

Ich stand auf und holte mein iPad, loggte mich ins Internet ein und meldete mich bei Facebook an. Genau das hatte ich so schnell nicht tun wollen, weil es mich verraten konnte – und weil ich all die Nachrichten und Fragen von Klassenkameraden aus dem Internat nicht lesen wollte, die auf meiner Seite zu sehen waren. Doch seltsamerweise war es das Profilbild meiner Schwester – eine Nahaufnahme ihrer Augen –, das mich zuerst anstarrte. Ich zwang meine Augen von den Einträgen weg und gab »Dive-in« in das Suchfeld ein.

Pat betrieb eine offizielle Seite, auf der man mitlesen konnte, auch ohne Mitglied zu sein – und sein Thema Nummer eins lautete wie erwartet: Angel. Er verlinkte auf YouTube, stellte Fotos, Daten und Trainingszeiten ein, er führte ein regelrechtes Angel-Tagebuch – allerdings ohne Angel selbst. Die Kommentare kamen aus der ganzen Welt. Alle, die sich irgendwie dem Blauen Zirkus angehörig fühlten, gaben ihre Meinung zu seinem Vorhaben ab, wünschten ihm Glück oder bewunderten seinen Mut. Und es gab haufenweise Leute – vorrangig waren das Mädchen –, die extra zum Rekordversuch anreisen wollten, nur um ihn zu sehen. Es war perfektes Marketing, ein Selbstläufer, es verbreitete sich wie Wasser einer Flutwelle, spülte in jeden Winkel und erreichte die unterschiedlichsten Menschen. Viele von ihnen baten darum, mit Angel in Kontakt treten zu können, wollten seine E-Mail-Adresse oder seinen Namen auf Facebook, aber Pat ignorierte die Anfragen oder wich ihnen aus, indem er Angel ein hartes Training bescheinigte, bei dem keine Zeit für Ablenkung blieb.

Also gab ich »Angel« ins Suchfeld ein, aber ich bekam nur den Link auf die Stadt Los Angeles sowie ein paar Schauspieler und Menschen mit Angel-Namensvariationen angezeigt. Es gab ihn nicht – zumindest nicht hier und nicht unter diesem Namen.

Resigniert loggte ich mich wieder aus, zwängte die Knie unter mein Handtuch und schloss die Augen. Sofort tanzten Lichter und Punkte vor meinen Lidern und wurden zu einem Meer, einem Sternenmeer. Ich fühlte mich, als würde ich schwimmen, tauchen, sinken, und wie von selbst begann mein Körper mit Bauchatmung. Mein Herzschlag bremste, meine Lungen weiteten sich, erstarrten, sperrten die Luft ein. Ich glitt durch die Dunkelheit wie ein Raumschiff, den Sternen entgegen, die mir nun von überall entgegenzuleuchten schienen. Ihr Funkeln und Glitzern sah so schön aus, dass ich mehr davon haben wollte, also flog ich höher, stürzte mich hinein, bis ich nicht mehr schwebte, sondern fiel. Ich spürte eine Präsenz an meiner Seite, stark und vibrierend, fast wie ein Kraftfeld. Gern hätte ich ihn gesehen, meinen Beschützer in der Dunkelheit, aber meine Augen ließen sich nicht mehr öffnen, der Druck war zu stark geworden. Von irgendwoher drang ein Klingelton in meinen Kopf und da riss ich sie gewaltsam auf – aber es waren nicht Angels Meeraugen, die mich anstarrten, sondern die hungrigen Augen eines gewaltigen blauen Hais …

Benommen rappelte ich mich hoch. Ich saß auf dem harten Steinboden und mein Kopf schmerzte, aber ich konnte mich nicht erinnern, wie ich da hingekommen war. Neben mir klingelte es immer noch, also griff ich nach dem Telefon und drückte auf die Annahmetaste.

»Hallo – Lou, bist du das?«

Ich erkannte die Stimme nicht, also sagte ich nur Ja.

»Hier ist Finn! Stör ich? Du hörst dich an, als hättest du geschlafen.«

Nein, dachte ich, geflogen. Mit einem Hai …

»Pass auf, ich hab dein Foto gesehen. Lou, das ist unglaublich! Wie geht es dir? Stehst du immer noch unter Schock?«

Schock? Ich verstand nicht, was die Frage sollte. Alle anderen hatten unter Schock gestanden, alle bis auf einen. Und obwohl ich mich zu Tode erschrocken hatte, als Marco mir das Foto zeigte, hatte ich dort unten, im schwarzen Wasser, keine Sekunde lang Angst verspürt.

»Nein. Wir haben Pat und Adri einen tierischen Schreck eingejagt, das war alles, was wir wollten. Und mehr ist nicht passiert.«

»Sehr gut, ich will dich nämlich was fragen. Ich habe ein Angebot für dich.«

Verwirrt drückte ich den Hörer dichter an mein Ohr. »So 'ne Art Job?«

Finn lachte. »Es ist ein Job! Und du brauchst nichts weiter zu tun, als zu tauchen.«

»Was soll das für ein Job sein?«

»Du wirst mein Model für Finn's Fins im Ligurischen Meer!«

Ich war so baff, dass ich beinah das Handy fallen ließ. »Was, Marcos Job? Aber warum?«

»Weil ich kein Model finde, das gut genug freitauchen kann und den Mumm hat, mit einem Finnwal zu schwimmen. Ähm, die Sache hat nur eine … Bedingung.« Ich wusste, was kam, bevor er es aussprach. »Du musst dabei als Meerjungfrau verkleidet sein. Ich will so ein Bild, unbedingt!«

Ich starrte raus aufs Meer und hatte keine Ahnung, was ich sagen sollte. Noch mal als Meerjungfrau ins Wasser? Reizte ich mein Glück damit nicht aus?

»Bitte, Lou. Das wird lustig! Marco und du, ihr seid doch ein Spitzenteam. Und er meinte, du kannst den Job gerade gut brauchen.«

Marco hatte nicht unrecht. Ich brauchte einen Job. Und natürlich reizte mich die Sache, auch wenn ich gerade wenig Lust hatte, von hier wegzufahren. »Gut, Finn. Dann lass mal deine Konditionen hören.«

Am Abend rief Pat an. Er wollte den Tieftauchversuch mit dem Schlitten am übernächsten Morgen durchziehen und wir alle mussten dafür am nächsten Tag ins Dive-in kommen und bei den Vorbereitungen helfen. Es durfte nichts schiefgehen, denn diesmal bekam Angel Publikum.

Das Wetter schien unschlüssig, ob es den Tauchgang erlauben sollte. Immer wieder schoben sich Wolkenfetzen vor die Sonne und ließen den Wind auf den Wellen rauschen. Aber am nächsten Tag war der Sturm weitergezogen und das Meer lag ruhig und wartend in der Bucht.

Wir trafen uns früh am Morgen im Dive-in, alle bis auf Angel. Ich hielt Ausschau nach ihm, genau wie Ella, aber sowohl von ihm wie auch von seinem roten Boot fehlte jede Spur.

Pat hatte lokale Journalisten eingeladen und einen befreundeten Fischer gebeten, sie zusammen mit den Schaulustigen in einem Extraboot zum Ort des Geschehens zu bringen. Sie sollten sich abseits halten, um Angel nicht zu stören. Der Tauchversuch bedeutete keinen neuen Rekord, falls er gelang, aber er würde die Leute endgültig von Angels Fähigkeiten überzeugen.

Wir stiegen auf das Tauchboot, an dessen Heck Pat den Schlitten befestigt hatte, und fuhren schweigend hinaus aufs Meer. Mir war übel vor Aufregung, und die Stimmung im Boot war so angespannt, dass ich froh war, als wir unser Ziel erreichten. Hier war die See rau und aufgewühlt und zeigte ein wenig einladendes Gesicht. Aber das kleine rote Boot schaukelte auf den Wellen, und wir alle atmeten auf, als wir Angel tief in seine Meditation versunken sahen.

Pat löste den Schlitten und ließ ihn mit einem Platschen ins Wasser fallen. Dann machten er, Adriano, Marco und Ella sich fertig, um ihre Positionen am Seil einzunehmen. Francesca wuselte nervös zwischen den Tauchern herum und drückte Adriano einen hektischen Kuss auf die Lippen, ehe der Countdown begann. Ich hielt es auf dem Boot nicht mehr aus und sprang ebenfalls ins Meer. Die Menschen in dem fernen Boot starrten gespannt zu uns herüber, und als Angel sich endlich aufrichtete, bildete ich mir ein, das kollektive Raunen auf dem Fischerboot durch das Wasser zu spüren.

Angel glitt ins Meer, das Gesicht starr wie eine Maske. Er trug einen Ganzkörperanzug mit Kopfbedeckung, und er wirkte so fremd darin, dass ich Abstand hielt, als er sich auf den Torpedoschlitten stellte und die Bremse umklammerte. Seine Augen flackerten leicht, und das Seil zitterte, als wäre das Meer ebenso aufgeregt wie ich.

Angel hob den Kopf und wir sahen uns ein letztes Mal an. Ein verrückter Gedanke schoss durch meinen Kopf – so fühlte es sich an, sich von jemandem zu verabschieden. Ein vollkommener Moment. Ich lächelte und Angel lächelte zurück, dann langte seine Hand nach oben, löste die Arretierung und der Torpedo raste los, hinunter ins dunkle Blau, hundertdreißig kalte, einsame Meter weit.

REISE ZU DEN RIESEN

Salziger Westwind blies mir die Haare ins Gesicht, als ich die schwere Schiebetür hinter mir schloss. Solange wir fuhren, war es angenehm an Deck, doch blieben wir stehen, um in die Ferne zu spähen – wie wir es in den letzten zwei Tagen jede Stunde getan hatten –, senkte sich die Maisonne unbarmherzig auf uns nieder und verbrannte innerhalb von Minuten ungeschützte Hautpartien. Das Scheußlichste aber war der Wellengang, das Dauerschaukeln unserer Vier-Mann-Nussschale, die dem heftigen Seegang nur bedingt gewachsen war. Finn hatte sich am ersten Tag noch wacker geschlagen, Pats Wunderpillen sei Dank, nach drei Tagen jedoch half nichts mehr, nur noch der Freischuss über die Reling. Ich hatte ihn seit wir an Bord waren öfter kotzen als reden hören.

»Meinst du, heute ist unser Glückstag?« Marco trat neben mich und ließ Acqua ebenfalls ins Freie wanken.

Ich schob die Sonnenbrille nah an meine Augen und stellte mich in den Wind, damit er die losen Haarsträhnen aus meinem Gesicht blies. »Hast du Mitleid mit Finn?«

Marco schmunzelte und ließ sich auf die Knie nieder, um seinem Hund den Pelz zu kraulen. »Nein«, meinte er, ohne aufzuschauen oder die Hände von seinem Hund zu nehmen, »ich kann es nur kaum abwarten, dich noch mal in dem heißen Meerhexen-Outfit zu sehen.«

»Sehr charmant, Marco.« Ich musste lachen. Es war schön, mit ihm auf diesem Boot zu sein, er spielte den Gentleman für mich und machte mir das Geschaukel so angenehm wie möglich.

Abends zockten wir Karten oder saßen an Deck unter dem endlosen Sternenhimmel und lauschten den Geschichten unseres Skippers, einer toughen Frau namens Gianna. Sie hatte eine rauchige Stimme, eine Haut wie Leder und konnte trinken wie ein Kerl, und ich hatte mich innerhalb einer Stunde in ihren düsteren Humor verliebt. Sie versorgte Finn in regelmäßigen Abständen mit trockenem Brot und Wodka, aber schließlich meinte sie zu ihm: »Bei dir hilft gar nichts, Schätzchen – aus dir wird nie ein anständiger Pirat!«

Die Tage verbrachten wir abwechselnd im Bug des Bootes und spähten nach dem Blas eines Wals. Es hatte sich herausgestellt, dass Finnwale im Ligurischen Meer schwieriger zu finden waren als angenommen. Am späten Nachmittag des ersten Tages waren wir zum ersten Mal einem begegnet, einem riesigen Tier, das allein schwamm, doch bevor wir längsseits kamen und uns umziehen konnten, war der Wal bereits spurlos verschwunden.

Gianna erzählte, dass Finnwale schnelle Tiere waren, sie schwammen bis zu vierzig Kilometer in der Stunde und tauchten zweihundert Meter tief. Wenn sie an die Oberfläche kamen, sah man zuerst einen meterhohen Sprühregen, genannt den Blas, die verbrauchte Atemluft, die der Wal ausstieß und die an der Luft zu kleinen Wassertröpfchen kondensierte. Am Blas erkannte ein Wissenschaftler sogar, um welche Art es sich handelte, aber wir brauchten keinen Wissenschaftler, weil Gianna uns bestätigte, dass wir einen waschechten Finnwal vor uns hatten, immerhin das zweitgrößte Tier der Erde. Viel von dem Wal selbst sahen wir allerdings nicht, nur einen gekrümmten grauen Rücken mit einer windschiefen Finne daran. Dafür hörten wir ihn, als er zum Luftholen an die Oberfläche kam – ein lautes Zischen, das wie ein Raubtier klang.

Der nächste Tag war weniger erfolgreich verlaufen und der heutige ebenfalls, und wir kreuzten nun schon auf Zickzackkurs, um einen Wal zu finden. Sie waren da, irgendwo dort draußen. Doch wie es schien, war ein seltener Blauhai im Mittelmeer leichter aufzustöbern als die wissenschaftlich dokumentierten Vierundzwanzig-Meter-Riesen.

Die Kabinentür öffnete sich quietschend und Finn zwängte sich zu uns ins Freie. Er sah blass aus, aber er lächelte und reckte genüsslich die Nase in den Wind.

Am Abend zuvor hatte er uns erzählt, dass er eine ziemliche Stange Geld geerbt hatte und sich mit Finn's Fins nun einen Kindheitstraum erfüllte. Von Marketing hatte er keine Ahnung, aber er wollte erst einmal allein anfangen und sehen, wie weit er kam, bevor er sich Partner mit ins Boot holte. Ein paar Zweifel plagten ihn wohl dennoch, denn er fragte wie beiläufig: »Was wisst ihr zwei eigentlich über Angel?«

Marco zuckte nur mit den Schultern. »Nicht viel mehr als du. Er hat in Australien als Tauchlehrer gearbeitet. Das war's auch schon.«

Finn runzelte nachdenklich die Stirn. »Und warum hat er diesen Rekord nicht in Australien aufgestellt? Warum der weite Weg bis nach Europa?«

Marco stand auf und sah ihn überrascht an. »Weißt du vielleicht mehr als wir?«

»Ich will nur sichergehen, dass ich mein Geld nicht verschleudere.« Finn sah zwischen uns hin und her. »Okay, Pat hat was erwähnt. Ich will nicht tratschen, ich dachte nur, ihr wüsstet mehr darüber. Es muss einen Unfall gegeben haben, einen Tauchunfall, an dem er beteiligt war. Viel mehr konnte Pat auch nicht sagen, aber er vermutet, dass dieser Unfall der Grund war, warum er plötzlich alles hingeworfen und den nächsten Flieger nach Italien genommen hat.«

»Wow«, machte Marco und wechselte einen Blick mit mir. »Und wir dachten, sein größtes Geheimnis ist dieser Name.«

»Weißt du was darüber?« Finn sah mich direkt an, aber ich schüttelte nur den Kopf. Es passt zusammen, dachte ich. Ein traumatisches Erlebnis hätte den Schmerz erklärt, den er mit nach oben nahm, jedes Mal, wenn er seinen Körper zwang, ans Licht zurückzukehren. Seine Tiefensucht hatte nichts mit Ehrgeiz zu tun, da steckte viel mehr dahinter. Geister. Aber all das hätte Finn nur verwirrt, und wenn ich ehrlich war, war ich ebenso ahnungslos wie alle anderen.

Ich starrte aufs Wasser und versuchte, mich vor ihren Zweifeln zu verschließen. Er war mir so nah gewesen nach seinem Schlittentauchgang, als wir im Wasser auf die anderen gewartet hatten. Verborgen im Blau hatte er nach meiner Hand getastet und seine Finger um meine geschlungen, als wären wir Verbündete, dabei hatte ich nichts getan, außer ihn auf seinen letzten, langsamen Metern ans Licht zu begleiten.

»Ich bin ein paar Tage weg«, hatte ich wie benebelt geflüstert, denn meine Sinne nahmen kaum noch etwas wahr, nur seine Hand, die wie selbstverständlich meine hielt. Mich hielt. »Tauch nicht weg, okay?«

Er hatte leise gelacht. »Haust du mal wieder ab?«

»Noch nicht. Ich soll mit dem Wal schwimmen – für Finn.«

»Wohl eher für Marco.« Die dunkelblauen Augen blitzten amüsiert. »Pass auf, dass du nicht in die falsche Richtung schwimmst.«

»Lou?« Finn legte mir eine Hand auf die Schulter und schaute mir besorgt ins Gesicht. Ich blinzelte und die Meeraugen verschwammen. Vor mir erstreckte sich nur noch endloses blaues Wasser. »He, wenn du kotzen musst, keine Hemmungen! Ich bin da ziemlich abgehärtet.«

»Danke, ich komm vielleicht darauf zurück, wenn Gianna das nächste Mal mit ihrem scheußlichen Wodka anrückt.«

Acqua rollte sich plötzlich herum und sprang auf alle vier Füße gleichzeitig. Er hob witternd die Nase und fing an zu bellen, erst kurz und warnend, dann immer schneller und aufgeregter. Wir beobachteten, in welche Richtung er bellte, und scannten mit meerblinden Augen den Horizont.

»Da!« Marco packte seinen Hund am Halsband und legte ihm eine Hand auf den Kopf. »Ruhig, Junge – du gehst jetzt besser rein, bevor du mir aus lauter Beschützerinstinkt noch hinterherspringst!«

Gianna hatte das Gebell ebenfalls gehört und den Motor gestoppt. Sie hielt sich ein Fernglas vor die Augen und grunzte anerkennend. »Gut, der Hund! Er hat recht. Sind sogar zwei Tiere!«

Und da sah ich sie. Zischende Gischtwolken, die vor uns in der warmen Luft verdampften. Zwei graue Berge erhoben sich majestätisch aus der rauen See, verharrten kurz und sanken wieder. Eine unbändige Sehnsucht packte mich. Ich wollte da rein, wollte sehen, was sie sahen, spüren, was sie spürten, und vor lauter Euphorie wäre ich beinah auf dem glitschigen Deck ausgerutscht. Marco packte mich am Arm und fing mich gerade noch auf.

»Diesmal schaffen wir es, Lou.«

Wir sprinteten in die Kabine und Marco zog im Eiltempo seinen Tauchanzug hoch. Dann half er mir, meine Beine in die Meerjungfrauenhaut zu zwängen. Wir hatten den Überzug für die Monoflosse neu nähen müssen, weil der alte Finns Logo verdeckte, außerdem hatten wir neue Pailletten und Muscheln aufgenäht, damit der Fischschwanz noch realer wirkte. Marco sah verlegen weg, als ich mein Oberteil auszog und die Muschelschalen gegen meine Brüste presste.

»Stell dich nicht an, ist doch nicht das erste Mal!«

Seine Finger zitterten ganz leicht, als er den Knoten festzog, aber seine Hände lagen warm und angenehm vertraut an meiner Haut. Dann hob er mich auf seine Schultern und trug mich.

Die Sonne brannte vom Himmel, trotzdem spürte ich eine Gänsehaut auf Armen und Bauch. Die Wale ragten noch immer wie graue Steinriesen aus dem Blau empor, näher nun, da unser Motor mit sanften Stößen in ihre Richtung stampfte.

Mein Herz klopfte wie wild, aber ich musste mich beruhigen, denn Adrenalin fraß Sauerstoff wie Feuer Dynamit. Atmen, Lou, tief in den Bauch atmen. Stille ist alles, was du mitnehmen musst. Und keine Angst haben – das Wasser spürt deine Stimmung und spiegelt sie wider. Jetzt lass los. Gut so.

Finn hielt mir einen Spiegel hin und ich verschmierte schlammbraune und glitschgrüne Mascara in meinem Gesicht. Mit meinen Haaren brauchte ich keine Kunststücke anzustellen, sie sahen dank Wind und Salzluft von ganz allein wie eine Katastrophe aus. Ich band schnell die zwei Muschelfäden hinein, die Francesca mir in der Nacht vor meiner Abreise gebastelt hatte, dann spürte ich auch schon, wie der Motor stoppte und Gianna zu uns an Deck gepoltert kam.

Finn kniete sich vor mich hin und überprüfte, ob die Monoflosse sicher an meinem Fuß saß. »Keine Angst, Lou. Finnwale sind Bartenwale, sie fressen nur Krill und kleine Fische. Du passt überhaupt nicht in ihr Beuteschema, geschweige denn durch ihren Schlund.«

»Lou hat keine Angst«, hörte ich Marco hinter mir. »Sie taucht mit Monsterhaien, schon vergessen?«

Ich drehte mich zu ihm um und lächelte ihn an. »Ich werde euren armen Walen den Schreck ihres Lebens verpassen. Schließlich hab ich sogar einen Hai vertrieben.«

Eine laute Dampfwolke verwirbelte die Luft, lauter nun und größer. Wir waren ihnen nahe gekommen, näher, als ich einem Wal je zuvor gewesen war. Marco packte seine Nikon fester, die seit drei Tagen sicher in ihrem Sea&-Sea-Gehäuse steckte und zwei externe Blitze an seitlichen Armen trug. Er öffnete den Ausstieg, kletterte auf die Leiter und sah mich an.

»Bereit?«, fragte er.

Mein Magen kribbelte wie verrückt, also nickte ich nur. Marco sprang zuerst ins Wasser und machte ein paar Aufnahmen vom Rumpf, um die Einstellungen zu überprüfen.

»Alles klar!«

Er winkte mir zu und ich ließ mich rücklings ins Meer fallen.

Die Kälte lähmte mich, aber ich atmete langsam weiter und versuchte, mich ganz auf meine Umgebung zu konzentrieren. Im Sonnenlicht sah das Wasser leuchtend blau aus und in meinen Ohren begann es zu rauschen. Ich paddelte los, damit mir warm wurde, und spürte, wie Marco mir folgte. Es war gar nicht so einfach, vorwärtszuschwimmen und gleichzeitig nach den Walen Ausschau zu halten, weil ich immer wieder in Wellentäler geriet. Aber wozu hatte ich schließlich trainiert? Ich sperrte die Luft in meine Lungen, schwamm unter der nächsten Welle durch und sank.

Als ich auf einen Schatten zuhielt, glaubte ich zuerst, ich hätte die Orientierung verloren und vor mir läge der Rumpf des Bootes. Dann bemerkte ich, dass ich viel zu tief dafür war und die gebrochenen Lichtstrahlen weit über mir mit den Wellen spielten. Der Schatten glitt näher heran, ebenso lautlos wie ich, und auf einmal sah ich ihn in seiner ganzen Pracht vor mir: einen lang gezogenen schlanken Körper von vielleicht zwanzig Metern Länge. Kleine Fische wuselten unter seinem hellen Bauch herum und versuchten, sich dort zu verstecken. Der Wal rührte sich nicht, perfekt austariert schwebte er schwerelos auf mich zu und zog in einigen Metern Abstand vorbei. Ein Blitzlicht zuckte durch das Wasser und mit einem Mal erinnerte ich mich wieder an meine Aufgabe – ich nahm Schwung, legte all meine Kraft in meine Beine und versuchte, dem Wal so meerjungfrauenmäßig wie möglich zu folgen. Erneut zuckten Blitze, der Wal bewegte einmal behutsam seine Fluke und schwamm davon.

Prustend kämpfte ich mich durch die Wellen und schnappte hektisch nach Luft. Es machte mich verrückt, dass ich meine Beine nicht rühren konnte. Marco kam neben mir an die Oberfläche und drückte mit einer Hand auf seiner Kamera herum.

»Mist, ich war abgelenkt«, japste ich.

»Kein Problem. Wir machen dasselbe gleich noch mal. Versuch mal, dass du längsseits von ihm bleibst. Das Licht ist super, ich hoffe nur, wir verschrecken sie nicht.«

Wir tauchten wieder, ich voran, und es dauerte nicht lang, da fanden wir sie im dichteren Blau. Sie waren neugierig auf uns – oder auf mich und meinen Fischschwanz? Einer der Wale drehte eine Runde und schwamm dann wieder auf uns zu.

Erst jetzt bemerkte ich, wie unterschiedlich sie waren, der Wal, der sich neben mir befand, war viel größer und ein gutes Stück länger als sein Gefährte. Wir hatten es mit einem Pärchen zu tun!

Die größere Walkuh bewegte sich nicht oder so sacht, dass ich es kaum bemerkte. Plötzlich war sie ganz nah und ich konnte ihr tellergroßes, schimmerndes Auge erkennen. Wir sahen uns einen Moment lang an, als hätten wir uns tausend Dinge zu erzählen. Ich spürte den Schlag ihres riesigen Herzens durch das Wasser und hielt ganz still. Da zerstörte ein heller Lichtblitz den Zauber. Die Walkuh schloss ihr Lid und schwebte weiter, ebenso reglos wie zuvor.

Mein Herz raste und ich wollte schreien vor Begeisterung, also drehte ich mich zu Marco um und gab ihm Zeichen, dass ich aufsteigen musste.

»Oh mein Gott«, keuchte ich atemlos. »Ein paar Sekunden länger und wir hätten wirklich so was wie eine Unterhaltung geführt.«

Marcos Augen glühten. »Tut mir leid, aber du hast keine

Ahnung, wie das ausgesehen hat! Ich musste abdrücken, ich musste einfach.«

Ich hielt nach den grauen Rücken Ausschau, doch um mich sah ich nur Wellenberge mit Gischtkronen anstelle der schmalen Finnen. Diesmal durfte ich mich nicht ablenken lassen – wir hatten einen Job zu erfüllen, ich musste wenigstens ein Mal neben ihnen schwimmen!

Die Wale zogen wie in Zeitlupe unter uns vorüber, doch sie waren so tief, dass ich ein gutes Stück tauchen musste, um an die Seite des Männchens zu gelangen. Die Lichtstrahlen fielen wie Regen durch die Wasserdecke auf uns nieder. Ich bewegte mich automatisch, ohne zu denken, versuchte, die Bewegungen des Wals zu imitieren, und merkte, wie wenig Kraftaufwand nötig war, wenn man die Monoflosse richtig einsetzte. Der Wal und ich glitten tiefer und tiefer, durch zuckende Lichtblitze, bis der Druck auf meine Ohren zu groß wurde und ich es aufgab, ihnen zu folgen. Die Wale schwebten nebeneinander ins Dunkle und berührten sich, so als würden sie einander an den Flossen halten.

Eine Hand packte mich und zog mich mit sich nach oben. Marco hielt mich fest und winkte mit beiden Armen zum Boot hinüber.

Enttäuscht suchte ich die Wellen nach den Walen ab. »Müssen wir gehen?«

»Ja, wir müssen gehen. Du warst viel zu tief und viel zu dicht an ihnen dran! Das sind immer noch wilde Tiere, Lou, die hätten dich …« Er biss sich auf die Lippe.

Ich musste lachen, und dann beugte ich mich vor und küsste ihn auf die Wange. »Danke!«

Er schaute mich überrascht an. »Wofür war der denn?«

»Weil du mich mitgenommen hast!«

Wir kletterten zurück an Bord, und Finn half uns, Flossen und Verkleidung abzustreifen. Er konnte es kaum abwarten, Marcos Kamera in die Hände zu bekommen, und klickte sich mit bebenden Fingern durch die Bilder. Gianna brachte große Frotteehandtücher und wickelte uns mütterlich darin ein, und ich merkte erst jetzt, wie ausgekühlt ich tatsächlich war. Dann brachte sie vier Becher mit ihrem scheußlichen Wodka, aber weil wir etwas zu feiern hatten, griff ich zu und stieß mit Marco an, der übers ganze Gesicht strahlte.

Gianna hielt Finn den letzten Becher unter die Nase. »Wie sieht's aus, willst du ihn erst trinken oder soll ich ihn gleich über Bord kippen?«

Hinter uns ertönten wieder die Zischlaute, und als ich mich umdrehte, sah ich, wie die beiden Tiere ihre riesigen Schwanzflossen synchron aus dem Wasser hoben und lautlos im Meer verschwanden.

Der Mond hing als schlanke Sichel am Himmel, während Marco die Vespa über die schlafenden Straßen lenkte. Acqua kauerte zwischen seinen Beinen und grunzte im Schlaf, als Marco vor dem dunklen Tor hielt und den Motor abstellte. Das Haus lag in vollkommener Dunkelheit, genau wie vor ein paar Wochen, als ich hier angekommen war – und ich verspürte eine tiefe Sehnsucht nach der Stille darin. Langsam löste ich meine Hände von Marcos Hüften, stieg ab und nahm den Helm ab, den er mir geliehen hatte.

»Danke«, sagte ich leise. »Für den Job.«

»Du musst mir nicht danken.« Er neigte leicht den Kopf und ließ den Helm in seine Armkuhle fallen.

»Stimmt, ohne mich hätte das alles ja auch nur halb so viel Spaß gemacht!«

Seine Augen flackerten und er strich mir ein paar verirrte Haarsträhnen aus dem Gesicht. Dann beugte er sich vor und drückte seine Lippen auf meine.

Im ersten Moment war ich zu perplex, doch mein Körper reagierte von allein. Der Geschmack eines anderen Kusses erwachte in meiner Erinnerung und meine Hände schoben ihn von mir weg.

Marco wich erschrocken zurück und fuhr sich mit der freien Hand über den Kopf. »Oh Mann, tut mir leid! Ich dachte … Vergiss es einfach.«

Ich brachte ein paar Schritte Sicherheitsabstand zwischen uns. »Das würde nicht funktionieren, Marco. Nicht mehr.«

»Gibt's einen anderen?« Er lächelte, obwohl er verletzt aussah.

»Nein.« Glatt gelogen, dachte ich. Aber wozu ihm noch mehr wehtun? »Und damit hat das auch gar nichts zu tun.«

Er packte mit beiden Händen den Helm und stülpte ihn über seinen Kopf. »Tja dann – schlaf gut.«

»Du auch.« Ich blieb stehen, bis Marcos Rücklichter um die Kurve verschwunden waren und ich allein vor dem riesigen Eisentor stand. Nun fühlte sich das tatsächlich an wie ein Déjà-vu, fehlte bloß noch, dass ich über die Zacken kletterte und im Garten einen schlafenden Fremden überraschte. Doch als ich gegen die Eisenstreben drückte, stellte ich überrascht fest, dass das Tor unverschlossen war.

Verwirrt schob ich es ein Stück weit auf und trat hindurch. Ich hatte nicht vergessen abzuschließen, ganz bestimmt nicht! Aber wer hatte das Tor geöffnet? Und wozu? Mein Bauch flatterte unruhig und mit jedem Schritt wuchs das flaue Gefühl, bis ich um die Kurve trat.

Ein Auto parkte unter den Palmen.

Vor lauter Schreck blieb ich stehen. Es war ein dunkelblauer Phaeton mit italienischem Kennzeichen. Ich kannte das Auto nicht, aber es kamen nicht viele Menschen infrage, die so ein Auto hier abstellen würden, noch dazu mitten in der Nacht. Die Fenster waren dunkel, das Haus schlief. Doch in die Salzluft mischte sich ein neuer Geruch, der unpassende, aber vertraute Duft nach Parfüm.

Mein Magen überschlug sich, als ich die Haustür aufschloss und in die dunkle Diele trat. Im Haus setzte sich der seltsame Geruch fort – doch, ich kannte ihn, er war schon oft hier gewesen. Damals, als Großmutter noch lebte.

Ich schlich nach oben, die böse Ahnung wie einen Schatten hinter mir herziehend, und öffnete vorsichtig die Tür zu Sophias Zimmer. Erleichterung spülte meine Anspannung weg, als ich sah, dass niemand in dem Bett lag, doch dann bemerkte ich, dass unter der Tür des Nähzimmers ein schmaler Lichtstreifen schimmerte, wie von einem Nachtlicht. Leise machte ich zwei Schritte darauf zu, aber mit jeder Bewegung schien die Luft schwerer zu werden und auf meinen Körper zu drücken. Wie tiefes Wasser.

Verdammt, wieso war sie hier? Wie hatte sie mich gefunden? Ich war noch nicht bereit, ich hatte noch keinen Plan, wie es mit mir weitergehen sollte. Der Druck wich erst von mir, als ich auf Zehen den Rückzug antrat. Ich konnte verschwinden, es wäre ganz leicht. Lautlos, schnell. Aber dann wurde mir klar, dass es keinen anderen Ort gab, an den ich gehen konnte.

Das miese Gefühl kam zurück, als ich mich meinem Zimmer näherte. Es sprang mich an, kaum lagen meine Finger auf der Klinke, und biss mir in den Nacken, als ich den Raum betrat.

Mein Bett war belegt, und die Person, die darin lag, musste auf mich gewartet haben, denn sie schlug die Augen auf und lächelte süffisant, als sie den Schreck in meinem Gesicht sah.

»Hallo, Schwesterchen!«

Sophia setzte sich auf, aber noch war ich nicht bereit, ihre Nähe zu ertragen.

»Du träumst nicht, ich bin es wirklich.«

»Ich träume nicht von dir«, sagte ich.

Eine schräge Falte erschien auf ihrer Stirn. »Wir haben dich überall gesucht, Lou. Wir dachten, dir ist was Schlimmes passiert. Mama war krank vor Sorge!«

»Du lügst doch, Soph. Ich habe in der Schule einen Brief hinterlassen und gesagt, dass ich weggehe. Sie hat gewusst, dass ich nicht entführt und verschachert worden bin.«

Ob sie sich das Wiedersehen tatsächlich anders ausgemalt hatte oder einfach nur beleidigt war, weil ich sie so bissig auf Abstand hielt, konnte ich nicht erraten. Sophia sah mich bestürzt an, gerade so, als würde sie jeden Moment in Tränen ausbrechen. »Ja, glaubst du denn, deshalb machen wir uns keine Sorgen? Keiner wusste, wo du bist, niemand in der Schule, deine Freunde nicht, du schmeißt einfach dein Abi hin und denkst, damit vergessen wir, dass es dich gibt?«

»Ich bin volljährig, falls du nicht mitgerechnet hast. Ich kann gehen, wohin ich will.«

Ich fühlte mich so schrecklich müde und ausgelaugt. Der Tag war aufregend und anstrengend gewesen und ich hatte die letzten Nächte auf dem schaukligen Boot nicht gut geschlafen. Aber eine Sache musste ich wissen, bevor ich sie aus meinem Zimmer warf.

»Wie seid ihr darauf gekommen, wo ich bin?«

»Das Mädchen hat es mir gesagt. Sie hat mich auf Facebook angeschrieben.«

Jetzt faltete sich meine Stirn. »Welches Mädchen?«

Sie lächelte wieder. »Komm her, dann sag ich es dir!«

Das war typisch Sophia. Ich wartete noch einen Moment, ob sie bluffte, dann drehte ich mich um und wollte die Treppe hinunter. Aber so weit kam ich nicht, denn Sophia sprang aus dem Bett und hastete mir nach.

»Lou, warte – bleib hier!« Sie wagte nicht, mich anzufassen, aber sie versperrte mir den Weg. Ich musste hochschauen, um ihre Augen zu sehen. Sie war noch größer und schöner geworden, ihre Haare eine Spur heller, ihre Figur graziler. Sie sah exakt aus wie unsere Mutter auf den alten Fotos, eine Kopie in jung.

»Lass mich durch, ich bin müde. Reden wir morgen.«

»Ich lass dich ganz bestimmt nicht aus den Augen, damit du wieder abhauen kannst!«

»Soph, geh mir aus dem Weg!« Meine Kinnmuskeln verkrampften und ich machte einen Schritt auf sie zu. Allein ihr Anblick genügte, um die alte Wut wieder hervorzubringen und den Frieden zu zerstören, der mit mir in diesem Haus gewohnt hatte. Nun hatte ich endgültig kein Heim mehr, keinen Ort, der zu mir gehörte und an dem ich bleiben konnte.

Meine Schwester ließ die Schultern sinken und gab den Weg frei. Mit einem Mal sah sie traurig aus. »Na schön, dann hau eben ab. Ich hab sowieso nicht kapiert, wieso du ausgerechnet an den Ort kommst, wo wir dich garantiert finden.«

Meine Beine gaben unter mir nach. Ich musste mich gegen die Wand lehnen, sonst wäre ich hier vor ihr zusammengeklappt. Sophia nutzte den Moment der Schwäche, fiel mir um den Hals und drückte mich an sich. Widerstandslos ließ ich mich von ihr rückwärts in mein Zimmer schieben und aufs Bett setzen, zu müde, um mich zu wehren.

»Jetzt sag schon«, forderte ich sie matt auf. »Wer hat mich verraten?«

»Diese rothaarige Irin, wie hieß sie gleich? Ella Jones. Sie hatte diesen süßen Zwillingsbruder, weißt du noch? Wir haben manchmal mit ihnen am Strand gespielt.«

Ella, dieses hinterhältige Biest! Sie musste auf meiner Facebook-Seite gesehen haben, dass alle nach mir suchten, und dachte wohl, auf diese Weise hätte sie Angel wieder für sich. Aber die würde sich noch wundern. Plötzlich kam mir ein völlig verrückter Gedanke: Angel wohnte im Nirgendwo, er kam und ging, wie es ihm gefiel. Wir hatten nie darüber gesprochen, wie es nach dem Rekordversuch weiterging, aber so schnell würde ich meine neu gewonnene Freiheit nicht aufgeben.

»Ich hatte einen anstrengenden Tag, Soph, ich muss jetzt wirklich schlafen.«

Sie rutschte zur Seite und legte die Decke über meinen Körper. Ich versuchte, nur auf das Meeresrauschen zu hören und das Salz der See zu riechen, das den lauernden Parfümduft zudeckte. Dann ließ ich mich fallen und sank in dem Augenblick in tiefen Schlaf, in dem mein Kopf das Kissen berührte.

Ich erwachte vom Schlagen meines eigenen Herzens und von Sophias Ellbogen, der sich schmerzhaft in meine Rippen bohrte. Mein Körper pochte und ich fuhr hoch, halb erschrocken, dass sie tatsächlich neben mir lag und ich mir ihren Geruch nicht nur eingebildet hatte, halb erleichtert, dass sie es nicht doch in meine Träume geschafft hatte. Ohne besonders leise zu sein, stand ich auf und wühlte ein frisches Top aus meinem Schrank. Überall lagen Sophias Sachen herum, als hätte sie sich in meinem Zimmer eingerichtet, um mich daraus zu vertreiben.

Der Gang war leer, dann sah ich, dass die Tür zum Nähzimmer ein Stück offen stand. Ich ging hinüber und wieder traf mich der altvertraute Geruch wie eine Faust in den Magen.

Die Sachen meiner Mutter waren akkurat über die Lehne eines Stuhls sortiert, der Koffer in der Ecke verstaut. Das Bett war frisch bezogen und sauber gemacht und jemand hatte einen Strauß Blumen ans Fenster gestellt.

Von unten hörte ich das Klappern von Geschirr und die schnellen Schritte meiner Mutter, also floh ich ins Bad, verriegelte die Tür und lehnte mich von innen dagegen. Ich atmete tief ein und wieder aus und schloss die Augen.

»Ich weiß gar nicht, was du hast«, hatte Anne geflüstert, als meine Eltern im Januar, nur zwei Wochen nach den Weihnachtsferien, mit Blumen und Pralinen bewaffnet im Internat aufgekreuzt waren. »Sie sind doch echt nett!«

Aber sogar die gutmütige Anne hatte ihre Meinung geändert, als sie unfreiwillig zur Zeugin unseres Streits wurde und die Verwandlung im Gesicht meiner Mutter miterlebte, als ich mich weigerte, auf ihr Angebot einzusteigen. »Wie kann man sein Leben nur so wegwerfen! Ich hätte alles für die Chance gegeben, die wir dir bieten! Du bist eine Enttäuschung für uns, Louise.«

Ich machte die Augen wieder auf, atmete noch einmal tief durch und schälte mich aus dem klebrigen Shirt, das ich seit meiner Rückkehr aus dem Wasser trug. Dann stellte ich mich unter den heiß-kalten Duschstrahl und versuchte, nicht an das bevorstehende Gespräch zu denken.

In der Küche stand eine neue Espressomaschine, aber ich rührte das Gerät nicht an, sondern kippte nur kalte Milch in ein Glas. Durch die langen Fenster zur Veranda konnte ich den akkurat aufgerollten Haarknoten meiner Mutter sehen, den sie über eine Zeitung oder ein Magazin gebeugt hatte. Sie war allein, dabei hatte ich gehofft, mein Vater wäre auch mitgekommen, weil er der Einzige war, der nicht herumschrie, wenn unsere Auseinandersetzungen zu heftig wurden.

Meine Mutter drehte sich um und stand auf, als ich barfuß nach draußen tappte. Sie trug enge blassbeige Caprihosen zu einer fliederfarbenen Bluse, die perfekt mit ihren hellblauen Augen harmonierte. »Louise«, sagte sie nur.

»Hallo, Mama.«

Eine ganze Weile standen wir nur so da und sahen uns an, während ich versuchte, in ihren Augen zu lesen. Sie blieben ruhig und fokussiert, eine perfekte Maske in einem perfekten Gesicht.

»Setz dich doch«, bat sie sachlich.

Ich ließ mich steif auf einen Stuhl nieder und stellte mein Glas unangetastet vor mir auf den Tisch. Hinter mir hörte ich Schritte, dann kam Sophia mir mit zwei Tassen Kaffee hinterher und stellte eine davon klirrend vor unserer Mutter ab, ehe sie sich auf einem Stuhl ganz klein machte und die Beine anzog, wie ein Zuschauer, der unbemerkt bleiben will.

Meine Mutter nickte Sophia dankbar zu und sah mir wieder fest in die Augen. »Wie geht es dir?«

»Gut«, gab ich zurück.

Sie zog ein quadratisches, in Geschenkpapier gewickeltes Päckchen aus ihrer Handtasche. »Deine Schule hat es uns zurückgeschickt, zusammen mit deinen Sachen.« Sie schob mir das Paket hin. »Nachträglich alles Gute zum achtzehnten Geburtstag, Louise.«

»Danke.« Mehr aus Höflichkeit griff ich nach dem Paket und spielte mit dem Bändchen, machte es aber nicht auf. »Es gab keine Party, sonst hätte ich euch eingeladen.«

Sophia gluckste verhalten und stützte das Kinn auf die Knie. Warum verschwand sie nicht und ließ uns allein? Musste sie immer über alles Bescheid wissen, was mich betraf?

Meine Mutter schlug die Beine übereinander und nippte an ihrem Kaffee. »Möchtest du dein Geschenk gar nicht auspacken?«

Ohne richtig hinzusehen, riss ich das Papier von dem Paket. Ein apricotfarbenes Kästchen kam zum Vorschein, mit einem Deckel zum Aufklappen. Darin lag ein winziger Anhänger aus Gold, der die Form eines Apfels oder einer Aprikose besaß. Ich fuhr mit zwei Fingern darunter und zog die ganze Kette heraus, schlanke, kühle Glieder aus mattem Gold, die sich schwer und erdig anfühlten.

»Danke«, sagte ich wieder und ließ die Kette schnell in ihr Bett zurückgleiten.

»Ich nehme an, der Sohn von Signor Ragazzo hat dir geholfen, unbemerkt hier zu wohnen.«

Das war keine Frage, also antwortete ich auch nicht darauf.

Meine Mutter lehnte sich in ihrem Stuhl zurück. »Dann weißt du vermutlich auch, dass es einen Interessenten für das Haus gibt. Sobald er Zeit hat, fliegt er her und sieht es sich an. Das bedeutet also, wir werden alle mit anpacken und Großmutters Haus in seinem besten Licht präsentieren.«

Wie versteinert sah ich sie an. Meine Empfindungen hatten ausgesetzt, ich hörte weder das Meer, noch spürte ich die Sonne auf meiner Haut, die inzwischen warm und leuchtend über uns stand.

»Ist das alles?«, fragte ich so neutral wie möglich.

»Nein, das ist nicht alles.« Ihre Miene blieb gefasst, aber hinter ihren Augen brannte es. »Wenn ich wir sage, meine ich uns alle, Louise. Auch dich. Ich finde, deine Mithilfe ist das Mindeste, was wir als Gegenleistung von dir erwarten können.«

»Das wird nicht funktionieren. Ich habe einen Job in einer Tauchschule. Da hab ich Verpflichtungen.«

Meine Mutter stellte betont beherrscht die Tasse ab. Sie hatte sich gut im Griff, sah aber eindeutig wütend aus. Sophia kauerte sich auf ihrem Stuhl zusammen und versuchte, unsichtbar zu bleiben.

»Dein Vater und ich machen dir ein Angebot, Louise. Wir haben lang diskutiert, ob wir dein Verhalten sanktionieren sollen, aber wir geben uns die Schuld an dem Konflikt. Wir hätten dich nicht in das Internat gehen lassen sollen. Zwei Jahre geografische Distanz haben uns wohl entfremdet.«

Konflikt? Entfremdung? Ich schüttelte nur leicht den

Kopf. Was immer jetzt kam, was immer sie sich ausgedacht hatten – ich würde nicht darauf einsteigen.

Meine Mutter sah sich um. Auf einmal schien die ruhige Schönheit dieses Ortes wieder greifbar für sie. Für einen kurzen Moment schloss sie die Augen und atmete tief die klare Seeluft. Dann wurde ihr Blick erneut ernst und geschäftsmäßig.

»Du kannst im Haus bleiben, bis der Sommer vorbei ist. Im Gegenzug fordern wir von dir, dass du dein Abitur nachholst und im nächsten Jahr an die Universität nach England gehst. Sobald du dort deinen Abschluss gemacht hast, kannst du deine Zeit in Tauchschulen verbummeln, wenn es das ist, was du vom Leben willst.«

Ich rührte mich nicht, aber etwas in mir fiel ein wie ein Kartenhaus. Sophia lächelte hinter ihren Kniescheiben und sah aus, als wüsste sie genau, was in mir vorging. Meine Mutter trank ihren Kaffee aus und holte einen Timer aus ihrer Handtasche, aber bevor sie ihn aufschlagen konnte, quietschten die Scharniere am großen Tor und ich hörte ein großes Auto die Einfahrt heraufrollen. Ganz plötzlich stoppte der Wagen, wahrscheinlich weil der dunkelblaue Phaeton ihm den Weg versperrte. Eine Autotür schlug zu. Dann sprang Acqua die Stufen zur Veranda herauf und schlabberte freudig meine Hände ab.

Marco blieb wie festgewachsen an der Hausecke stehen und starrte uns erschrocken an. Offenbar hatte er heute Morgen noch nicht mit seinem Vater gesprochen oder aber Signor Ragazzo hatte ihn absichtlich ins offene Messer laufen lassen.

»Frau Larusso«, stammelte Marco mit hochrotem Kopf. Er bohrte seine Hände tief in die Taschen und schlich wie ein ertappter Hund auf die Stufen zu. »Ich – ähm – mein Vater schickt mich, ich soll die Pflanzenkübel austauschen und sehen, ob – also – ob …« Er verstummte und sah mich hilflos an.

»Vielen Dank«, sagte meine Mutter. »Ich weiß sehr zu schätzen, wie Sie alle sich um das Haus meiner verstorbenen Schwiegermutter kümmern. Aber heute brauchen wir Ihre Dienste nicht, junger Mann. Kommen Sie ein andermal wieder.«

Marco versuchte verzweifelt, den direkten Blickkontakt mit ihr zu vermeiden, und nickte schnell. »In Ordnung, dann … dann rufen Sie doch einfach an, wenn Sie – äh – abreisen.«

Meine Mutter seufzte und stand auf. Eine Strähne löste sich aus ihrem Dutt und fiel ihr locker ins Gesicht, aber sie zwang sie sofort zurück in den Knoten. Marco schluckte und sah ihr mit großen Augen hinterher, wie sie zum Haus ging und die Terrassentür aufschob.

Bevor sie über die Schwelle trat, hielt sie inne und drehte den Kopf zu uns. »Ach, und Marco – dass Sie Ihrem Vater verschwiegen haben, wo sich der Schlüssel befindet, wird noch ein Nachspiel haben. Das dürfen Sie ihm gern ausrichten.«

Die Vorhänge schluckten die schlanke Gestalt meiner Mutter und ich atmete tief durch, zum ersten Mal seit fast einer Stunde.

Marco sah mich entsetzt an. »Warum hast du mir nichts gesagt?«

»Weil sie es nicht wusste«, mischte Sophia sich ein. »Wir wollten sie überraschen!«

»Der wird mir den Kopf abreißen.« Marco starrte an uns

vorbei Richtung Meer und pfiff Acqua zurück, der eben sein Bein an einem Strauch heben wollte.

»Warum bist du gekommen? Hast du was von Pat gehört?«

»Nein, ich wollte dich fragen – also, heute Abend gibt's 'ne Party am Strand, alle werden da sein. Aber unter den Umständen vergessen wir das besser.«

»Eine Party?« In Sophia kam plötzlich Leben. »Nein, warum denn? Wir haben die nächsten Tage noch genug Zeit, das Haus auf Vordermann zu bringen, eine Party ist genau das, was wir heute brauchen, stimmt's, Lou?«

»Ist mir egal«, murmelte ich abwesend. In meinem Kopf wirbelte alles durcheinander, bis ich nur noch dumpfes Nichts fühlte.

Marco schien es ziemlich eilig zu haben, von hier wegzukommen. Er packte seinen Hund am Halsband und floh förmlich von der Veranda.

»He«, rief Sophia ihm nach. »Kannst du uns mitnehmen zu dieser Party?«

Er blieb stehen und warf mir einen fragenden Blick zu, aber ich hob nur die Schultern. »Klar. Ich hol euch bei Sonnenuntergang ab.«

Keine Ahnung, wie es jetzt weiterging – aber eine Party würde meine Probleme ganz bestimmt nicht lösen.

Über dem Meer in der Lacona-Bucht lag die Nacht, während am Strand lauter kleine Inseln aus Licht entstanden waren. Unzählige Fackeln und Lampions tauchten die vielen Menschen in flackernde Farben und erzitterten unter dem hämmernden Bass aus den riesigen Lautsprechern.

Ich griff nach Marcos Hand, als wir über den Sandboden

liefen. Er war extrem schweigsam, seit er uns vor dem Tor aufgesammelt hatte, was nicht verwunderlich war, weil Sophia unentwegt plapperte. Ihre Füße steckten in blassblauen Schuhen mit roten Pfennigabsätzen, die ständig unter ihr wegsackten, bis sie sie schließlich entnervt auszog.

»Ihr zwei seid so ein süßes Paar«, sagte sie grinsend und stieß Marco von der Seite an. »Verdirb es dir nicht mit ihr, den Sommer über ist sie dein Boss!«

»Halt die Klappe, Soph«, zischte ich, aber bevor sie weiterfrotzeln konnte, hörte ich meinen Namen.

»Lou! He, Lou!« Pat kämpfte sich durch einen Pulk tanzender Körper zu uns durch. »Ich hab die Fotos gesehen, du warst der Hammer! Irgendeine Chance, die Nummer in die Sommersaison einzubauen, für unsere Nachttauchgänge oder so?« Er grinste, dann schweifte sein Blick ab und er hob neugierig die Brauen.

»Pat, du kennst bestimmt noch meine Schwester.« Ich hatte keine Lust, jetzt mit ihm zu reden, und so wie er guckte, war es leicht, ihn loszuwerden. »Soph, das ist Ellas Bruder, den du damals so süß gefunden hast.«

Meine Schwester lachte nur und warf geziert die Haare zurück. Dann drückte sie mir ihre Schuhe in die Hand, beugte sich vor und küsste Pat rechts und links auf die Wange. Bevor er völlig den Fokus verlor, hängte ich mich an seine Schulter und rief in sein Ohr: »Hast du eine Ahnung, wo Angel steckt?«

»Nö«, gab Pat zurück, ohne mich anzusehen. »Frag Ella, sie sucht ihn auch schon den ganzen Abend.«

Ich nutzte die Chance und verdrückte mich. Marco folgte mir unaufgefordert.

»Wie haben sie dich gefunden?«

»Ella«, knurrte ich. »Sie hat Soph über Facebook angeschrieben und mich verraten.« Ich merkte, dass ich noch immer Sophias Schuhe mit mir herumschleppte, und hängte die Dinger ins Dunkel an einen Ast.

»War doch klar, dass sie dich früher oder später hier finden. Und wie ist es gelaufen?«

Ich ging ein paar Schritte von ihm weg, damit ich Platz für meine angestaute Wut hatte. »Sie erpressen mich natürlich! Ich darf den Sommer über bleiben, wenn ich danach zurückgehe und das tue, was sie von mir wollen. Aber das können sie vergessen, lieber hau ich wieder ab!«

»Kannst du nicht versuchen, mit ihnen zu reden? Es bringt doch nichts, wenn du jetzt wieder wegläufst.«

»Das hab ich doch versucht! Ich bin vor zwei Jahren ins Internat gegangen, weil ich dachte, da kann ich endlich für mich selber entscheiden. Und was passiert? Kurz vor Ende stehen sie vor der Tür und präsentieren mir mein zukünftiges Leben. Louise, wir haben einen Studienplatz für dich. Louise, du bist undankbar. Louise, du musst lernen, dass man für Privilegien Opfer bringen muss. Ich mag nicht mehr, verstehst du? Die zerren mich von hier nach da, mein ganzes Leben schon! Ich mach das nicht mehr mit!«

Marco blieb stehen und starrte mich entgeistert an. »Wow, ganz ruhig. Was ist so schlimm an einem Studienplatz?«

»Weil es ihre Entscheidung ist! Sie haben immer alles bestimmt. Wo wir leben, was wir anziehen, was für Musik wir spielen müssen. Welche Freunde wir haben dürfen und welche nicht. Du kennst mich nur hier, Marco, aber hier bin ich nicht dieselbe. Ich schwöre dir, dieses Mädchen, das ich zu Hause war, hättest du nicht leiden können.«

Ich setzte mich wieder in Bewegung und versuchte, ruhig ein- und auszuatmen. Marco holte mich ein und wir drängten uns hintereinander durch eine tanzende Menschentraube. Da entdeckte ich Ella, die hinter der Fackelkette stand und Flyer verteilte. Ein paar Typen umringten sie, tippten auf ihren Smartphones herum oder schüttelten immer wieder ungläubig den Kopf. Ella wirkte geschäftig, sie redete und lachte und gestikulierte, und diese Fröhlichkeit machte mich nur noch wütender. Als sie mich erkannte, stockte sie kurz und sah mich fast erschrocken an, redete dann aber weiter, als wäre nichts geschehen.

»Lass es«, hörte ich Marcos Stimme dicht an meinem Ohr. »Du machst es nicht besser, wenn du dich jetzt mit ihr anlegst.«

»Sie hatte kein Recht, sich einzumischen«, gab ich zurück.

»Trotzdem kann sie nichts dafür, dass du Schwierigkeiten mit deinen Eltern hast.« Marco legte mir die Hand auf die Schulter und hielt mich zurück. »Komm schon. Sinn und Zweck dieser Party war eigentlich, unser Bild zu feiern und dich auf andere Gedanken zu bringen. Ich besorge uns jetzt erst mal was zu trinken.« Er ließ mich los und verschwand hinter einer Menschenschlange.

Einen Atemzug lang stand ich noch da und starrte Ella an, die mich keines Blickes mehr würdigte. Die Wut flackerte vor meinen Augen wie loderndes Feuer. Auf einmal hatte ich Sehnsucht nach dem Meer, nach Kühle und Wasser und Stille, also machte ich auf dem Absatz kehrt und floh regelrecht von der Lichtinsel, bis vor mir das nachtschwarze Meer an den Strand gluckerte. Irgendwo hier hatten wir gesessen, Angel und ich, vor einer gefühlten Ewigkeit. Ich zog meine Schuhe aus und warf sie auf den Strand. Meine Füße sanken in den feuchten Sand und der Seewind blies mir ins Gesicht. Ich hielt den Atem an, bis ich mich beruhigt hatte und meine Wut blasser wurde.

Plötzlich spürte ich, dass jemand mich beobachtete. Mein Nacken kribbelte und meine Finger zuckten, aber als ich mich umsah, konnte ich niemanden entdecken, der explizit in meine Richtung schaute. Wo bist du?, rief ich stumm. Zeig dich doch, ich kann dich spüren, die ganze Zeit schon – warum feierst du nicht mit den anderen? Der Strand war voller Menschen, die miteinander tanzten und lachten, tranken oder knutschten. Nur einer fehlte.

»Hey!«, sagte jemand in meinem Rücken, und ich fuhr zusammen. Mein Herz schlug heftig, doch die Gestalt, die sich vor die Lichter schob, war deutlich kräftiger als Angel. Irritiert sah ich ihn an.

»Der Fahrradunfall«, half er mir auf die Sprünge und grinste leicht verrutscht. Eine Zigarette baumelte verwegen aus seinem Mundwinkel und er starrte auf meine Füße im Wasser. Ohne zu zögern, zog er seine eigenen Schuhe aus und kam zu mir in die Brandung. Er hielt zwei Gläser in der Hand, in deren Inhalt zur Hälfte Eiswürfel und zur anderen Limetten und grüne Blätter schwammen.

»Was ist das?«, fragte ich und griff danach.

»Mojito. Mit original kubanischem Rum.«

Ich stieß mit ihm an, schob mir den Strohhalm in den Mund und saugte das halbe Glas in einem Rutsch leer. Der Rum wärmte meinen Bauch und hüllte meinen Kopf in wohlige Stille.

»Das ist es«, stellte ich mit schwerfälliger Zunge fest und merkte, wie der Alkohol in meinen Venen pochte. Das Gefühl war nicht unangenehm, also trank ich rasch noch zwei große Schlucke hinterher.

»Das ist was?«

»Dein Dialekt. Er kam mir gleich so bekannt vor.« Ich musterte ihn genauer. Sein Gesicht war rund, seine Haare dunkel und die Augen ebenfalls. Er hätte Spanier sein können oder Argentinier, doch etwas an ihm weckte Erinnerungen. Und noch etwas fiel mir auf. Die breiten Schultern, die kräftigen Arme und deutlichen Muskelwölbungen an den Beinen. So eine Statur bekam man nicht vom gelegentlichen Gewichtheben. Der Typ trainierte regelmäßig.

»So? Was glaubst du denn, woher ich komme?«

»Aus Kuba. Wahrscheinlich sogar aus der Nähe von Havanna, richtig?«

Voller Erstaunen sah er mich an. »Richtig! Wow. Sind wir uns da mal begegnet?«

»Nein.« Ich hob das Glas an und spielte mit dem Strohhalm herum. Das Eis klirrte matt. »Als ich klein war, hab ich zwei Jahre auf Kuba gelebt.«

Er hob die Hände, als würde er mich gleich umarmen. »Echt? Wahnsinn! Wo genau?«

»In Havanna. Aber das – ist lange her.« Er schwieg und ich starrte aufs Meer, um die Erinnerung abzuschütteln. »Machst du Urlaub hier?«

Er sah mich immer noch mit diesem seltsamen Blick an und schüttelte den Kopf. »Ich hab einen Job in dem Hotel, vor dem wir zusammengestoßen sind. Als Badeaufsicht.«

Damals, als Kind, hatte ich nicht allzu viel von der Politik auf Kuba mitbekommen, nur so viel war hängen geblieben: Es war für einen Kubaner nicht einfach, sein Land zu verlassen, es sei denn, er tat es auf illegale Weise für immer.

Oder er hatte einen verflixt guten Grund, den die Regierung unterstützte.

»Und du? Italienerin bist du nicht, aber nach Urlaub siehst du auch nicht aus.«

»Meine Eltern haben ein Haus auf Elba.« Wenn auch nicht mehr lang, dachte ich und merkte, wie es in mir wieder zu brodeln begann.

Er ließ die Zigarette ins Meer fallen und trank ein paar Schlucke. »Dann hast du bestimmt schon von dieser Sache gehört. Es gibt hier einen Typen, der einen neuen Weltrekord im Tieftauchen aufstellen will. Die sagen, er taucht hundertdreißig Meter, ohne zu atmen. Total verrückt, oder?«

Die Nacht schien ein kleines bisschen dunkler zu werden, das Meer schweigsamer. Noch immer dröhnte der Bass in meinem Trommelfell, aber ich hörte die Musik nicht mehr. Etwas verzögert hob ich den Kopf. »Ja, davon hab ich gehört.«

»Ein paar von den Kerlen da vorn sind ganz wild darauf, bei der Sache dabei zu sein. Aber das Mädchen von der Tauchschule behauptet, man muss fünf Minuten die Luft anhalten, um bei seinen Leuten mithalten zu können.«

Es machte mich wütend, dass Ella mit mir angab, nachdem sie mich verraten hatte. Ich streckte die Hand aus und stieß erneut mit ihm an, doch diesmal tat ich nur so, als würde ich trinken.

»Wie heißt du überhaupt?«

Amüsiert schaute er mich wieder an. »Cario. Cario Rubas. Wenn du das nächste Mal in Naregno bist, schau doch rein – ich kann dir eine Liege reservieren und dir Bilder zeigen, aus Kuba.«

Etwas in mir schüttelte sich. Nein, ich wollte keine Bilder von Kuba sehen – ich wollte nicht mal an Kuba denken.

Cario streckte die Hand aus und ließ eine Strähne meiner Haare hindurchgleiten. Reflexartig machte ich ein paar Schritte rückwärts.

»Perdón.« Er ließ die Hand sinken. »Du erinnerst mich an jemanden. Du siehst aus wie sie, nur die Farben stimmen nicht.«

Aus den Augenwinkeln nahm ich eine Bewegung wahr und drehte mich um. Marco lief suchend die Menge ab, zwei Cocktailgläser in den Händen.

Cario folgte meinem Blick. »Dein Freund?«

»Er sucht mich.« Ich stakste aus dem Wasser und griff nach meinen Schuhen. »Ich geh ihm mal besser entgegen.«

Cario folgte mir und sammelte ebenfalls seine Schuhe vom Strand. »Tja, bis dann«, sagte er, und ehe ich wusste, wie mir geschah, hatte er mir links und rechts einen Kuss auf die Wange gedrückt. »Machen sie das nicht so in Italien?«, fragte er und grinste wieder.

»Manche Leute schon«, gab ich zurück und widerstand dem Impuls, mir mit dem Handrücken über die Wangen zu reiben. »Bis dann!«

Ich lief den Strand hinauf, aber Marco war schon wieder zwischen den Tanzenden verschwunden. Suchend blieb ich stehen und sah mich um, die Zehen in den kühlen Sand gegraben. Es war, als würde ich einen Film sehen, die zuckende Meute in den Lichtinseln der Lampions, die lachenden Gesichter hinter den Fackeln, die Partymusik. Und irgendwo war meine Schwester und feierte ausgelassen mit. Nein, mir war heute nicht nach Party. So viel Rum konnte ich gar nicht trinken, dass ich mich heute da oben wohlfühlte.

Ich ging rückwärts, bis ich wieder spürte, wie lauwarmes Wasser an meinen Zehen leckte. Ich warf meine Schuhe zurück an den Strand und ging weiter, Schritt für Schritt, bis die Wellen über meine Knie und den Saum meiner Shorts schwappten. Die Dunkelheit des Meeres verschluckte mich und endlich konnte ich wieder frei atmen, frei sein.

Ich drehte mich um und lief weiter. Nur wenige Schiffe schaukelten draußen auf den dunklen Wellen, eine kleine Segeljacht und einige Tauchboote. Das nachtfarbene Holzschiff, auf das ich zuwatete, tanzte im Takt der hämmernden Musik um die Boje, die es festhielt, doch als ich näher kam, knarrte es flüsternd und schaukelte mir entgegen.

»Verwandeln sich deine Füße Schlag Mitternacht in eine Schwanzflosse, Luna-Girl?«

Ich bohrte die Zehen in den Sand, damit ich den Halt nicht verlor und kein Wasser in mein Cocktailglas schwappte, als das Boot sich vollends drehte. Ein Kopf hob sich aus dem dunklen Rumpf und zwei dunkle Augen blitzten amüsiert auf.

»Was machst du denn hier?« Ich flüsterte, dabei drangen unsere Stimmen ohnehin nicht durch die Musik an den Strand.

»Dasselbe wie du. Ich steh mehr auf Privatpartys.«

»Ich ertrage die vielen Leute heute nicht, ich wollte nur – ach, keine Ahnung, was ich wollte.«

Er angelte das Glas aus meiner emporgereckten Hand und stellte es auf den Boden des kleinen Boots. Dann griff er nach meinen Armen und zog mich mühelos hoch, bis ich über die Kante hineinklettern konnte. Mein Shirt hing wie ein nasser Lappen an mir und triefte schwarze Tropfen auf die Planken.

Angel grinste. »Willst du das nicht ausziehen?«

»Klar, das könnte dir so passen!« Was, bitte, meinte er mit Privatpartys? Meine Haut kribbelte und ich bekam eine Gänsehaut. Mir war nicht kalt, nicht nach dem kurzen Bad im Nachtmeer, aber bestimmt sah ich zum Davonlaufen aus in den durchgeweichten Sachen, die wie eine zweite Haut an meinem Körper klebten. Angel griff mit beiden Armen an mir vorbei, um etwas aus dem Bug hinter mir aufzuheben und um meine Schultern zu legen. Erst als mich der vertraute Geruch einhüllte, erkannte ich, was es war – sein Schlafsack.

»Aber ich mach ihn ganz nass!«

»Schon gut«, raunte er dicht an meinem Ohr, zog die wärmenden Daunen vor meinem Körper zusammen und hockte sich mir gegenüber auf die schmale Sitzbank.

»Danke«, sagte ich. »Zweimal danke!«

»Dein Date sucht nach dir«, informierte er mich und zeigte mit dem Kinn zum Strand zurück, der bereits unendlich weit fort schien.

»Er ist nicht mein Date.« Ich folgte seinem Blick und beobachtete, wie Marco den Strand ablief, die unangetasteten Gläser noch immer in den Händen, und erfolglos zwischen die Menschen spähte. Es tat mir leid, dass ich ihn einfach so stehen gelassen hatte, aber jetzt war es zu spät, um zurückzugehen.

Entschlossen sperrte ich Marco aus meinen Gedanken aus und sah wieder Angel an. Seine Augen funkelten im milchigen Mondlicht und sahen darin beinahe schwarz aus, genau wie das Meer. Die Haare fielen ihm lose ins Gesicht, und ich versuchte vergeblich, mein heftig klopfendes Herz zu beruhigen, weil ich auf dieser vermaledeiten Party doch noch das tun durfte, was ich mir seit Tagen gewünscht hatte – ihn einfach ansehen.

»Schläfst du jetzt auf dem Boot?«

»Ab und zu. Ich penne hier, wenn ich nachts trainiere.«

»Nachts?« Ich konnte einfach nicht wegschauen, aber das musste ich auch nicht. Es gab sonst nichts zu sehen.

»Ja, nachts. Du weißt schon, wenn es dunkel ist und die Sterne leuchten.«

»Du bist aber schon ein menschliches Wesen, oder?«

Er lachte heiser auf. »Da, wo ich hintauche, ist es stockfinster. Also kann ich es auch nachts machen, da stört mich niemand.«

Es rettet dich auch niemand, wenn was schiefläuft, dachte ich. Angel hob das Glas vom Boden auf und nahm einen Schluck durch den Strohhalm. Dann reichte er es mir und ich tat dasselbe.

»Du bist heute nicht gut drauf, Luna-Girl.«

»Zu viele Menschen«, sagte ich nur.

Unsere Finger berührten sich, als er wieder nach dem Glas griff. Er ließ mich nicht aus den Augen, während er den Arm ausstreckte und den Inhalt ins Meer kippte. Dann gab er mir das Glas zurück und seine Finger glitten wie zufällig in meine.

»Was mach ich denn jetzt mit dir?«, fragte er leise.

Ich holte tief Luft, denn mein Atem war fort, ohne dass ich es bemerkt hatte. »Nimm mich mit«, bat ich. »Nimm mich mit da runter.«

Einen kurzen Augenblick lang hatte ich Angst, er würde den Kopf schütteln und mich zurückschicken, zurück zu den Tanzenden, den Ahnungslosen. Zurück zu Sophia und meinem Leben. Aber er stand auf, suchte schwankend

Halt in dem schaukligen Boot und angelte nach der Leine, um sie von der Boje loszumachen. Der Motor wimmerte, sprang aber artig an. Ich zog den Schlafsack dichter um meinen Körper, der vor Aufregung bebte wie im Fieber.

Angel fuhr nicht schnell, aber zielstrebig. Ich hatte nach kurzer Fahrt die Orientierung verloren, schon als ich die Fackellichter am Strand nicht mehr sehen konnte und die Umrisse der Insel in Dunkelheit versanken. Irgendwann stoppte er das Boot und warf das Ankerseil über Bord. Um uns munkelte das Meer, und ich hatte das Gefühl, wieder auf offener See zu sein, weit weg von allem menschlichen Leben. Der magere Mond stand wie ein halb fertiges Fragezeichen am Himmel und schielte zu uns herunter, aber es war eine dunkle Nacht und das Meer schluckte sein zitterndes Licht wie ein gewaltiges gurgelndes Ungeheuer.

Ich fror, doch nicht vor Kälte. Das Nachtmeer wisperte, lockte und rief mich, forderte mich heraus. Angel wartete nicht auf mich, sondern stieg wie ein Tänzer aus seiner Kleidung, anmutig und völlig ohne Scheu. Ich schluckte schwer, als sein dunkler Oberkörper mit der Nacht verschmolz. Seine Hose raschelte, als sie auf dem Holzboden landete.

Es blieb mir nichts übrig, als es ihm gleichzutun, also warf ich den Schlafsack ins Heck, zog das Shirt über meinen Kopf und ließ es neben seiner Hose zu Boden fallen. Er sah mir die ganze Zeit über dabei zu, als würden in Wahrheit nicht meine Hände, sondern seine Blicke den Stoff behutsam von meinem Körper streifen. Ich hielt den Atem an, löste mit zitternden Fingern den Verschluss meines BHs und sah ihm in die Augen.

Sein Ausdruck blieb völlig reglos, nur seine Hände bewegten sich. Er warf seine Shorts ab, eine Bewegung, die so schnell vonstatten ging, dass ich kaum mit den Augen folgen konnte. Dann sprang er mit einem kraftvollen Satz von Bord und wurde von den schwarzen Fluten verschluckt.

Ich ließ die Luft aus meinen Lungen entweichen und atmete zweimal tief ein und wieder aus. Angel war mir überlegen, er konnte ohnehin länger unten bleiben als ich. Meine Finger bewegten sich wie von selbst, öffneten den Verschluss meiner Shorts, hakten sich in den Slip und schälten beides von meiner feuchten Haut. Die klare Nachtluft strömte tief in meine Lungen und der Wind stieß mich in die See hinab.

Das Wasser legte sich kalt um meine nackten Glieder und raubte mir für einen Moment den Atem. Doch schon nach wenigen Schwimmzügen hatte ich mich wieder gefangen und genoss das Gefühl der Schwerelosigkeit. Ich tauchte dicht neben der Ankerleine, auch wenn ich sie nicht sehen konnte. Gar nichts sah ich, also schloss ich die Augen und ließ mich blind nach unten sinken.

Eine Bewegung unter mir ließ mich innehalten. Ich spürte die Wasserwirbel wie einen Schauer auf meiner Haut, dann hatte er mich erreicht und wir fielen zusammen in einen tonlosen Tanz. Wir umkreisten uns, wie die Delfine es getan hatten, während unsere Körper immer tiefer sanken. Angels Hände glitten an meiner Hüfte entlang und zogen mich so sanft näher, als habe er Angst, ich würde mich in Luftblasen auflösen, wenn er nicht vorsichtig war. Seine Arme umschlossen meinen Rücken, hielten mich und strichen langsam an meiner Haut entlang. Wir ertasteten unsere Körper, die kopfüber im kalten Meer hingen und brannten wie loderndes Feuer. Unsere Lippen trafen aufeinander und wir drehten uns, verloren die Orientierung, die Beherrschung. Jede seiner Berührungen entzündete das

Feuer von Neuem und ich hörte auf zu denken und begann, bloß noch zu sein.

Angel drängte sich dichter an mich und mein Körper begriff. Der Wasserdruck hielt mich umklammert und Angels Hände waren überall auf mir, als wäre er schon immer hier unten im Meer gewesen und hätte nur darauf gewartet, dass ich zu ihm kam und mit ihm versank. Wir wurden zu einem Körper, einem Wesen, das nicht atmete, dafür umso stärker fühlte.

Lass mich hierbleiben, bat ich stumm. Ich will nicht wieder hinauf, nie wieder. Lass uns einfach hier unten bleiben.

Meine Sinne entglitten mir und mein Luftvorrat wurde knapp. Angel spürte es und trug mich zur Oberfläche. Wir brachen durch die nachtschwarze Wellenlinie und schnappten beide gierig nach Luft. Die Strömung trieb uns auseinander, aber wir umschlangen uns und küssten uns wieder und sanken abermals hinab, doch keiner von uns hatte ausreichend Sauerstoff getankt, also trieben wir zum Ankerseil und ließen uns von ihm zum Boot zurückleiten.

Ich klammerte mich an Angels Schultern und genoss es, von ihm im Wasser getragen zu werden. Er griff mit beiden Händen nach der Bootswand und gab uns Gelegenheit zu verschnaufen. Unsere Lippen wollten sich nicht voneinander trennen und wir gerieten schnell wieder außer Atem, doch sein Mund schmeckte einfach zu gut, nach Salz und Meer und Freiheit.

»Lou« , sagte er langsam und ich ertrank in seinen Augen. »Das ist mal ein cooler Name.«

Ich lehnte meinen Kopf gegen die harte Kante des Bootes und lächelte ihn atemlos an. »Willst du mal hören, wie ich richtig heiße? Der Name ist kein bisschen cool.«

Er sah mich nur weiter an, Mondlicht im Haar. Seine Mundwinkel zuckten abwartend.

»Marie-Louise.«

Er warf den Kopf zurück und lachte. Kam wieder näher und lehnte seine Lippen gegen meine. »Ist mir scheißegal, wie du heißt«, raunte er und küsste mich wieder. Er schob seine Zunge an meiner vorbei und kam mir so nah, dass ich glaubte, nie wieder eigenständig existieren zu können.

Kühle Seeluft strich um unsere durchgeweichten Körper, als wir unendlich viel später zurück aufs Boot kletterten. Angel kramte ein Handtuch unter der Sitzbank hervor und rubbelte erst mich, dann sich selbst notdürftig trocken. Er streifte mir sein trockenes T-Shirt über den Kopf und stieg in seine Shorts. Unter seinem Schlafsack drängten wir uns aneinander und ich kuschelte mich in seine Arme, die Wange dicht an der kühlen Haut über seinem Herzen. Wohlige Schauer jagten über meinen Nacken und noch immer bebte mein Körper.

»Das war irre«, murmelte er in meine salzwassergetränkten Haare. »So was hab ich noch nie gemacht.«

»Nein, ich auch nicht«, gab ich erschöpft zurück.

»Wenn Freitaucher ins Wasser hinabsteigen, ist das, als hätten sie Sex mit dem Ozean.« Angel drückte mir einen Kuss auf den Kopf. »Ich glaube, wir haben ein bisschen variiert.«

Ich musste kichern. »Wo hast du das denn her?«

»Jacques Mayol. Wetten, die großen Freitaucher haben unsere Art auch ausprobiert?«

»Ich wünschte, ich hätte ewig da unten bleiben können«, seufzte ich und schloss genüsslich die Augen, als er die Hand unter meine Haare schob.

Ich weiß nicht, wie lang wir unter dem schmalen Mond saßen und uns küssten, umgeben nur von den schaukelnden Wellen eines schlafenden Meeres. Wir hatten es nicht eilig. Erst als die Sterne blass wurden und am Horizont ein fahler Lichtstreifen erwachte, zog Angel das Ankerseil nach oben und warf den Motor an.

Wir fuhren auf die blasse Silhouette der Insel zu, ein winziges Boot, verloren im Meer. Ich hatte tatsächlich etwas verloren – mein Herz. Es blieb da draußen, tief unten, zusammen mit dem Teil von mir, der sich mit aller Macht zurückwünschte.

Viel zu schnell erreichten wir die Calamita-Halbinsel und sahen die Umrisse von Capoliveri über dem bewaldeten Hügel, die Häuser klein und dicht gedrängt wie Schlumpfhütten. Angel ließ das rote Boot sacht auf die Steinstufen zutreiben, ohne den Arm von meiner Hüfte zu lösen. Er sah hoch zum Haus.

»Steht dein Angebot noch?«, hörte ich seine Stimme dunkel an meinem Ohr.

Einen kurzen, gedankenlosen Moment hätte ich beinahe genickt und ihn mitgenommen – aber das Haus gehörte nicht mehr mir, und Angel war ein Geheimnis, das ich ganz bestimmt nicht mit ihnen teilen würde.

»Heute Nacht nicht«, seufzte ich, schmiegte mich an seine Schulter und küsste ihn ein letztes Mal, noch immer sehnsüchtig. »Ich muss erst ein paar Dinge klarkriegen.«

Er zog den Schlafsack von meinen Schultern und ließ ihn zwischen uns gleiten. »Schlaf gut, Lou«, flüsterte er.

Ich sprang mit einem Satz auf die unterste Stufe, mein nasses Kleiderbündel wie ein Souvenir umklammernd, und sah ihm nach, wie er sich von den Steinen abstieß und den Motor erneut startete. Mit einem Mal fühlte ich mich furchtbar leer und allein. Er drehte sich noch einmal um, und ich inhalierte den Hauch von Benzin, bis die Morgenluft ihn und das Boot verschluckt hatte.

Die Terrassentür war nur angelehnt und so schlich ich leise ins Haus. Ich fühlte mich fremd, wie ein Eindringling – als hätten sie das Haus längst verkauft und all meine Erinnerungen und Bilder in Kisten gepackt. Aber nun hatte ich neue Bilder, wertvolle, atemlose Bilder von einer absolut unwirklichen Nacht, und die würde ich mir von keinem kaputt machen lassen.

Müde wühlte ich mich in mein unbenutztes Bett und warf die Decke über meinen Kopf. Ich machte mir nicht die Mühe, einen frischen Slip anzuziehen, und Angels T-Shirt würde ich ohnehin nur unter Protest wieder hergeben. Bevor ich einschlief, angelte ich blind nach meinem MP3-Player, verschloss meine Ohren mit den Stöpseln und suchte nach einem Song, dem einzig würdigen Soundtrack für diese Nacht.

I wish for this night-time to last for a lifetime, the darkness around me shores of a solar sea, oh how I wish to go down with the sun, sleeping, weeping with you.

JUNIMOND

SPARRING

»Louise.«

Lichtstaub tanzte in dem Sonnenstrahl, der durch die halb zugezogenen Vorhänge in mein Zimmer fiel. Ich rieb mir die Augen und merkte, dass mein Körper verlangsamt reagierte, verschlafen, ausgelaugt. Zwischen meinen Beinen hatte sich ein süßer Schmerz eingenistet, eine fühlbare Erinnerung, die augenblicklich Bilder herbeirief. Ich ließ mich zurück in die Laken sinken und machte die Augen wieder zu.

»Louise!«

Gut, keine Bilder. Mein Tagtraumprojektor summte noch einmal, dann schaltete ich ihn ab und richtete meinen steifen Körper mühsam auf. Es klopfte an der Tür, doch bevor ich etwas sagen konnte, bewegte sich die Klinke, und ich konnte die Decke noch gerade um meinen nackten Unterleib wickeln, ehe meine Mutter ins Zimmer trat. Sie sah perfekt aus, perfekt frisiert, perfekt geschminkt, perfekt gekleidet. Wie das absolute Gegenteil von mir.

»So sieht dein außerschulisches Leben also aus.«

Missbilligend schüttelte sie den Kopf und blickte auf das Chaos auf dem Boden, das nicht mal zur Hälfte meines war, sondern meiner lieben Schwester gehörte.

»Zieh dich an und komm runter. Wir haben etwas zu besprechen.«

Augenblicklich verkrampfte etwas in mir. »Ich kann nicht«, rief ich, bevor sie das Zimmer verließ.

»Wie bitte?«

»Ich kann nicht.« Ich rappelte mich auf die Beine hoch, hielt die Decke aber, so fest ich konnte. »Ich habe Termine, ich muss zur Arbeit. In die Tauchschule.«

Das war nur ein bisschen gelogen, denn harte Arbeit war der Umgang mit Pat und Ella durchaus, wenn auch keine bezahlte.

»Dann hast du ja einen Grund mehr, dich zu beeilen.«

Damit warf sie die Tür hinter sich ins Schloss und ich hörte das Klacken ihrer Absatzschuhe auf den Stufen nach unten leiser werden. Meine Decke fiel herab, und ich krallte die Finger so fest in meine Haare, dass es schmerzte – ich wollte schreien, aus dem Fenster springen, alles, nur nicht jetzt schon klein beigeben.

Missmutig schlüpfte ich in eines meiner Sommerkleider, kein Pariser Chic, sondern lässiges Billabong. Der kühle Stoff klebte an meiner Haut, die noch immer nach Salzwasser roch, Salzwasser und Angel – den Teufel würde ich tun und mich meiner Mutter zuliebe von seinem Geruch trennen!

Im Garten fand ich nur Sophia vor, die im Ausfallschritt auf einer Matte stand und in Zeitlupe Verrenkungen mit ihren Armen machte. Kontrolliert hob sie ein Bein, führte die Arme über den Kopf und legte sie zusammen, als wolle sie beten.

»Mach mal hin, sie hat eine große Lagebesprechung anberaumt.«

Sophia ließ sich nicht stören, öffnete nicht mal die Augen. »Geht mich nichts an. Die ist nur für dich.«

Eine Weile sah ich ihr zu, wie sie in völliger Entspannung, alle Sinne auf das Meer ausgerichtet, ihre Übung beendete, sich im Schneidersitz auf die Matte hockte und beide Hände auf den Knien ablegte. Und plötzlich warf mein innerer Projektor seinen Film wieder an, spulte zurück zu einer Szene im Blau – zu der Stelle, als Angel in dieser Haltung im Meer saß, im Meer schwebte, und ebenso gelöst ausgesehen hatte.

»Was machst du da eigentlich?« Meine Stimme klang viel friedlicher als beabsichtigt, dabei trieb sie mich zum Wahnsinn mit ihrer Ruhe und gespielten Gleichgültigkeit.

»Ich harmonisiere meine Chakren. Und es wäre sehr hilfreich, wenn du nicht ständig dazwischenquatschen würdest.«

Kopfschüttelnd wartete ich, bis sie die Augen aufschlug und ihre Matte zusammenrollte. Hinter mir hörte ich Schritte, die näher kamen.

»Yoga, schon mal gehört?« Sophia hob die Brauen. »Du solltest es auch mal damit versuchen. Es könnte dir helfen, deine negativen Energien abzubauen.«

Sofort fiel mir eine viel wirkungsvollere Methode ein, meine Energien abzubauen, doch hinter mir erklang ein vernehmliches Räuspern, und so ließ ich Sophia allein im warmen Garten zurück und folgte meiner Mutter stumm ins kühle Haus, während das Blut immer lauter in meinen Ohren rauschte.

»Dein Vater will mit dir reden.« Meine Mutter sank grazil auf die Couch und drehte ihren Laptop so, dass ich mit hineinsehen konnte. Sie hatte Skype aktiviert, und mein Herz schlug ein paar Takte schneller, als ich in das Gesicht meines Vaters blickte, die Haare sorgsam auf der Seite gescheitelt und aus dem Gesicht gekämmt, die blattgrünen Augen ein ruhender Pol.

»Hallo, Louise.«

»Hallo, Papa.«

Er lächelte ganz leicht, doch seine Augen blieben ernst. »Alles Gute zum achtzehnten Geburtstag, mein Kind!«

Ich strich mir die Haare aus dem Gesicht und drehte sie um mein Handgelenk zu einem störrischen Knoten. »Danke.«

»Deine Freundin Anne aus dem Internat war so nett und hat uns deine Sachen geschickt. Ich hoffe also, du hast dein Geschenk inzwischen erhalten.«

Ich wusste nicht, was er damit andeuten wollte, also schwieg ich, bis meine Mutter neben mir auf der Couch unruhig herumrutschte.

Mein Vater zog die Brauen zusammen.

»Ich habe mit der Schulleitung telefoniert. Es gibt keine Möglichkeit mehr für dich, dein Abitur doch noch in diesem Jahr zu machen. Du musst die Prüfung im nächsten Jahr wiederholen, und du weißt, was das bedeutet.«

»Ja«, sagte ich und dachte: Ich bin volljährig.

»Es gibt keine Garantie, dass du noch mal an einer der besten englischen Universitäten angenommen wirst«, fügte meine Mutter hinzu. »Wie kann man so eine Chance nur so leichtfertig verspielen!«

»Deshalb finden wir, dass du dein zusätzliches Schuljahr nicht im Internat verbringen solltest, sondern bei uns. Du kannst mit deiner Schwester zusammen deinen Abschluss machen.« Ich war wohl blass geworden, denn mein Vater senkte sofort beschwichtigend die Stimme. »Das Internat ist sehr teuer, Louise. Ein zusätzliches Jahr kostet eine Stange Geld, und ich sehe nicht ein, warum ich es bezahlen sollte.«

»Ich gehe sowieso nicht an diese Uni«, sagte ich und ließ meine Haare wieder los. »Das hab ich euch schon im Januar gesagt, aber ihr wolltet das ja nicht hören!«

»Darüber haben wir doch ausgiebig diskutiert.« Meine Mutter sah mich scharf von der Seite an. »In England gibt es die besten Universitäten. Es ist ja nicht so, dass wir dir vorschreiben, was du studieren sollst.«

»Aber wo ich studieren soll«, gab ich heftig zurück. »Und wo ich leben soll. Ich kann nicht mehr, versteht ihr das nicht? Ich fühl mich schon mein ganzes Leben heimatlos!«

»Es war dein Wunsch, nach Salem zu gehen«, sagte mein Vater sehr ruhig. »Hast du dich dort denn nicht heimisch gefühlt?«

»Doch«, rutschte es bitter aus mir heraus. »Für zwei Jahre. Bis ihr gekommen seid und mir die nächste Station diktiert habt!«

»Und deshalb wirfst du dein Abitur hin und setzt deine Zukunft aufs Spiel? Überleg mal, was du da tust, Louise. Hier geht es um dein Leben, ist dir das nicht klar?«

»Genau, es ist mein Leben!« Ich sprang auf, setzte mich aber gleich wieder hin. »Und deshalb mach ich das Abi nicht, damit ihr mich endlich mal was selber entscheiden lasst!«

Meine Mutter rutschte ein Stück von mir weg und schüttelte den Kopf. »Ich höre mir das nicht länger an. Wir tun alles für euch, Louise, wir bieten euch ein sorgenfreies Leben – woher nimmst du das Recht, das mit Füßen zu treten?

Hast du keine Vorstellung davon, wie es anderen Leuten geht? Wie es dir –«

»Dana, bitte!« Die Stimme meines Vaters blieb ruhig, aber sie füllte den ganzen kahlen Raum. Meine Mutter verstummte und legte die Hände in den Schoß.

»Ich schlage vor, wir beruhigen uns erst einmal und reden in ein paar Tagen noch mal.« Mein Vater sah mich ernst an. »Angesichts der Umstände haben wir dir kein schlechtes Angebot gemacht, Louise. Ich jedenfalls freue mich, wenn du nach Hause zurückkommst.«

Ich setzte mich schwer atmend zurück und presste die Handflächen gegeneinander. Der Morgen hatte so schön angefangen, aber von dem wohligen Gefühl war nicht mehr viel übrig. Ich schwebte nicht mehr im Wasser, ich sank wie ein Stein zu Boden.

»Ich habe gleich einen Termin mit Signor Ragazzo«, sagte meine Mutter an meinen Vater gerichtet. »Er weiß schon über den Verkauf Bescheid.«

»Gut«, nickte er und warf einen Blick auf den Wandkalender hinter ihm. »Wann kommt ihr zurück, Sophia und du?«

»Ich weiß es noch nicht. Sophia hat Ferien und ich kann vorübergehend von hier aus arbeiten, es ist wohl besser, wenn ich erst mal bleibe und mich um die Renovierung kümmere.«

»Ist gut. Sag mir Bescheid, wenn es Schwierigkeiten gibt. Louise …«, die grünen Augen fokussierten sich wieder auf mein Gesicht, »ich wünsche mir, dass unser Verhältnis nicht unter dieser Sache leidet und wir eine Lösung finden, mit der wir alle zufrieden sind.«

Das Gesicht erlosch und meine Mutter fuhr den Laptop

herunter. Ihre Miene blieb unbewegt, doch ich konnte mir vorstellen, wie es in ihr brodelte – und mir war klar, warum sie meinen Vater mit mir verhandeln ließ. Er schaffte es, ruhig und sachlich zu bleiben, wenn meine Mutter und ich längst die Wände hochgingen. Die meisten Menschen merkten überhaupt nicht, wie manipulativ er sein konnte, und selbst wenn sie es merkten, konnten sie sich nicht dagegen wehren. Ich hatte mich in seiner Gegenwart immer wohler gefühlt als mit meiner Mutter, weil er die Gabe besaß, einen Zwist zu schlichten, anstatt Partei für eine von uns zu ergreifen. Doch im Augenblick hätte ich lieber meine Mutter angeschrien, als mich seinem Willen zu beugen.

»In der Küche steht etwas zu essen«, hörte ich die Stimme meiner Mutter wie durch Watte gefiltert. »Und in den nächsten Wochen räumen wir das Haus leer. Du wirst ja nicht Tag und Nacht in dieser Tauchschule sein müssen.«

Sophia schloss sich meiner Mutter an, und ich wartete mit angehaltenem Atem, bis das Tor hinter dem schnurrenden Phaeton einrastete. In der Küche fand ich einen Couscoussalat mit Kräuterdressing vor, doch mein Magen rebellierte schon bei seinem Anblick, also nahm ich mein Handy vom Tisch und ging raus auf die Terrasse. Einen Moment lang wollte ich nichts mehr, als mich im kühlen Meer zu versenken, tiefer und länger als je zuvor, doch ein anderer Impuls war stärker.

Kurz entschlossen rief ich Marco an. Ich rechnete fest damit, dass er nicht rangehen würde, aber er schnaufte schon nach dem ersten Klingeln in den Hörer, gehetzt und ungewohnt ruppig.

»Hey, ich wollte dich nur vorwarnen – meine Mutter ist auf dem Weg zu euch, sie will mit deinem Vater sprechen.«

»Weiß ich«, versetzte Marco schroff. »Außerdem kommst du zu spät, ich hab meine Standpauke schon hinter mir.«

»Ach, Scheiße. Das alles tut mir leid, ehrlich.«

»Lou, ich muss auflegen, ich bin allein im Laden.«

»Klar«, murmelte ich niedergeschlagen. »Sag mal, du fährst heute nicht zufällig noch zum Dive-in raus?«

Er lachte heiser. »Ist das dein Ernst? Du fragst mich, ob ich dich chauffiere? Nach dem, was du dir gestern Abend geleistet hast? Ehrlich, Lou, manchmal bist du deiner Familie ähnlicher, als du ahnst.«

Wie vom Donner gerührt hielt ich das Handy an mein Ohr gepresst und lauschte dem Klicken, als die Leitung barsch unterbrochen wurde. Der war nicht beleidigt, sondern ernstlich sauer. Und er hatte sogar allen Grund dafür.

Ich brauchte ein paar Atemzüge, um mich zu fangen, dann warf ich mein Telefon auf einen der Liegestühle, schnappte mir meinen Cyclewolf und schob ihn auf die Straße. Kein Lufthauch rührte sich und die Hitze stand mir förmlich im Weg, aber das war mir egal, die Anstrengung spornte mich umso mehr an, und ich begann, den Berg hinaufzusprinten, bis mein Puls raste und dicke Schweißperlen von meinem Gesicht tropften wie salzige, ungeweinte Tränen.

Pat drängelte sich durch die jungen Leute, die in Tauchanzügen und mit Flossen bewaffnet im Dive-in herumstanden und augenscheinlich auf ihr Briefing warteten. »Hab 'n Tauchkurs!« Er schob mich mit einer Hand in den Raum. »Zieh dich um. Ella und Finn schaffen schon das Boot ins Wasser.«

»Finn?«

»Ja, Finn.« Er grinste. »Mein Champion ist jetzt auch sein

Champion. Keine Angst, ich habe ihn mit Ingwerpastillen eingedeckt, die zwei Stunden übersteht er schon.«

»Überstehen wir sie auch?« Ich hatte eigentlich genug von Finns Magenkapriolen, doch das Wort Champion klang wie ein Echo in meinem Kopf wieder. Ich ließ Pat stehen und schlüpfte in die Umkleide, wo die Geräusche aus dem Vorraum nur noch gedämpft zu hören waren. Mein Körper glühte und ich trug noch immer den Geruch der letzten Nacht, also schlüpfte ich in Windeseile aus meinen Klamotten und stellte mich unter die Dusche.

Als ich den Wasserstrahl abstellte und eines der Handtücher um meinen Körper schlang, waren die Stimmen leiser geworden, dafür hörte ich nun Pat instruieren. Schnell stieg ich aus der Kabine und sammelte meine Klamotten ein. Wasser tropfte aus meinen Haaren und hinterließ eine unregelmäßige Spur auf den Kacheln. Mein Neoprenanzug hing in dem Spind, den Pat mir vor dem Schlittentauchgang hochoffiziell zugeteilt hatte. Ich löste den Riegel und genau in dem Moment flog die Tür hinter mir auf.

»Kannst du nicht …?«

Es fühlte sich an wie ein Schock, der meinen ganzen Körper bannte, obwohl ich nichts lieber wollte, als auf das dunkelblaue Augenpaar zuzustürzen, dessen Blick ungeniert an meinem unsexy Handtuchkleid hinabglitt.

»Hallo, Marie-Louise«, sagte Angel leise und lächelte, wenn auch nur mit seinen Augen.

»Hallo«, flüsterte ich und krallte meine Finger fest in den Frotteestoff. Seine Augen auf mir zu spüren, war der ultimative Kick, besser als Tiefenrausch und atemloses Tauchen, besser als alles, was vor ihm da gewesen war.

Die Tür glitt ein Stück weiter zur Seite, und erst jetzt sah ich, dass Finn neben ihm stand und verlegen an mir vorbeiguckte. Ich wagte nicht, mich zu rühren, solange Angel mich so anschaute, weil ich bestimmt das Handtuch losgelassen und es nicht mal gemerkt hätte. Finn räusperte sich vernehmlich und schlängelte sich umständlich an mir vorbei, um eine lange Tasche aus einem der Spinde zu holen, dann drückte er sich zur Tür hinaus und schob Angel mit sich aus dem Raum.

Etwas fiel von mir ab, als die Tür wieder zuging, und es war nicht das Handtuch, das ich immer noch krampfhaft umklammert hielt. Ich konnte plötzlich wieder atmen, wieder klar sehen und denken, obwohl die Luft in dem kleinen Umkleideraum vor Feuchtigkeit dampfte. Ich schloss die Augen, atmete ein und versuchte, alle Spannung mit meinem Atem langsam aus mir herausströmen zu lassen.

Das war mir noch nie passiert. Noch niemandem war es gelungen, mich so aus der Fassung zu bringen, dass ich derart die Kontrolle über mich verlor.

Ella saß mit Finn auf dem Boot und lachte über etwas, was er erzählte. Angel war im Flachwasser stehen geblieben und wartete, das Tau in einer Hand, während er mir die andere entgegenstreckte. Wasser schwappte um unsere Waden, dasselbe Uferwasser, das mich in der Nacht zuvor zu ihm getragen hatte. Ich spürte, wie Ella uns anstarrte. Und plötzlich musste ich lächeln. Sie hoffte und flirtete nun schon so lang, aber es hatte nichts genutzt – sie hatte doch gegen mich verloren.

Das luftgepolsterte Boot schaukelte, als wir hineinkletterten und uns auf den Rand hockten. Ella sah mich mit unbewegter Miene an.

»Hi, Lou. Alles klar? Hab gehört, du hattest ein bisschen Ärger.«

Ich setzte mich neben sie und hob die Brauen. »Ja, und? Keine Sorge, deshalb lass ich euch nicht im Stich. Oder glaubst du, irgendwer könnte mich davon abhalten mitzumachen?«

»Natürlich nicht.« Ella stand etwas zu hastig auf und ging ans Steuer. »Aber zur Sicherheit hat Pat ein paar Jungs aufgetrieben, gute Taucher, die wir in regelmäßigen Abständen am Seil postieren. So können wir beide die Blackout-Zone abdecken.«

Angel tauschte einen Blick mit Finn, schob sich die schwarze Sonnenbrille auf die Nase und lächelte ganz leicht. Finn grinste nur, räusperte sich umständlich und drückte mir die längliche Tasche in die Hand.

»Lou, du musst beim Rekordversuch auch mit Finn's Fins tauchen.«

Ich holte meine eigenen Flossen heraus und hielt sie ihm hin. »Ich hab schon welche!«

Finn riss überrascht die Augen auf. »Lou, das finde ich toll! Dann können wir die ja Ella geben, wenn du sie nicht brauchst.«

Ella startete den Motor und raste los, als würde sie all ihre Wut nun an der armen Maschine auslassen, die das Boot laut jaulend über das Wasser jagte. Wir fuhren aus der Bucht und folgten dem Schein der Sonne, südwestlich hinaus aufs Meer. Mein Bauch rumorte bei der rasanten Fahrt, und auf einmal war ich froh, noch keine feste Nahrung zu mir genommen zu haben, vor allem weil selbst Finn ungewohnt seefest schien und würdevoll sein Gesicht in die Sonnenstrahlen reckte.

Ella stellte den Motor ab, als Elba im Glitzerlicht verschwand. Unter uns lagen beinahe hundert Meter salzige Kühle und eine seltsame Stimmung schlich sich zu uns an Bord. Kein Spiel mehr, hatte Marco einmal gesagt. Doch, dachte ich, es ist ein Spiel – ein Spiel mit dem Leben.

»Kann ich was tun?«, fragte Finn, aber ich schüttelte den Kopf. Angel hatte losgelassen, vor einiger Zeit schon, und saß versunken auf dem Rand des Bootes. Er schien nicht mehr viel mitzubekommen von uns, von Finn oder dem Schaukeln der Wellen, er war abgetaucht und ich beneidete ihn um seine Ruhe und seine innere Stabilität. Nichts konnte ihn nun mehr erschüttern, und wir alle wollten nur eines: uns zurückziehen und ihn atmen lassen.

Ella streifte die Flossen über und sprang ins Wasser, ich folgte ihr nur Sekunden später. Wir machten die Tauchboje am Rand fest, wickelten das Seil ab und schwammen uns gemeinsam warm, Kopf unter Wasser, vom Boot weg, zurück zum Boot. Dreimal, viermal, siebenmal. Bei der achten Runde spürte ich eine Präsenz im Wasser und sah auf. Angel hielt sich an der Boje fest und atmete tief ein und aus. Ich roch den intensiven Salzduft des Meeres und fühlte die unbändige Energie, die von Angel ausging. Nur einen Atemzug später war er verschwunden und tauchte am Seil unter der Boje hinab.

»Wie tief geht er jetzt?«, fragte Finn angespannt.

»Zwanzig Meter.« Ellas Stimme klang sachlich. »Dann auf vierzig. Dann wieder zwanzig und so weiter, wie ein Jo-Jo, mehrmals hintereinander.«

»Zwanzig Meter?« Finn hob erstaunt den Kopf. »Das ist doch ein Kinderspiel für ihn!«

»Täusch dich nicht«, mischte ich mich ein. »Wenn du

mehrmals hintereinander tauchst, ist das höllisch anstrengend.«

Wir steckten synchron die Köpfe ins Wasser und sahen zu, wie Angel mit sachten, fast spielerischen Flossentritten durch die einfallenden Sonnenstrahlen an die Oberfläche glitt, tief einatmete und wieder im Meer versank.

Ella protokollierte auf einer Schreibtafel die Zeiten und Tiefen der Tauchgänge, und irgendwann hörte ich auf, sie zu zählen. Ich begann, zusammen mit Angel die Luft anzuhalten, und merkte, wie die Anspannung und die Wut vom Morgen endlich von mir abfielen. Neben mir hörte ich ein Platschen, dann schwamm Ella zum Boot zurück und warf Finn die Tafel mit dem Bleistift zu.

»Du bleibst oben«, instruierte sie kühl in meine Richtung. »Ich hol ihn auf zehn Metern ab.«

Finn sah mich vom Boot aus mit gerafften Brauen an, sagte aber nichts dazu. Ich hängte mich ans Seil und beobachtete, wie Ella sich hinabkämpfte, verharrte und in perfektem Einklang mit Angel wieder nach oben schwamm. Sie hatte trainiert, das war nicht zu übersehen – an unserem ersten Tag im Meer hatte sie keine zwei Minuten ausgehalten, ohne zu atmen.

Angel tankte erneut Atemluft, und diesmal wartete ich nicht, bis Ella mit Anweisungen kam. Ich steckte den Kopf ins Meer und folgte ihm lautlos.

Kühle legte sich um meine Haut, kaum hatte ich die sonnendurchtränkten ersten Meter hinter mir gelassen. Unter mir tat sich ein endloser blauer Horizont auf, eine Geisterwelt, doch ich wollte unbedingt weiter hinab und sehen, was er sah, spüren, was ihn immer wieder dort hinunterzog. Irgendwann ließ das Körpergefühl nach, und ich merkte, wie ich schneller fiel, wie es einfacher wurde, in die Dunkelheit zu schwimmen. Meine Fußspitzen kribbelten und meine Finger angelten halb blind nach dem Seil, das mich leitete. Ich verbrauchte meine Luft, um den Druck in meinen Ohren auszugleichen, dann waren meine Lungen leer, und ich spürte, dass ich nicht mehr zu schwimmen brauchte, dass ich ganz von allein fiel, wenn ich das zuließ. Ein Gefühl flutete mich, eine Mischung aus Furcht und Sehnsucht, die mich weiterfallen ließ, obwohl ich nicht mehr sagen konnte, wie tief ich war oder ob ich die Kraft haben würde, an die Oberfläche zurückzukehren. Ich wusste, dass ich hier und jetzt sterben konnte, doch es machte mir nicht das Geringste aus.

Ein Schatten glitt auf mich zu, ich fühlte ihn mehr, als ihn zu sehen. Das Gefühl kehrte in meine Hände zurück, als seine Finger sich mit meinen verhakten und er mich umdrehte, ein Befehl, der keinen Widerspruch zuließ. Gemeinsam glitten wir dem Licht entgegen, zwei Körper, zwei Herzen, zwei Seelen mit ein und demselben Gefühl. Lass uns hierbleiben, dachte ich wieder – lass uns für immer hier zusammenbleiben.

Das Licht betäubte jede Empfindung, und meine Lungen schnappten so hastig nach Luft, als hätten sie Angst, ich würde meinen verrückten Geisterwunsch wahr machen und sie tatsächlich mit Wasser fluten.

Angel ließ mich los und sah mich ernst an. »Du bist gut, Lou, aber wenn du da unten den Kopf verlierst, wird es dein letzter Tanz mit dem Meer. Willst du das?«

Ich schüttelte energisch den Kopf. Natürlich nicht! Warum fragte er das?

»Gut.« Er sah von mir zu Ella und wieder zu mir zurück.

»Dann stellt euch Fragen, sobald ihr unter die Lichtgrenze kommt. Wie ihr heißt, wo ihr wohnt, singt in Gedanken euren Lieblingssong, egal. Aber hört nicht auf zu denken, sonst verliert ihr die Kontrolle.«

»Ich dachte, darum geht es?« Ella drängte sich zwischen uns an die Boje. »Du kontrollierst deinen Körper, aber deine Gedanken musst du loslassen. Ist es nicht das, was du mit deiner Meditation bezweckst?«

Angel lächelte ganz leicht. Er sah aus, als wüsste er ein Geheimnis, das er uns zwar mitteilen konnte, das wir aber trotzdem niemals ganz verstehen würden. »Das ist genau wie beim Sex, Ella. Mit etwas Training macht dein Körper seinen Job auch allein, aber der Spaß ist schnell vorbei, wenn dein Kopf nicht im richtigen Moment auf die Bremse tritt.«

Ella grinste, und ich tauchte schnell mein Gesicht ins Wasser, weil ich lachen musste. Das Meer war kühl hier draußen, aber mein Körper schien in dem dünnen Anzug zu glühen.

»Tauchst du mit mir?« Ella fragte nicht, sie sang. Mein Kopf ruckte aus dem Wasser und Angel schielte leicht amüsiert zu mir.

»Okay, Ella. Aber ich warne dich, ich bin ein schlechter Verlierer.«

»Das bin ich auch.« Sie schloss die Augen und fing an, tief ein- und auszuatmen. Angel drehte sich leicht im Wasser, und plötzlich glaubte ich, eine Berührung an den Flossen zu spüren. Die Geste genügte, um das Glühen in meinen Venen in lodernde Flammen zu verwandeln.

Ella rückte ihre Maske gerade und imitierte Angels Atemtechnik. Sie versuchte sogar, Luft in ihre Lunge zu pressen, wie er es tat, dann schwang sie synchron mit ihm die Flossen in die Luft und tauchte kopfüber am Seil nach unten.

Ich stopfte mir hastig den Schnorchel in den Mund und steckte den Kopf ins Wasser, um ihnen mit den Augen zu folgen, aber die Sicht war trüb und schon nach wenigen Schwimmzügen hatte das Blau ihre Silhouetten verschluckt. War das nun die Zwanzig-Meter-Runde oder würden sie noch tiefer tauchen? Mit einer Hand griff ich nach dem Seil, das die Boje hielt, und riss mir die Maske vom Kopf.

»Sei ihr nicht böse.« Finn hing über dem Bootsrand und schöpfte Wasser mit den hohlen Händen. »Sie steht halt auf ihn.«

Ich hob den Blick. »Was hab ich damit zu tun?«

»Du bist ihr natürlich im Weg.«

»Bin ich nicht! Wenn sie nicht bei ihm landen kann, ist das doch nicht meine Schuld.«

Finn grinste, sah mich aber immer noch nicht direkt an.

»Was?«

»Für sie schon. Sie weiß ja nicht, dass Pat ihm verboten hat, was mit ihr anzufangen.«

»Aber wir beide wissen, dass Angel sich nicht herumkommandieren lässt, schon gar nicht von Pat.« Und wenn ein lächerliches Verbot der einzige Grund für ihn war, nichts mit Ella anzufangen, konnte er mir sowieso gestohlen bleiben.

»Sie kommen«, rief Finn plötzlich und zeigte ins Wasser. Schnell setzte ich meine Maske auf und starrte wieder ins Meer.

Ella drängte der Luft entgegen, aber Angel hielt ihre Hand fest umklammert und verharrte wenige Schwimmzüge unter der Oberfläche.

»Langsam, Ella«, flüsterte Finn beschwörend und lehnte

sich so weit vor, dass das Boot gefährlich ins Schwanken geriet. »Hast du gewusst, dass die meisten Freitaucher auf den letzten Metern verunglücken? Ich hab viel darüber gelesen. Der Druck nimmt auf einmal stark ab, und wenn man zu schnell austaucht, schaltet sich das Gehirn einfach weg, weil es kaum noch Sauerstoff übrig hat. Unheimlich, oder? Angel weiß, was er tut, ich hoffe bloß, er überschätzt Ellas Kraft nicht.«

Ich ließ mich sinken und postierte mich so, dass ich Ella ins Gesicht sehen konnte. Sie kämpfte um Beherrschung, kämpfte gegen den brennenden Reflex in ihrem Zwerchfell. Ihre Augen schienen aus ihren Höhlen zu treten, und ich erwartete jeden Augenblick, sie ohnmächtig ans Licht schleppen zu müssen, da gab Angel sie endlich frei und beide ließen sich vom Wasser nach oben tragen.

»Wie war's?« Ich beobachtete Ella, die schwer atmend an der Strickleiter hing und Angel nicht aus den Augen ließ.

»Gut«, gab sie zurück. Angel grinste nur, und Ella musste so heftig lachen, bis sie Wasser schluckte und sich kaum noch halten konnte. »Ehrlich, richtig gut!«

»Was hast du mit ihr gemacht?« Finn sah Angel zweifelnd an.

»Sie ist gleich wieder okay. Verspäteter Anfall von Tiefenrausch.«

Ella stieß einen Schrei aus, der hier im offenen Meer irgendwie verloren klang. Finn grinste und hielt ihr eine Hand hin, damit sie das Wasser besser aus ihren Ohren schütteln konnte. »Was passiert da unten, Mann? Warum seid ihr alle so scharf darauf, Kopf und Kragen zu riskieren?«

Angel strich sich tropfende Strähnen aus dem Gesicht und griff nach dem Tau, das die Boje mit dem Boot verband. Das Meer trieb uns voneinander weg und wieder zueinander hin, wie es ihm gefiel.

»Wenn du tief genug unten bist, schwimmst du nicht mehr, du fällst nur noch. Das ist wie ein Free Fall in die Nacht.«

Finn starrte mit einer Mischung aus Faszination und Furcht in die Wellen. »Irgendwann muss ich das auch mal probieren.«

»Am besten ist es, wenn du über tiefem Wasser runtergehst. Wenn unter dir nichts ist als der Ozean.« Angels Augen hatten dieselbe Farbe wie das Meer. »Was ist mit dir?«

Ich war so versunken, dass ich eine Weile brauchte, bis ich mich angesprochen fühlte. »Mit mir?«

Er deutete mit dem Kopf ins Meer. »Tauchst du mit mir?«

Obwohl er es sagte, klang es nicht wie eine Einladung zum Tauchen, und ich merkte, dass ich den ganzen Tag schon auf genau diesen Moment gewartet hatte. Ich legte den Kopf schräg. »Du glaubst also, diesmal bin ich so weit, ja?«

Er griff nach meiner Hand und legte sie auf sein Herz. »Ja, das bist du.«

Vor Aufregung begann mein ganzer Körper zu prickeln. Angel schien es zu merken und lächelte, doch dann wurde alles an ihm mit einem Schlag sehr still. Selbst sein Herz änderte seinen Ton, schlug dumpf und immer tiefer, bis ich glaubte, ein zweites, flatterndes Pochen zwischen den Schlägen herauszuhören. Es dauerte eine Weile, bis ich begriff, dass mein eigenes Herz versuchte, sich dem fremden Rhythmus anzupassen.

Angel drückte meine Hand, aber er wartete, bis ich den letzten Atemzug nahm und meinen Körper in die Vertikale kippte. Wir bekamen das Seil zwischen uns, aber er ließ mich nicht los, und ich sagte mir, dass ich ihm vertrauen durfte, dass er mich da unten nicht alleinlassen würde.

Zuerst dachte ich, er schwimme zu schnell für mich, aber kaum hatten wir die Auftriebszone hinter uns gelassen, war es kinderleicht, ihm zu folgen. Er hielt mich an einer Hand, den Arm ausgestreckt, die Handfläche gegen meine gedrückt, unsere Finger zu einer Faust verwoben. Seine starken Flossenschläge trugen uns beide in die Tiefe, sodass ich den Sog nur gemildert spürte, und mir blieb genügend Zeit, um mich auf meinen Druckausgleich zu konzentrieren.

Ich versuchte, mich ziehen zu lassen und so wenig Energie wie möglich zu verbrauchen, bis das Blau dichter und der Druck auf meinen Körper schier unerträglich wurde. Das Flüstern in meinem Kopf wurde zu einem Zischen und dann zu einer altvertrauten Melodie, die ich lautlos mitsang.

Auf einmal merkte ich, wie der Druck übermächtig wurde und etwas an meinem Körper zu ziehen begann, eine Kraft, die stärker war als ich, stärker als Angel, sogar stärker als wir beide zusammen. Angel stellte seine Flossentätigkeit ein und ich wurde körperlos, kein Oben und kein Unten mehr, die Schwerkraft wurde aufgehoben und dann fielen wir.

Glück flutete mich, wilde Euphorie, ein Gefühl, als würde ich schweben, nicht stürzen. Viel zu schnell war das Seil zu Ende und der Rausch vorbei. Wir stiegen wieder, ich spürte es am Druck, der langsam nachließ. Das Meer gewann seine Farben zurück und ich sah das Licht, weit, weit über uns. Wie betäubt stellte ich fest, dass meine Beine noch funktionierten, dass sie sich noch hin und her bewegen ließen und, wenn ich mich anstrengte, sogar mit den kraftvollen Flossenschlägen neben mir mithalten konnten.

Wenige Schwimmzüge unter der Oberfläche hielten wir an und griffen gleichzeitig nach dem Seil. Das Licht fiel wie ein Scheinwerfer auf Angels Haut und ließ sie leuchten und schillern. Er sah unwirklich aus, wie ein Meerwesen aus einem Kinderbuch, und er war nah, so herrlich nah! Nicht zu atmen war spielend leicht, obwohl alles in mir nach Luft schrie. Finns Worte klangen in meinen Ohren nach, und plötzlich verstand ich, was Angel gemeint hatte. Apnoe war die perfekte Balance zwischen Körper und Geist, beide mussten im Einklang stehen und einander vertrauen können. Und mein Kopf wusste genau, was mein Körper wollte.

Das Licht wurde weicher, wurde zu einem Nebel im Blau, als ich mich vorlehnte und meine Lippen auf seine legte. Er öffnete den Mund und ich schmeckte das Meer an ihm. Meine Finger und Zehen knisterten und brannten wie Feuer, als er die Berührung erwiderte, so still und behutsam wie eine Erinnerung. Dann war das Licht überall um uns, und ich keuchte erschöpft, als Luft in meine bebenden Lungen strömte.

Eine Stimme drängte sich durch den Sprühnebel aus Wassertropfen und Atemluft. Ich musste husten und verstand nicht, was sie fragte, erst als ich heftig an den Schultern gepackt und geschüttelt wurde.

»Lou! Alles okay? Sag was, sag deinen Namen, komm schon!«

»Larusso«, keuchte ich und registrierte dankbar, wie ich gestützt und gehalten wurde. »Und meine Schwester heißt Sophia.«

Ella wich ein Stück vor mir zurück und verdrehte die Augen. »Mann, Lou, du hättest dich mal sehen sollen! Dein Ausdruck war absolut unheimlich. Wirklich alles klar mit dir? Warum wart ihr so lang da unten?«

Angels Hand an meiner Hüfte rutschte ein Stück tiefer, aber er hielt mich immer noch fest. »Du brauchst ein paar Flossentritte mehr aus vierzig Metern.«

Ella verdrehte die Augen. »Kommt schon, ihr verarscht uns doch. Wie tief wart ihr wirklich?«

Immer noch benommen hob ich die Hand und sah auf den Tauchcomputer an meinem Handgelenk. Nie und nimmer hatte er mich mit in diese Tiefe genommen. Ich blinzelte, doch bevor ich etwas erkennen konnte, packte Ella mein Handgelenk und sog heftig die Luft ein.

»Ja, seid ihr denn bekloppt? Angel, das hat sie noch nie gemacht, wie kannst du sie in diese Tiefe zerren? Sie hat keine Ahnung, was da unten mit ihrem Körper passiert, sie hätte draufgehen können!«

Vage registrierte ich, dass Ella sich eben für mich einsetzte oder gegen mich oder gegen ihn – so genau konnte ich das im Moment nicht unterscheiden. Ich hatte nur Augen für Angel, der langsam den Kopf schüttelte und mich mit einem Blick ansah, der so etwas wie Stolz verriet. »Ist sie aber nicht. Sie hat ganz locker mitgehalten.«

Ella schimpfte noch eine Weile mit Angel, dann half sie mir, zu Finn ins Boot zu klettern und aus meinen Flossen zu schlüpfen. Finn legte mir ein Handtuch um die Schultern und sah dezent zur Seite, als ich mich aus meinem Neopren schälte.

»Bei einem Wettkampf oder einem offiziellen Rekordtauchgang muss der Athlet nach dem Auftauchen seine

Maske abnehmen, das O.K.-Zeichen geben und deutlich sagen, dass alles in Ordnung ist«, erzählte er hinter mir. »Das nennt man Oberflächenprotokoll, und wer das nicht innerhalb von fünfzehn Sekunden nach dem Auftauchen bringt, hat seinen Versuch verfehlt.«

»Stell ich mir schwierig vor. Ich hatte andere Dinge im Kopf, als ich wieder atmen konnte.«

Finn legte das Handtuch zurück auf meine Schultern und lehnte sich ein Stück zurück. »Ja, ich glaube, heute wäre sogar Angel daran gescheitert.«

Plötzlich fiel mir auf, dass Angel sich zurückgezogen hatte. Er hing am Seil und legte den Kopf in den Nacken, um noch mehr Luft in seine Lunge zu pressen. Dann klappte er geräuschlos wie ein Taschenmesser ein und ich sah nur noch das Logo von Finn's Fins an seinen Flossenspitzen aus dem Wasser winken.

Ella drückte sich den Schnorchel in den Mund und sah ihm vom Wasser aus hinterher. Etwas an ihrer Bewegung verriet mir, dass Angel dieses Manöver nicht mit ihr abgesprochen hatte.

»Zwei Minuten dreißig«, informierte Finn uns nach einer Weile stummen Wartens. »Wie tief wollte er noch mal?«

»Ich dachte, wir sind für heute fertig.« Ella kaute nervös auf ihrer Unterlippe herum. »Verdammt, was treibt der da unten?«

Die Zeit verrann und nun bekam auch ich es mit der Angst zu tun. Angel trug eine normale Maske, damit konnte er nicht unendlich tief tauchen und einen Druckausgleich vornehmen. Wenn er sich mit seinen Reserven verschätzte, wenn ihm die Luft ausging, musste er sich blind zurechtfinden.

»Ich geh nachsehen«, sagten Ella und ich wie aus einem Mund, als die Uhr bei drei Minuten angelangt war. Ich schnappte mir meine Flossen, warf das Handtuch ins Boot und rutschte über den Rand ins Wasser.

»Halt, wartet mal – seid ihr verrückt? Ihr könnt doch nicht …«

Ich nahm einen tiefen Atemzug und drückte den Kopf unter Wasser. Neben mir hörte ich Ella dasselbe tun. Mein Herz schlug viel zu schnell, aber er kam schon zurück, die nutzlose Tauchmaske wie ein Souvenir um den Hals.

»Angel!«

Ella hängte sich an seinen Arm, doch er sah uns nur ruhig an und rieb sich das Wasser aus den Augen.

»Wo warst du?«, fragte Finn. »Wir haben uns Sorgen gemacht, Mann!«

Angel lächelte ganz leicht. Er griff nach Ellas Hand und ließ etwas hineinplumpsen. Ellas Augen wurden groß, sie starrte von ihm zu uns und wieder zurück.

»Ein Stein? Woher hast du einen Stein?«

Ich wusste, wo er gewesen war, und auf einmal wurde ich wütend auf ihn und seine verrückten Selbstversuche, sein maßloses Vertrauen in die See. Mein Körper begann zu zittern, und mir wurde so kalt, dass ich nur noch aus dem Wasser herauswollte.

»Hier.« Angel öffnete meine Faust und legte etwas in meine Handfläche. Seine Berührung war ebenfalls kalt und seine Finger steif, wie gefühllos – doch der grau melierte Stein, der aussah wie ein schiefes Herz, fühlte sich warm an, warm vom Ritt durch fast hundert Meter Wassertiefe in seiner Hand.

Pat erwartete uns mit Sekt in Pappbechern, als wir erschöpft und durchgeweicht ins Dive-in zurückkehrten. »Leute, es ist so weit.« Er drückte jedem von uns einen Becher in die Hand und grinste zufrieden. »Die AIDA hat unsere Anmeldung bestätigt! Am ersten Juni schicken sie zwei Richter, die den Rekordversuch überwachen. Wenn wir das schaffen, gehen wir in die Geschichte des Freitauchens ein!«

Wir stießen an, alle durcheinander. Pat breitete die Meereskarte vor uns auf dem Tisch aus, und die anderen starteten wilde Diskussionen darüber, welche die beste Stelle für den Rekordversuch wäre. Es dauerte eine Weile, bis ich merkte, dass Angel hinter mir stand, so dicht, dass ich seinen warmen Atem an meiner Wange spürte. Ich lehnte mich zurück, bis unsere Körper sich berührten. Er legte eine Hand auf meine Hüfte und hielt mich ganz leicht. Francesca, die uns gegenüberstand, schaute mit hochgezogenen Brauen an uns herunter und schmunzelte.

»Jetzt geht es richtig um was, Leute«, verkündete Pat und malte ein dickes rotes Kreuz auf eine Stelle der Karte. »Ab morgen beginnt die heiße Phase des Trainings!«

Von mir aus, dachte ich, schreiben wir Geschichte. Hauptsache, wir tun es zusammen.

LÜGENMEER

Mein Leben begann wieder, aus Plänen zu bestehen.

Morgens stand ich vor den anderen auf, wenn die Sonne noch tief über dem bewaldeten Hügel hing und indigoblaue Schlieren auf die Wellen malte. Noch halb im Traum lief ich dann barfuß zum Meer hinunter und schwamm so lange an den Felsen entlang, bis meine Beine vor Anstrengung schmerzten oder der Akku meines iPods nachließ. Wieder auf dem Trockenen sah ich als Erstes nach, was Pat für den Tag geplant hatte. Ein paar Stammkunden waren angereist, die jedes Jahr im Mai nach Elba kamen und um die er sich persönlich kümmern musste. Er versuchte alles, um bei möglichst vielen Trainingseinheiten selbst dabei zu sein, aber oft fuhren Ella, Marco, Adriano, Finn und ich allein mit Angel raus aufs Meer, um Strecke oder Tiefe zu trainieren.

Der zweite Plan war mit roten Magneten an unseren Kühlschrank gepinnt und listete alle Arbeiten auf, die meine Mutter im Haus für nötig hielt. Sophia und mich hatte sie dabei hauptsächlich für das Entrümpeln der oberen Räume eingeteilt, während sie sich um die notwendigen Renovierungen kümmerte. Ich konnte kaum fassen, wie leicht es ihr fiel, Großmutters Lebenstraum in ein fremdes Haus zu verwandeln. Den alten Gasherd hatte sie mit einem einzigen Telefonanruf aussortiert, um Platz für ein modernes Induktionskochfeld zu schaffen.

Meine Eltern waren mit dem Abschiednehmen verheiratet, aber in meinen Kopf wollte trotzdem nicht hinein, dass bald andere Leute in meinem Zimmer wohnten und Oliven von unseren Bäumen pflückten. Die vielen anonymen Häuser, die wir die Jahre über bewohnt hatten, waren mir egal gewesen, ich konnte mich nicht mal erinnern, wie es in jedem einzelnen von ihnen ausgesehen hatte. Aber hier fühlte sich das an, als würde jemand anderes in mein Leben einziehen.

Als ich an diesem Morgen mit tropfenden Haaren ins Haus zurücklief, hörte ich meine Mutter im Obergeschoss lautstark über die Dusche schimpfen. Der alte Boiler hatte mal wieder seinen Wackler, und nur ich wusste, wo man dagegenschlagen musste, damit das Wasser warm lief. Ich überlegte, ob ich ihr Problem lösen sollte, da stellte sie das Wasser ab und ich hörte eine Tür knallen.

Ich ging in den Flur, wo mein Handy lag, aber ich brauchte nicht darauf zu schauen, ich hatte die Nachricht schon am Abend gelesen. Pat hatte ein Tauchtraining für heute Vormittag angesetzt, was mir nur recht war, denn das gab mir Gelegenheit, gleich zu verschwinden. In der Küche stellte ich die Kaffeemaschine an, goß mir ein Glas Milch ein und warf einen Blick auf den Plan am Kühlschrank. »Zimmer von Oma«, stand darauf und daneben die Adresse eines Maklerbüros in Portoferraio.

Hinter mir hörte ich Schritte und drehte mich um.

»Guten Morgen.« Okay, sie klang gereizt. Verständlich nach einer kalten Dusche.

»Morgen«, gab ich zurück und hielt ihr die Milchpackung hin.

»Nein danke. Ich hatte meinen Kaffee schon.« Sie lehnte sich an die Anrichte und verschränkte die Arme vor der Brust. »Kannst du mir mal erklären, was du da treibst?«

Ich trank einen großen Schluck von der Milch und sofort rebellierte mein Magen. »Was meinst du?«

»Ich war oben am Fenster, als du schwimmen gegangen bist. Erst dachte ich, du schwimmst hin und her, so wie früher, aber du warst so lange weg, dass ich beinahe den Rettungsdienst angerufen hätte.«

Fast hätte ich gelacht, aber meine Mutter sah nicht aus, als hätte sie das witzig gefunden. »Ich trainiere Apnoetauchen. Dazu muss ich beim Schwimmen unter Wasser den Atem anhalten.«

Sie sah mich ernst an. »Du hast mir doch erzählt, du arbeitest in einer Tauchschule. Was genau ist deine Aufgabe? Gibst du Tauchkurse?«

»Nein, nicht direkt.« Ungeduldig schaute ich auf meine Uhr. »Ich hab jetzt echt keine Zeit, dir das alles zu erklären, ich muss nämlich gleich los.«

Aber meine Mutter rührte sich nicht vom Fleck, sondern fixierte mich mit ihren hellblauen Augen. »Ich frage mich nur, was das für ein Job sein soll, bei dem man die Luft anhalten und sich in Gefahr bringen muss. Dafür bezahlen sie dich?«

Ich schüttelte den Kopf und wickelte die Haare über mein Handgelenk. »Dafür doch nicht, nein. Man muss verdammt gut sein, um mit Apnoetauchen Geld zu verdienen.«

Sie hob die Brauen. »Und du glaubst, dass du das bist? Gut genug, um damit Geld zu verdienen?«

Ich starrte sie an. »Das hab ich doch gar nicht gesagt, ich bin …«

»Dann wäre es vielleicht doch klüger gewesen, zuerst das Abitur zu machen«, unterbrach sie mich barsch. Sophia kam in die Küche getappt und blinzelte uns verschlafen an. Sie sah verstrubbelt aus und trug noch ihren dünnen Pyjamashorty, der über ihren Brüsten spannte. Meine Mutter holte einen Becher aus dem Schrank und ließ schwarzen Kaffee hineinlaufen, bevor sie ihn meiner Schwester reichte.

»Mama, kannst du mich am Strand absetzen?«

Meine Mutter sah ebenfalls auf die Uhr. »Nur wenn du dich beeilst. Ich habe gleich den Termin mit dem Makler.«

»Bin sofort fertig!« Soph drückte ihr einen Kuss auf die Wange und huschte mit ihrem Kaffeebecher zurück nach oben. Ich riss die Kühlschranktür auf und stellte mein Milchglas hinein.

Meine Mutter ging zur Tür, blieb aber noch mal stehen und drehte sich zu mir um. »Vergiss nicht, dass heute noch ein Zimmer ausgeräumt werden muss. Ich will nicht, dass Sophia die ganze Arbeit allein macht.«

»Keine Sorge«, schnaubte ich, »sie wird sich schon nicht überarbeiten.«

»Sophia hat Ferien«, gab meine Mutter zurück. »Und die hat sie sich auch verdient.«

Ich hörte, wie die Haustür hinter ihr zuschlug und oben die Dusche anging. Kurz darauf kreischte Sophia auf.

»Ach, Scheiße.« Ich stieg die Treppe hoch und stieß die Tür zum Bad auf. Sophia war aus der Dusche gesprungen und sah mich empört an.

»He, hast du sie noch alle?«

Ohne ein Wort ging ich zu dem Boiler an der Wand und

schlug zweimal kräftig mit dem Ellbogen dagegen. Sophia kreischte wieder, weil das Wasser sofort zu dampfen begann.

»Musst dich nicht bedanken«, blaffte ich sie an. »Du kriegst auch so, was du willst!«

»Ich kann nichts dafür, dass sie angepisst ist«, keifte Sophia zurück. »Du hättest dein blödes Abi ja einfach machen können, anstatt abzuhauen und dich zu verkriechen. Was glaubst du denn, dass sie dich einfach so ziehen lassen?«

Ja, dachte ich und fühlte, wie mein Magen wieder zu rumoren begann. Ich hatte gehofft, dass sie mich genug dafür hassen würden, um mich aus ihrer Familie zu verbannen und mir damit die emotionale Absolution zu erteilen, frei zu sein. Aber ich hatte mich getäuscht, gründlich – sie waren nicht bereit, mich ohne Gegenleistung ziehen zu lassen.

Ich ging in mein Zimmer, zog mir Shorts und ein T-Shirt über meinen Bikini und lief nach draußen, um meinen Cyclewolf aus dem Schuppen zu holen. Der Phaeton stand noch in der Auffahrt, also stieg ich aufs Rad und machte, dass ich wegkam. Es tat gut, einen Grund zu haben, um aus dem Haus zu kommen, und es war richtig, sich dafür anstrengen zu müssen. Obwohl ich seit der Partynacht am Strand ein paarmal mit Marco getaucht war, hatten wir uns noch nicht ausgesprochen. Aber mein Stolz hätte es mir sowieso nicht gestattet, ihn um eine Mitfahrgelegenheit zu bitten, also machte ich aus der Not eine Trainingseinheit und übte beim Fahren verbissen weiter Luftanhalten.

Wie jedes Mal in letzter Zeit schlug mein Herz schneller, als ich die Bucht von Lacona erreichte und durch den Kiefernwald auf die Zufahrt zum Dive-in abbog. Vor lauter Aufregung rutschten meine Füße von den Pedalen. Ich hatte einen kurzen Stopp in Capoliveri eingelegt und mir eine

Banane gekauft, aber auch mein Magen konnte sich nicht auf seine Aufgabe konzentrieren.

Als ich um die letzte Ecke bog, verschwanden alle übrigen Gedanken schlagartig aus meinem Kopf. Der Garten war voller Leute, die sich auf den wenigen Stühlen stapelten und lautstark über etwas diskutierten, was zwischen ihnen auf dem Tisch auslag. Ich spähte an ihnen vorbei ins Innere, aber ich sah nur Francesca am Telefon sitzen.

»Hey, Lou!« Adriano sprang auf und winkte, als er mich sah. »Wenn du Pat suchst, der bringt seine Leute zum Flughafen. Und Ella ist mit einer Gruppe zum Wrack gefahren. Kann spät werden.«

Ich hob die Brauen. »Wir sind eigentlich jetzt verabredet.«

Er grinste etwas zerknirscht. »Äh, ja, also … das hat sich auf heute Abend verschoben. Hast du die Nachricht nicht gekriegt?«

Ich ließ mein Rad gegen den Zaun sinken und lehnte mich auf den oberen Balken. Die Enttäuschung fraß sich wie Säure durch meinen Körper. »Ne, aber ist egal. Ob ich auf den Berg strample oder hierher macht keinen Unterschied.«

»Sorry! Das nächste Mal soll Ella dich anrufen.« Er stand auf und bot mir seinen Stuhl an, dann lief er ins Dive-in und kam mit einer Kiste und einem ganzen Arm voller Getränke wieder heraus. »Setz dich, wir reden sowieso gerade über den Tauchgang.«

Zögernd betrat ich den Garten und ließ mich auf den angebotenen Stuhl fallen. Alle Augen waren nun auf mich gerichtet, und irgendwie hatte ich nicht das Gefühl, als würden sie sich freuen, mich zu sehen.

»He, hola!« Jemand berührte mich am Arm und ich zuckte erschrocken zurück. Hinter dem Rücken einer vollbusigen Blondine tauchte der Typ aus Kuba auf. Er balancierte das Mädchen spielend auf einem Bein und lehnte sich verschwörerisch zu mir. »Der Kerl will uns um die Wette tauchen lassen, bevor er sich für ein paar von uns entscheidet. Wenn einer die fünf Minuten knackt, ist er drin.«

Adriano wechselte einen amüsierten Blick mit mir und hockte sich breitbeinig auf die umgedrehte Kiste. »Also, wie ihr wisst, brauchen wir für den Rekordversuch noch zusätzliche Sicherungstaucher. Seit Pat das auf Facebook erwähnt hat, laufen die Leitungen heiß, so viele Anfragen haben wir schon bekommen. Es gibt verdammt viele verdammt gute Taucher da draußen. Ihr seid also privilegiert!«

»Und was müssen wir jetzt machen?«

Adriano lehnte sich zurück und verschränkte die Arme vor der Brust. »Ihr fahrt morgen mit Pat und mir raus und wir machen ein paar Testtauchgänge. Wir wollen sehen, was ihr draufhabt.«

»Das wird aber nicht so ein Männerding, oder?« Die Blonde lehnte sich in Adrianos Richtung und warf einen lauernden Blick in die Runde. »Ich hab zwei Jahre als Dive Instructor in Ägypten gearbeitet, ich kann allemal mit denen mithalten!«

Plötzlich gefiel mir das Spiel. »Ich hab gelesen, Frauen sind sogar die besseren Taucher, weil wir elastischer gebaut sind und weniger Sauerstoff verbrauchen.«

Ein paar der Typen lachten dröhnend, Adriano grinste mich nur an. »Wenn es nach Pat geht, nehmen wir auf jeden Fall einen Mann. Weniger Ablenkung für seinen Champion.«

»Dann bestehe ich auf einen Wettkampf.« Die Blonde rutschte von Carios Schoß und hockte sich an den Rand des Tisches, auf den eine krakelige Zeichnung gepinnt worden war, ein abtauchendes Strichmännchen mit langen Flossen neben einem Seil. Kringel markierten die Stellen, an denen Sicherungstaucher postiert sein mussten, und sie griff sich den Stift und schrieb in Großbuchstaben ihren Namen hinter die zweite Marke.

Die Jungs beschwerten sich lautstark und pfiffen sie empört aus. Cario sprang auf, fasste sie um die Taille und rang ihr den Stift aus der Hand. Es sah aus wie ein spielerischer Kampf vor einem zustimmend johlenden Publikum, aber etwas an seinen Bewegungen und der herrischen Art, mit der er sie gepackt hielt, machte klar, dass die Sache für ihn keineswegs ein Spiel war.

»He, schon gut, krieg dich wieder ein!« Die Blonde schüttelte Carios Arm ab und boxte ihn in die Seite. »Ich will nur, dass wir es fair austragen.«

Cario ließ sich schwer in seinen Stuhl sinken und beugte sich wieder zu mir. »Es wird kein fairer Kampf, aber das weiß sie noch nicht«, flüsterte er mir zu. »Sie hat keine Chance!«

»Ach ja? Willst du sie vorher betrunken machen?«

Cario lachte laut. Seine Augen funkelten, und auf einmal sah er überhaupt nicht mehr bedrohlich aus, sondern wie ein Typ, nach dem man sich auf der Straße umdrehen würde. »Das hat schon beim letzten Mal nicht geklappt.« Er sah mich schräg von der Seite an und grinste wieder. »Was ist mit dir? Bist du auch scharf darauf, bei der Sache dabei zu sein?«

Ich versuchte, mir nichts anmerken zu lassen. »Ich tauche nicht da runter, wenn du das meinst.«

Er sah mich forschend an. »Du bist nicht zufällig hier, stimmt's? Oder gehörst du zu den Menschen, die nicht mal für Geld im offenen Meer schwimmen würden?«

»Nein, aber auch nicht zu den Menschen, die sich für einen unbezahlten Job so zum Affen machen.«

Er grinste wieder. »Es ist der totale Kick, da unten zu sein. Erst recht, weil es nicht jeder wieder nach oben schafft.«

Plötzlich kam mir ein völlig neuer Gedanke. Ich drehte mich so, dass ich ihm direkt ins Gesicht sehen konnte. »Du warst selbst schon ohne Luft da unten, richtig? Du bist auch einer von denen.«

Cario sah zum Meer hinunter, und plötzlich lag eine Sehnsucht in seinem Blick, die ich von mir selbst nur zu gut kannte.

»Überleg mal, hundertdreißig Meter – das ist reiner Wahnsinn! Wenn er das schafft, wenn er diesen Rekord bricht, macht er sich unsterblich, für immer.«

Etwas an der Formulierung störte mich, aber ich konnte nicht benennen, was. Vielleicht weil es klang wie die Sätze, die Pat immer von sich gab, weil sie alle Teil dieses Abenteuers sein wollten und es ihnen im Grunde nur um sich selbst ging und kein Stück um das, was Angel suchte.

Ein Auto hielt vor dem Dive-in, ein schwarzer Audi mit getönten Scheiben und weit geöffnetem Glasschiebedach. Finn schwang seine langen Beine aus dem Wagen und hob eine Hand zum Gruß, als er uns entdeckte. Er genoss seinen Auftritt, das sah ich an der Art, wie er sich seine Sonnenbrille in die Haare schob und mit einer lässigen Handbewegung über die Schulter sein Auto zusperrte. Er trug Jeans und ein teures Hemd, bei dem er die oberen Knöpfe offen gelassen hatte.

»Hi, Finn!« Adriano sprang auf und reichte Finn die Hand. »Leute, das ist unser Sponsor. Also Angels Sponsor. Der Erfinder von Finn's Fins.«

»Sein Sponsor?« Cario verrenkte sich fast den Hals, um besser sehen zu können. »Im Ernst, er hat einen Sponsor?«

Einer der Taucher stand auf und bot Finn mit ehrfürchtiger Miene seinen Stuhl an, aber Finn schüttelte nur leicht den Kopf und kam stattdessen zu mir.

»Lady?«

»Netter Auftritt.«

»Ich hab was für dich.« Er machte ein geheimnisvolles Gesicht und wedelte mit einem braunen Umschlag vor meiner Nase herum. Mein Atem stockte.

»Die Bilder?«

»Besser!« Er zog einen Stapel Hochglanzprospekte heraus und legte mir eines davon in den Schoß. Ich hielt den Atem an, als die Erinnerung lebendig wurde. Das Bild auf der Vorderseite sah aus, als würde der riesige Wal geradewegs in die Kamera sehen und den Betrachter verwundert fragen, was das für ein seltsames Wesen war, das da auf ihn zuschwamm. Ich brauchte nichts von Fotokunst zu verstehen, um zu wissen, was für einen einzigartigen Moment Marco da eingefangen hatte.

»Oh, wow. Das ist genial, Finn!«

»Die Ehre gebührt euch, nicht mir.« Er reichte den restlichen Stapel herum und beobachtete zufrieden, wie die Leute ihre Augen aufrissen und aufgeregt zu reden begannen.

»Bist das du?« Die Blonde musterte mich überrascht. »Die Meerjungfrau?«

»Sie sieht nicht nur so aus, sie schwimmt auch wie eine!« Finn schob die Sonnenbrille wieder vor seine Augen und hockte sich lässig auf meine Stuhllehne. »Sie bleibt über fünf Minuten unter Wasser, wenn es drauf ankommt.«

Jetzt guckten sie alle, aber die Blicke waren mir unangenehm. Nun war ihnen klar geworden, dass ich nicht hier war, um mit ihnen um einen Platz im Team zu buhlen, sondern dass sie sich an mir würden messen müssen. Ich atmete tief ein und aus und lächelte in die Runde.

»Übrigens«, raunte Finn in mein Ohr. »Angel will nicht auf Ella warten. Er macht eben sein Boot klar, drüben bei den Felsen.«

Ich starrte ihn an. »Wie, jetzt? Allein?«

Finn drückte mir einen zweiten Prospekt in die Hand. »Ich glaube, tief in sich drin will er nicht allein sein.«

Stimmen wurden laut und riefen etwas, aber ich hörte schon nicht mehr hin. Ich überließ Finn meinen Stuhl, rollte die Prospekte zusammen und schob sie in den Bund meiner Shorts. Dann ging ich nach drinnen, packte meinen Neoprenanzug und die Flossen in eine Tasche und hängte sie mir über die Schulter.

Cario hatte seinen Stuhl dicht an Finns geschoben, und beide sahen auf, als ich wieder ins Sonnenlicht trat.

»Du gehst?«, fragte Cario.

»Die Meerjungfrau hat einen Job.« Finn lächelte mir zu und ich verabschiedete mich mit einer schnellen Umarmung von ihm und Adriano. Dann schloss ich mit hastigen Bewegungen mein Rad ab und lief durch den Nadelwald in Richtung Strand.

Das Sonnenlicht brach sich auf den Wellen und blendete mich, als ich über die Felsen zu dem kleinen roten Boot lief, das einsam an seinem Tau zerrte. Er war nicht hier, aber seine Sachen lagen im Bauch des Bootes, die Flossen, seine Maske, ein paar Flaschen Wasser, Müsliriegel. Ich zog meine Schuhe aus, ging in die Hocke und angelte nach dem Tau, um das Boot zu mir heranzuziehen.

»Das ist Schifffriedensbruch, Marie-Louise. Dafür kannst du echt Ärger kriegen.«

Ich fuhr herum und hätte beinahe das Gleichgewicht verloren. Auf einmal fühlte ich mich so leicht, als bräuchte ich kein Boot, um über die Wellen zu gleiten. Sonnenstrahlen ließen Angels feuchte Haare blitzen und trockneten die Salzperlen auf seiner Brust.

»Marco sagt immer, allein tauchen ist das Dümmste überhaupt.«

Er richtete die schwarzen Gläser seiner Sonnenbrille auf mich. »Kluger Kerl, dieser Marco.«

Ich rührte mich nicht vom Fleck, als er neben mir in die Knie ging und der Ärmel seines Anzugs über meine Haut streifte. Er nahm mir das Tau aus der Hand, griff nach dem Boot und hielt es fest. Die Wellen schwappten gegen die Felsen und zogen am Rumpf, aber Angel half mir hineinzuklettern, band das Tau los und sprang mir hinterher. Das Chaos auf dem Boden räumte er notdürftig in den Bug, dann zwängte er seine Arme in den Anzug, setzte sich ans Steuer und ließ den Motor aufjaulen.

Wir fuhren nicht wieder zu der kleinen Insel, sondern umrundeten die Calamita, bis die Insel Montecristo vor uns aus dem Wasser wuchs. Mitten auf dem Meer stellte er plötzlich den Motor ab und ließ die Wellen unsere Richtung bestimmen. Angel begann mit seinen Atemübungen, und meine Hände führten die einstudierten Abläufe aus, ohne dass ich nachdenken musste. Tauchflagge hissen, Boje auswerfen. Das Seil abrollen. Treibanker zu Wasser lassen. Gut genug, echote es in meinem Kopf, bist du gut genug, Louise? Auf einmal tat mir der Kopf weh und ich hielt das Geschaukel auf dem Boot kaum noch aus.

»Alles okay?« Angel kniete dicht neben mir und löste die Hand von meiner Stirn.

»Ja, nur leicht schwindelig.« Ich versuchte ein Lächeln. »Bestimmt die Sonne, das bin ich nicht mehr gewohnt.«

»Willst du abbrechen?«

Ich schüttelte den Kopf, ohne die Möglichkeit zu erwägen. »Der Einzige, der hier abbrechen darf, bist du.«

Er lächelte und ließ die Hand durch meine Haare gleiten. Einen Moment lang dachte ich, er würde mich küssen, doch etwas hing zwischen uns, der grelle Tag, die viel zu warme Sonne. Oder das Meer, dem er sich erst stellen musste.

Wir schlüpften in unsere Flossen und ließen uns nacheinander ins Wasser gleiten. Die Kühle tat gut auf meiner brennenden Haut und das Karussell in meinem Kopf kreiselte langsamer. Er griff nach dem Seil und hakte den Karabiner darum, der an dem elastischen Band an seinem Gürtel befestigt war. Sein Atem wurde tief und jedes Gewicht schien von ihm abzufallen. Ich schwamm zu ihm und legte eine Hand auf sein Herz, spürte, wie langsam es schlug. Fast schon bekam ich Angst, es würde ganz verstummen, doch dann fühlte ich die Kraft, die mit dem einströmenden Atem in seinen Körper drang, dem letzten, alles entscheidenden Atemzug. Meine Hand gab ihn frei und er tauchte unter mir davon.

Stille senkte sich über das Meer, betäubende Stille. Ich blinzelte und sah mich um, aber da war nichts, nur Wasser und Wellen und ein einsames kleines Boot.

»Angel«, flüsterte ich und klammerte meinen Arm um die Boje.

Wie tief reichte das Seil? Ich hatte gar nicht darauf geachtet, wie weit wir rausgefahren waren. Leicht panisch sah ich mich um, aber die Spitze der Calamita-Halbinsel schien ebenso weit entfernt wie Montecristo – zu weit, um schnell Hilfe zu holen. Was hatte ich mir nur dabei gedacht? Wenn ihm nun etwas zustieß, wenn er einen Blackout hatte oder ihm da unten die Kraft ausging, wenn das Seil ihn nicht stoppte und er immer weiter fiel, endlos ins Meer …

»Hör auf«, sagte ich laut zu mir selbst. »Schluss damit, ihm passiert nichts! Du passt doch auf ihn auf!«

Ein Zittern am Seil antwortete mir und vor lauter Erleichterung vergaß ich beinah meine Aufgabe. Ich streckte den Kopf ins Wasser und sah, wie er sich zu mir zurückkämpfte, die Arme nach oben gereckt wie ein Ertrinkender. Dann hatte er es geschafft und prustete, als er sich die Klammer von der Nase zog und mit den Fingern ein O.K. formte.

»Wow, das war hart«, keuchte er und rieb sich das Wasser aus den Augen. »Je tiefer ich komme, desto weniger spür ich meine Arme und Beine. Wenn du dann hochtauchst, ist das, als würdest du Bleigewichte mit dir rumschleppen.«

»Woher weißt du, was du machen musst, wenn du nichts mehr fühlst?« Ich versuchte, ganz ruhig zu atmen, wie er es tat. Wortfetzen türmten sich übereinander und schaukelten wie Wellen durch meinen Kopf.

»Ich weiß es nicht«, sagte er schulterzuckend. »Ich tu es einfach.«

Wir sahen uns an, nur einen Schwimmzug voneinander entfernt. Wieder war der Moment perfekt für einen Kuss, aber diesmal waren es meine Geister, die sich zwischen uns drängten. Entschlossen machte ich die Augen zu und atmete tief in meinen Bauch.

»Lou?« Die Stimme war tief und heiser und viel näher, als sie sein sollte. »Was hast du vor?«

»Ich muss da runter«, flüsterte ich. »Nur einmal!«

Aber mein Körper gehorchte mir nicht. Die Luft fühlte sich mit einem Mal zäh an, wie Gummi, und es kostete all meine Kraft, sie in meinen Körper zu atmen. Angels Arm schloss sich um meinen Bauch und hielt mich fest, so fest, dass es mir unmöglich war, vor den Worten davonzutauchen. Ich wollte nichts mehr fühlen, nur noch fallen und vergessen, aber sein Arm zog mich zum Boot und ließ nicht los, bis ich mich fest an die Seitenwand klammerte.

»Du bist ganz weiß«, keuchte er. »Los, rein mit dir!«

Ich ließ mich von ihm in das Boot hieven und schlang die Arme um meine Beine. Mein ganzer Körper schlotterte vor Kälte. Angel zog sich auf der anderen Seite ins Boot und hängte mir sein kleines Handtuch um die Schultern.

»Ich wollte …«, begann ich, aber er legte einen Finger auf meine Lippen und die Berührung brachte mich zum Verstummen. Er rutschte neben mich, lehnte sich an die Bootswand und streckte den Arm nach mir aus. Ich drückte meine Wange gegen seine Brust, hinter der nun ein deutlich schnellerer Herzschlag zu hören war, und endlich konnte ich wieder normal atmen.

»Ich hab Panik bekommen«, murmelte ich. »Wenn dir was passiert und ich kann dir nicht helfen …«

Seine Finger spielten mit meinen Haaren. »Klar könntest du mir helfen.«

»Und wenn nicht? Ich bin keine Francesca, ich weiß gerade mal, wie man jemanden in die stabile Seitenlage bringt. Wahrscheinlich würde ich es nicht mal schaffen, dich ins Boot zu bekommen! Was dann, Angel? Wenn du ertrinkst und es ist meine Schuld?«

Einen Moment saß er ganz ruhig. »Pass auf, Lou. Egal, was passiert, es ist nie deine Schuld, klar? Freitauchen ist meine Art zu leben, es kann also passieren, dass es irgendwann auch meine Art zu sterben wird.«

Ich hob den Kopf und sah ihn an. »Wie kannst du das sagen? Das klingt, als hättest du überhaupt keine Angst davor.«

Er zog mich wieder gegen seine Brust und strich mit der Hand über meinen Kopf. »Ich habe keine Angst, da unten zu sterben, Lou.«

»Das ist gruselig«, flüsterte ich und blinzelte gegen die Sonne. Er schwieg ein paar Atemzüge lang, dann fühlte ich seine Lippen an meinen Haaren. »Wenn du Angst hast, schüttet dein Körper Adrenalin aus und dein Herz schlägt automatisch schneller. Angst hat da unten nichts verloren, Lou. Wenn du Angst hast, bleibst du besser auf dem Boot.«

»Hast du denn vor gar nichts Angst?« Ich schloss die Augen und schmiegte mich noch enger an ihn.

Er stockte kurz, dann grub er seine Finger wieder in meine Haare. »Als ich klein war, hatte ich ständig Angst. Mein Vater hat schon zum Frühstück angefangen zu trinken, und wenn er schlecht drauf war, hat er meine Mutter oder uns verprügelt, nur um seine Wut loszuwerden. Meine Brüder haben mich ebenfalls gehasst, weil ich ein Kuckuckskind war und aus ihrem Vater einen verbitterten Säufer gemacht habe. Die haben mich nicht mal richtig angeschaut. Als ich fünfzehn war, bin ich von zu Hause abgehauen. Ich hab mich allein durchgeschlagen und viel Scheiße erlebt, aber ich hab es überlebt, und jetzt bin ich hier, verstehst du? Wenn ich da unten draufgehe, ist das okay. Alles ist besser als das.«

»Weil du jetzt frei bist«, stellte ich flüsternd fest.

Er lachte heiser. »Wer wegläuft, ist nie frei. Du versteckst immer einen Teil von dir. Stimmt doch, oder, Lou?«

Ich machte die Augen wieder auf und blinzelte in die Sonne. »Meine Eltern sind gar nicht meine richtigen Eltern«, sagte ich leise. »Sie haben mich als Baby zu sich geholt wie einen Hund aus dem Tierheim.«

Seine Lippen drückten sich auf meinen Kopf und ich ließ die Augen wieder zufallen. So schön, so nah. Es war, als würde er all meine Worte absorbieren und den Schmerz aus ihnen heraussaugen.

»Eigentlich sollte es mich gar nicht geben. Das Mädchen, das mich bekommen hat, war erst fünfzehn. Sie hat versucht, sich umzubringen, als sie mit mir schwanger war.« Ich lächelte. »Aber ich hab es überlebt, und jetzt bin ich hier.«

Er schob die Lippen über meine Haare, hin und her, immer wieder. Die Wellen gluckten und schaukelten unser Boot auf den Horizont zu. Ich blinzelte und hob den Kopf, aber Elba war schon beinah aus unserem Blickfeld verschwunden.

»Schau mal, wenn wir uns weiter so treiben lassen, landen wir bald in Marokko.«

Angel stemmte sich auf die Ellbogen hoch und sah sich um. »Oder wir verlassen das Mittelmeer und treiben über den Atlantik.«

»Da ist es doch viel zu kalt zum Tauchen.«

»Nicht wenn wir die Karibik ansteuern.« Er griff nach seinen Flossen und sah mich prüfend an. »Bist du bereit?«

Meine Schultern schmerzten und mein Nacken spannte von der ungewohnten Liegeposition, trotzdem nickte ich. Er wartete, bis ich meine Füße in die Finn's Fins gezwängt und meine Maske aufgesetzt hatte, dann rutschten wir von der Bordwand ins kühle Wasser. Angel sank tief ein und tauchte so dicht vor mir aus, dass unsere Körper aneinanderglitten.

»Mach mal die Augen zu. Und jetzt stell dir vor, wir sind in der Karibik, vor einer kleinen Insel namens Long Island. Direkt vor der Insel liegt ein Blue Hole, eine riesige Höhle unter Wasser, die sich nach unten wie ein Trichter öffnet. In diesem Loch ist es dunkel und du kannst die Wände fühlen. Wie in einem riesigen Brunnen.«

»Warum sollten wir da reintauchen?«, fragte ich, ohne die Augen zu öffnen. Er legte meine Hand an das Seil und meine Haut kribbelte dort, wo er sie berührte.

»Weil es der sicherste Ort ist für uns Freitaucher. Weder Wind noch Wellen stören uns dort. Du brauchst nicht auf Strömungen aufzupassen und das Wasser ist so warm, dass dir die Dunkelheit nichts ausmacht.«

»Okay«, flüsterte ich. »Tauchen wir da rein.«

Er legte seine Hand auf meine. »Lass los, Lou. Du musst es hinter dir lassen, sonst wird es nie aufhören, dir wehzutun.«

Ich schluckte. Angel schlang seine Finger um meine, ganz sacht, und ohne Widerstand folgte ich ihm hinab in das Blau, so tief, bis wir mit dem Wasser verschmolzen und durchsichtig wurden, bis nichts mehr über uns war als das Meer.

Als ich nach Hause kam, fand ich Sophia im Zimmer meiner Großmutter. Sie saß auf dem Boden und überall um sie herum lagen Briefe verstreut, gefaltete Zettel mit winzigen handgeschriebenen Buchstaben oder getippten Zeilen, und dazwischen die bunten Zeichnungen von Kindern.

»Warum sitzt du hier im Dunkeln?«

Sie schaute hoch und kniff die Augen zusammen. »Warum kommst du jetzt erst?«

Staub wirbelte hoch, als ich das Fenster weit aufriss und die Läden nach außen klappte. Die Palmen auf der Zufahrt winkten leise im Abendwind. Ich war oft hier drin gewesen, damals, als wir noch klein gewesen waren. Trotzdem sah der Raum anders aus als in meiner Erinnerung. Kleiner und düsterer. Und sehr viel einsamer.

»Mama ist stinksauer, weil du nicht hier warst. Ich hab den ganzen Kleiderschrank allein ausgeräumt. Du kannst dich auf was gefasst machen.«

»Wo ist sie jetzt?«

Ich sah mich um. Außer dem Bett und einem geräumigen Kleiderschrank gab es nur noch ein Möbelstück hier drin, einen alten Sekretär mit Schnitzereien an den Schubfächern. Früher war die oberste Schublade immer mit pappsüßen Karamellbonbons gefüllt gewesen, die wir manchmal heimlich nach dem Zähneputzen gegessen hatten. Ich zog sie auf, aber natürlich war sie leer. In der Kaffeedose steckten noch immer Stifte und Häkelnadeln, und daneben lag das Buch mit dem Lesezeichen darin.

»Sie ist losgefahren, um dich zu suchen.« Ich drehte mich zu meiner Schwester hin und sie lächelte zu mir hoch. »Ich hab ihr gesagt, wo sie dich finden kann.«

»Ja, das kannst du gut in letzter Zeit«, gab ich zurück.

»Stell dir mal vor, sie hätte dich da gefunden und nach Hause zitiert. Wie peinlich für dich!«

»Du kannst mich mal.«

Ich wollte gehen, aber mein Blick blieb an ein paar Zeilen kleben, die ich eindeutig wiedererkannte. Der Brief war von mir, aus Salem. Stirnrunzelnd ließ ich mich in die Hocke nieder und hob ihn auf. Ich musste ihn in meiner ersten Woche im Internat geschrieben haben, denn ich erzählte von Anne, von den Zimmern in den Flügeln des alten Schlosses, von dem seltsamen Gefühl, nicht mehr zu Hause bei meinen Eltern zu sein. Und ich schrieb, dass ich meine Schwester vermisste, obwohl wir uns den ganzen Sommer lang aus dem Weg gegangen waren.

»Hast du die alle gelesen?«

Soph sah wieder von dem Brief hoch, den sie auf dem Schoß hielt. »Hm, nicht alle. Aber viele. Schau mal!« Sie reichte mir eine Zeichnung, die unser Haus an der Elfenbeinküste zeigte. Vier Menschen standen davor, mit einem breiten Lachen im Gesicht, die einander an den Händen hielten. »Waren wir das mal? Eine glückliche, strahlende Familie?«

Ich ließ die Zeichnung sinken und sah sie überrascht an. »Wie meinst du das?«

»Na, schau uns doch jetzt an. Du bist ins Internat abgehauen, Mama jettet in der Weltgeschichte herum, und Papa sehe ich kaum, weil er immer nur arbeitet. Seit Oma nicht mehr da ist, haben wir gar nichts mehr zusammen gemacht.«

»Wir sind eben keine normale Familie«, sagte ich leise. »Das waren wir sowieso nie.«

»Ich wollte auch ins Internat.« Sophia spielte mit den

Kordeln ihres Shirts. »Aber sie haben mich nicht gelassen. Ich hätte wohl mehr so sein müssen wie du.«

Ich musste lachen. »Das ist nicht gerade ein Kompliment, aber trotzdem danke.«

»Hier!« Sie reichte mir einen weiteren Brief, den ich als kleines Mädchen geschrieben haben musste. Das ganze Blatt war mit nur drei krakeligen Sätzen vollgeschrieben, und man sah, dass er oft auseinandergefaltet worden war: *Es war sehr schön bei dir! Ich vermisse dich! Ich hab dich ganz arg lieb!*

»Wie lange hat sie Briefe von uns gesammelt? Unser ganzes Leben lang?«

Kopfschüttelnd griff ich in den Stapel Briefumschläge, die Sophia zur Seite gelegt hatte. Es waren alte, vergilbte Kuverts mit Eselsohren an den Ecken. Alle waren an unsere Großmutter adressiert, aber sie stammten von überall auf der Welt. Manche der Orte kannte ich, weil wir selbst dort gewohnt hatten, und die Briefmarken zeigten winzige Bilder von Städten wie Tokio, Abidjan, Havanna, Tel Aviv oder Colombo.

Ich setzte mich im Schneidersitz hin und schob den Brief aus Salem unter meinen Po, damit Sophia ihn nicht noch mal in die Finger bekam, dann wühlte ich den Stapel durch, den sie noch nicht aus den Kuverts geholt hatte. Bestimmt gab es hier noch mehr Geständnisse und Seelengeheimnisse, die ich niemandem außer meiner Großmutter anvertraut hatte. Ich griff wahllos zu und begann zu lesen, bis ich merkte, dass ich meine Schrift mit der meiner Mutter verwechselt hatte.

Der Brief musste alt sein, die Tinte hatte sich ins Papier gefressen und sie schrieb ihn aus Jerewan, einem Ort, an den ich keinerlei Erinnerung besaß. Und trotzdem ging es in dem Brief um mich.

Meine Finger wurden kalt, als ich kapierte, was sie da erzählte. Ich prüfte das Datum oben auf dem Brief und alles passte zusammen.

Plötzlich hatte ich das Gefühl, nicht mehr auf den kühlen Fliesen unseres Hauses zu sitzen, sondern auf den groben Holzdielen unserer Bibliothek in Havanna. Ich blinzelte, aber die Worte blieben dieselben.

Wir haben sofort eine Ultraschalluntersuchung machen lassen, weil wir es einfach nicht glauben konnten. Doch es ist wahr, wir werden ein Kind bekommen, nach all den Jahren und erfolglosen Versuchen.

Kannst Du das glauben? Wenn Du den Brief liest, schlägt sein Herz schon kräftig in meinem Leib. Ich bin so glücklich und Lars auch, aber das weißt Du bestimmt.

Körperlich geht es mir nicht gut, ich übergebe mich täglich und brauche viel Schlaf. Die kleine Louise schreit immer noch sehr viel und lässt sich nur schwer beruhigen. Wir werden wohl ein Kindermädchen einstellen, das sich um sie kümmert.

Zuerst war ich sicher, wir hätten einen Fehler gemacht, weil wir zu ungeduldig waren, aber jetzt denke ich, dieses Kind wäre nie entstanden, wenn ich nicht von meinem brennenden Wunsch abgelassen hätte.

Es ist wie ein Wunder.

Ich ließ den Brief sinken und schob ihn zu dem anderen unter meinem Po.

Draußen wurde es langsam dunkel und meine Augen brannten, aber ich ließ mir nichts anmerken, sondern drehte weiter Briefe um, bis ich das Tor quietschen hörte und ein Auto die Einfahrt heraufrollte.

»Was machen wir damit?« Sophia schichtete die Briefe und Kuverts zu einem Stapel zusammen und stand auf. »Wir können so eine Sammlung unmöglich wegwerfen.«

»Verbrennen«, beschloss ich knapp. »Und die Asche an ihrem Grab ausstreuen.«

STRUGGLE PHASE

Wir standen in der Küche, als Marco auftauchte. Unsere Mutter war zum Einkaufen nach Capoliveri gefahren und weder Sophia noch ich hatten Lust gehabt, in trauter Zweisamkeit auf der Veranda zu frühstücken, also hatte ich mir nur einen Kaffee geholt und sah zu, wie Sophia ihren Löffel mit Andacht in einen Ananasjoghurt tauchte. Ich war froh, aus der Küche zu kommen, aber Sophia folgte mir zur Tür und wartete hinter mir, bis er die Auffahrt raufgefahren war.

»Hi, Marco!« Sophia setzte ihr Verführerlächeln auf und lehnte sich gespielt gelangweilt an den Transporter. »Bist du gekommen, um uns zu einer Party einzuladen?«

Marco grinste, blieb aber angeschnallt sitzen, als habe er Angst vor meiner Schwester. »Wie man's nimmt. Ich bin hier, um den Pool zu reinigen. Wenn ihr für die Musik und die Gesellschaft sorgen wollt, nur zu!«

»Poolparty?« Sophia schwang ihre goldblonde Mähne halb zu ihm ins Auto. »Wie hättest du uns denn gern, im Strandkleid oder gleich im Bikini?«

Marco tauschte einen Blick mit mir und sah dann zum Pool hinüber. »Am praktischsten wäre eine Wathose, aber an dir sieht bestimmt auch die sexy aus.«

Sophia rümpfte die Nase. »Komm schon, den schönen

langen Tag lang dreckige Wände schrubben? Nicht dein Ernst, oder?«

Marco hob die Schultern. »Auftrag ist Auftrag. Fürs Feiern bezahlt mich niemand.«

Sophia warf mir einen verschwörerischen Blick zu. »Lassen wir uns das gefallen? Marco, wie wäre es mit einer kleinen Abkühlung im Meer, bevor du dich in der Dreckbrühe suhlst?«

Marco stieg aus und packte Acqua am Halsband, um ihn daran zu hindern, sandige Pfotenabdrücke auf Sophias weiße Shorts zu stempeln. »Sorry, erst die Arbeit, dann das Vergnügen. Aber ich mach euch einen Vorschlag – wenn ihr mir helft, lade ich euch auf eine Pizza ein.«

Natürlich bestand Sophias Hilfe darin, wenig hilfreiche Kommentare ins Poolloch zu schicken, aber immerhin versorgte sie Marco mit kühler Limo und einem hübsch dekorierten Teller voller Mangospalten.

»Ich helf dir.« Ich zog meine Hose aus und schwang die Beine über den Rand des Pools, aber Marco packte mich am Knöchel und schob meine Füße sanft, aber bestimmt wieder auf die Fliesen.

»Nein, Lou. Das ist mein Job, ich will keine Hilfe.«

»Du brauchst den ganzen Tag, wenn du das allein machst. Es macht mir nichts aus, ehrlich!«

Er lächelte, aber seine Augen blieben ernst. »Okay, anders. Ich will deine Hilfe nicht«, sagte er so leise, dass nur ich ihn hören konnte.

Ein paar Atemzüge lang blieb ich wie erstarrt sitzen und fixierte seinen Rücken, dann stand ich langsam auf und ging am Haus vorbei, wo der Transporter parkte. Acqua hechelte die heruntergedrehte Scheibe an, und ich ließ ihn raus, damit er überall in den Garten pinkeln und meine Schwester nerven konnte, aber der Hund setzte sich neben mich und sah mich an, als könnte er spüren, wie sehr ich mit mir kämpfte. Okay, ja, ich hatte ihn vergrault, und es war mir in dem Moment total egal gewesen, was um mich rum passierte. Aber deshalb brauchte er auch nicht ewig beleidigt zu sein.

Ich lief ins Haus, holte Maske und Monoflosse aus dem Schrank im Bad und zog mir mein Shirt über den Kopf. Dann stapfte ich die Stufen zum Meer hinunter, ohne mich nach dem Schrubben und Platschen aus dem Pool umzudrehen. Acqua hing mir an den Fersen wie ein wachsamer Schatten und blieb leise winselnd auf der obersten Stufe zurück, als ich mich vom Fels abstieß und in tieferes Wasser kraulte.

Im Internet hatte ich gelesen, dass der Atemreiz vom CO_2-Gehalt im Blut ausgelöst wurde und man es schaffen konnte, diesen Abbruchpunkt mit speziellen Übungen hinauszuzögern. Ich hatte gegoogelt und schließlich eine Trainingstabelle gefunden – eine Art Atemspiel: drei Minuten Ruhephase, dann eine Minute Apnoe, wieder drei Minuten Ruhe, anschließend anderthalb Minuten Apnoe und immer so weiter, bis man bei dreieinhalb Minuten angelangt war. Ich trainierte nun schon seit Tagen danach und wollte endlich testen, ob meine Tauchzeiten im Wasser tatsächlich besser geworden waren.

Zuerst begnügte ich mich damit, Statik zu üben. Ich legte mich flach aufs Wasser, so wie Angel es machte, Gesicht zur Sonne, Gedanken loslassen, sinken. Am Grund zog ich mir einen Stein auf den Bauch und richtete mein Gesicht wieder zur Sonne aus, dann versuchte ich, so reglos wie möglich zu bleiben, bis mein Zwerchfell zu zucken anfing. Nun begann die schwierige Übung, die Kampfphase – ich musste unten bleiben, solange es ging, ohne ohnmächtig zu werden. Meine Lunge stach und mein Bauch bebte, doch ich hatte ein gutes Gefühl, als ich mich abstieß und durch die Wasserlinie brach.

Meine Uhr zeigte viereinhalb Minuten, das war eine Minute besser, als ich an Land schaffte. Vor Freude fühlte ich mich ganz leicht. Ich schielte zum Haus hoch, aber von Marco im Pool war nichts zu sehen, und eigentlich war das hier viel besser, als stinkende Algen von Wänden zu schrubben. Nun musste ich dem Ganzen nur etwas mehr Dynamik verleihen.

Ich blieb an der Oberfläche und machte wieder meine Entspannungsübungen, flach aufs Wasser legen, floaten, nicht denken, loslassen. Atmen, ausatmen, Lunge leeren, Lunge füllen – abtauchen.

Diesmal wollte ich eine Strecke schwimmen, also suchte ich mir unter Wasser eine markante Stelle, eine Felsformation, die mich an einen senkrecht abtauchenden Mann erinnerte, und verankerte meinen Blick daran. Bis zu diesem Punkt würde ich nun schwimmen und erst wieder hochtauchen, wenn ich ihn erreicht hatte.

Die Dynamik unter Wasser fiel mir ungleich schwerer, und schon auf halber Strecke hatte ich das Gefühl, keine Sekunde länger auszuhalten. Doch es hieß Kampfphase, also durfte es wehtun und schwierig sein – ein Machtspiel zwischen Körper und Geist, genau wie beim Laufen. Einer unserer Lehrer hatte mal gesagt, man dürfe nicht auf den Boden schauen, sondern müsse seinen Blick an dem Punkt festmachen, den man erreichen wolle. Wenn man die

Strecke im Geist laufen konnte, folgte der Körper ganz von allein. Mit all meiner verbleibenden Kraft versuchte ich, die Schwimmbewegungen so gleichmäßig wie möglich auszuführen, Schlag um Schlag, immer weiter.

Und auf einmal ging alles ganz leicht. Wie ein Delfin in Zeitlupe glitt ich durchs Wasser, auf meinen Ziel-Felsenmann zu, der mit einem Mal lebendig zu werden schien und sich flimmernd in Bewegung setzte. Verwirrt griff ich an meine Maske, doch mit meinem Sichtfeld war alles in Ordnung. Ich blinzelte und versuchte, meine Flossenschlagfrequenz zu erhöhen, doch seltsamerweise kam ich dem Felsenmann nicht näher, sondern schien mich immer weiter von ihm zu entfernen – oder er sich von mir? Okay, das war unheimlich. Ich hielt an und blinzelte erneut. Der Felsenmann sah nicht mehr aus wie ein Fels, nur noch wie ein Mann, ein kräftiger Sportler mit welligem Haar, aber er wartete nicht, er ließ mich hier allein, obwohl ich doch zu ihm musste, er war mein Ziel, mein Ankerpunkt …

Plötzlich merkte ich, wie eine neue Kraft meinen Körper umschloss. Sie riss mich weg von der Stelle mit dem Felsenmann und ich wehrte mich mit aller Macht, ich wollte doch zu ihm, unbedingt, aber ich konnte nicht sagen, woher diese neue Kraft kam – und dann war mit einem Schlag alles vorbei. Das Blau vor meinen Augen formte einen Strudel und Luft strömte in meine Atemwege.

Ich spuckte und hustete gleichzeitig, meine Lunge brannte wie die Sonne in meinem Gesicht. Jemand hielt mich – Marco? – und strich mir die Haare aus dem Gesicht. Ich hörte Worte, bedeutungslose, beruhigende Silben, wie aus weiter Ferne. Ich wehrte mich, ich wollte wieder runter, aber Marco schleppte mich mit festem Rettungsgriff zum

Ufer und gab mich nicht frei. Als wir die unterste Steinstufe erreicht hatten, hievte er mich aus dem Wasser und half mir, während ich mit zitternden Beinen auf die dritte Stufe kletterte und darauf niedersank.

»Du bist manchmal eine richtige kleine Idiotin.« Er wollte schimpfen, aber er klang viel zu aufgewühlt. »Mann, Lou, warum machst du das? Regel Nummer eins: Tauche nie allein! Nicht einmal du bist davor sicher, einen Blackout zu kriegen.«

Ich wollte ihm antworten, aber die Worte steckten irgendwo in meinem Kopf fest, und ich brauchte mehrere Anläufe, ehe ich mich anständig artikulieren konnte. »Ich war nicht … ohnmächtig, ich habe … trainiert!«

»Kleiner Anfall von Selbstüberschätzung, was?«

Ich schüttelte den Kopf, ließ ihn aber gleich wieder sinken. Mein Körper fühlte sich noch immer wacklig und fragil an, doch mit jedem tiefen Atemzug spürte ich, wie die alte Kraft zurückkam.

»Du hast mit dem Meer einen Samba getanzt, damit ist nicht zu spaßen. Als ich dich gepackt habe, wolltest du nach mir schlagen, aber deine Arme haben in die völlig falsche Richtung gerudert.«

Erschrocken sah ich ihn an. Ich kannte die Symptome, wenn auch nur theoretisch. Für gewöhnlich waren Schnorchler oder Freitaucher betroffen, die über ihre Grenzen gegangen waren. Ein ausgewachsener Samba gipfelte im schlimmsten Fall in einen Blackout, eine Ohnmacht unter Wasser und damit eine tödliche Gefahr.

»Oh Scheiße.« Ich griff mir an den Kopf. Der schmerzte, außerdem setzte so langsam der Schock ein. »Ich hab das gar nicht gemerkt!«

»Das ist ja das Fatale«, sagte Marco streng. »Du merkst es nicht, und bevor du reagieren kannst, ist es zu spät.«

»Du hast mich gerettet«, bemerkte ich schwach. »Danke.«

Marco lächelte gequält. »Bedank dich bei Acqua. Er hat einen Terror veranstaltet, den man sicher bis nach Capoliveri rauf hören konnte.«

Ich streckte die Hand aus und lockte den Labrador zu mir, aber plötzlich fühlte ich mich so zittrig, dass ich die Nase in sein Fell bohrte und mich regelrecht an ihm festhielt.

»Komm schon.« Marco griff mir unter die Arme und stützte mich. Oben am Pool half er mir auf eine der Liegen und hielt mir sein Glas mit der Limonade hin. »Dieser ganze Apnoewahn wird einen von uns noch den Kopf kosten. Aber ich schwöre, dass ich auf dich aufpasse, Lou Larusso.«

»Gib mir ein paar Atemzüge.« Ich lächelte ihn an. »Dann bin ich wieder fit. Und diesmal hast du sicher nichts dagegen, dass ich mit in den Pool steige. So hast du mich viel besser unter Kontrolle.«

Als meine Mutter zurückkam, stand ich bis zur Hüfte in trübem Poolwasser und schrubbte den Dreck der vergangenen zwei Jahre von den Wänden. Sie blieb mit vor dem Bauch verschränkten Armen am Rand stehen und beobachtete uns so lange, bis ihr scharfer Blick Marco unangenehm wurde und er mich räuspernd anstieß.

»Ähm, ich brauche mal eine Pause.«

Ich schielte zu meiner Mutter nach oben. »Geht klar, ich mach solange allein weiter.«

»Nein, das tust du nicht.« Meine Mutter trat dicht an den Rand und kniff die Augen zusammen. »Du kommst sofort da raus und stellst dich unter die Dusche. Ich habe einen Tisch für uns reserviert und so nehme ich dich ganz bestimmt nicht mit.«

Dann lass es, wollte ich sagen, aber Marco war schon die Leiter nach oben geklettert und streckte mir die Hand hin, um mir hinauszuhelfen. Meine Mutter sah missbilligend an mir herunter, drehte auf dem Absatz um und verschwand im Haus.

»Geh nur, ich muss über Mittag sowieso zurück und den Laden aufsperren.«

Ich sammelte Flosse und Maske von den Fliesen. »Warum? Ich dachte, da ist Siesta.«

»Heute nicht.« Er blies die Backen auf. »Ein spezieller Kunde!«

»Können wir tauschen? Ich hab null Lust, jetzt essen zu gehen. Ich kriege sowieso keinen Bissen runter.«

Meine Mutter streckte den Kopf zur Tür raus. »Louise, kommst du bitte?«

»Ich geh dann besser mal.« Marco sammelte seine Sachen zusammen und rief meiner Mutter einen höflichen Gruß zu. »Ich komme heute Nachmittag wieder, Frau Larusso. Morgen können Sie den Pool dann benutzen.«

»Wer ist denn dieser Kunde?«, rief ich ihm nach, denn ich hatte plötzlich so eine Ahnung.

»Finn!« Marco winkte mir zum Abschied und verschwand um die Hausecke, und ich brauchte all meine Selbstbeherrschung, um ihm nicht einfach nachzulaufen.

Wir fuhren mit dem Phaeton nach Capoliveri und stellten den Wagen am Ortseingang ab. Das Meer im Golfo di Mola blendete im hellen Licht der Mittagssonne und die Hitze brannte auf meinen nackten Oberarmen. Ich hatte mir ein ärmelloses Top angezogen, das lang über meine Leggins fiel, aber ich hätte auch schwarze Baggy-Hosen und meine Schlumpfmütze tragen können, es hätte keinen Unterschied gemacht. Ich stach raus aus unserer Frauenrunde.

Meine Mutter und Sophia hatten eine regelrechte Modenschau vor dem langen Spiegel im Schlafzimmer meiner Schwester veranstaltet, bevor wir losgekommen waren. Ich kapierte nicht, warum wir nicht einfach essen gehen konnten, warum sie wie immer einen Riesenzinnober um die Sache machten, und genauso wenig verstand ich, warum Sophia eine halbe Stunde brauchte, um sich für ein zartrosa Tellerkleid aus fließender Seide zu entscheiden, während meine Mutter minutenlang nach den passenden Schuhen zu ihrem schlichten schwarzen Kleid suchte. Schon auf der Fahrt spürte ich, dass sie mit meinem Auftritt nicht einverstanden waren, und auf dem Weg durch die Gassen war ich sicher, dass ihnen meine Flipflops so richtig peinlich waren.

Wir gingen zu der Pizzeria, in der wir früher auch immer gegessen hatten, zu den seltenen Anlässen, wenn mein Vater mitkam oder uns am Ende der Sommerferien abholte. Der Kellner überschlug sich vor Freundlichkeit und tat, als könne er sich tatsächlich an meine Mutter und uns erinnern, dabei war ich ganz sicher, dass ihm bestenfalls das üppige Trinkgeld im Kopf geblieben war. Meine Mutter setzte sich uns gegenüber und nahm nickend die Karte entgegen, die der Kellner uns reichte. Ihre Haare waren heller geworden und strahlten mit der Sonne um die Wette. Sie sah blass aus, aber auf unheimliche Weise schön und elegant. Ein paar Männer auf der Straße drehten sich nach ihr um und sie genoss diese Aufmerksamkeit, das sah ich an ihren Augen.

Manchmal fragte ich mich, ob das immer so gewesen war und ob sie unseren Vater so dazu gekriegt hatte, sich in sie zu verlieben, denn immerhin kam sie aus einer völlig anderen Welt als er. Sie war in einem schmucklosen Reihenhaus in der Eifel aufgewachsen, wo sie sich ihr Kinderzimmer mit zwei Schwestern hatte teilen müssen. Das Leben, das mein Vater ihr eröffnet hatte, musste ihr wie ein Märchen vorgekommen sein.

»Louise!«

Ich fuhr zusammen und starrte verwirrt den geduldig wartenden Kellner an.

»Sie nimmt auch ein San Pellegrino, danke.« Meine Mutter wartete, bis der Kellner davongehuscht war, dann lehnte sie sich zurück und ließ ihren Blick über den Horizont schweifen. »Herrlich ist es hier. Ich hatte ganz vergessen, wie schön der Frühling in Italien sein kann.«

»Warum verkauft ihr das Haus dann?« Ich schaute zum Meer, wie sie. »Es muss ja nicht leer stehen. Ihr könntet es vermieten.«

»Oder ihr überlasst es Lou, wenn sie schon so scharf drauf ist!« Sophia schlug die Beine übereinander und grinste mich an.

»Euer Vater hat sich für den Verkauf entschieden. Das Haus hat für ihn keine Bedeutung mehr, seit seine Mutter gestorben ist.«

»Aber sie hat so viel dafür getan!« Ich ignorierte Sophia, die mich feixend beobachtete. »Wir können es trotzdem renovieren und Signor Ragazzo als Verwalter einstellen.«

Meine Mutter schob sich ihre Sonnenbrille vor die Augen. »Signor Ragazzo ist ein alter Mann, der zu viel arbeitet und schon als Hausmeister überfordert ist. Er war nicht mal in der Lage, auf ein leer stehendes Haus aufzupassen. Nein, der Verkauf ist beschlossene Sache. Es wird Zeit, dass wir mit diesem Ort abschließen.«

Der Kellner kam mit unseren Getränken zurück und stellte sie zusammen mit einem Korb Weißbrot und einer Schale Oliven zwischen uns auf den Tisch. Ich griff nach dem Wasser vor mir und kippte das Glas in einem Rutsch hinunter.

»Mir ist das ganz recht so.« Sophia angelte mit spitzen Fingern nach einer Olive und zerdrückte sie auf einem Stück Brot. »Mit dem Geld könnt ihr mir ein Apartment in New York kaufen, wenn ich da studiere.«

»Das Geld können wir zumindest für euer Studium zurücklegen.« Meine Mutter setzte sich aufrecht hin und nahm die Sonnenbrille ab. »Aber solange Louise nichts mit ihrem Leben anzufangen weiß, werden wir sie auch nicht unterstützen.«

»Du hast Glück, du hast ja noch eine Tochter, die sich genau nach deinem Plan entwickelt. Aber ich nicht, ich will nicht weiter herumgeschubst werden Ich will mein eigenes Leben!«

»Du hast in den vergangenen Wochen doch eindrucksvoll bewiesen, dass du noch nicht reif genug bist, um eigene Entscheidungen zu treffen.« Die Stimme meiner Mutter war leise geworden, was mich nur noch wütender machte.

»Ach ja? Und wer beurteilt das? Misst du mich daran, wie viel Geld ich mal verdiene, ist es das? Oder wäre es schon genug, einen tollen Mann zu heiraten, der mir mein Leben finanziert? So wie du?«

Die Lippen meiner Mutter wurden schmal. »Es reicht, Louise. Wir diskutieren nicht darüber. Du machst deinen

Abschluss, ob du unsere Gründe nachvollziehen kannst oder nicht.«

»Ist doch ganz egal, was ich tue«, presste ich bitter hervor. »Für dich wird es nie gut genug sein, stimmt's?«

»Jedenfalls ist es nicht gut genug, wenn du anderen beim Tauchen zusiehst! Ich habe mir diese Tauchschule angeguckt, Louise, ich weiß, was ihr da treibt. Über diesen sogenannten Job will ich kein Wort mehr hören.«

Der Kellner brachte unser Essen, und ich war dankbar für die Atempause, obwohl sich beim Geruch der dampfenden Cacciucco mein Magen wölbte.

»Ach, übrigens«, sagte meine Mutter in die andächtige Stille, »du bist doch mit Marco Ragazzo befreundet, nicht?«

Ich ließ ein paar Tropfen der Suppe in den Teller zurückfallen. »Wir waren nicht nur befreundet, Mama. Wir haben miteinander geschlafen.«

Sophia kicherte glucksend und meine Mutter ließ den Löffel sinken. »Dann sage ich dir jetzt, dass ich ihn als Gärtner engagiert habe. Er soll unseren Garten auf Vordermann bringen und die Büsche zurechtstutzen.«

Ich starrte sie an und wusste im ersten Moment nicht, was sie mir damit sagen wollte, aber dann dämmerte es mir. Als Kind hatte ich mich mal mit dem Sohn eines Gärtners angefreundet, durfte aber nie mit ihm spielen. Immer waren es die Kinder ihrer Freunde, die zu uns nach Hause kamen, oder die Söhne und Töchter der anderen Diplomaten. Der Sohn eines Hausmeisters war nie darunter gewesen, der Sohn unseres Hausmeisters schon gleich dreimal nicht.

Meine Mutter senkte den Blick auf ihren Teller und begann schweigend zu essen. Sophia beobachtete mich abwartend aus den Augenwinkeln, aber als ich stumm blieb, löffelte sie mit Appetit weiter. Ich konnte nicht essen, obwohl die Fischsuppe hier wirklich gut war – mein Magen fühlte sich an wie zugeschnürt. Die Sonne brannte mir auf den Kopf und ich fühlte mich wieder schwindelig, wie am Morgen nach meinem unfreiwilligen Samba. Ich lehnte mich in meinem Stuhl zurück und da sah ich sie – Finn und Angel. Sie liefen nebeneinander die Gasse hoch, die zum Tauchladen der Ragazzos führte, Finn im lässig halb offenen Hemd, die langen Haare im Nacken zu einem Zopf gebunden. Angel trug Shorts und ein verknittertes schwarzes T-Shirt, die Haare hingen ihm feucht und klebrig vom Salzwasser ins Gesicht. Er sah aus, als hätte ein Pirat ihn hier ausgesetzt, aber ich konnte meine Augen trotzdem nicht von ihm losreißen. Auf einmal blieb Finn stehen und zog ein Smartphone aus der Gesäßtasche seiner Jeans. Er berührte Angel am Arm und sagte etwas zu ihm, dann wandte er sich ab und lief ein paar Schritte, bevor er dranging. Angel lehnte sich an die Mauer und schaute in die Bucht hinaus. Erst jetzt sah ich, dass er keine Schuhe trug und die Shorts seine Badehose war. Gerade so, als wäre er wirklich eben erst dem Meer entstiegen.

Ein Tritt gegen mein Schienbein katapultierte mich in die Wirklichkeit zurück. Sophia grinste unschuldig, meine Mutter und der Kellner sahen mich abwartend an.

»Entschuldigung«, murmelte ich abwesend.

Der Kellner lächelte freundlich. »Die Suppe, Signorina. Soll ich sie Ihnen einpacken?«

Ich nickte abwesend, von mir aus, das Essen war mir gerade so egal, aber meine Mutter sagte bereits: »Nein danke. Meine Tochter fühlt sich nicht gut. Wir würden dann gern zahlen.«

Angel drehte sich um und lehnte sich an das Mäuerchen. Er sah nichts und niemanden, weder die übrigen Passanten noch die Gäste im Restaurant um uns. Oder mich. Er konnte über uns alle hinwegsehen, er brauchte niemanden.

In dem Moment kam der Kellner mit der Rechnung und drei langstieligen Gläsern zurück und stellte sie klirrend auf unserem Tisch ab. Ich versuchte, an ihm vorbei wieder zu Angel zu sehen, aber meine Mutter zückte ihre Kreditkarte und nannte einen Betrag, für den er sich überschwänglich bedankte. Als er endlich ging, sahen sämtliche anderen Gäste zu uns herüber.

»Zum Wohl!«

Meine Mutter hob ihr Glas und ich hörte es gegen Sophias klirren. Ihr Blick verdüsterte sich, als ich mich nicht rührte. Ich versuchte, wieder über ihre Schulter zu schielen, aber sie sah mich so durchdringend an, dass ich nach meinem Glas griff und ergeben mit ihnen anstieß.

»Wegen des Jungen«, sagte meine Mutter, »hast du mich falsch verstanden, Louise. Es ist mir egal, was du mit ihm tust. Ich will nur, dass er seine Aufgabe ernst nimmt. Solange er für mich arbeitet, hat er sich um den Garten zu kümmern und um nichts sonst.«

Ich sah an ihr vorbei und schaute genau in Angels Augen. Sie schienen an Land heller zu werden, blau wie der Himmel, oder es war die Sonne, die blendete und die falsche Farbe hineinmischte. Ich wollte abtauchen in seinen Augen, bis mich niemand mehr erreichen konnte. Entschlossen starrte ich meine Mutter an.

»Wenn du Marco für so einen Hallodri hältst, warum hast du ihn dann engagiert? Du bist sowieso sauer auf ihn, weil er mir den Schlüssel gegeben hat. Glaubst du, er hat das nötig? Marco ist mein Freund und ich werde ihn ganz bestimmt nicht wie einen Hausdiener behandeln.«

Der Kellner kam zurück und gab meiner Mutter die Kreditkarte wieder. Er fragte, ob er sonst noch etwas für uns tun könne, aber meine Mutter schüttelte den Kopf und stand auf. »Oder warten Sie – beantworten Sie meiner Tochter eine Frage. Fühlen Sie sich schlecht behandelt, weil Sie uns das Essen servieren mussten?«

Verdattert starrte der Kellner uns an. »Aber nein, Signora. Natürlich nicht, im Gegenteil! Es war mir ein Vergnügen!«

Sophia lachte, als der Kellner mit roten Wangen Richtung Küche verschwand, und legte mir einen Arm auf die Schulter. »Siehst du? Marco ist ein Glückspilz.« Sie senkte die Stimme. »Und er hat sich gemausert seit damals, findest du nicht?«

»Lass bloß die Finger von ihm«, warnte ich sie und stand auf. »Für dich ist er immer noch zu gut.«

Angel starrte zu uns herüber. Ich konnte nicht sagen, ob er mich oder meine Schwester ansah, und einen verrückten Moment lang schien es mir völlig abwegig, dass er mich meinen könnte. Ich spürte den Blick meiner Mutter auf mir und plötzlich kamen mir Angels Augen vor wie ein Spiegel, und ich wusste, wie wir aussahen und was wir waren und dass mich niemals jemand richtig sehen würde, solange ich zwischen diesen beiden Frauen stand. Ich senkte den Kopf und schaute weg.

In dem Moment beendete Finn sein Telefonat und rief nach Angel, aber er drehte sich nur langsam um.

»Komm schon«, flötete Sophia und fasste nach meinem Arm. »Wenn wir Glück haben, können wir heute Abend noch in den Pool!«

Als die Nacht über den Hügel kroch, schlich Sophia zu mir ins Zimmer und lehnte sich ans offene Fenster. Sie legte die Briefe unserer Großmutter lautlos auf meiner Kommode ab und strich mit den Fingern über das Kinderbuch, das noch immer dort lag. Leiser Ostwind war aufgekommen und blähte die langen Vorhänge, wirbelte sie um Sophias Körper wie einen Umhang.

»Weißt du noch, die Nacht, als sie uns hier allein gelassen hat?«

»Du meinst das Gewitter?«

»Mhm.«

»Klar weiß ich das noch. Du hast geheult wie ein Baby, weil du solche Angst vor dem Krach hattest.«

»Ich hatte Angst um dich.« Sophia drehte sich um und schaute mich an. »Wir haben gestritten, wegen irgendwas – und als das Gewitter losging und die Blitze direkt über unserem Haus zuckten, hast du dir dein Neopren angezogen und wolltest schwimmen gehen.«

Ich zog die Knie an und musste lächeln. »Ich wäre nicht wirklich da reingegangen, Soph.«

Sie hob die Brauen. »Ich war ein kleines Mädchen, Lou, ich hab dir das geglaubt! Du warst schon auf der Treppe, als dieser Donner krachte und es im gleichen Moment blitzte. Das Gewitter stand genau über uns und ich … ich hatte echt eine Scheißangst.«

»Ich erinnere mich auch an den Abend«, gab ich kühl zurück. »Sie hatte uns Popcorn gemacht und Cocktails gemixt und extra ein paar Filme für uns ausgeliehen. Aber du hast so lange gezetert, bis wir deinen blöden Fantasy-Film reingetan haben, den du zu Hause schon tausendmal gesehen hast.«

Sophia seufzte und drehte sich wieder in die Vorhänge. Ihre verhüllte Silhouette beschwor ein anderes Bild herauf, das einer jüngeren Sophia, die sich unter meiner Decke eng an mich kuschelte und stumm lauschte, als ich aus dem Kinderbuch vorlas. Ich hatte sie nur aufziehen wollen, niemals wäre ich bei so einem Gewitter ins Meer gestiegen. Sie hatte nicht nur geweint, sie hatte geschrien und war richtig hysterisch geworden, hatte meinen Arm umklammert und sich mit ihrem Fliegengewicht an mich gehängt, um mich von den Steinstufen fortzuzerren. Da war Angst im Spiel gewesen, Todesangst – ich musste es damals auch gespürt haben, sonst hätte ich sie niemals freiwillig in mein Zimmer gelassen.

»Bringen wir es hinter uns.« Sophia stieß sich vom Fenster weg und entwirrte die Vorhänge, dann griff sie wieder nach den Briefen meiner Großmutter und stakste zur Tür. Ich wartete, bis sie mir den Rücken zugekehrt hatte, öffnete mein Nachtkästchen und nahm die beiden fehlenden Briefe heraus, bevor ich ihr folgte.

Wir holten Omas alten gußeisernen Wok aus der Küche und stellten ihn mitten auf die Veranda. Wispernder Wind strich um meine Wangen und kühlte meine Haut. Sophia kniete sich vor den Wok und legte das Taschenbuch mit dem Lesezeichen hinein. Dann ließen wir die Briefe und Zeichnungen wie riesige Blütenblätter in den schwarzen Topf rieseln.

Ich fand eine Streichholzschachtel auf einem Terrakottauntersetzer, holte das letzte Stäbchen heraus und ließ die Flamme auflodern.

Ohne Vorwarnung überrollte mich die Erinnerung, ich spürte wieder die Kälte jener Nacht, glaubte, den dunklen

Haarwall hinter der Flamme zu erkennen. Eine Gestalt ohne Gesicht, ein Schatten, ein Geheimnis. Angel.

Es konnten seine Streichhölzer sein, die da auf unserer Veranda gelegen hatten, aber nun war es zu spät, sie ihm zurückzugeben. Ich warf die Flamme in den Wok, wo sie sich gierig auf die losen Blätter stürzte und unsere Gesichter auf den Zeichnungen zusammenschmolz.

Der alte Brief meiner Mutter lag ganz am Rand und lugte aus dem Stapel heraus, ich erkannte ihn, weil er mit der Schrift nach oben gelandet war, und auf einmal wollte ich den Schmerz wieder spüren, unbedingt. Ohne auf die Hitze zu achten, griff ich nach dem Blatt, zog es heraus und verfütterte stattdessen die leere Streichholzschachtel an die Flammen. Hastig stand ich auf und stellte mich in den Wind, damit er mir die ungeweinten Tränen aus den Augen blies.

RENDEZVOUS

Sophia fand den Zettel beim Kaffeeautomaten, als wir uns am nächsten Morgen in der Küche über den Weg liefen.

»Sie muss für einen Tag geschäftlich nach Deutschland und ist mit dem Taxi zum Flughafen gefahren.« Sophia deutete mit dem Kopf in Richtung Veranda. »Was meinst du, schmeißen wir eine Poolparty? Marco kennt doch bestimmt noch ein paar Jungs.«

»Tu, was du nicht lassen kannst.« Ich stieß mich von der Anrichte ab und wollte die Küche verlassen, aber Sophia versperrte mir blitzschnell den Weg.

»Mensch, Lou, sei doch nicht so langweilig! Marco hat gestern so geschuftet, dafür können wir ihn doch einladen.«

»Ja, klar, und nur darum geht es dabei!« Mein Handy summte, und ich griff danach, um die Nachricht zu lesen. »Tja, das ist dann wohl Pech. Ich muss arbeiten!«

»Du haust jetzt nicht ab und lässt mich hier allein, oder?« Sie schaute mich beinah entsetzt an. »Das kannst du nicht bringen.«

Ich lächelte listig. »Du kannst gern mitkommen, Soph. Dein Rad steht auch noch im Schuppen. Aber beeil dich, ich muss in einer Stunde dort sein!«

Ich flog die Treppe hoch, immer zwei Stufen auf einmal

nehmend. Wie immer in letzter Zeit konnte ich es kaum abwarten, aus dem Haus zu kommen und wieder auf dem Boot zu sein. Ich packte meinen Rucksack zusammen und stürmte wieder nach unten, wo ich fast mit Sophia zusammenstieß, die eben in ihre Sandalen schlüpfte.

»Was machst du?«

»Ich komme mit. Wie du gesagt hast!« Sie warf eine Tube Sonnenmilch in ihre Strandtasche. »Das ist doch am Strand von Lacona, oder?«

Verdattert starrte ich sie an. »Ja, schon. Äh, Soph, dir ist schon klar …«

»Na, dann lass uns gehen!« Sie schulterte ihre Tasche, lächelte und griff nach einem Schlüssel, der an der Garderobe hing. Ohne sich nach mir umzudrehen, verließ sie das Haus.

Kopfschüttelnd folgte ich ihr und schloss die Haustür ab. Sie hielt das vielleicht für lustig, aber sie wusste noch nicht, wie anstrengend die Strecke sein konnte, vor allem, wenn man unter Zeitdruck fuhr. Und wenn sie nur einmal rummoserte, dass sie nicht mehr konnte, würde ich sie sofort stehen lassen.

Aber Sophia ging nicht zum Schuppen, sondern lehnte sich an den Phaeton und drückte auf den Schlüssel. Die Verriegelung klackte und die Lichter blinkten zweimal. Auf ihrer Stirn erschienen zwei winzige Falten, aber sie blinzelte sie weg und lächelte schon wieder.

»Vergiss es, ich hab meinen Führerschein noch nicht.«

»Aber du hast doch die Fahrprüfung schon gemacht?«

»Ja, aber den Schein noch nicht geholt. Also komm, wir nehmen die Räder.«

»Warte!« Sophia kaute auf ihrer Unterlippe herum, dann

riss sie plötzlich die Tür an der Fahrerseite auf und ließ sich hinters Steuer gleiten.

Ich stöhnte auf. »Soph, lass den Scheiß. Sie reißt dir den Kopf runter, wenn sie das mitkriegt.«

»Sie kriegt es aber nicht mit, weil sie erst morgen zurückkommt!«

»Und du hast einen Schein, mit dem du hier fahren darfst?«

Sie grinste verschwörerisch. »Ich hab was viel Besseres! Komm schon, mit dem Auto sind wir doch viel schneller in Lacona!«

Am liebsten wäre ich einfach auf mein Rad gestiegen und abgehauen, aber ich fürchtete, dass sie allein mit dem Wagen losfahren würde, und das konnte ich nicht zulassen. Ich atmete tief durch, ging zum Tor und schob es auf. Sophia ließ den Motor an, und es dauerte eine Weile, bis sie den Rückwärtsgang gefunden hatte, aber dann setzte sie das Auto holpernd in Bewegung und rollte hinaus auf die Straße. Ich schob schnell das Tor zu und lief zur anderen Seite.

»Wer hat dir das Fahren beigebracht?« Ich ließ mich auf den Beifahrersitz fallen und nahm meinen Rucksack auf den Schoß.

»Ach, so ein Typ, den ich mal kannte. Ist schon 'ne Weile her.«

Wir folgten der kurvigen Straße nach Capoliveri hinauf und fuhren gerade am Marktplatz vorbei, als Sophia am Ortsausgang plötzlich scharf abbremste und »Fuck!« rief.

Ich folgte ihrem Blick in den Rückspiegel und sah ein blaues Polizeiauto dicht hinter der Stoßstange des Phaeton halten. Zwei Männer saßen darin und blickten finster durch unsere Heckscheibe.

»Schnell, tauschen wir die Plätze!« Sophia fummelte bereits an ihrem Gurt herum, aber ich hielt ihre Hand fest.

»Bist du irre? Du kannst doch nicht hier mitten auf der Straße anhalten!«

»Oh Gott, Lou, was mach ich denn jetzt?« Sophia sah sich hektisch um. Nervös fächelte sie sich mit einer Hand Luft zu. Die Polizisten machten keine Anstalten, aus dem Wagen zu steigen und zu uns zu kommen, auch wenn der Fahrer bereits ungeduldig auf sein Lenkrad trommelte.

»Cool bleiben, tief durchatmen. Tu so, als ob du dich verfahren hast und beim Friedhof parken willst. Blinker rechts, mach schon! Und jetzt fahr!«

Der Phaeton ruckte, Sophia drückte zu hastig das Gas durch, und nur das Automatikgetriebe verhinderte, dass ihr der Motor abstarb. Wir schlingerten ein wenig, als sie viel zu heftig das Lenkrad herumriss, doch ein Blick in den Rückspiegel verriet, dass der Polizeiwagen längst weitergefahren war.

Wir hielten genau vor dem Eingangstor zum Friedhof, und Sophia drehte so schnell den Schlüssel herum, als hätte sie Angst, das Auto würde sonst allein weiterfahren. Einen kurzen Moment starrte ich zu den Grabsteinen und Kolumbarien hinein, ohne mich zu rühren. Hinter einer dieser Platten lag meine Großmutter begraben. Aber dies war weder der richtige Moment noch die richtige Begleitung, um endlich zu ihr zu gehen.

Ich lehnte mich zu meiner Schwester hinüber und sah ihr fest ins Gesicht. »Was genau ist besser als ein Führerschein, Soph?«

Sie grinste ein klein wenig schief. »Ein Diplomatenausweis?«

Stöhnend vergrub ich das Gesicht in den Händen. »Der bringt dir hier doch nichts! Manchmal bist du wirklich ein Idiot.«

Sophia spielte mit ihren Fingernägeln. »Das weiß ich doch selber. Ich dachte eben, du nimmst mich nicht mit, wenn ich nicht irgendwas Verrücktes mache. Mit dem Rad hätte ich doch nie mit dir mithalten können.«

Ich starrte sie an und auf einmal konnte ich nicht anders. »Na los, rutsch rüber. Sonst schaffen wir es heute gar nicht mehr nach Lacona.«

Es war ungewohnt, mit Automatik zu fahren, aber als ich verstanden hatte, worauf es ankam, machte es sogar Spaß. Ich bog trotzdem nicht in den Weg zum Dive-in ein, sondern stellte den Wagen an einem öffentlichen Parkplatz ab.

»Um die Jahreszeit hab ich den Strand fast für mich allein!« Sophia schulterte ihre Tasche und folgte mir zwischen den Strandcafés hindurch. Ich blieb nicht stehen, als wir über den Sand liefen, sondern steuerte zielstrebig den schmalen Durchgang an, der zum Dive-in führte.

»Treffen wir uns wieder hier?«

Ich drehte mich um. »Okay. Aber wir sind locker ein paar Stunden weg.«

Sie zuckte mit den Schultern und deutete auf den weiten, fast menschenleeren Sandstrand. »Egal, mir wird nicht langweilig!«

Ich griff in die Tasche, holte den Schlüssel raus und warf ihn ihr zu. Und in dem Moment sah ich ihn.

Er saß allein in dem roten Boot, die Kapuze seiner schwarzen Jacke tief in die Stirn gezogen, und hielt die Augen geschlossen. Die Jacke stand über der Brust offen, und ich sah, wie langsam sich sein Brustkorb hob und senkte.

»Was ist das denn für einer?« Sophia schirmte die Augen mit der Hand ab und starrte ihn neugierig an.

»Ein Apnoist«, flüsterte ich, ohne nachzudenken.

Sophias Augen wurden groß. »Du kennst ihn?«

»Er ist der Grund, warum ich hier bin.« Ich packte meinen Rucksack fester, aber meine Füße bewegten sich nicht.

»Was genau tut er da?«

»Er meditiert. Das solltest du doch erkennen.«

»Oh.« Sophia machte ein paar Schritte in seine Richtung, aber ich griff nach ihrem Top und hielt sie zurück.

»Er taucht über hundert Meter tief, ohne zu atmen. Und wenn er das schaffen soll, darf man ihn vorher nicht ablenken. Dieser Zustand, in dem er jetzt ist, gehört zu seinem Training.«

»Ach, der ist das?« Sophia starrte Angel nun ungehemmt an. »Pat hat mir von ihm erzählt, aber ich dachte, er nimmt mich hoch. Der will so einen Weltrekord brechen, stimmt's?«

Ich musste wider Willen lächeln. »Kannst ja kommen und zuschauen. Pat braucht sicher noch ein paar Komparsen für seine Show.« Wenn ich rechtzeitig im Dive-in sein wollte, musste ich jetzt wirklich gehen, aber alles in mir sträubte sich dagegen, Sophia hier am Strand mit ihm allein zu lassen.

»Ich muss los«, sagte ich zu ihr, aber sie hörte mir schon nicht mehr zu. Mit einem seltsamen Flattern im Bauch ließ ich sie stehen und folgte dem Plankenweg zur Tauchschule.

Als ich vor dem Dive-in anlangte, war ich froh, das Auto vorn an der Straße abgestellt zu haben, denn der Parkplatz unter den Strandkiefern war restlos belegt. Auch der Garten war voller Leute, die sich um den Eingang drängten, als gäbe es da drin was umsonst. Ich spannte meine Schultern an und schob mich entschlossen durch die Menge, bis ich endlich ein vertrautes Gesicht erspähte.

»Wow, was geht denn hier ab?«

Francesca wirbelte herum und fiel mir fast dankbar um den Hals. »Oh, bin ich froh, dass du hier bist! Schau dir das nur mal an, die sind alle hier, weil sie Angel tauchen sehen wollen. Und dabei ist das heute noch nicht mal der offizielle Rekordtag! Ich habe echt keine Ahnung, wie Pat das alles managen will.«

Ich sah mich um, und nach und nach erkannte ich ein paar der Taucher zwischen den Schaulustigen, die vor wenigen Tagen bei Adriano um den Job als Sicherungstaucher gebuhlt hatten.

»Pat hat eine neue Mannschaft aufgestellt«, informierte Francesca mich und deutete mit dem Kinn auf die Blondine. »Sie ist mit dabei, natürlich, und der Typ mit den vielen Sommersprossen. Und dieser Mexikaner war gut! Die sollen heute alle mit euch rausfahren und beim Tauchgang dabei sein.«

Irgendwo aus dem Trubel tauchte Pat auf und stieg auf einen Stuhl, um sich Gehör zu verschaffen. »Hört mal schnell zu, Leute! Wir können euch heute nicht alle mitnehmen, aber ich verspreche euch, dass wir am Tauchtag Boote organisieren, damit ihr alle dabei sein könnt!«

Enttäuschte Pfiffe und Rufe wurden laut. »Was macht Angel denn heute?«, wollte einer wissen.

»Er taucht auf hundertzwanzig Meter. Danach haben wir nur noch einen Trainingstauchgang vor dem großen Tag und da gehen wir dann auf hundertfünfundzwanzig Meter. Aber ich mach euch einen Vorschlag, Leute – kommt doch heute Abend wieder, wir grillen und schauen uns zusammen das Video vom heutigen Training an!«

Die Leute klatschten und johlten, und ich sah, wie Pat grinste.

»Unglaublich, oder?« Francesca schüttelte den Kopf. »Für ihn ist das alles eine riesengroße Show. Bald fängt er an, Eintrittskarten dafür zu verkaufen.«

Pat drängelte sich zu uns durch und legte mir eine Hand auf die Schulter. »Schafft Angel von hier weg«, raunte er uns zu. »Beeilt euch, bevor die auf die Idee kommen, am Strand nach ihm zu suchen!«

Dankbar für die Aufgabe flohen wir aus dem Trubel und liefen nach draußen, wo uns Ella einholte. Zusammen rannten wir über den Plankenweg und lachten, als uns die Leute im Garten anfeuerten – ein Spiel, das jäh endete, als wir den Strand erreichten und ich sah, wer sich bereits zu Angel ins Boot geschlichen hatte.

»Na super«, knurrte Ella neben mir. »Das hat uns gerade noch gefehlt!«

»Wer ist das denn?« Francesca stemmte die Hände in die Hüften und marschierte entschlossen auf das kleine rote Boot zu, in dem nun zwei Personen auf den Wellen schaukelten.

»Meine Schwester«, seufzte ich. »Das war klar, ich hab ihr nämlich gesagt, sie soll ihn in Ruhe lassen.«

Ich hörte das Lachen meiner Schwester über den Strand schallen und merkte, wie sich etwas in mir verkrampfte, als ich näher kam.

»Tauchst du wirklich, ohne zu atmen?«

»Du glaubst gar nicht, was man alles tun kann, ohne zu atmen.«

Ella erreichte das Boot zuerst und hängte sich mit ihrem ganzen Gewicht an die Seite, bis es gefährlich schaukelte.

Sophia sah sich beinah überrascht nach ihr um. »Oh, hallo, Ella!« Sie grinste, als sie mich entdeckte, und zwinkerte mir verschwörerisch zu. »Wir haben uns nur … unterhalten!«

»Du musst verschwinden.« Ella hatte nur Augen für Angel. »Das ganze Dive-in ist voller Leute, die gleich hier an den Strand stürmen werden. Du willst bestimmt nicht hier sein, wenn die alle auftauchen.«

Angel nickte nur, und alle schauten nun meine Schwester an, die sich betont langsam erhob und umständlich aus dem Boot stieg. Der Saum ihres ohnehin kurzen Strandkleides saugte sich mit Wasser voll, aber sie hob es einfach noch ein Stück weiter an.

»Ciao, Angel!« Sophia winkte ihm noch mal zu und watete an uns vorbei ans Ufer, wo ihre Strandtasche achtlos auf der Seite lag. Er schaute ihr nach und ich konnte es ihm nicht verübeln, schließlich setzte sie alles daran – und mit einem Mal wurde ich so wütend auf meine Schwester wie selten zuvor.

»Kommst du mit?«, hörte ich Angels Stimme wie von weit her. Ich blinzelte und wollte nicken, natürlich komme ich mit, da merkte ich, dass er gar nicht mich meinte, sondern Ella. Sie zögerte keine Sekunde, sondern ließ sich von ihm ins Boot ziehen und lächelte, als er ungefragt den Reißverschluss an ihrem Neoprenanzug schloss.

»Bis später, Mädels!«, rief sie noch, dann brummte der Motor los und die beiden brausten ohne einen Blick zurück davon.

»Lou, hilfst du mir?« Francesca griff nach meinem Arm,

als ich mich nicht rührte. »Wir machen schon mal das große Boot klar.«

Ich folgte ihr wie ferngesteuert. Meine Füße sanken schwer in den sandigen Grund, als würde ich nicht im Wasser, sondern durch tiefen Schlick laufen. Alles fühlte sich plötzlich schwer und falsch an.

Wir verstauten die herumliegende Ausrüstung und machten das Boot los, als die Taucher hintereinander an den Strand marschiert kamen. Erst jetzt fiel mir auf, dass Marco und Acqua fehlten, dass die einzige Person, die mich immer wortlos verstanden hatte, nicht hier sein würde. Ich krampfte meine Hände ineinander und versuchte, mir nicht anmerken zu lassen, wie aufgewühlt ich war.

Mit den neuen Sicherungstauchern wurde es richtig voll an Bord. Wir verstauten ihre Ausrüstung und Pat gab letzte Instruktionen, dann legten wir ab und ich drehte dankbar mein Gesicht in den Fahrtwind. Als ich einen Blick zurückwarf, sah ich meine Schwester im Bikini auf ihrem Handtuch liegen, eine tiefschwarze Sonnenbrille im Gesicht, lässig auf die Ellbogen gestützt. Sie beobachtete uns, das spürte ich genau. Und dieses Lächeln in ihrem Gesicht gefiel mir überhaupt nicht.

Francesca hockte sich neben mir in den Bug und pfiff leise vor sich hin. Ich zog meine Füße an und spürte auf einmal, dass etwas in der Tasche meiner Shorts steckte, ein harter, abgerundeter Gegenstand, und als ich die Finger hineingleiten ließ, zog ich den Stein heraus, den Angel mir aus der Tiefe mitgebracht hatte.

»Was ist das?« Francesca griff danach und hob den Stein aus meiner offenen Hand, bevor ich reagieren konnte.

»Nur ein Stein aus dem Meer.«

»Ella hat auch so einen.« Sie sah mich von der Seite an und grinste. »Sie hütet ihn wie ihren Augapfel, weil Angel ihn ihr mitgebracht hat. Von ganz da unten.«

Ich nahm ihr den Stein wieder ab und stopfte ihn zurück in meine Tasche. »Ich hab ganz vergessen, dass er noch da drin ist.«

Sie grinste wieder und nickte wissend. »Sag mal, warum hat er eigentlich sie mitgenommen und nicht dich? Ich dachte, da läuft was zwischen euch.«

Etwas in mir krampfte sich zusammen und plötzlich hatte ich das Gefühl, anstatt mit ihr mit meiner Mutter zu reden und mich rechtfertigen zu müssen für alles, was ich tat. »Deshalb bin ich nicht sein persönlicher Lakai«, fauchte ich sie an, »er kann mitnehmen, wen er will!«

Francesca schaute mich beleidigt an. »He, spinnst du jetzt? Ich hab nur gefragt. Wenn du sauer auf Ella bist, lass es nicht an mir aus!«

Als der Motor erstarb, stand ich entschlossen auf, streifte meine Shorts und das T-Shirt ab und schlüpfte in meinen Neoprenanzug. Wenn er dieses Spiel wollte, konnte er es haben – ich war hier, um zu tauchen, nichts anderes würde ich jetzt tun. Ich schlang mir die Maske um mein Handgelenk und atmete tief durch.

Um mich herum wurde es nun hektisch, Anzüge wurden geschlossen, Systeme überprüft. Ella schwamm auf unser Boot zu und fing die Boje auf, an der das Seil baumelte. Zwei der neuen Taucher sprangen ins Wasser und halfen ihr, es vollständig abzurollen und in der Tiefe zu versenken. Ich sah vom Boot aus zu, bis Angel zur Boje kraulte und tief in seinen Bauch atmete. Bilder schoben sich wie eine Jalousie vor die Wirklichkeit, Nachtlichter, Sterne, zwei Körper, die wie im Rausch unter einem weichen Daunenmantel ineinanderfanden ...

Pat rief etwas und die Taucher machten sich bereit runterzugehen. Francesca zog die Stoppuhr heraus, um den Countdown anzuzählen. Ich wartete, bis Angel zu seinen Aufwärmübungen unter die Oberfläche verschwand, erst dann glitt ich ins Wasser und versuchte, ruhig und konzentriert weiterzuatmen. Jemand sagte etwas zu mir, ich hörte meinen Namen, aber ich wollte jetzt nicht reden, ich wollte tauchen, sonst nichts.

Angel kam zurück und Pat schickte die Taucher los. Einer nach dem anderen versank gurgelnd im Meer, bis es still um uns wurde, bis nur noch Ella und ich übrig waren. Diese Szene war vertraut, wir hatten sie jetzt schon oft genug durchgespielt. Ich schaute Ella an und sie mich. Angel hing zwischen uns und hielt sich mit einer Hand an der Boje fest und wir taten nichts, warteten nur auf sein Signal. Plötzlich legte er den Kopf aufs Wasser und verharrte so, bis Pat einen ungeduldigen Blick mit seiner Schwester tauschte. Ella berührte ihn leicht an der Schulter und sein Kopf fuhr hoch.

»Der Countdown, Angel, die Zeit läuft ...«

Angel schüttelte den Kopf, ganz langsam. Dann sah er Pat an und sein Blick wurde so kalt wie das Meer.

»Lassen wir das.« Seine Stimme klang hypnotisch ruhig, so als wäre er noch immer in der Trance gefangen, in die er sich versetzt hatte. »Kein guter Tag heute.«

Pat sah aus, als habe er den Witz nicht verstanden. Er schaute zu Ella, dann zu mir – aber niemand lachte. »Ja, alles klar, Mann. Lass uns später drüber reden. Aber jetzt tauchen wir, bist du bereit?«

»Nein, Pat.« Nun war Angels Stimme wieder klar und

sie bat nicht – sie befahl. »Du hast mich nicht verstanden. Heute ist kein guter Tag.«

Pat versteinerte. Obwohl er leise sprach, klang sein Tonfall gereizt und ungeduldig. »Verdammt, Angel – hast du eine Ahnung, was es kostet, drei Taucher mit Trimix ins Wasser zu schicken? Wir sind nicht zum Spaß hier rausgefahren! Was ist denn los, Mann? Kriegst du Schiss?«

»Damit hat das nichts zu tun. Ist so was wie ein Gefühl. Und das habe ich heute nicht.«

Ich konnte förmlich spüren, wie Pat aufstöhnte, obwohl er es natürlich nicht laut tat. »Wir haben nicht mehr viel Zeit bis zum ersten Juni und uns fehlen noch über zehn Meter bis zur Rekordtiefe. Du kannst doch jetzt nicht aufhören!«

Angel drehte sich ins Wasser, und kurz sah es so aus, als würde er sich fügen, doch er tauchte zu seinem Boot, das wie ein Hund am großen Tauchboot angeleint hing, und zog sich wortlos hinein.

»Dir ist schon klar, welcher Tag heute ist?« Pat schrie nun beinah.

»Pat«, rief Ella scharf dazwischen. »Lass ihn in Ruhe. Wir riskieren nichts. Er schafft es, auch wenn wir den Tag ausfallen lassen. Und das weißt du.«

Ich wäre am liebsten hinter ihm hergeschwommen und mit ihm in das rote Boot geklettert, aber Angel kappte die Leine und warf den Motor an, ohne auf einen von uns zu warten.

Ella sah ihm mit düsterer Miene nach und schüttelte den Kopf. »Oh Mann, vorhin war er so gut drauf! Und jetzt so was. Ich hab keine Ahnung, was in dem vorgeht.«

»Vielleicht kriegt er wirklich kalte Füße«, rief Francesca

vom großen Boot herunter. »Oder er will überhaupt keinen Rekord knacken und spielt uns allen was vor.«

Wir mussten warten, bis die Sicherungstaucher aus der Tiefe zurück waren, und die anderen vertrieben sich die Zeit mit Uno-Spielen und Auf-die-Uhr-Schauen. Francesca schien noch immer sauer auf mich zu sein, denn sie beachtete mich mit keinem Blick. Pat lief wie ein gefangenes Tier auf und ab und fluchte, weil sein Handy hier draußen kein Netz bekam, und nur Ella wagte es, überhaupt mit ihm zu sprechen.

»Ich muss die ganzen Leute wieder ausladen«, schimpfte er vor sich hin. »Verdammter Mist, was sage ich denen nur?«

»Sind doch keine Presseleute«, beruhigte ihn Ella. »Komm mal wieder runter, die verstehen das schon! Jeder von denen hatte schon mal einen miesen Tag.«

Als die Taucher zurück an Bord waren und Pat den Motor startete, verzog ich mich wieder in den Bug und hockte mich mitten in den Wind. Diesmal kam mir Francesca nicht hinterher, aber ich war froh darüber, allein zu sein. Unzählige Fragen kreisten durch meinen Kopf, die ich ihm gern gestellt hätte. Was, wenn Francesca recht hatte? Wenn er uns allen etwas vorspielte, wenn ihm der Rekord total egal war – und das mit uns auch nur eine einzige große Lüge gewesen war?

Das rote Boot lag nicht in der Bucht von Lacona, als wir zurückkamen, aber irgendwie hatte ich auch nicht damit gerechnet, dass er im Dive in auf uns warten würde. Während wir nacheinander vom Boot kletterten und abluden, schaute ich trotzdem immer wieder zum Horizont und hoffte, dass er doch noch auftauchte.

Sophia stand auf und kam herüber, als wir voll beladen

auf den Plankenweg zustapften. »Wie ist es gelaufen? Hat er's geschafft?«

Ich wollte nicht mit ihr streiten, nicht vor den anderen, aber ihr Lächeln zog den Knoten in meinem Magen nur noch fester an. »Er hat es nicht mal versucht«, knurrte ich sie an. »Was hast du zu ihm gesagt, hm?«

Sie machte ein unschuldiges Gesicht. »Ich? Nichts, wir haben uns nur unterhalten. Er war sogar ziemlich … witzig.« Ihr Tonfall machte mich nur noch wütender, obwohl ich gar nicht sagen konnte, ob sie daran schuld war oder Angel oder alle beide. Ich lief wortlos weiter, ohne mich noch mal nach ihr umzudrehen.

Pat kam als Letzter ins Dive-in und setzte sich sofort an den Computer, um den versprochenen Grillabend abzusagen. Er schien nicht mehr ganz so mies gelaunt zu sein wie zuvor auf dem Boot, aber ich hielt mich trotzdem lieber fern von ihm. »Morgen ist ein besserer Tag«, prophezeite Ella und sah uns alle fest an. »Morgen gehen wir auf hundertfünfundzwanzig runter, dann sind wir nur noch fünf Meter von der Rekordtiefe entfernt!«

Irgendwann hielt ich es nicht mehr aus im Dive-in, also verstaute ich meine Ausrüstung, verabschiedete mich wortkarg und schlich förmlich nach draußen. Die Sonne stand hoch, aber die Hitze war mir egal. Ich lief nicht zurück zum Strand, sondern nahm den direkten Weg zur Straße. Der Phaeton stand noch immer auf dem öffentlichen Parkplatz, wo ich ihn am Morgen abgestellt hatte. Ich ging einfach weiter. An der Straße hielt ein Auto neben mir, und zwei junge Italienerinnen fragten, ob sie mich mitnehmen sollten, aber ich schüttelte den Kopf und fing an zu laufen, immer schneller, bis ich den Schmerz im ganzen Körper spürte.

Ich hörte, wie der Phaeton im Schritttempo die Auffahrt hinaufkroch, und verspürte gleichzeitig eine unsinnige Wut auf meine Mutter, weil sie nie hier war, wenn Sophia sich etwas Verbotenes leistete. Die Sonne brannte auf den Balkon herab und ich spielte mit den Rohren der Panflöte in meinem Schoß. Halb erwartete ich, dass Sophia kommen und mit mir zu reden versuchen würde, doch stattdessen rumorte sie eine Weile in der Küche. Dann hörte ich die Dusche angehen und ihre helle, klare Stimme, die irgendeinen Schmachtsong aus den Charts mitsang.

Lautloser Seewind strich über die Balken des Balkons und streichelte meine Wangen so sacht, als wolle er mich trösten. Ich hob meine Panflöte an die Lippen und versuchte, Sophs Gejaule zu übertönen. Sie hatte meine Musik nie gemocht und würde den Song nicht erkennen, aber es fühlte sich trotzdem gut an, ihn für sie zu spielen. *Bye Bye Beautiful.*

Als es Nacht wurde, hockte ich noch immer auf dem Boden des Balkons und übte Luftanhalten nach einer neuen Tabelle, als meine Ohren das Geräusch einfingen. Ein schneller Motor näherte sich, dann sah ich den schwarzen Schatten, der schnurgerade auf unser Haus zuhielt. Angel! Ich wusste, dass er es war, noch ehe er die Kurve einschlug, und sofort war das Herzklopfen zurück. Hastig warf ich mir einen langen Pullover über, kämmte einmal durch meine Haare und war schon an der Treppe, immer zwei Stufen auf einmal nehmend.

»Brauchst dich nicht zu beeilen«, sang eine weiche Stimme hinter mir.

Ich fuhr herum und sah Sophia in einem ihrer engsten Kleider, die Haare zu einem goldenen Wasserfall gebürstet, auf Pfennigabsätzen die Steinstufen herunterstolzieren. »Das ist für mich!«

Mein Herz begann zu rasen, überschlug sich fast. Wer fuhr ein Boot zu unserem Haus, mitten in der Nacht? Niemand wusste, wo wir wohnten – nur einer.

»Nicht sehr nett von dir, einfach abzuhauen. Aber zum Glück hat mir jemand geholfen, das Auto herzubringen!«

Ich versuchte, nach draußen zu lauschen, aber Sophia ließ mich nicht aus den Augen. Ihre Stimme glich noch immer einem Singsang, einer Betörung. »Du magst ihn, oder? Diesen Taucher?«

»Was weißt du schon«, sagte ich tonlos.

»Ich kenn dich. Du suchst dir immer die Typen aus, die Mama garantiert nicht in den Kram passen. Du musst immer auffallen und alle schockieren, damit man dich bloß wahrnimmt.«

Ich schüttelte den Kopf, noch immer wie unter Schock. Das Motorengeräusch wurde leiser, verstummte beinah, dafür hörten wir nun ein Platschen, Wasser, das gegen die Felskante schwappte.

Meine Stimme zitterte und ich hasste sie dafür. »Wenn alles so schlecht ist, was ich tue, warum kopierst du mich dann?«

»Ich glaube, ich weiß, wo dein Problem liegt«, sagte sie langsam und lächelte. »Du kannst nicht verlieren.«

»Es gibt nichts zu verlieren!« Ich schrie nun, aber ich heulte nicht. Die Wut und all der Schmerz sprudelten aus mir heraus wie ein Geysir. »Geh doch und schlaf mit ihm, du wirst deshalb nichts besonderes für ihn sein!«

Sie lächelte noch immer, zog die Schultern hoch und stolzierte an mir vorbei. Meine Knie sackten unter mir weg, und ich musste mich ans Geländer lehnen, um nicht auf den Stein zu fallen. Unten im Garten hörte ich eine Stimme, einen tiefen Bariton, dann ein Glucksen und Schaben und schließlich einen Motor, der jaulend hochjagte. Schnell rappelte ich mich hoch und lief hinterher, barfuß, ohne auf den Weg zu achten. Am Pool stieß ich gegen die Lehne des Liegestuhls und fiel der Länge nach hin, aber ich sprang wieder auf und rannte weiter. Die Steintreppen flog ich hinunter, doch das Boot war bereits mit dem wolkenverhangenen Horizont verschmolzen.

»Ich hasse dich«, keuchte eine fremde Stimme aus meiner Kehle, und nun ließ ich die Tränen laufen, Tränen der Wut und der Verzweiflung. Ich sank auf mein schmerzendes Knie, fühlte, wie der harte Boden in der Wunde brannte, und schlug so lang mit den Fäusten auf den Stein, bis das Brennen in meinem Inneren erträglicher wurde.

»Ich hasse dich!«, schrie ich in die Nacht, dann ließ ich mich kopfüber ins pechschwarze Wasser fallen.

BLUEOUT

»… Ihnen einen elektronischen Durchlauferhitzer installieren«, hörte ich Signor Ragazzo sagen und klappte langsam die Augen auf. »Wenn Sie es wünschen, rüsten wir gleich auf ein Modell mit Solaranschluss um.«

»Die Dusche ist jedenfalls eine Zumutung!« Und das war eindeutig die Stimme meiner Mutter. Ich richtete mich im Bett auf und lauschte nach draußen. »Das Wasser lässt sich weder warm noch kalt regulieren, da brauchen wir sofort eine Lösung. Und ich weiß nicht, wer diese schreckliche alte Waschmaschine angeschafft hat. Die entsorgen Sie besser gleich.«

Schritte entfernten sich, aber so wie ich meine Mutter kannte, konnten sie jederzeit ohne Vorwarnung in meinem Zimmer aufkreuzen. Ich wühlte mich aus dem Bett und zog mir das Schlafshirt über den Po, ehe ich auf den Gang hinaustappte.

Vor dem großen Buchregal stapelten sich Umzugskartons und versperrten mir den Weg. Meine Mutter brachte es also übers Herz, diese vielen Bücher einfach auszusortieren, so wie alle Erinnerungen an dieses Haus. So wie das Haus selbst. Ich ging noch mal zurück in mein Zimmer und sah nach, ob das Kinderbuch mit dem Mädchen und dem spielenden Delfin vorn auf dem Cover noch immer auf der Kommode lag. Kurz entschlossen packte ich es und kickte es mit der Ferse unter mein Bett, damit ich es später einpacken und mitnehmen konnte.

Sophia hatte es sich mit Kaffee und Marmeladenbrötchen auf der Couch bequem gemacht und schielte nur aus den Augenwinkeln zu unserer Mutter und Signor Ragazzo, die diskutierend im Garten standen. Ich blieb stehen, weil ich immer noch nicht richtig angezogen war und weil ich keine Lust hatte, Small Talk mit meiner Schwester zu betreiben.

»Sie ist heute Nacht schon zurückgekommen«, informierte Sophia mich unnötigerweise. »Irgendein Privatjet hat sie mit nach Rom genommen. Cool, was?«

Bestimmt wartete sie nur darauf, dass ich sie nach letzter Nacht fragte, aber den Gefallen würde ich ihr nicht tun.

»Der Interessent kommt in ein paar Tagen und Mama hat Angst, dass bis dahin nicht alles perfekt ist. Kannst dich gleich drauf einstellen, die nächsten Tage hier zu verbringen.«

Ganz bestimmt nicht, dachte ich und marschierte in die Küche, um mir einen Kaffee zu holen. Als ich zurückkam, stand meine Mutter mit verschränkten Armen mitten im Wohnzimmer.

»Wo warst du letzte Nacht?«

»Aus.« Sophia tunkte ihr Brötchen in die Marmelade und biss genüsslich hinein. »Chill mal, ich war um drei zurück.«

Meine Mutter ließ die Arme sinken und ging auf den Tisch zu. »Mara-Sophia, haben wir nicht klare Abmachungen? Du sagst mir Bescheid, mit wem du dich bis spät in die Nacht rumtreibst!«

»Lou kennt ihn.« Sophia grinste mich an und ich hätte ihr um ein Haar die Marmelade ins Gesicht geklatscht.

»Du bist erst siebzehn«, sagte meine Mutter und zog ihr Smartphone aus der Tasche. »Ich will doch nur nicht, dass dir was passiert.«

Sophia verdrehte die Augen und pustete sich eine verirrte Strähne aus der Stirn. Bluffte sie nur? Oder war vergangene Nacht tatsächlich etwas gelaufen? Ich versuchte, in ihrem Gesicht zu lesen, aber sie lächelte nur und kaute auf dem letzten Stück ihres Brötchens herum. Unsere Mutter traute ihr das offenbar nicht zu, aber ich kannte sie besser. Sie war fünfzehn gewesen, als ich ins Internat ging, und hatte damals schon mehr sexuelle Erfahrung als ich.

»Ach, übrigens, Louise.« Meine Mutter tippte in ihr Smartphone, ohne aufzusehen. »Hast du dich schon entschieden, wann du nach Hause zurückkommst? Ich will für den Rest der Ferien einen Privatlehrer engagieren, damit du nicht den Anschluss verlierst.«

Der Kaffee schmeckte auf einmal so bitter, dass ich mich beinahe übergeben hätte. Sophia lehnte sich in die Polster zurück und feixte mich gut gelaunt an. Alles in mir schrie nach Flucht, aber ich atmete tief ein und wieder aus und hielt die Luft an. Sofort spürte ich, wie mein Körper entspannte und mein Herz langsamer schlug. Ich ließ die Luft aus meinen Lungen strömen und wartete, bis meine Mutter mich ansah. »Nein. Ich hab mich noch nicht entschieden«, sagte ich ruhig, machte kehrt und ging beherrscht die Treppe hinauf.

Oben schnappte ich mir ein frisches Shirt aus meinem Zimmer, huschte ins Bad und lehnte mich mit geschlossenen Augen von innen an die Tür.

»Kannst du warten, bis ich fertig bin? Ich komme in Verruf, wenn man uns hier erwischt.«

Ich riss die Augen auf, das Shirt schon halb über die Brust hochgerafft, und Marcos Wangen färbten sich über seinem zaghaften Grinsen rosa.

»Was machst du denn hier?«

Er deutete mit dem Schraubenschlüssel auf den alten Boiler. »So leicht wie beim letzten Mal komme ich diesmal nicht davon. Das Ding muss zuverlässiger laufen.«

Ich hockte mich auf die Badewanne und ließ meine nackten Füße kreisen, bis Marco sein Werkzeug sinken ließ und neben mir in die Hocke ging.

»Na, sag schon. Was ist los?«

»Kannst du nicht irgendwas einbauen, damit dieser Typ das Haus nicht kauft?«

Marco lächelte. »Es ist doch gar nicht gesagt, dass er es kauft. Und vielleicht überlegt dein Vater es sich doch noch anders.«

Ich schüttelte den Kopf. »Das Haus ist ihnen egal. Ich darf gnädigerweise noch bis zum Sommer bleiben, aber nur, wenn ich danach tue, was sie von mir wollen.«

»Und das hast du natürlich nicht vor.« Ich sah auf und er lachte. »He, du warst schon als Kind eine kleine Rebellin. Du hast dein Sandspielzeug ganz allein gegen die älteren Jungs verteidigt. Aber manchmal führt Kämpfen zu nichts, Lou.«

»Deine Sprüche bringen mich auch nicht weiter, vielen Dank.«

Er blies die Backen auf, pustete gegen verlorene Haare, die ihm einmal in die Stirn gefallen waren. »Ach ja? Und was bringt dich weiter?«

»Zum Beispiel brauch ich einen Job.«

Nachdenklich sah er mich an, dann nickte er, griff wieder nach dem Schraubenschlüssel und reichte ihn mir. »Wir machen einen Deal. Du hilfst mir und ich besorge dir noch heute einen Job!«

»Alle Mann auf Position, und denkt dran, heute darf nichts schieflaufen!« Pat schaute zu mir und seine Stirn bildete kleine Gräben. »Gilt auch für Frauen, die ich neuerdings entlohnen muss.«

Marco zwinkerte mir zu, bevor er die Maske über sein Gesicht zog und den Atemregler überprüfte. Um seinen Hals hing das riesige Plexiglasgehäuse, das seine Nikon vor dem Salzwasser schützte, doch an seiner Hüfte entdeckte ich die gute, alte Nikonos. Er setzte den Regler ein und ließ sich über die Wulst des Bootes nach hinten fallen.

»Also bitte. Du hast schließlich auch was davon.« Ich fixierte meine Finn's Fins an den Fersen und schob die Beine über den Bootsrand ins Wasser. Kühl und ungeduldig schlug das himmelhelle Blau über meinen Knöcheln zusammen und ließ mich am ganzen Körper erschauern.

Pat hatte zugestimmt, mich offiziell als Sicherungstaucherin zu engagieren, und damit wie zum Hohn meine Lüge in Realität verwandelt. Im Gegenzug durfte er nun das vermaledeite Hai-Foto als Werbematerial einsetzen und auf seine Website stellen, um damit abenteuerlustige Tauchkundschaft anzulocken. Mir war es egal und Marco konnte das kleine bisschen Ruhm gut gebrauchen.

»Und ich dachte, der Meister bezahlt dich in Naturalien.« Pat legte den Kopf schräg und feixte mich ungeniert an.

Ich beachtete ihn nicht, sondern drückte mir einen Stöpsel ins Ohr, um bis zum Tauchgang Ablenkung zu haben. Tarja würde es schaffen, mich sicher in die abgesprochene Tiefe und wieder zurück zu leiten, Tarjas Stimme schaffte einfach alles. Aber bevor ich im Wirbel des Gitarrenmeers versinken konnte, näherte sich Motorenlärm, und was ich sah, ließ meine Laune zu Eis gefrieren.

Sophia lehnte über der Reling des großen Tauchboots, einen Arm locker auf Finns Schulter abgelegt. Sie trug ein Piratentuch mit dem Logo des Dive-in, genau wie Ella, die hinter ihr aus der Steuerkabine trat und mit einer Hand den Reißverschluss an ihrem Neoprenanzug schloss.

Sie waren nicht allein gekommen, sie hatten eine ganze Schar an Reportern dabei, die sich an der Reling drängten und das Boot zum Schaukeln brachten, Kameras mit aberwitzigen Zoomobjektiven im Anschlag, Headsets am Ohr. Neben mir wurde Pat hektisch, wedelte mit den Armen und rief Begrüßungen auf Italienisch und Englisch in den Wind, doch ich hatte nur Augen für meine Schwester, die in ihrem ausladenden Sommerkleid so deplatziert wirkte wie ein grellorangefarbener Goldfisch auf dem Trockenen.

»Was macht sie denn hier?«, raunte Pat mir ins Ohr, als sie fast bei uns waren.

»Stören«, gab ich zurück, dann drehte ich die Lautstärke an meinem MP3-Player hoch und ließ mich dankbar von den Wellen verschlucken.

Die blaue Welt empfing mich mit freundschaftlichem Glucksen, das in mein freies Ohr drang und sich mit Tarjas Stimme verwob. Ich schloss meine Augen und ließ mich unter das Boot treiben, sodass ich mich mit einer Hand an seinem weichen Boden abstützen konnte. Hierher konnte sie mir nicht folgen. Sophia hielt es nicht lang unter Wasser aus, sie mochte das Meer nur, wenn es türkisblau schillerte und sanft und seicht war. Wie zum Teufel passte das zu Angel?

Um mich wirbelte das Wasser auf und ich blinzelte. Die Sicherungstaucher sprangen ins Meer, einer nach dem anderen, aber nur Adriano sah mich und reckte strahlend seinen Daumen in die Höhe. Sie trieben an der Oberfläche und formten einen Kreis, doch plötzlich war das Meer erfüllt von seltsamen Tönen, ein Singen und Pfeifen, wie ich es schon mal gehört hatte, vor einer gefühlten Ewigkeit.

Und dann sah ich sie: Delfine, vier, fünf, sieben, nein, acht!

Sie umrundeten uns und kreisten wie ein Schwarm Vögel in der Luft durch das Blau, schwammen mal hierhin, mal dorthin. Als ob sie nach jemandem suchten.

Ich spürte das altbekannte Drücken in meiner Brust und ließ mich unter dem Boot hervor an die Oberfläche tragen. Mit einer Hand suchte ich blind nach Halt und merkte zu spät, dass ich nach dem falschen Boot gegriffen hatte, nach dem hellen, festen Rand des großen Tauchboots, wo aufgeregte Stimmen in unterschiedlichen Sprachen durcheinanderschnatterten.

»Hast du das drauf? Das waren Delfine, oder?«

»Sind sie mit ihm runtergetaucht? Woher wusste er, wann sie hier sein würden?«

»Lou!«

Ich legte mein Gesicht aufs Wasser und folgte den Schatten mit Blicken in die Tiefe, doch die Sicht war schlecht an diesem Tag und allzu bald hatte das Graublau sie verschluckt.

»Lou, bist du okay?«

Entnervt hob ich den Kopf aus dem Wasser. »Sophia, wir arbeiten, siehst du das nicht? Du hättest gar nicht herkommen sollen.«

»Ich wollte nur jemanden wiedersehen.« Sie schlug gespielt beschämt die Augen nieder und lächelte ganz leicht. »Kannst du das nicht verstehen?«

Die Delfine kehrten zurück, schnell, viel zu schnell für einen Menschen. Ich musste runter und nachsehen, wo er blieb! Das war zwar nur der Aufwärmtauchgang, doch die allgemeine Unruhe wegen der Delfine konnte ihn seine Konzentration kosten, ohne die er es nicht da runter schaffte. Und ich musste ebenfalls ruhig bleiben, es war nun mein Job, ihn zu beschützen.

»Du bist echt unmöglich«, zischte ich sie an. »Lass ihn bloß in Ruhe, bis es vorbei ist, klar?«

Ihre Antwort verstand ich schon nicht mehr, denn ich tauchte in den Kreis, den die Sicherungstaucher um das Führungsseil bildeten.

Jemand berührte mich am Arm, aber ich nahm es kaum wahr. Suchend sah ich mich um. Von den Delfinen war nichts mehr zu sehen, es war, als hätten sie nur auf ihn gewartet. Um ihm den Weg zu zeigen? Auf einmal schienen die Boote unheimlich weit weg zu sein und die Wellen um mich höher zu schlagen. Die Delfine sind meine Freunde, hatte er gesagt – also warum waren sie gerade heute aufgetaucht? Wussten sie mehr als wir? Mein ganzer Körper wurde kalt, so kalt wie das Meer, und plötzlich hatte ich Angst um ihn, unerklärliche, hundertfünfundzwanzig Meter tiefe Angst.

Ich zuckte zusammen, als jemand den Arm um meine Hüfte schlang. Es war einer der Sicherungstaucher, und ich stemmte mich reflexartig gegen seine Brust, aber dann erkannte ich Cario und entspannte mich ein wenig.

»Alles klar mit dir? Du bist auf einmal käsebleich geworden.«

»Nein, ich hab nur – ist nicht so wichtig.« Verwundert schaute ich ihn an. »Was machst du hier? Gestern hast du noch nicht zum Team gehört.«

»Da konnte ich nicht dabei sein, ich musste arbeiten, in dem Hotel.« Er grinste ein wenig schräg. »Aber jetzt hält mich keiner mehr davon ab, mit euch zu tauchen!«

Die Leute auf dem großen Boot wurden unruhig und jemand zog am Seil. Ella tauschte Handzeichen mit Pat auf dem Boot und die Taucher um uns prüften ihre Systeme. Es blieb nicht mehr viel Zeit.

»Passt auf ihn auf da unten, ja?« Er hielt mich noch immer im Arm, aber aus der hilfsbereiten Geste war eine eiserne Umklammerung geworden, und ich strampelte mit beiden Füßen, um mich daraus zu befreien. Ganz plötzlich lockerte er seinen Griff und stieß mich regelrecht von sich. Sein Gesicht versteinerte, dann schwamm er einen Bogen und postierte sich hinter Marco.

Angel kehrte so ruhig zurück, dass wir ihn beinahe überhört hätten. Plötzlich war er da und hängte sich ans Seil, nahe genug, dass ich den Wirbel spürte, den seine Beine im Wasser erzeugten. Gebannt sah ich zu, wie ein Sicherungstaucher nach dem anderen im Meer versank, hörte Pat, der andächtig und mit lauter Stimme den Countdown runterzählte. Nur fünf Minuten blieben mir noch mit ihm, aber mir war so kalt, dass ich kein Wort rausbrachte.

Angel schloss die Augen. Er nahm niemanden mehr wahr und in diesen wenigen Augenblicken war nichts anderes wichtig für mich. Ich wollte nur noch, dass er heil zurückkam.

Ein einzelner Delfin sprang urplötzlich aus dem Wasser und vollführte einen atemberaubend perfekten Salto in der Luft. Angel legte den Kopf in den Nacken und packte seine Lunge voll mit Luft. Das Raunen und Flüstern aus dem Off hüllte uns ein und dann wurde auf einmal alles sehr still. Angel öffnete die Augen und die Welt hörte auf, sich zu drehen. Er fing meinen Blick auf, kippte vornüber und nahm ihn mit in die Tiefe.

Die Angst, die nun über mir zusammenschlug, war kälter als das Meer hier draußen, dunkler als die Tiefe, in der die letzten Sicherungstaucher auf Angel warteten, schmerzhafter als der Druck, der gleich auf seinem Körper lasten würde. Ich blieb so lange mit dem Kopf unter Wasser, bis ich ihn nicht mehr sehen konnte. Nur Ella war noch bei mir, und die tröstlichen Luftblasen der Sicherungstaucher, die neben uns ans Licht perlten.

»Na also«, prustete sie, halb im Wasser. »Hat doch alles super geklappt!«

»Habanero«, sagte ich. »Kein Mexikaner.«

Ella starrte mich verständnislos an.

»Der neue Sicherungstaucher. Francesca hat gesagt, er sei Mexikaner, aber das … das stimmt nicht.«

»Wow, okay. Kein Problem. Ist mir total egal, wo er herkommt.«

Mir auch, dachte ich. Aber mein Gehirn spuckte seltsame Details aus, um mich von meiner Angst abzulenken. Die Stimmen vom Boot rauschten aufgeregt durch den Salzwind. Viele der Zuschauer hatten vermutlich noch nie einen Freitauchgang gesehen und hielten solidarisch mit

Angel die Luft an. Ich schwamm in einen Strudel aus Luftblasen und fing an, sie zu zählen, da ertönte endlich das akustische Signal von Marco, der auf seine Flasche klopfte und uns damit Angels Position anzeigte.

Ella warf mir einen letzten Blick zu und nickte auffordernd. Angel war auf dem Rückweg. Alles war nach Plan gelaufen. Er war sogar unter der Zeit, mehr als zehn Sekunden schneller als üblich. Ich atmete tief aus und wieder ein und sank in die Wasserwelt hinab.

Ein Schwarm silberner Fische hüllte meinen Körper ein und formierte sich zu meinem Schatten. Wie friedlich es hier ist, dachte ich – da ertönte erneut ein Signal und die Fische flohen eilig.

Aus der Tiefe schoss ein Körper heran. Zuerst dachte ich, der Delfin wäre wieder da und hätte die Fische erschreckt, dann erkannte ich, dass es ein Mensch war. Er bewegte sich mindestens so grazil wie die Delfine – und er schwamm schnell, viel schneller als sonst.

Zu schnell.

Ich stoppte meinen Fall und griff mit einer Hand nach dem Seil, um auf ihn zu warten. Hatte er Schwierigkeiten? Warum diese Eile? Er hatte doch noch genug Zeit! Die kleinen Fische wirbelten wieder um meinen Kopf und schwammen genau in dem Moment in mein Sichtfeld, als Angel mich erreichte, aber das, was ich sehen konnte, war keine Hast.

In seinem Blick lag die pure, nackte Panik.

Ich verscheuchte die Fische und streckte beide Hände nach ihm aus. Etwas geschah mit seinen Augen, sie flackerten und zuckten wie das Licht einer nächtlichen Kerzenflamme, und ich hätte schwören können, dass er mich nicht erkannte. Er floh zu dem unförmigen Lichtquell über dem Meer, aber sein Körper erreichte die Oberfläche nicht, er sackte einfach zur Seite weg und glitt aus dem Kegel, antriebslos und schlaff.

Leblos.

MONSUN

Ich schrie. Schrie um sein Leben. Dann passierte alles auf einmal. Mein Körper reagierte, ehe mein Verstand es tat, und ich trat mich mit aller Kraft durch den Widerstand zu ihm. Das Meer war zu einer zähen Masse geworden und sein Körper schien eine Tonne zu wiegen, aber ich hatte Kraft genug für uns beide übrig. Überall um uns tanzten Luftperlen wie Seifenblasen im Wind und auch die Geräusche schwollen an. Ein dritter Körper schob sich vor die Sonne und kam schnell näher, dann war ich plötzlich nicht mehr allein und Angel wurde endlich in die richtige Richtung gezerrt.

»Zum Boot«, schrie Ella, als wir keuchend Luft schluckten. »Schnell!«

Stimmen riefen hektisch durcheinander, als sie uns sahen. Pat rief: »Ach, du Scheiße!«, und sprang mit Hemd und Hose ins Wasser, um uns zu helfen. Wir schleppten Angel zum großen Tauchboot, wo sofort Hände zupackten und ihn auf das abgesenkte Heck zogen. Im selben Moment war Francesca zur Stelle und beugte sich über ihn, und erst da, erst als ich ihr gefasstes, konzentriertes Gesicht sah, konnte ich wieder normal atmen.

Eine Hand berührte meinen Arm und ich zuckte zusammen, aber es war Marco, der mir seine Maske in die Hand drückte und neben Finn und Pat auf das Heck kletterte. Sie versperrten mir die Sicht und ich konnte nichts tun, nur warten und hoffen, dass wir es rechtzeitig an die Luft geschafft hatten.

»Lou! Lou, alles okay?«

Meine Schwester drängelte sich an den Helfern vorbei zu mir und griff nach meiner Hand. Das Piratentuch war ihr vom Kopf gerutscht und ihre Stimme zitterte, genau wie meine Hand.

»Ich hab – ich – ist er …?«

Jemand schrie: »Sauerstoff, schnell!«, und Schritte rannten über das Deck.

Sophia drehte sich um, ohne meine Hand loszulassen. »Er lebt«, flüsterte sie. »Du hast ihn gerettet, Lou!«

Vor lauter Erleichterung schluchzte ich auf. Sophia strich mir über die Stirn und pflückte verirrte Haarsträhnen aus meinem Gesicht, und ich glaube, es war diese Berührung, die mich schließlich zum Heulen brachte. Meine Augen brannten unter den heißen Tränen, die lautlos ins Meer tropften.

Es dauerte eine gefühlte Ewigkeit, bis Angel sich langsam aufrichtete und mit versteinerter Miene um sich blickte, dabei vergingen höchstens wenige Minuten. Ella sprang auf und fuhr die Reporter an, die bereits eifrig Fotos schossen, aber nur einer ließ die Linse sinken und trat zurück, um ihr Platz zu machen. Marco und Pat stützten Angel, bis Ella mit einer Thermoskanne heißem Kakao zurückkam und ihm einen Becher davon hinhielt.

»Trink das. Hilft immer.«

Angel hob die Hand und bewegte jeden Finger einzeln.

Dasselbe Spiel mit seinen Zehen. Dann griff er nach dem Becher und hielt ihn sich an die Stirn.

»War ich ohnmächtig?«

»Ja, du hast …« Ella verstummte, als Pat sich räusperte und einen schnellen Blick zu den Reportern hinüberwarf.

»Geht's wieder?« Marco sah ihn besorgt an, aber Angel hob nur die Hand und formte mit zwei Fingern das O.K.-Zeichen. Francesca schob sich auf die Fersen zurück und nickte ganz leicht.

Pat schloss kurz die Augen, dann stand er auf und trat vor die Reporter, die noch immer mit gezückten Diktiergeräten und Kameras auf Erklärungen warteten. »Unfälle passieren leider in jeder Sportart. Das Gefährliche an unserem Sport ist, dass wir uns unter Wasser befinden, und das heißt, jede noch so kleine körperliche Schwäche kann tödlich enden. Aber wie Sie gesehen haben, sind wir gut vorbereitet und kennen die Risiken.«

»Was genau ist mit ihm da unten passiert?«, fragte einer.

»Wir nennen das einen Flachwasser-Blackout. Durch den starken Druckabfall auf den letzten Metern verringert sich die Sauerstoffkonzentration im Blut und es kommt zu einer Ohnmacht als Schutzreaktion des Körpers.«

»Ist das schon öfter vorgekommen?«, wollte ein anderer wissen.

»Nein, heute zum ersten Mal. Allerdings ist er vorher noch nie auf diese Tiefe getaucht.«

Stimmt nicht, dachte ich. Er war schon mal da unten, bei unserem Tauchversuch mit dem Gewichtsschlitten. Und da hatte er keine Schwierigkeiten mit dem Druckausgleich gehabt.

»Wird er den Rekordversuch trotzdem wagen?«

Pat schwieg einen Moment und sah die Reporter der Reihe nach an. Meerwasser tropfte aus seiner nassen Hose und das Hemd klebte ihm am Körper, aber er schien das gar nicht wahrzunehmen. »Doch, das wird er. Wir glauben fest an ihn und er kriegt all unsere Unterstützung!«

Einer klatschte und nach und nach stimmten die anderen Reporter mit ein. Ich sah, wie Cario und der Taucher mit den Sommersprossen auf uns zukraulten. Sophia ließ meine Hand los und holte ein Handtuch, das sie Pat um die Schultern hängte.

Ich hielt es nicht länger aus und ging neben ihm in die Hocke.

»Angel?«

Er hob den Blick, aber ich merkte, dass er mich gar nicht richtig anschaute.

»Was ist wirklich passiert?«

Ella furchte die Stirn und schüttelte unmerklich den Kopf, aber die blöden Reporter waren mir im Moment egal. Ich sah ihm fest in die Augen, obwohl er immer noch halb im Delirium schien. Betrunken vom Meer.

»Nichts«, sagte er rau. »Flachwasser-Blackout. Das passiert, wenn man zu schnell glaubt, es geschafft zu haben.«

»So, das reicht aber.« Francesca stemmte sich auf die Füße hoch und zog an dem Tau, bis das Schnellboot mit der Nase gegen das abgesenkte Heck stieß. »Wir schaffen dich jetzt an Land. Marco, Finn, helft mir mal!« Sie packte Ella am Arm und flüsterte: »Haltet uns bloß die Reporter vom Leib.«

Marco griff nach dem Tau und hielt es fest, bis Angel und Finn ins Boot geklettert waren. »Vor allem muss er zu einem Arzt und sich ordentlich durchchecken lassen.«

Auf dem großen Boot wurde das Gemurmel wieder lauter. Die Sicherungstaucher, die schon zurück an Bord waren, tauschten stumme, erschrockene Blicke, und der sommersprossige Junge sah aus, als würde er sich jeden Moment übergeben.

»Das passiert selbst den Besten«, hörte ich Carios Stimme neben mir. »Aber Olokun hat auf ihn aufgepasst.«

»Wir haben auf ihn aufgepasst«, sagte ich leise und verzog mich in die Fahrerkabine. Vielleicht war es der Schock, der mir noch in den Knochen steckte, vielleicht aber auch die Erkenntnis, dass Angel nicht so unbesiegbar war, wie er uns immer glauben ließ.

Es war so leicht, in einem Atemzug alles zu verlieren.

Der Mai verabschiedete sich mit monsunartigen Regenfällen, und obwohl Pat wie ein eingesperrter Tiger vor den Fenstern auf und ab lief und fluchte und bis zuletzt widersinnig hoffte, waren wir anderen froh, dass Angels Tauchgang damit erst einmal buchstäblich ins Wasser fiel. Dummerweise waren die beiden Richter, die den Weltrekordversuch für die AIDA überwachen sollten, am Morgen angereist und kosteten Pat jeden Tag, den sie länger im Hotel warten mussten, eine Stange Geld.

»Ich poste jetzt auf Facebook, dass wir verschieben, und geb eine Pressemitteilung raus«, erklärte Ella und setzte sich vor den Bildschirm. »Hör auf, Spuren in den Boden zu laufen, du machst mich völlig kirre!«

»Warten wir noch«, gab Pat zurück, ohne seinen Trott zu unterbrechen. »Vielleicht sollten wir den Hype nutzen, den sie gerade um ihn veranstalten.«

»Pat, er war minutenlang ohnmächtig!« Adriano schüttelte den Kopf. »Ich mach da nicht mit, wenn du das morgen durchziehst!«

»Und wenn er jetzt doch kalte Füße kriegt?« Pat hieb mit der Faust auf das Fensterbrett und fuhr herum. Francesca neben mir zuckte zusammen. »Verdammter Scheiß, was musste das jetzt auch passieren!«

»Tut er schon nicht«, warf einer der Sicherungstaucher ein. »Er ist doch kein Feigling, oder?«

Ella tippte bereits, sie ließ sich vom Wutausbruch ihres Bruders kein Stück aus der Ruhe bringen. »Also, Leute, ihr habt jetzt Pause. Sobald das Wetter wieder mitspielt, haltet ihr euch bereit. Wir verschieben den Tauchgang erst mal um zwei Tage.«

Die Tür schwang auf und Marco und Finn flohen vor dem Sturm ins Trockene. Finn warf einen Packen Zeitungen auf den Tisch – lokale Blätter, aber auch ein englisches Magazin war darunter, und alle zeigten nahezu dasselbe Bild: Angel, der bewusstlos auf dem abgesenkten Heck des Tauchbootes lag und blicklos in den Himmel starrte.

Drama in blauer Tiefe – Freitaucher ohnmächtig – atemberaubende Rettungsaktion in letzter Minute – All die Mühen umsonst?

»Derselbe Scheiß wie im Internet«, brummte Pat mürrisch. Er hatte sich furchtbar über die reißerischen Pressemeldungen aufgeregt und eine eigene Darstellung des Vorfalls auf seiner Website veröffentlicht.

»Was wollt ihr eigentlich?« Finn deutete auf die oberste Zeitung, deren Titelseite beinahe vollständig von Angels ausdruckslosem Gesicht eingenommen wurde. »Schlechte Presse ist besser als gar keine. Solange sie ein Drama haben, über das sie berichten können, schauen bestimmt noch viel mehr Leute auf uns und warten darauf, dass auch am großen Tag was schiefläuft.«

»Wo ist er denn jetzt?« Ich hatte die ganze Zeit über still danebengesessen und versucht, nicht auf Angel zu warten.

»Im Krankenhaus«, informierte mich Francesca, aber Finn schüttelte den Kopf.

»Er hat sich geweigert dazubleiben, also hab ich ihn mit in meine Pension genommen. Der Doc meinte, er hat Glück gehabt, dass wir so schnell zur Stelle waren.«

»Leute sterben da unten«, murmelte einer. »Erst letztes Jahr ist ein Freitaucher in Dean's Blue Hole ums Leben gekommen.«

Wir schwiegen betreten und sahen uns der Reihe nach an. Es ist ihm nichts passiert, sagte ich mir immer wieder. Wir haben gut genug aufgepasst.

Marco räusperte sich und rutschte unruhig auf seinem Platz herum. »Können wir mal durchgehen, was gestern passiert ist? Ich hab mir das Video angeschaut, aber die Aufnahmen sagen uns nicht viel. Ich weiß nur, dass er die Tiefe nicht erreicht hat. Er hat ohne Vorwarnung gestoppt und ist hochgetaucht.«

Sein Blick blieb an den neuen Tauchern kleben, aber die schüttelten nur die Köpfe.

»Nein, Mann«, sagte der Sommersprossentyp mit ernster Miene. »Ich konnte nichts tun, er hat abgedreht, bevor ich kapiert hab, was er vorhat.«

»Vielleicht die Ohren«, mutmaßte Ella. »Der Druck ist enorm da unten und diese Delfine haben ihn sicher aus dem Konzept gebracht. Wie erklärt er es denn?«

»Er sagt, er weiß es nicht.« Finn runzelte die Stirn. »Kann sich nicht erinnern.«

Wieder machte sich Schweigen breit, eine Stille, die erst enden würde, sobald Angel wieder leibhaftig vor uns stand.

»Eins muss klar sein.« Pat sah uns der Reihe nach an. »Niemand außer uns und den Richtern hat am Tauchtag was auf dem Boot verloren, klar?« Aus irgendeinem Grund blieb sein Blick an mir kleben. »Niemand. Keine Presse, keine Neugierigen, keine Kumpel, keine Schwestern, nicht mal eure Oma lass ich an Bord!«

Ich stellte mein Rad im Bootsschuppen unter und ließ mich von Marco nach Hause fahren, obwohl er mit dem Roller gekommen war und wir trotzdem tropfnass in Capoliveri ankamen. Aber als ich vor unserem Haus absteigen wollte, hielt er mich am Arm fest und sah mir fest in die Augen.

»Da stimmt was nicht.«

»Was meinst du? Den Tauchgang?«

»Ja. Ich hab es ihnen nicht gezeigt, weil ich es erst selbst verstehen muss. Aber ich komm nicht weiter.«

Der Regen trommelte auf unsere Köpfe. Ich merkte es kaum. »Was hast du gesehen, Marco?«

Er ließ mich los und legte den Kopf in den Nacken. »Angst. Angel hatte panische Angst, das ist der Grund, warum er abgekackt ist.«

Vorsichtig ließ ich die Luft aus meinen Lungen strömen und nickte. »Den Eindruck hatte ich auch.«

»Und es erklärt auch, warum er sich angeblich an nichts erinnert.« Marco faltete die Hände über dem Kopf, um ihn gegen den Regen abzuschirmen. »So wie ich ihn einschätze, würde er Angst niemals zugeben.«

Mein Herz klopfte so schnell, dass es schmerzte. »Aber Angst wovor? Was ist da unten passiert?«

»Das kann uns die Kamera auch nicht erzählen. Ich kann dir nur sagen, wann es passiert ist.«

Vor dem Haus ging das Licht an, im nächsten Moment wurde die Haustür aufgerissen und meine Schwester steckte ihren Kopf heraus.

»Es gibt gleich Essen! Willst du auch reinkommen, Marco?«

Marco schüttelte den Kopf. »Nett von dir, aber danke, nein.«

»So schlecht sind meine Kochkünste auch nicht!« Sophia hopste frierend auf der Stelle. »Kommst du, Lou?«

»Gleich!« Ich wartete und lehnte mich näher zu Marco.

»Es ist bei diesem Neuen passiert«, sagte er. »Cario. Er hat nichts gemacht oder so, er hat das Seil nicht mal berührt. Ich verstehe es ja auch nicht, Lou, aber genau da, als er an Cario vorbeikam, hat Angel völlig die Kontrolle verloren.«

»Louuuu!«

Ich verdrehte die Augen und umarmte Marco zum Abschied. »Danke fürs Fahren. Bis dann!«

»Er steht immer noch total auf dich«, informierte meine Schwester mich, als ich durchgeweicht unter dem Vordach anlangte. »Und du brichst ihm das Herz.«

»Halt die Klappe«, fuhr ich sie an. »Ich hab mich nicht mehr mit ihm eingelassen, für seine Gefühle kann ich ja wohl nichts.«

»Einfach abstellen kann man sie trotzdem nicht! Zufällig weiß ich ziemlich gut, wie es sich anfühlt, abserviert zu werden.«

»Da bist du nicht allein.« Wo blieb die Schadenfreude? Seltsamerweise fühlte ich nichts, keinen Triumph, keinen Hass, nur noch Leere.

Bei Einbruch der Nacht stopfte ich mir meine Decke unter den Arm und schlich aus dem Haus. Schatten krochen aus den Büschen und hockten sich lauernd zu mir auf die mondlose, düstere Veranda. Ich schlug meine Beine in die Decke und rollte mich auf der Rosenliege zusammen.

Was war mit ihm passiert? Mein Kopf hämmerte diese Frage nun schon den ganzen Abend an meine Schädeldecke, bis ich das Pochen beinahe körperlich spürte. Er war regelrecht aus dem Meer geflohen, dabei war ich ganz sicher, dass weder sein Körper noch sein Material plötzlich verrücktgespielt hatten. Es gab überhaupt keine physische Ursache für seinen Blackout.

Der Regen hatte nachgelassen und eine Zwergohreule schickte ihren monotonen Ruf in die Nacht. Das Geräusch erinnerte mich an meine Großmutter, an nächtelanges Suchen mit der Taschenlampe in dunklen Bäumen. Die kleine Eule klang so nah und trotzdem hatten wir sie nie gefunden.

PRANAYAMA

Den lang ersehnten ersten Juni verbrachte ich mit Sophia vor dem riesigen Bücherregal auf der Galerie, dessen höchste Stellen nur über eine rollbare Leiter erreicht werden konnten. Die meisten Bücher waren zu alt, um sie einer Bibliothek zu geben, aber Marco hatte einen Sammler aufgetrieben, der uns die gut erhaltenen Werke zu einem fairen Preis abnehmen wollte. Daher lautete unsere Aufgabe für diesen Tag, die Bücher zu sichten und die brauchbaren Bände in beschriftete Kisten zu packen. Draußen lief der Regen in dicken Tränen an den Fenstern herab, und ich schaute immer wieder hinaus und wartete, ohne zu wissen, worauf.

»Oh Mann!« Sophia stöhnte und blätterte lustlos durch ein Buch. »Ein stinknormales Bücherregal hätte es auch getan. Wieso musste es eine Regalwand sein, die bis unter die Decke geht? Und dann auch noch bis oben hin bestückt? Nie im Leben hat sie alle diese Bücher gelesen!«

Meine Großmutter hatte mir mal erzählt, dass sie kein ungelesenes Buch in das Regal stellte, aber ich hatte keine Lust auf Small Talk mit meiner Schwester, solange sie tat, als wäre alles zwischen uns in bester Ordnung. Unsere Mutter war noch mal zu dem Makler gefahren, und ich hoffte, dass wir bis zu ihrer Rückkehr fertig waren.

»Sag mal, dieser Rekordversuch – wann genau ist der jetzt?«

Ich hob einen schweren Wälzer mit Landschaftsaufnahmen aus dem untersten Regal. »In zwei Tagen.«

Sie warf ihr Buch in die Kiste und stieg die Leiter hinauf, um die nächste Ebene freizuräumen. »Ich will nämlich mitkommen.«

»Sorry«, sagte ich und stand auf, um ihr die schweren Bücher abzunehmen. »Keine Schaulustigen an Bord. Wir haben klare Anweisungen, niemanden mitzubringen.«

Sie hielt inne und sah mich überrascht an. »Wer sagt das?«

»Pat.«

Zwei Taschenbücher rutschten vom Stapel, den sie eben auf ihren Arm lud, und flatterten raschelnd zu Boden. »Was soll denn der Scheiß jetzt? Das sagst du doch nur, weil du immer noch sauer auf mich bist!«

»Dann frag ihn doch selbst«, blaffte ich zurück, legte die Hardcover-Bücher auf den Boden und schlug den Bildband auf. Rot glühende Felsen in einer staubigen Wüste. Endlose, trockene Buschgräserwelten. Ich hatte schon viele Länder gesehen, aber diese Bilder kannte ich nicht.

»Ich weiß schon, wen ich frage.« Sophia kletterte die Leiter runter und warf die Bücher zwischen uns zu Boden. »Angel! Wenn er mich mitnimmt, kann Pat ja schlecht Nein sagen.«

Meine Lippen zuckten, aber ich atmete ganz ruhig weiter.

»Kennst du den Strand von Innamorata?« Sie beobachtete mich genau. »Man nennt ihn auch die Bucht der Verliebten. Es ist wunderschön dort, wenn der Mond scheint.« Sie lächelte und summte vor sich hin, während sie anfing, die Bücher am Boden zu sortieren. »Ich sag dir, ich hatte vielleicht einen Schwips! Gut, dass Mama gleich schlafen gegangen ist, als sie nach Hause gekommen ist. Wenn sie mich so erwischt hätte, wär was los gewesen!«

Ich klappte den Bildband zu und dabei fiel mein Blick auf den Einband, der zur einen Hälfte aus roter Wüste und zur anderen aus tiefblauem Meer bestand. Nur ein Wort stand dort: Australia. Wir sind als Kinder immer mit den Delfinen in der Bucht geschwommen, hörte ich ihn sagen. Auf einmal verschwamm die Galerie vor meinen Augen, und ich lief wieder auf das Boot zu, das im Dunkeln an seiner Leine zog, während um uns eine Party tobte. Er hatte mir das Glas aus der Hand genommen und den Inhalt ins Meer gekippt. Ich sah uns alle am Strand sitzen, Pizza essen und Bier trinken, alle außer einen – natürlich, er trank nicht, er hatte mir selbst erzählt, was mit seinem Vater passiert war! Und in dem Moment wusste ich, dass Soph log, dass sie Geschichten über diese Nacht erfand oder mit jemand anderem an diesem Strand gewesen war. Angel steuerte keine Bucht an, nicht wenn er ebenso gut auf dem Wasser bleiben konnte. Vor allem aber würde Angel nie ein Mädchen betrunken machen.

Plötzlich konnte ich es kaum erwarten, ihn wiederzusehen. Aber wenn alles nur ein großes Missverständnis war, warum hatte er dann Ella ins Boot geholt, nicht mich? Und sein Unfall? Etwas war mit ihm passiert da unten, und ich war so verblendet gewesen von Sophias Lüge, dass ich nicht mal versucht hatte, es herauszufinden! Hastig stand ich auf.

»Wenn du mich mitnimmst, verrat ich dir, was wirklich gelaufen ist.« Sophia lächelte wieder. »Darauf brennst du doch, oder?«

Ich hob den Australien-Bildband auf und drückte ihn

gegen meinen Bauch. »Nein, eigentlich nicht. Es gibt nämlich einen Begriff für solche Nächte – man nennt das einen One-Night-Stand.«

Ihr Lächeln verblasste und ihre Augen wurden ganz dunkel. »Ach ja? So wie deine Nacht mit Mika, was?«

»Mika?«

»Ja, Mika! Der Sohn des finnischen Diplomaten, schon vergessen?«

»Dieser Schönling? Wie kommst du drauf, dass ich was mit dem hatte?«

Sophia fegte die Bücher zur Seite und funkelte mich an. »Ach, hör doch auf! Er hat permanent mit dir geflirtet, sogar wenn ich dabei war. Und eine Nacht seid ihr zusammen abgehauen, ich hab euch gesehen, vom Fenster aus!«

»Ich bin abgehauen, nicht wir. Er dachte wohl, er kann jede rumkriegen, aber da hat er sich getäuscht.« Verwirrt schaute ich auf sie runter. »Wie kommst du denn jetzt auf Mika?«

Sophia sah mich an, als hätte ich sie zutiefst beleidigt. »Ich hab ihn gemocht. Ziemlich sogar. Ich hab's dir nie erzählt, aber er war mein Erster.«

»Und als du uns in der Nacht gesehen hast, da dachtest du, ich hau mit deinem Freund ab, oder was?«

Sie presste die Lippen zusammen. »Tja. Jetzt weißt du, wie sich das anfühlt.«

Ich konnte sie nur anstarren.

»Ich hab dich gehasst, weißt du das? Ich dachte, ich sterbe, so weh hat das getan. Und ich hab mir gewünscht … ich wünschte, meine Eltern hätten sich einen anderen Sozialfall ausgesucht, anstatt dich von der Straße zu holen.«

Ich ließ den schweren Bildband mit einem Knall auf die

Fliesen fallen und registrierte mit Genugtuung, wie Sophia vor Schreck zusammenfuhr. Wortlos drehte ich mich um und stapfte in mein Zimmer. Von innen lehnte ich mich gegen die Tür und atmete tief ein und aus. Sie hatte damals etwas Ähnliches gesagt, doch diesmal würde ich nicht deswegen heulen. Nie wieder. Ich würde aber auch nicht wieder rausgehen und so tun, als wäre nichts passiert.

Mit zitternden Fingern griff ich nach meinem Handy und sah, dass eine neue Nachricht eingegangen war, vor Stunden schon. »Hey, Lou«, schrieb Pat. »Konnte dich nicht erreichen. Kannst du heute noch ins Dive-in kommen? Wichtig!!« Das war seltsam, weil er seine SMS normalerweise an alle schickte. Ich wählte Marcos Nummer, aber das Telefon klingelte durch, ohne dass er dranging.

Ich sah auf die Uhr. Es war bereits früher Nachmittag und ich hatte meinen Cyclewolf im Dive-in stehen lassen, ich konnte also nur zu Fuß los. Wie eilig konnte das Treffen schon sein? Einen Tauchgang hatte für den Abend sicher niemand mehr geplant. Ungeduldig wühlte ich in meinem Schrank, bis ich meine Sporthose gefunden hatte. Unten am Bein klaffte ein Riss, der noch von dem Unfall mit Cario stammte. Moment mal – Cario! Meine Finger flogen über die Verschlüsse und ich durchsuchte die Taschen, bis ich gefunden hatte, was ich suchte. Einen Zettel mit einer Telefonnummer. Und mit etwas Glück meine Mitfahrgelegenheit.

»Ich bin dann weg«, verkündete ich knapp, als ich zwei Minuten später das halb leere Bücherregal passierte.

»Lou, wart doch mal …«

Mehr bekam ich nicht mehr mit, denn ich trat, ohne anzuhalten, barfuß in meine Sneakers und warf die Haustür hinter mir ins Schloss.

Draußen lief der Regen in Bächen die Hauswände herab. Ich rannte den Weg bis zum Tor und stellte mich unter eine ausladende Palme, bis ein kleiner roter Fiat vor mir hielt. Cario hechtete in den Regen, lief um das Auto herum und riss die Beifahrertür für mich auf. Ich stieg ein, und sofort fiel mir der starke Pfefferminzgeruch auf, der den Innenraum überflutete.

Cario zwängte sich hinters Steuer und warf mit Wucht die Tür hinter sich zu. Seine Beine stießen am Lenkrad an, aber die Enge schien ihn nicht zu stören. Er lehnte sich über mich und kramte eine Packung Kaugummis aus dem Handschuhfach.

»Hier, magst du?«

Ich nahm mir aus Höflichkeit einen Streifen und machte mich in meinem Sitz ganz klein. »Danke für den Chauffeurdienst, ich bin echt aufgeschmissen ohne mein Rad.«

Er nickte, ohne den Blick von der Straße zu nehmen. »Kein Problem. Gut, dass du angerufen hast, ich hätte den Termin nämlich glatt verpasst!«

Der Regen bildete einen Schleier vor der Bucht, und ich presste meine Stirn gegen die Scheibe, um nicht nachdenken zu müssen. Was, wenn ich mich doch getäuscht und Sophia nicht gelogen hatte? Wenn er mir die ganze Zeit etwas vorgespielt hatte?

»Wie gut kennst du ihn eigentlich?«

Wir bogen auf die Hauptstraße ab und der Regen hämmerte mit voller Kraft auf die Frontscheibe.

»Wen?«

»Na, Angel.«

Beinahe hätte ich geantwortet: Ich kenne ihn überhaupt nicht. Niemand kennt Angel, Ella nicht, Sophia nicht, keiner von uns. Ich weiß, wie er riecht und wie er sich nachts im Meer anfühlt, wie er im Sonnenlicht in Badeshorts aussieht und wie seine Zunge schmeckt, wenn er eben aus dem Meer steigt. Doch ich bezweifelte, dass Cario diese Dinge interessierten.

»Dieser Mister Geheimnisvoll ist doch nur seine Masche, oder? Die Mädels fahren voll auf solche Typen ab.«

Meine Finger wickelten das Silberpapier ab und rollten den Kaugummi zu einem dicken Schlauch zusammen. »Anfangs dachte ich das auch, aber so ist er nicht, er braucht diese Momente, seine – Menschenpausen. Er hat es drauf, die ganze Welt auszublenden. Du musst ihn mal beobachten, bevor er runtertaucht. Da kann neben ihm ein Tsunami auflaufen, er würde nichts mitkriegen.«

»Alles klar.« Er grinste. »Du bist auch eine von denen.«

Ich hatte keine Lust, vor einem fast Fremden mein Gefühlsleben auszubreiten, also biss ich in die Kaugummirolle und lehnte mich im Sitz zurück. Die Straße lief nun schnurgeradeaus, und ich merkte, wie Carios Augen immer wieder meine Silhouette streiften.

»Kennst du den Punkt, an dem du deinen Atem nicht länger anhalten kannst, egal, wie sehr du es versuchst? Mit der Liebe ist es genauso. Sie fragt nicht danach, sie überrollt dich einfach und du kannst dich nicht dagegen wehren.«

Ich konnte nicht anders, ich musste lachen. »Okay, das geht mir echt zu weit. Können wir über was anderes reden? Was ist mit dem Mädchen, an das ich dich erinnere? Wo ist sie?«

»Bei Olokun.« Er starrte auf die Straße und seine Hände krampften sich um das Lenkrad. Die Luft im Auto schloss uns ein wie kühles Meerwasser.

»Sie ist gestorben? Das tut mir leid, ehrlich.« Der Kaugummi rutschte meine Kehle hinunter und bildete einen dicken Kloß. »Wart ihr zusammen?«

»Wir waren nicht nur zusammen. Sie war meine große Liebe, der wichtigste Mensch überhaupt und die einzige Person, die mich wirklich kannte und verstand.«

»Ich weiß, wie sich das anfühlt. Ehrlich. Ich habe auch jemanden verloren, der alles für mich bedeutete – meine Großmutter. Sie war der wichtigste Mensch in meinem Leben.«

»Dann weißt du auch, dass nichts gegen den Schmerz hilft. Und dass man alles tun würde, um es rückgängig zu machen«, sagte er bitter. Wir passierten das Schild von Lacona, und das kleine Auto schlingerte, als Cario etwas zu heftig auf die Bremse stieg. Vor uns öffnete sich der Pfad unter den Kiefern und ein unruhiges Flimmern machte sich in meinem Magen breit.

»Darf ich dich noch was fragen?« Ich wartete, bis wir auf den verwaisten Parkplatz fuhren und vor dem Zaun hielten. »Der letzte Tauchgang – du weißt schon. Ist da unten irgendwas passiert, ich meine, mit Angel?«

Cario ließ die Handbremse einrasten und drehte sich ganz zu mir. »Das hab ich den Jungs doch schon hundertmal erzählt. Ich habe versucht, zu ihm zu kommen, aber er drehte so schnell um, dass ich nichts tun konnte. Von Tiefenrausch hab ich nichts bemerkt.«

»Hm.« Meine Hand legte sich auf den Griff, aber Cario schüttelte den Kopf und stieg aus. Mit wenigen Schritten war er um das Auto herum und hielt mir die Tür auf, und auf einmal war ich mir nicht mehr so sicher, ob es klug gewesen war, ausgerechnet mit ihm herzukommen.

Sie schauten auf, als wir zusammen durch die Tür traten, und ich registrierte, wie Angel der Atem stockte. Cario hängte mir locker den Arm um die Schulter, und ich versuchte, mir nicht anmerken zu lassen, wie seltsam ich diese Geste fand.

»He, Leute!«

»Hi, Lou.« Ella runzelte überrascht die Stirn. »Cario, hey. Mit dir haben wir heute nicht gerechnet.«

»Ich hab ihn angerufen. Mein Rad steht bei euch im Bootsschuppen.« Ich sah mich um. Da fehlte die Hälfte, Finn war nicht da, Marco auch nicht und überhaupt niemand sonst aus dem Team. Nur Angel hockte rittlings auf einem Stuhl und ließ uns nicht aus den Augen.

»Setz dich«, sagte Pat ungewohnt ruhig. Er sah nur mich an, aber Cario zog zwei Stühle heraus und hockte sich verkehrt herum auf seinen.

»Was ist los? Sagen wir den Tauchgang ab?«

Ella räusperte sich umständlich und kritzelte auf der Zeichnung herum, die auf den Tisch gepinnt worden war. »Das nicht, es gibt nur ein paar kleine – äh, personelle Änderungen.«

Alles in mir wurde plötzlich so kalt wie das offene Meer. Mein Blick huschte zu Angel, aber der starrte meinen Begleiter an, als wäre er zu feige, mir in die Augen zu sehen.

»Du bist raus aus dem Wasser«, hörte ich Pat sagen. Namen standen hinter den Kringeln über dem Apnoestrichmännchen. Neue Namen. »Du bleibst mit Francesca auf dem Boot und sorgst dafür, dass die Richter alles kriegen, was sie brauchen.«

Langsam ließ ich die Luft aus meinen bebenden Lungen entweichen. Wann hatte ich sie angehalten? Und wann hatten sie sich gegen mich verschworen? Ella kaute auf ihren Nägeln herum und wich meinem Blick aus, es war also nicht ihre Idee gewesen. Und Pat war es egal, was ich machte, Pat tat nur, was Angel ihm sagte.

Langsam stand ich auf und ging um den Tisch herum. Mein Atem floss wie zäher Honig durch meinen Körper, aber ich zögerte nicht, bis ich direkt vor ihm stand.

»Du schmeißt mich raus? Ernsthaft?«

»Lou, komm schon.« Pat lehnte sich in seinem Stuhl zurück und hob beschwichtigend den Arm. »Wir müssen uns alle umstellen. Keine Sorge wegen unserem kleinen Deal, da bleibt alles beim Alten.«

»Warum?« Ich sah Pat nicht mal an. »Hab ich was falsch gemacht bei deinem Blackout?«

»Du hast nichts falsch gemacht, Lou.« Seine Stimme klang so traurig, und auf einmal stimmten die Gefühle nicht mehr, passten nicht mehr zu der Wut in meinem Bauch. »Und niemand schmeißt dich raus.«

»Du kannst mich mal«, sagte ich leise. »Erst tauschst du mich gegen Ella, dann gegen Sophia und was weiß ich wen noch. Jetzt tauge ich nicht mal mehr als Tauchpartner. Was ist das für ein Scheißspiel, Angel?« Mein ganzer Körper zitterte vor hilfloser Scham.

»Ich hab dir gesagt, es hat nichts mit dir zu tun.« Seine Stimme wirkte gepresst, wie mühsam beherrscht. »Aber ich will dich nicht mehr dabeihaben.«

Einen Moment war ich sicher, dass jemand aufspringen und »Punk'd!« rufen würde, aber die anderen saßen nur da und rührten sich nicht. Ich wollte schreien, aber meine Kehle war wie eingefroren. Blind stolperte ich rückwärts und lavierte mich um Stuhlbeine herum.

Seine Augen wurden ganz dunkel. »Lou …«

»Ist okay«, sagte ich, »okay. Such da unten, wen du willst. Ich bin fertig mit dir.«

Zu hastig wirbelte ich herum, zu laut rauschte das Blut in meinen Ohren. Meine Füße stolperten über einen weichen Gegenstand, verhedderten sich und ich verlor das Gleichgewicht und fiel fast hinaus in den Regen. Hinter mir hörte ich Stühle rücken, eine laute Stimme – Ella? –, dann einen Fluch. Endlich war ich draußen und rüttelte an der Tür zum Bootsschuppen. Bitte, nicht abgeschlossen sein! Regen lief in meinen Kragen, dann schwang das Tor auf und ich schluchzte auf, als ich meinen Cyclewolf in der Ecke sah. Meine Finger zitterten, aber sie kriegten das Schloss auf und ich stieg noch im Schieben auf die Pedale. Mein Ärmel verfing sich an einem spitzen Gegenstand und ich riss mir die Jacke auf, dann war ich zurück im Regen. Eine Tür schlug zu, aber ich drehte mich nicht um, ich wollte nur weg, weg, nie wiederkommen und ihn nie wiedersehen müssen.

Ich fuhr schlingernd zwischen den Bäumen durch, blind vor Tränen und Regen, und dann gruben sich die Räder in feuchten Sand. Irgendwo in der Ferne grollte Donner, ich spürte ihn mehr, als ihn zu hören. Plötzlich war jemand hinter mir, jemand, der mir mit großen Schritten gefolgt war und mein Rad mit festem Griff packte, sodass ich nicht abhauen konnte. Er trug nur ein dünnes Shirt, aber er schien den Regen gar nicht zu spüren. Wenigstens schaute er mich jetzt richtig an.

»Ich kann es dir nicht erklären«, keuchte er atemlos, »aber du und diese Zeit, das war nicht gelogen, okay? Ich hab dich nie angelogen.«

»Ist mir scheißegal«, schrie ich ihn an und machte mein

Rad von ihm los. »Du hast spätestens seit der Nacht bei mir verspielt, in der du meine Schwester gevögelt hast!«

»Was hab ich? Spinnst du?«

»Ich hab dein Boot gesehen und Soph hat mir brühwarm von eurem Date erzählt. Warum machst du das? Warum gerade sie, Angel?« Mir war übel von seiner Nähe und der ertränkten Wut auf ihn, auf sie alle.

»Für dich war ich schon nicht gut genug, also wieso glaubst du, dass ich es dann ausgerechnet bei deiner Schwester versuche?«

Ich starrte ihn an. »Was soll das heißen?«

»Ich wohne am Strand, Lou. Ich schlafe unter freiem Himmel, und alles, was ich kann, ist Tauchen. Du willst keinen Vagabunden, du brauchst einen Typen wie Marco mit einem soliden Job und einem richtigen Leben. Das mit uns war ein Abenteuer, aber wir funktionieren nicht in der wirklichen Welt!«

Über dem Meer zuckte ein Blitz am Himmel, aber er hätte ebenso gut mich treffen können. »Das ist nicht wahr«, sagte ich mit belegter Stimme, »wenn du das wirklich von mir denkst, war das mit uns doch nur eine große Lüge.«

»Ich hab schon in der ersten Nacht gewusst, dass du eine Nummer zu groß für mich bist. Aber dann bist du im Meer aufgetaucht, und auf einmal war ich derjenige, der dir was beibringen konnte.« Seine Stimme war wie der Donner, kaum hörbar, dafür umso intensiver zu fühlen. »Du hast gekriegt, was du wolltest.«

»Das hab ich nicht.« Ich hatte das Gefühl, Wasser statt Luft zu atmen. Seine Augen waren der einzige Lichtpunkt in all dem grauen Regennebel um uns herum, und meine Finger zitterten so sehr, dass ich das Fahrrad loslassen musste. »Am Anfang wollte ich nur mit dir tauchen, das stimmt. Ich wollte das lernen und genauso gut werden wie du, aber dann …«

»Lou?«, fragte Angel nach einer Weile leise.

»Jetzt will ich nur noch dich.«

Mein Herz hämmerte in meiner Brust, laut, schmerzhaft. Keine Sekunde länger würde ich seinen Blick aushalten, also hob ich mein Rad wieder auf und zerrte es durch den schweren Sand. Plötzlich wurde es hochgehoben und getragen, bis zum Weg, von dem ich abgekommen war. Regen lief mir über das Gesicht, aber ich rührte mich nicht. Ich schloss die Augen und hielt die Luft an.

Zuerst glaubte ich, dass die Gerüche um mich anschwollen, intensiver wurden. Mein Kopf malte ein Bild aus ihnen, mischte sie wie Farben zusammen, wie es sich gerade ergab – Blau für die Salzluft der See, Grün für den heulenden Regen, Gelb für das Aroma des Sandes und Rot für das Wüstenfeuer, das langsam alle anderen Farben verdrängte. Ich schlug die Augen auf, doch alles, was ich sehen konnte, war Blau – tiefes, verdrängendes Dunkelblau seiner Iris.

Angels Lippen schmeckten feucht, salzig und so vertraut, dass es wehtat. Er stand so dicht vor mir, dass ich mich fragte, wie er so schnell hergekommen war, und obwohl ich längst nicht mehr sagen konnte, wer wen geküsst hatte, perlten sämtliche Widerstände von mir ab. In diesem Moment, genau diesen Atemzug lang, wollte ich nur eines, und zwar Angel küssen, so oft, bis meine Lippen sich für immer an ihn erinnerten.

Er stand erst still und rührte sich kaum, dann veränderte sich seine Haltung und ganz plötzlich packte er mich mit beiden Armen fest um die Taille und hob mich hoch. Neben mir fiel etwas zu Boden und irgendwo schlug der Blitz krachend in einen Mast, aber Geräusche interessierten mich gerade nicht. Ich schlang meine Beine um seine Hüfte, spürte, wie er eine Hand unter meine Jacke schob und sie um meinen Hintern schloss. Jemand öffnete den Reißverschluss meiner Jacke, und Angels kühle Haut presste sich gegen meine, ohne dass unsere Lippen sich trennten, ohne auch nur Zeit für neuen Atem zu verschwenden. Meine Hände fuhren über seine Schultern und unter sein Shirt, das seinen Körper längst nicht mehr bedeckte – hatte er es hochgeschoben oder ich? Kein Gefühl mehr für die eigenen Taten, wir wurden zu einem Wesen, genau wie damals im Meer, wir gehörten zusammen und brauchten die Nähe des anderen dringender als die Luft in unseren Lungen. Wir küssten uns, bis mir ganz schwindlig wurde und ihm die Kraft ausging, bis wir taumelnd in den feuchten Sand fielen und den letzten Rest unserer Atemreserven ausgeschöpft hatten.

Ich schlug die Augen auf und blinzelte. Alles in mir bebte und wollte zurück zu ihm.

»Wenn du eine normale Frau küsst, musst du aufpassen, dass sie dir nicht erstickt«, keuchte ich atemlos.

»Ich küsse keine normalen Frauen«, flüsterte er und setzte sich auf die Fersen zurück. Sein durchgeweichtes Shirt klebte noch immer oberhalb seiner Bauchmuskeln, doch anstatt es wieder runterzustreifen, schälte er sich in einer schnellen Bewegung heraus und warf es achtlos neben sich in den Sand.

Mein Atem stockte, doch er setzte sich im Schneidersitz vor mich hin und bedeutete mir wortlos, dasselbe zu tun. Ich gehorchte, registrierte verwirrt, wie er die Kapuze sacht über meinen Kopf zog und nach meinen Händen griff.

»Angel …«

»Scht. Mach die Augen zu. Nicht fragen – mach's einfach!«

Wieder folgte mein Körper seinen leisen Anweisungen, bevor mein Verstand reagieren konnte. Ich schloss meine Lider, fühlte das sachte Tröpfeln auf meiner Haut und Angels Finger, die endlich wieder meine hielten.

»Du denkst zu viel«, hörte ich seine leise Stimme, wie durch das Regenrauschen gefiltert. »Das ist so 'n Frauending, oder?«

Ich musste lächeln, aber er war schon wieder ernst.

»Konzentrier dich nur auf den Sand unter deiner Haut. Jedes einzelne Sandkorn, das dich trägt. Blende alle anderen Gedanken aus, fühl nur dein Gewicht auf dem Sand.«

Ich versuchte zu begreifen, was er mit dieser Übung bezweckte – nach Verführungstaktik sah das ja nicht gerade aus und die hätte er auch nicht nötig gehabt –, dann bemerkte ich meinen Fehler. Ich dachte schon wieder. Es schien unmöglich, es nicht zu tun. Ich machte meinen Körper ganz schwer und drückte ihn mit meinem Atem in den Sand, bis nicht mal der Wind an mir rütteln konnte.

»Gut«, lobte er leise. »Nun richte dich auf. Zieh dich am Scheitel nach oben, versuch, dich über dich selbst hinaus zu spüren.«

Ich wollte fragen, wie das denn gehen sollte, aber Sprechen fühlte sich gerade völlig falsch an. Meine Lippen blieben geschlossen und meine ganze Kraft richtete sich auf den Raum über mir.

»Jetzt fühl deinen Atem. Lass ihn tief in deinen Bauch strömen und langsam, viel langsamer wieder aus deinem Körper weichen. Achte nur auf den Strom des Atems, tauch mit ihm ab. Jeder Gedanke, der deinen Geist berührt, bleibt an der Oberfläche zurück.«

Ich versuchte, mich auf mein Atmen zu konzentrieren, da hörte ich einen zweiten Atem, der wie ein Echo in meinen Rhythmus einfiel und immer langsamer und fließender wurde. Das gleichförmige Rauschen nahm mich gefangen wie Musik und dann gab es nichts mehr in mir, unzählige unspürbare Augenblicke lang, nur das kraftvolle Ein- und Ausströmen salziger Seeluft, bis ich nicht mehr sagen konnte, ob ich atmete oder mich in Apnoe befand.

»Jetzt öffne langsam deine Augen.«

Es regnete noch immer, trotzdem hatte ich das merkwürdige Gefühl, unter einem Schutzschild gesessen zu haben. Angel lächelte, dann ließ er meine Hände los und strich vorsichtig mit dem Finger über die Schramme an meinem Arm.

»Du solltest echt beim Wassersport bleiben.«

»Ach ja?« Ich legte den Kopf schräg und blinzelte ihn an. »Soll das heißen, ich hab den Job wieder?«

Einen Moment lang war ich so überzeugt davon, dass er Ja sagen würde, dass ich überhaupt nicht verstand, weshalb er sein Shirt einsammelte und aufstand. »Nein, Marie-Louise, was das angeht, musst du nachgeben.«

»Warte!« Ich sprang auf, lief ihm zwei Schritte nach. Blieb stehen, obwohl ich mich am liebsten auf ihn geworfen und ihn für immer festgehalten hätte.

»Lou«, sagte er so sanft, dass es schmerzte.

»Sag mir, warum. Ich habe ein Recht, das zu wissen. Warum darf ich morgen nicht bei dir sein?«

Ein, vielleicht zwei Atemzüge lang schauten wir uns einfach nur an. Er stieß einen leisen Fluch aus, in einer fremden

Sprache, die ich durch den Regen nicht zuordnen konnte, machte zwei schnelle Schritte bis zu mir, und dann küsste er mich noch einmal, ruppig und wild. Mein Körper versteifte sich, und ich schob ihn von mir, während unsichtbare Tränen aus meinen Augen liefen.

»Weil ich Angst um dich habe, Lou. Und morgen darf ich keine Angst haben.« Seine Hände fielen herunter. »Und ich hatte nicht mal im Traum was mit deiner Schwester!«

Obwohl ich es längst wusste, fiel eine Last von meinen Schultern, die schwerer gewesen war als hundert Meter Meerwasser über mir.

»Ich komm nach Sonnenuntergang zu dir«, raunte er in mein Ohr und berührte es quälend langsam mit den Lippen. »Jetzt schließ die Augen und öffne sie erst, wenn du Atem holen musst. Wenn ich bis dahin nicht verschwunden bin, war ich ein schlechter Lehrer.«

Enjoy the Show

Noch bevor ich am Morgen die Augen aufschlug, hörte ich die Stimme meiner Mutter. »Louise, komm runter! Und zieh dir was Ordentliches an.«

Ich verdrehte die Augen, stieg aber artig aus dem Bett. Dabei fiel meine Decke zu Boden, und als ich mich bückte, um sie aufzuheben, sah ich ein schwarzes Stück Stoff, das halb über dem hastig versteckten Kinderbuch lag. Ich fiel halb aus dem Bett, als ich erkannte, was es war – Angels T-Shirt! Ich zwängte mich unter den Lattenrost, zog es heraus und drückte meine Nase tief hinein, doch der erneute Ruf meiner Mutter störte den Frieden. Himmel, was konnte so wichtig sein?

Ich knüllte die Decke zurück aufs Bett, stieg in Shorts und schlüpfte in das verknitterte T-Shirt. Dann griff ich nach meinem Handy und schob es in die Tasche meiner Shorts.

Meine Mutter saß mit Sophia um einen diätisch gedeckten Frühstückstisch – schwarzer Kaffee ohne Zucker, dazu Naturjoghurt und frisches Obst. Beide sahen auf, als ich auf die Veranda trat, und es war mehr als offensichtlich, dass etwas in der Luft lag. Sophia reichte mir wortlos die Fruchtschale und goss ungefragt Kaffee in meinen Becher.

»Was ist los?«, fragte ich, legte das Handy auf den Tisch und setzte mich zögernd auf den freien Stuhl.

»Wir bekommen Besuch«, verkündete meine Mutter und hob die Brauen, als sie meinen Aufzug bemerkte. »Der Makler hat angerufen. Unser potenzieller Käufer ist auf Elba und will sich noch heute das Haus ansehen.«

Hilfe suchend sah Sophia mich an, aber ich lehnte mich in meinem Stuhl zurück und verschränkte die Arme. Ich war gewappnet für den Schmerz – seit gestern fühlte ich mich allem gewachsen. »Okay. Wann kommt er?«

»Mittags wollen sie hier sein. Bis dahin muss das Haus picobello aufgeräumt sein. Kann ich mich auf euch verlassen?«

Sophia verschluckte sich an ihrem Kaffee und musste husten. »Aber das geht nicht, Mama! Lou und ich haben heute einen wichtigen Termin!«

Meine Mutter hob die Brauen. »Wie bitte?«

»Liest du denn keine Zeitung? Heute wird Sportgeschichte geschrieben!« Sie lehnte sich in meine Richtung, als wären wir Verbündete. »Die halbe Insel wird dabei sein, wenn der Weltrekord im Tieftauchen mit konstantem Gewicht geknackt wird. Das geht doch schon seit Tagen durch die lokale Presse!«

Meine Mutter sah zwischen uns hin und her. »Hat das etwas mit diesem Job in der Tauchschule zu tun?«

Sophia warf mir einen schnellen Seitenblick zu, aber ich blieb stumm.

»Okay, pass auf. Da ist dieser Typ, und er schafft es, an einem Seil hundertdreißig Meter ins Meer zu tauchen und aus eigener Kraft wieder aufzusteigen. Das Irre an dieser Sache ist: Er holt nur einmal Luft, und zwar oben, vor seinem

Tauchgang! Sobald er die Wasserlinie durchbrochen hat, muss er ohne Atem auskommen, und er darf während der ganzen Zeit nicht ein Mal an sich zweifeln, weil sonst der Adrenalinpegel in seinem Blut ansteigt und ihn Sauerstoff kostet. Je mehr Angst er hat, desto größer die Gefahr, dass er niemals wieder heil nach oben kommt.« Sophia beugte sich über den Tisch zu unserer Mutter hinüber und senkte verschwörerisch die Stimme. »Ein gewagtes Spiel mit dem Leben, aber wenn er es zurück ans Licht schafft – dann geht sein Name für immer in die Geschichte ein.«

»Das klingt ja hochdramatisch.« Meine Mutter stand auf. »Aber heute kann ich leider nicht auf euch verzichten. Kannst du das mit deiner Tauchschule klären, Louise?«

Zwei Augenpaare blickten mich abwartend an. Plötzlich wusste ich, woher ich Sophias Tirade kannte, all die Worte, die nicht ihre waren. Angel hätte nie so geredet – und endlich begriff ich, zu wem sie ins Boot gestiegen war.

Ich hob den Kaffeebecher an und trank einen großen Schluck. »Ich muss da heute sowieso nicht hin.«

Die Augenpaare weiteten sich synchron und meine Mutter nickte zufrieden.

»Spinnst du jetzt?« Sophia schüttelte ungläubig den Kopf. »Das Boot läuft in nicht mal zwei Stunden aus! Ist es dir vielleicht egal, was mit Angel passiert?«

»Angel passiert nichts. Er hat das schon ein halbes Dutzend Mal gemacht, er weiß, was ihn in dieser Tiefe erwartet.« Ich trank die Tasse leer und stand auf. »Dann gehe ich mal meine Sachen wegräumen.«

Sophia kam mir hinterher. »Lou, komm schon! Ich gebe es ja zu, das war nicht Angel in dem Boot, das war jemand anderes. Du kannst ihn deswegen nicht hängen lassen!«

»Hör doch auf, Soph. Ohne mich kriegst du keinen Logenplatz auf dem großen Tauchboot, du kannst bestenfalls mit den anderen Schaulustigen auf einem der Fischerboote mitfahren. Darum geht es dir und nicht um Angel!« Es sei denn, Pat lädt dich persönlich auf das Boot ein – aber so, wie er sich dir gegenüber benommen hat, bist du die letzte Person auf der Liste seiner Privilegierten.

»Kannst du nicht ein Mal was für mich tun?«, schnaufte sie mir hinterher.

»Klar«, gab ich zurück. »Aber heute nicht.«

In meinem Zimmer begann ich, mein Bett zu machen und die wichtigsten Habseligkeiten in meinen Rucksack zu stopfen. Alles andere räumte ich in den Schrank, wo es bleiben konnte, bis – ja, bis es erst in einer Kiste und dann auf dem Müll landete. Wenn mein Plan aufging, brauchte ich nichts mehr davon. Wenn … wenn Angel den Rekord brach und zu mir kam, wenn er mich mitnahm, unter welchen Himmel und in welches Meer auch immer. Wir hatten nicht darüber gesprochen, was hinterher sein würde, weil sich alles nur auf den Moment fokussierte – diesen Moment.

Es war so wunderbar still im Haus, und doch bildete ich mir ein, weit entfernt das Tuckern der vielen Boote zu hören, die all die Neugierigen, die Journalisten, Fernsehteams, Blogger, Kontrahenten und natürlich die Inselbewohner raus aufs Meer brachten, um bei dem Spektakel dabei zu sein. Kein einziges Schiff blieb heute im Hafen von Porto Azzurro vor Anker, dafür hatte Pat gesorgt. Nur das Team, nur die Sicherungstaucher, der Arzt und die Sanitäter, Finn, Marco und die Richter der AIDA würden mit dem großen Tauchboot am Ort des Geschehens sein, dort, wo eine kleine Schwimmplattform vertäut worden war, von der das offizielle, von den Wettkampfrichtern eigenhändig vermessene Seil in die Tiefe führte. Nur einer durfte noch näher heran und er würde vor allen anderen dort sein. Ich seufzte sehnsüchtig, als ich mir das rote Holzboot ganz allein auf den Wellen vorstellte.

Es klingelte am Tor und wie auf Knopfdruck erlosch das Bild vom Boot auf dem Meer. Ich musste runtergehen, mich neben Sophia stellen und die perfekte Tochter spielen, das war es, was meine Mutter von uns erwartete. Aber ich wollte mich noch nicht verabschieden.

Wieder sah ich mich um. Das Poster hing noch über dem Bett, das Poster vom Vollmond, und eigentlich hatte ich es bis zum Schluss hängen lassen wollen, aber auf einmal kam es mir falsch vor, dass jemand anderes es sah. Ein Fremder. Ich stellte mich aufs Bett und löste die Klebstreifen von der Wand, damit es mir entgegenfiel.

Stimmen erklangen nun unten, fremd und laut, dazwischen das hohe Lachen meiner Mutter. Sie hörten sich verkehrt an, hier in unserem Haus. Aber dann dachte ich wieder an Angel und ich stand auf und lief die Treppe hinunter auf die Stimmen zu.

»Da ist ja meine zweite Tochter – Louise, darf ich dir unsere Gäste vorstellen?«

Ich schüttelte Hände, ohne mir die Namen zu merken. Teilnahmslos sah ich zu, wie sie durch unsere Räume liefen, den Garten lobten, die Aussicht bewunderten. Plötzlich stand Sophia hinter mir und streckte mir mein Handy hin. »Hier, hast du draußen liegen gelassen.«

Irritiert nahm ich es und sah auf das Display. Es war Pat.

»Red mit ihm«, sagte Sophia mit ungewohnt ernster Stimme. »Ich glaub, das ist wichtig.«

»Ja?«

»Kannst du herkommen?«, bellte Pat mir ins Ohr. »Wir brauchen dich, Lou. Schnell!«

Oh Gott – Angel! Angel hatte einen Unfall! Hastig sah ich auf die Uhr, aber es war noch zu früh, das Boot war noch nicht mal ausgelaufen.

»Ist ihm was passiert?«, japste ich.

»Wissen wir noch nicht.« Pat klang gehetzt und abgekämpft. »Darum rufe ich ja an. Du musst uns suchen helfen!«

»Suchen?«, echote ich verwirrt. »Wen?«

»Angel«, kam es aus dem Hörer, »er ist nicht aufgetaucht. Seit gestern ist er spurlos verschwunden.«

»Was?« Mein ganzer Körper erstarrte. »Das kann nicht sein. Er ist bestimmt schon früh zum Tauchplatz gefahren, wie immer!«

Die Stimmen wurden wieder lauter, als meine Mutter ihre Gäste zurück ins Haus führte. Als sie das Handy an meinem Ohr sah, warf sie mir einen warnenden Blick zu.

»Ist er nicht! Adri ist draußen, er sagt, da ist keiner!«

»Aber wo kann er denn sein?« Ich fühlte mich bleischwer, wie festgeklebt. Meine Mutter streckte den Kopf zur Tür heraus und formte mit den Lippen lautlos die Worte »Kommt ihr bitte?«, aber weder Sophia noch ich rührten uns.

»Was ist jetzt, hilfst du uns?«, rief Pat und legte auf. Ich sah meine Schwester an, die offenbar jedes Wort mitgehört hatte. Sie war bleich wie ein Gespenst.

Die Männer verstummten, als ich an ihnen vorbei durch den Flur stürmte und, ohne stehen zu bleiben, die Haustür aufriss.

»Louise!«, hörte ich meine Mutter rufen. »Sophia!«

Ich drehte mich nicht um, und es war mir auch egal, dass Sophia mir folgte. Für Erklärungen blieb keine Zeit und zum Warten auch nicht, also streckte ich den Daumen raus, ohne anzuhalten. Der Italiener, der uns nur kurze Zeit später mitnahm, war selber auf dem Weg zur Bucht, weil er die Party nicht verpassen wollte, die Pat nach dem großen Ereignis angekündigt hatte. Ich wünschte so sehr, dass es eine Party geben würde, aber mit jedem Kilometer, den wir uns Lacona näherten, wuchs die Angst in mir.

Der Strand war voller Menschen, und es dauerte eine Weile, bis ich Marco und Francesca in dem Gewühl entdeckt hatte. Sie schleppten ein Boot zum Wasser und beachteten die Leute gar nicht. Ich ließ meine Schwester stehen und rannte auf sie zu.

»Habt ihr ihn gefunden?«

Francesca schüttelte den Kopf. Ihr Gesicht war angespannt. »Keine Spur von ihm. Wir wollten eben rausfahren und schauen, ob wir das Boot irgendwo finden.«

Das Boot finden. Nicht Angel. Der Sand unter meinen Füßen fühlte sich plötzlich an, als könne er mein Gewicht nicht länger tragen.

»Vielleicht hatte er Probleme mit dem Motor und ist abgetrieben.« Marco warf das Tau ins Boot und pfiff nach Acqua. »Wir fahren jetzt die Strecke zum Tauchplatz ab und machen ein paar Schlenker. Wir finden ihn schon!«

Sophia blieb am Strand zurück und sah uns hinterher, als Marco den Motor aufheulen ließ und aus der Bucht jagte.

Francesca setzte sich neben mich und legte mir die Hand auf den Rücken. »Solange wir das Boot nicht haben, kann er auch irgendwo anders sein.«

»Du weißt doch, wie er ist!« Meine Stimme klang schrill

und fremd. »Wenn er bei dem Gewitter gestern noch rausgefahren und tauchen gegangen ist …«

Francesca schlang den Arm um meine Schulter und drückte sich an mich. »Ich hab genauso viel Angst wie du, Lou. Der mit seinen Scheißalleingängen!«

Wir fuhren die Strecke gefühlte hundert Mal, kreisten links und rechts und suchten mit den Augen den Horizont ab. Obwohl wir hofften, kein hilflos in den Wellen treibendes Boot zu finden, wurde die Angst mit jeder Runde, die wir umsonst drehten, schlimmer. Als wir nach über einer Stunde wieder in der Bucht von Lacona anlegten, wartete Sophia am Strand und trippelte ungeduldig auf der Stelle.

»Neuigkeiten?«, fragte Marco anstatt einer Begrüßung.

Sophia nickte ernst. »Kommt schnell mit.«

Wir drängelten uns zum Dive-in durch und klopften an die verschlossene Eingangstür. Ella öffnete uns, Haarsträhnen kreuz und quer im Gesicht – sie sah völlig fertig aus.

»Was ist los, Ella?«

Anstelle einer Antwort lief sie zu den Umkleiden und blieb vor den Spinden stehen, die bis auf einige wenige verschlossen waren. Sie griff nach einer der Türen und ließ sie auf und zu schwingen. »Die hat Angel gehört. Fällt euch was auf?«

Meine Gedanken wirbelten ineinander, aber ich erinnerte mich an diesen Schrank. Fotos hatten auf der Innenseite geklebt, das Auge eines Wals, Landschaften, Wasserwelten. Der Spind aber, den Ella uns zeigte, war so leer wie mein Kopf.

»Das glaub ich nicht.« Francesca schüttelte ungläubig den Kopf. »Nein, niemals!«

Ein Handy läutete, aber ich konnte nicht zuordnen, welches. Es war mir auch egal. Nach einer Weile hörte ich Marco reden, schnell und abgehackt.

»Was? Ja. – Ja. Hab verstanden. Gut, machen wir. Okay, Pat.«

Er ließ das Telefon sinken und ich musste mich an dem leeren Spind festklammern, um nicht umzukippen. Marco sah aus, als würde er jeden Augenblick jemanden erwürgen.

»Pat hat das Boot gefunden«, informierte er uns. Ella schlug die Hände vors Gesicht und schüttelte immer wieder den Kopf.

»Es liegt sicher vertäut in Cavo.« Marco sah Francesca an, dann mich, aber er redete nicht mit mir, sondern nur mit den anderen. Erst jetzt fiel mir auf, dass ich noch immer sein T-Shirt trug. Mir wurde schwindelig und alles begann sich zu drehen.

»Aber da …«, begann Francesca und riss die Augen auf.

Marco nickte. »Da fahren im Sommer die Fähren zum Festland ab.«

TIEFENRAUSCH

OUTCAST

Sophia klappte den Bildschirm des Laptops ein Stück weiter herunter und drehte ihn so, dass wir beide hineinschauen konnten.

»Hallo, Papa.«

Stimme und Bild kamen nicht ganz synchron bei uns an, aber sein ganzes Gesicht begann zu lächeln, als er uns sah. »Geht's euch gut, ihr beiden?«

Sophia strich sich den Sommerrock glatt und stellte die Füße parallel auf den Boden. Sie hatte sich aufgebrezelt, extra für ihn. »Na ja, du kennst ja Mama. Alles muss absolut perfekt sein, bevor wir abreisen. Sie kann nicht einen Tag lang still sitzen.«

»Ist sie immer noch sauer auf euch, weil ihr sie mit dem Makler alleingelassen habt?«

»Sie hat sich wieder eingekriegt.« Sophia tauschte einen Blick mit mir und runzelte die Stirn. »Aber erst mal hat sie uns die Schuld gegeben, dass es nicht geklappt hat.«

»Niemand hat Schuld. Er hat sich eben für eine modernere Villa entschieden. Wir haben schon mit dem Sohn von Signor Ragazzo gesprochen, und er hat zugestimmt, sich vorübergehend um das Haus zu kümmern.«

»Also war die ganze Schufterei umsonst?« Sophia verdrehte die Augen. »Na super. Meine Ferien hätte ich auch gern anders verbracht.«

»Überhaupt nicht. Wir vermieten das Haus nämlich an einen jungen Mann aus Deutschland, der dort Kurse für Yoga und Meditation abhalten will.«

Sophias Augen wurden groß. »Oh, echt?«

»Ja, er macht einen soliden Eindruck. Ein ehemaliger Schauspieler.« Er zwinkerte uns zu. »Fragt mich aber bitte nicht, wo er überall mitgespielt hat.«

Meine Schwester stieß mich an. »Den schauen wir uns mal an, meinst du nicht? Wann kommt er denn?«

»Erst wenn du schon wieder zur Schule musst.« Die Augen unseres Vaters wurden plötzlich ernst. »Sophia, tu mir einen Gefallen und lass mich schnell mit deiner Schwester allein reden. Wir sehen uns ja heute Abend.«

Nur zögerlich stand Sophia auf und verzog sich nach draußen auf die Veranda. Mein Vater wartete, bis sie die Terrassentür hinter sich geschlossen hatte, dann schaute er mich an.

»Du bist so still, Louise. So kenne ich dich gar nicht.«

Meine Finger gruben sich in den hellen Stoff, aber alle Worte, die ich fand, fühlten sich falsch an. Das Telefon auf dem Schreibtisch meines Vaters klingelte, aber er ignorierte den penetranten Ton.

»Hast du dich entschieden? Kommst du wieder nach Hause?«

Ich atmete tief ein und wieder aus. *Wenn ich bis dahin nicht verschwunden bin, war ich ein schlechter Lehrer.* Es war so leicht, einfach zu verschwinden, und so verdammt feige. Ich wollte nicht mehr weglaufen, vor niemandem.

»Ja.« Meine Stimme klang belegt und fremd, als würde

sie nicht mehr zu mir gehören. »Aber ich gehe nicht nach England. Unter keinen Umständen.«

Er seufzte, nickte dann aber. »Du musst deine Mutter verstehen. Sie hat sich sehr ins Zeug gelegt, damit du diesen Platz bekommst. Sie will doch nur dein Bestes.« Das Telefon klingelte erneut und diesmal warf er einen Blick aufs Display. »Tut mir leid, ich muss das annehmen. Wir sehen uns dann in drei Wochen. Und Louise – sag mir, wenn du Hilfe brauchst. Ganz egal, was es ist.« Er nahm den Hörer ab, lächelte mir zu und beendete unser Gespräch.

»Na?« Sophia streckte den Kopf zur Tür rein. »Was hast du ihm gesagt?«

»Ich komme«, sagte ich leise, und schon fiel sie mir stürmisch um den Hals.

Irgendwann kehrte unsere Mutter aus Capoliveri zurück und drückte mir eine Postkarte von Anne aus Hamburg in die Hand. Ich verzog mich damit in mein Zimmer und machte die Tür zu, damit ich Sophias Flüche nicht mit anhören musste, während sie versuchte, ihre zwanzig Kilo Klamotten inklusive Schuhe in einen mittelgroßen Hartschalenkoffer zu pressen. Die Karte stammte von einem Musical, an dem, soweit ich mich erinnerte, Annes Mutter mitwirkte. Ich drehte sie um und sah, dass die Rückseite dicht mit winzigen, schnellen Buchstaben beschrieben war.

Liebe Lou, ich saß letztens in der Aufführung, als ich nur zwei Reihen von mir entfernt einen unglaublich süßen Typen entdeckt hab. Er war wie ich allein da, und ich glaube, er kannte die Show schon, denn er hat sich die ganze Zeit Notizen gemacht. Ich musste dauernd zu ihm hinstarren und ein paarmal hat er auch zurückgeguckt und sogar gelächelt. Was, glaubst du, ist passiert? Natürlich – nichts! Ich hab mich so geärgert, den ganzen Abend lang und noch die Tage danach. Bin in jede Vorstellung gerannt, aber er kam nicht noch mal. Und da musste ich an dich denken und daran, was du wohl gemacht hättest. Den Typen einfach gehen lassen? Nein, du hättest den Mut gehabt, dich neben ihn zu setzen und wenigstens mit ihm zu plaudern. Was ich damit sagen will, Lou, ist eigentlich nur, dass ich dich schrecklich vermisse und hoffe, dass es dir gut geht und du dich nicht unterkriegen lässt. Alles Liebe, Anne.

Ich ließ die Karte sinken und spürte, wie sich etwas in mir löste. Mein Typ ist auch nicht wiedergekommen, wollte ich schreien – und dabei haben wir weit mehr gemacht, als nur zu plaudern! Ich bin nicht mutig, ich bin einfach nur die allergrößte Idiotin, weil ich ihm geglaubt habe, weil sich das alles so echt angefühlt hat. Aber jetzt geht es mir genauso beschissen wie dir! Niedergeschlagen ließ ich mich aufs Bett fallen und grub das Gesicht ins Kissen.

Ich wollte nicht an ihn denken müssen, weil alles an der Erinnerung schmerzte wie Fieber. Irgendwann war uns allen klargeworden, dass Angel uns mit voller Absicht sitzengelassen hatte. Nachdem wir sein Boot in Cavo entdeckt hatten, wo es verlassen an einer Mole baumelte, und erst die Richter, dann die Presseleute und schließlich auch die Besucher ungeduldig wurden, platzte Pat der Kragen, und er verkündete, Angel habe den Rekordversuch abgesagt.

Marco, Francesca und ich hatten weitergesucht, länger als all die anderen. Wir hatten im Krankenhaus nachgefragt und schließlich sogar am Fährhafen geforscht, ob er auf eine der Nachbarinseln übergesetzt hatte. Doch die Spur verlief sich in Cavo und eine Abschiedsnachricht oder gar Erklärung gab es nicht. Ich wartete voller hilfloser Hoffnung nach Sonnenuntergang auf der untersten Steinstufe, wohl wissend, dass wir sein Boot aus dem Hafen in Cavo zurück in den Golfo Stella geschleppt hatten und er es ohne Pats Zustimmung nicht zurückbekommen würde, aber ich saß trotzdem über dem Wasser und starrte aufs dunkler werdende Blau, das so undurchdringlich und fremd wirkte wie die Erinnerung an seine Augen.

»Louise!«

Die ungeduldige Stimme meiner Mutter riss mich aus meinen Gedanken und ich stemmte mich antriebslos hoch.

»Louise, du hast Besuch. Aber denk dran, dass deine Schwester in wenigen Stunden abreist.«

Mein Besuch lehnte an der Mauer vor der Tür und wollte offenbar nicht hereinkommen.

»Hi – äh, ich wollte dir nur sagen, also … Pat hatte dich ja offiziell engagiert, und wir finden, du solltest deine Kohle trotzdem kriegen. Schließlich ist es nicht deine Schuld, dass der Tauchgang ins Wasser gefallen ist.« Mit ausgestrecktem Arm hielt Ella mir einen weißen Umschlag hin.

Ich schob mir die Hände in die Taschen meiner Shorts und maß sie mit einem langen Blick. »Gibt es Neuigkeiten, Ella? Hat Finn was von ihm gehört?«

Ella ließ den Arm sinken und schüttelte den Kopf. Sie wirkte mit einem Mal sehr angespannt. »Nein, keiner. Und Pat will auch nichts mehr von ihm wissen. Er meinte wörtlich, er würde ihm den Kopf abreißen, sollte er sich noch mal hierherwagen.«

»Und was glaubst du?« Meine Stimme klang so dünn, wie ich mich fühlte. Kraftlos und traurig.

Ella strich sich ihre Haare aus dem Gesicht und starrte einen Moment zu lang zu der Dachrinne hoch. »An diesem Abend, du weißt schon, nachdem du abgehauen bist und

Angel dir nachgelaufen ist, da ist er noch mal zurückgekommen. Er und dieser Cario haben gestritten, ziemlich heftig sogar.« Sie zögerte kurz und schaute an mir vorbei. »Weißt du, ich hab gewusst, dass er sein eigenes Ding macht. Er hat nie über seine Vergangenheit geredet, und das hieß für mich, dass er was aus dem Kopf kriegen musste. Aber ich hätte nie gedacht, dass er abhaut. Nicht seit …«

»Seit was?«, fragte ich tonlos.

»Seit du da warst.« Sie ließ den Blick auf ihre Füße fallen. »Er stand doch total auf dich, das war mir klar, als er dich als Taucherin haben wollte.«

Mein Magen krampfte und ich wollte nur noch rein und meine Ruhe haben, aber ich hielt die Tür fest, als würde sie sonst aus den Angeln kippen.

»Worum ging es bei diesem Streit?«

»So ganz hab ich das auch nicht verstanden, weil sie plötzlich angefangen haben, in einer anderen Sprache zu reden. Alles ging so wahnsinnig schnell! Aber ich glaube, es ging um diesen Unfall, in den er mal verwickelt war. Vielleicht sind die zwei sich schon mal begegnet, in Australien oder so.«

Ich atmete tief ein und wieder aus, aber diesmal half es nicht. »Was ist mit Cario? Hat er sich noch mal gemeldet?«

Ella zögerte. »Soweit ich weiß, hat er seinen Job verloren. Er kam noch mal an und hat gefragt, ob wir jemanden brauchen für den Sommer, aber Pat will mit der ganzen Sache nichts mehr zu tun haben. Wahrscheinlich ist er längst weg.«

Ich bohrte die Hände in die Taschen, aber irgendwie gab es nichts mehr zu sagen und ich hörte meine Mutter hinter mir ins Haus kommen.

Ella streckte mir wortlos den Umschlag hin, aber diesmal schüttelte ich den Kopf.

»Nein, lass gut sein. Ihr habt genug Kohle verloren durch diese ganze Geschichte.«

Ella schaute mich zweifelnd an, also trat ich zwei Schritte zurück und schob die Tür ein Stück zu. »Vielleicht sehen wir uns ja noch mal.«

»Ja, unbedingt! Du kannst auch einfach so kommen, zum Tauchen, Finn ist ja auch noch in der Gegend. Wir würden uns …«

Ich hob die Brauen und sie grinste. Okay, wir brauchten uns nichts vorzumachen, aber es war ziemlich fair von ihr gewesen hierherzukommen, um mich zu bezahlen. »Sag mir Bescheid, wenn du … du weißt schon.«

»Ja, du auch«, sagte sie noch, dann trat sie eilig den Rückzug an.

Mit dem Rücken an der Tür blieb ich lang genug stehen, bis sich mein heftig schlagendes Herz beruhigt hatte. Manche Geheimnisse sollten besser in ihren Schubladen bleiben, weil sie nur wehtaten und nichts an den Tatsachen änderten. Und Angel hatte mich zurückgelassen, da konnte ich mir nichts vormachen.

Mit zwei Fingern griff ich in meine Tasche, angelte mein Handy heraus und wählte Carios Nummer. Ich ahnte, dass er nicht drangehen würde, trotzdem hielt ich den Hörer minutenlang an mein Ohr, bevor ich aufgab.

Lass los, Lou.

Ich ließ das Handy sinken und starrte darauf, bevor ich tippte: »Hallo, Papa, du hast doch bestimmt noch Verbindungen nach Kuba. Kannst du für mich was über jemanden rausfinden, bitte? Der Name ist Cario Rubas und er muss bis vor ein paar Jahren in Havanna gelebt haben. Danke, Louise.«

Noch nie hatte ich es ausgenutzt, dass mein Vater einen außergewöhnlichen Beruf hatte, aber ich brauchte Antworten. Damit ich endlich vergessen konnte.

Als ich die Tür zu meinem Zimmer aufstieß, hockte Sophia auf meinem Bett und starrte auf etwas in ihrer Hand, das sie offenbar ziemlich durcheinanderbrachte. Ich brauchte nur einen Atemzug, um das zerknautschte Stück Papier zu erkennen – und halb so lang, um zu ihr zu stürzen und ihr den Brief von unserer Mutter aus den Fingern zu reißen.

»Was spionierst du in meinen Sachen, bist du jetzt völlig übergeschnappt?«

Sophia starrte mich perplex an, fing sich aber schnell wieder. »Ich spioniere nicht, ich hab nur meine Schuhe gesucht!«

»Was soll ich mit deinen Schuhen?«

Sophia sprang auf, und dabei fiel etwas vom Bett, das neben ihr dort gelegen hatte. Sie bückte sich danach und drückte es gegen ihre Brust. »Die Louboutins, die ich dir auf der Party in die Hand gedrückt habe. Am Strand!«

Bilder schossen durch meinen Kopf, schmerzhaft wie die Erinnerung. Schuhe, achtlos an einen Baum gehängt. Ein Haufen Kleidung am Boden eines kleinen roten Bootes. Zwei Körper im nächtlichen Meer, die wie in einem Rausch ineinanderglitten …

»Sie sind weg«, hörte ich mich sagen. Das Gefühl war aus meiner Stimme verschwunden. Schwer sackte ich aufs Bett. »Du kannst meine haben. Ich hab sie sowieso nie angezogen, sie stecken noch in irgendeiner Umzugskiste.«

Meine Schwester kam vorsichtig näher und deutete mit dem Kopf auf den Brief. »Der stammt aus Omas Sammlung, oder?«

Ich ließ den Brief wieder in der Schublade verschwinden. »Lass mich, Soph. Ich will da jetzt nicht drüber reden.«

Aber sie rührte sich nicht vom Fleck. »Wir haben noch was zu erledigen!« Sie hielt mir eine Tupperbox unter die Nase.

Verwirrt starrte ich die Box an.

»Die Asche für Oma«, sagte sie leise. »Ich mach es auch allein, wenn du nicht willst, aber ich finde – also, eigentlich musst du mitkommen.«

Ich schüttelte mechanisch den Kopf, aber ein anderes Gefühl schlich sich in die Leere. Wir würden die Insel bald verlassen und möglicherweise nie mehr zurückkommen. Das war vielleicht die letzte Gelegenheit, zu ihrem Grab zu gehen, auch wenn es mir davor graute, den Friedhof zu betreten. Wenigstens war es ein Ort, an dem man offiziell traurig sein durfte.

Diesmal fuhren wir mit den Rädern nach Capoliveri hinauf und stellten sie auf dem leeren Marktplatz neben der Friedhofsmauer ab, gleich unter der riesigen Boje. Wind war aufgezogen und heulte durch die Wipfel der Bäume.

Das Grab meiner Großmutter lag ganz hinten vor einem Kolumbarium, und es brannte eine Kerze darauf, die vermutlich unsere Mutter entzündet hatte. Die Grabplatte war schlicht gehalten und mit nichts als goldenen Buchstaben verziert, unter denen das Geburts- und Todesdatum eingraviert stand: Dorothea E. Larusso, 1932-2012. Ich ließ mich auf die Knie nieder und merkte, wie mein Blickfeld verschwamm.

Sophia sagte nichts, sondern hockte nur stumm neben mir und wartete, bis ich mir mit dem Handrücken über die Augen gewischt hatte. Aber als ich zu ihr schaute, sah ich auch über ihre Wangen Tränen laufen.

»Soph«, sagte ich leise. »Mit Mika war nichts. Nie.«

Sie fuhr mit beiden Händen durch ihre Haare. »Mit Angel war auch nichts. Wir haben nur einmal miteinander geredet, am Strand von Lacona. Das mit dem Boot war nicht er.«

»Das war Pat, oder?«

Sie nickte kurz und senkte den Blick. »Superdämlich von mir. Ich hab mir eingebildet, er würde auf mich stehen. Aber natürlich wollte er nur mit mir schlafen und nichts sonst.«

Ein paar Minuten saßen wir schweigend da und sahen den Ästen zu, die sich im Wind bogen. Es war friedlich hier, gar nicht düster und traurig, wie ich es mir vorgestellt hatte, und ich war froh, doch noch hergekommen zu sein.

»Sie hat immer gewusst, was richtig und was falsch war.« Sophia zog etwas aus ihrer Tasche, einen winzig klein zusammengefalteten Zettel. Einen Brief. »Den hab ich ihr geschrieben, als das mit Mika passiert ist. Ich hab gar nicht mehr daran gedacht, aber als ich das alles gelesen habe … ist alles irgendwie wieder hochgekommen.« Sie schloss kurz die Augen. »Ich hätte das nicht sagen sollen. Das mit dem Sozialfall.«

»Okay.« Ich streckte die Hand aus und legte sie auf die kühle Grabplatte. »Wir hätten beide so einiges nicht sagen sollen.«

Sophia schaute mich wieder an und dann das Grab. »Was würdest du sie fragen, wenn du könntest?«

Das war nicht schwer. »Was ich machen soll, damit ich wieder schlafen kann.«

»Du hast keine Ahnung, warum er abgehauen ist?«, fragte sie leise.

Ich schüttelte langsam den Kopf. »Er hat nichts gesagt! Er hat sich sogar noch mit mir verabredet. Wenn es ihm wichtig gewesen wäre, das mit uns – dann wäre er doch nicht ohne ein Wort verschwunden, oder?«

Soph rutschte näher zu mir und lehnte sich an meine Schulter. »Manchmal kapier ich die Typen nicht. Die könnten froh sein, eine wie uns abzukriegen, aber meistens verhalten sie sich trotzdem wie die letzten Idioten.«

»Wir müssen uns eben in die Guten verlieben.«

»In Typen wie Marco.«

Wir wechselten einen Blick, und ich hatte das seltsame Gefühl, als würden wir uns zum ersten Mal wirklich ansehen. Sophia zog die Tupperbox aus ihrer Umhängetasche und hielt sie mir hin, aber ich schüttelte den Kopf.

»Wir machen es zusammen. Auf drei.«

Der Wind raschelte mit den Blättern der Bäume und blies die Asche über ihr Grab wie schwarze Schneeflocken. Sophia drückte einen Kuss in ihre Handfläche und presste die Finger fest auf den Grabstein. Dann standen wir auf und verließen den Friedhof gemeinsam.

ALTE NEUE WELT

Es war seltsam, doch seit Sophia weg war, empfand ich die Stimmung im Haus noch angespannter und erdrückender als zuvor. Meine Mutter bestand darauf, mit mir gemeinsam zu frühstücken und anschließend eine Runde im Pool zu schwimmen – dabei hasste ich den Pool, schließlich hatten wir das Meer vor den Füßen. Vielleicht war sie der Meinung, Zeit mit mir verbringen zu müssen, um die vergangenen zwei Jahre nachzuholen, vielleicht glaubte sie auch, mich so dazu zu kriegen, doch nach England zu gehen und zu tun, was sie wollte, auf jeden Fall nutzte ich jede sich bietende Gelegenheit, um aus dem Haus zu kommen.

»Ich bin für heute fertig«, verkündete Marco und wischte sich unauffällig die schmutzigen Hände an seinen Shorts ab. Sein Blick wanderte in meine Richtung. »Die Palmen in der Auffahrt mache ich dann morgen, Signora Larusso.«

»Danke, Marco.« Meine Mutter zückte ihr Portemonnaie, ohne aufzusehen. »Wollen Sie ein Trinkgeld oder möchten Sie stattdessen meine Tochter entführen?«

Marco biss sich auf die Lippe und drehte den Kopf zur Seite, um nicht vor mir rot zu werden. »Wenn Sie erlauben, entscheide ich mich für Lou.«

»Werde ich auch gefragt?«, wehrte ich mich halbherzig,

folgte Marco aber ohne ein Wort des Abschieds vor das Haus, wo der Transporter parkte. Acqua begrüßte mich wild wedelnd und sprang mir förmlich ins Gesicht, sodass ich ihn vom Sitz in den Fußraum schieben musste, um nicht von ihm niedergeknutscht zu werden.

»Du kannst mir später danken«, verkündete Marco und wendete den Wagen, um hinaus auf die Straße zu fahren. Die Sonne bündelte sich auf dem Autodach und brachte die Luft im Wageninneren zum Kochen. Ich ließ das Fenster herunterrollen und streckte meine Nase in den Fahrtwind.

Wir fuhren nach Porto Azzurro und setzten uns im Hafen unter einem der kunstvoll angelegten Blätterdächer auf eine Bank, von wo aus man den Jachten und Sportbooten zusehen konnte. Als Kinder waren wir oft hergekommen, Oma, Sophia und ich. Wir hatten ein Spiel daraus gemacht zu raten, woher welches Schiff kam und zu welchen Menschen es gehörte, wohin es fuhr und wann es ablegen würde. Ganze Nachmittage hatten wir damit verbracht, wobei die größte Herausforderung immer darin bestanden hatte, loszulaufen und den jeweiligen Bootsbesitzer nach seiner Herkunft und seinem Ziel zu befragen. Seltsamerweise war das meiner Schwester immer leichter gefallen als mir. Heute kam mir der rot gepflasterte Platz zwischen Palmen und Restaurants viel kleiner vor als damals, zu heiß und zu voll mit fremden Menschen. Lauter falschen Menschen.

»So schlimm?« Marco beobachtete mich aus zusammengekniffenen Augen. Er hatte uns ein Eis gekauft, das ich nicht anrührte, obwohl es bereits schmolz und über meine Finger tropfte. »Sie wirkt doch ganz entspannt, seit sie den Pool hat.«

Vage schüttelte ich den Kopf. »Ach, ja. Sie fliegt in zwei

Tagen zurück. Mir graut davor, wieder mit ihnen in einem dieser riesigen Häuser zu wohnen.«

Marco runzelte die Stirn. »Ich dachte, du bleibst den Sommer über hier?«

»Ja, dachte ich auch. Aber in Indien haben sie längst Ferien, deshalb konnte Soph doch so lange hierbleiben. Mein Sommer ist in drei Wochen um.« Ich rutschte von der Bank und wanderte ruhelos auf und ab. Noch nie war mir aufgefallen, dass die Verzierungen an den Bänken wie eiserne Tränen von der Sitzfläche tropften. So vieles war mir zuvor so anders vorgekommen, als wäre ich durch einen blauen Spalt in eine völlig neue Welt gerutscht, die aussah wie die alte, sich aber komplett neu anfühlte.

»Er fehlt dir, hm?« Marco sah fort von mir und folgte einem auslaufenden Motorboot mit den Augen. »Er hat uns alle ganz schön verarscht, aber dir hat er damit am meisten wehgetan.«

Meine Augen brannten und ich blinzelte wütend in die Sonne. Oh nein, ich würde nicht wegen ihm heulen – nicht vor Marco und auch vor sonst niemandem mehr!

Marco musterte mich einen Augenblick, fragte aber nicht nach dem Offensichtlichen. »Kann es nicht sein, dass er nach dem Blackout kalte Füße gekriegt hat? Die Richter, all die Presseleute, diese vielen Menschen, die auf ihn geschaut haben – so was kann einem schon Angst machen. Pat hat es übertrieben, es hätte auch genügt, mit dem geglückten Tauchgang an die Öffentlichkeit zu gehen.«

»Davor hatte er keine Angst, Marco. Er hatte …«

Geister, flüsterte eine Erinnerung in meinem Kopf. Angel war auf der Suche nach Geistern. *Sie sind irgendwo da unten. Und ich gebe erst auf, wenn ich ihnen entkommen bin.*

War er in der Nacht noch mal rausgefahren? Allein? Was hatte er gesehen, da unten im Meer?

»Also mir reicht es langsam.« Marco schüttelte den Kopf und stand auf. »Wir machen uns alle total verrückt, dabei werden wir nie erfahren, was wirklich mit dem los war.«

Ich sah um mich, fand einen Mülleimer und warf mein zerflossenes Eis hinein. Meine Finger wischte ich fahrig an meiner Shorts ab, ohne auf die klebrigen Vanillespuren zu achten, die ich darauf hinterließ. Als wir am Hafenbecken vorbeiliefen, rief jemand unsere Namen.

»Marco! Lou! Ich hab gehofft, euch noch mal zu treffen.«

Finn breitete die Arme aus und schloss uns darin ein wie alte Freunde. »Für mich geht die Reise zurück, ich muss mich wieder um meine Firma kümmern. Dabei würde ich viel lieber den Sommer über hierbleiben!« Er sah sich sehnsüchtig um und seufzte. »Hey, gebt mir Bescheid, wenn ihr euren Taucher gefunden habt. Ich würde gern noch mal mit ihm über das Sponsoring reden.«

»Was, nach allem, was er sich geleistet hat?« Marco schüttelte ungläubig den Kopf. »Ich versteh euch nicht. Der Typ ist verschwunden, warum laufen ihm immer noch alle hinterher?«

Finn tauschte einen Blick mit mir und lächelte ganz leicht. »He, Marco. Du bist 'n toller Typ, wirklich. Aber du bist blind, wenn du nicht siehst, wie tief unser Meermädchen hier tauchen würde, um seine Spur zu finden.«

Marco versenkte die Hände in den Taschen seiner Shorts und presste die Kiefer aufeinander. Um Finn daran zu hindern, Marco unabsichtlich noch mehr wehzutun, trat ich auf ihn zu und umarmte ihn spontan. »Viel Glück für deine Finn's Fins. Lass mal was von dir hören.«

Marco tauschte E-Mail-Adressen und Telefonnummern mit Finn, bevor sie sich per Handschlag verabschiedeten. Wir waren schon halb beim Auto, als Finn sich noch mal nach mir umdrehte.

»Ach, Lou, hast du schon gehört? Sie haben seine Sachen gefunden. Er hat in einem dieser winzigen Igluzelte am Campingplatz gewohnt. Eine der Animateurinnen dort war wohl in ihn verschossen und hat ihm heimlich einen Stellplatz freigehalten.«

Es tat weh, mir vorzustellen, wie er besagtes Mädchen wohl zu diesem Gefallen gekriegt hatte.

»Was haben sie gefunden?«, fragte ich atemlos.

»Nicht viel. Klamotten, eine Taschenlampe, Kochequipment. Ein paar Bilder. Pat bewahrt alles auf, er behält es als Pfand, sagt er.«

»Bilder?«, fragte Marco. »Was für Bilder?«

»Keine Fotos. Zeichnungen! Bleistiftskizzen und so, hauptsächlich von Delfinen. Aber da war wohl nichts dabei, was uns irgendeinen Hinweis auf sein Verschwinden gibt. Ihr könnt ja hinfahren und sie euch selber anschauen.«

Lacona, dachte ich und fühlte mich plötzlich unendlich müde. Wenn es einen Ort gibt, an den ich nicht zurück will, dann diesen.

Marco blieb die ganze Fahrt über wortkarg und setzte mich schweigend vor dem Tor ab.

»Sehen wir uns morgen?«, fragte ich ihn.

»Mal sehen. Muss wohl meinem Vater helfen.«

Acqua winselte und ich strich ihm rasch über den Kopf. »Danke für den Ausflug«, versuchte ich es erneut mit Konversation, aber Marco stellte nicht mal den Motor ab.

»War doch klar. Ciao, Lou.«

Niedergeschlagen sah ich dem Wagen nach, bis er um die letzte Kurve verschwunden war. Wie hatte es nur passieren können, dass alles, was diesen Ort für mich liebenswert machte, auf einmal auseinanderbrach?

In meinem Zimmer stand die Luft, also riss ich das Fenster weit auf und lehnte mich über die Brüstung. Meine Mutter lag im Bikini auf einer Liege am Pool und nippte an einem Cocktail. Ihre Haare hingen wie ein goldener Fächer über die Lehne und sie sah so entspannt und zufrieden aus, dass sie mir vorkam wie eine Fremde. Ich starrte aufs Meer, auf funkelnde Wellen und ein kleines Boot am Horizont, das langsam näher kam. Ein rotes Boot? Ich kniff die Augen zusammen, doch das Boot wendete, und ich sah, dass es weiß war und nur das Abendlicht darauf gefallen war.

Kein Warten mehr. Kein Hoffen und kein Schmerz. Mein Blick glitt wieder zu der Frau am Pool, die meine Mutter war, seit ich denken konnte. Kurz entschlossen stieß ich mich von der Brüstung ab, ging zum Nachtkasten und fischte den Brief aus der Schublade, wo ich ihn vor Sophia in Sicherheit gebracht hatte.

Meine Mutter rührte sich nicht, als ich die Veranda betrat, aber ich konnte ihren Blick durch die dunklen Gläser der Sonnenbrille spüren.

»Dein Vater hat geschrieben.«

Sie drehte leicht den Kopf und lächelte, und einen Moment war ich sicher, Sophia würde hinter mir stehen und jeden Augenblick »Überraschung!« schreien. Aber wir waren allein und ich hockte mich auf die zweite Liege. Den gerollten Brief umklammerte ich mit beiden Händen wie ein Schwert.

»Er hat dein Flugticket geschickt. Louise, ich bin froh, dass du dich für die Schule entschieden hast. Ich weiß, unser Leben war nicht immer leicht für euch und wir alle mussten einen Teil unserer Freiheit aufgeben. Aber irgendwann wirst du verstehen, dass manche Chancen nicht wiederkommen.«

»Ach ja? Vielleicht will ich das gar nicht. Du hast dir dieses Leben ausgesucht, du hast doch keine Ahnung, wie es mir geht.«

Sie sah zum Meer, das jetzt im Licht der Abendsonne funkelte und blitzte. »Du kannst später immer noch so leben und tauchen, wenn dir das wichtig ist, aber du verbaust dir so viele andere Möglichkeiten, wenn du jetzt auf deine Ausbildung verzichtest. Mit Sophia habe ich vereinbart, sie als Model zu unterstützen, solange sie nebenher ihr Studium absolviert. Sie macht es sich nicht so schwer wie du.«

»Klar«, schnaubte ich. »Das ist typisch. Ich bin aber nicht Sophia, Mama, ich bin nicht die perfekte Tochter!«

Sie schob ihre Sonnenbrille die Nase hinab und blickte über ihren Rand in meine Richtung. »Weißt du, was ich glaube? Du versuchst mit aller Macht, anders zu sein als Sophia, auch wenn es dir selbst schadet. Dein Vater und ich haben dir nie einen Grund gegeben, an unserer Familie zu zweifeln. Wenn es nach mir ginge, hättest du nie von deiner Adoption erfahren.«

Der alte Schmerz begann wieder zu brennen, aber ich stellte mir vor, stattdessen in kühles Wasser zu tauchen und alle Gefühle an der Oberfläche zurückzulassen.

»Du hast es ja nie zugelassen, dass wir uns wie normale Schwestern fühlen. Soph hat immer eine Sonderbehandlung bekommen, sie war immer die Kleine, die Unschuldige, die, die du in Schutz genommen hast. Ich hatte nie eine Chance gegen sie, egal, was ich getan habe. Ganz egal, wie sehr ich mich auch angestrengt habe …« Meine Stimme wollte brechen, also schluckte ich die restlichen Worte herunter, schluckte, bis der Druck auf meine Ohren nachließ und mein Körper sich anfühlte wie von tiefem Wasser gehalten.

»Du hast recht«, hörte ich die Stimme meiner Mutter wie aus weiter Ferne in meine Ohren rauschen. »Ich habe Sophia bevorzugt behandelt. Aber das hatte nichts damit zu tun, wer sie ist oder wer du bist. Sie hat es uns nur so unendlich viel leichter gemacht. Du warst nie so ein sanfter, unbeholfener Tollpatsch wie sie. Nein, Louise, du bist eine Kämpfernatur, das war vom ersten Tag an so. Dir mussten wir niemals helfen, wenn du gestürzt warst, wir mussten dich nie gegen andere Kinder verteidigen oder trösten, wenn etwas nicht nach deinem Willen lief. Den hast du immer selbst durchgesetzt. Ein Kind wie dich zu beschützen, Louise, das war harte Arbeit.«

Ich fiel, fiel immer weiter durch kaltes, klares Meerwasser. Vor meinen Augen verschwamm alles, doch ich heftete meinen Blick auf meine Mutter und sah ihr – vielleicht zum ersten Mal überhaupt – für längere Zeit direkt in ihre hellblauen Augen. »Vielleicht hatte ich nur Angst, dass ihr mich wieder wegschickt, wenn ich nicht in allem besser bin als dieses Kind, das ihr euch so sehr gewünscht habt.«

Meine Mutter erwiderte den Blick und ihre Augen trübten sich ein wenig. Mit einer Hand fuhr sie sich ins Haar und drehte es zu einer Rolle in ihrem Nacken.

»Du bist mir in vielen Aspekten viel ähnlicher als Sophia und weißt es nicht mal«, sagte sie mit ungewohnt leiser Stimme. »Ich weiß, wie schwer es zu verstehen ist, wenn

Eltern jüngere Kinder bevorzugen, das war bei mir nicht anders und ich habe mich oft ganz genauso gefühlt wie du. Aber du machst es dir zu leicht, wenn du dich in allem auf deine Herkunft herausredest, Louise. Für niemanden ist das wichtig, nur du machst es zum Problem.«

Der Fall stoppte jäh, als würde ich auf dem Grund aufschlagen. Es war kalt hier unten im Meer und ich schlang fröstelnd die Arme um meinen Leib. »Weil es für mich ein Problem ist, Mama! Ihr habt mich als Achtjährige einfach damit alleingelassen und so getan, als hätten wir ein schlecht verstecktes Weihnachtsgeschenk gefunden. Ich habe Albträume seit diesem Tag, ich wusste nicht mehr, wer ich war und ob ich überhaupt noch bleiben durfte, wenn ihr erst mal gemerkt hättet, wie viel lieber ihr Soph hattet. Andere Kinder reden mit ihren Freunden über so was, aber unsere Freunde hast immer du ausgesucht. Nur eine Person hat das jemals verstanden. Sie hat mir auch die ganze Geschichte erzählt – den Rest der Wahrheit, den ihr mir verschwiegen habt.«

Meine Finger zitterten, als ich den Brief entrollte und die Buchstaben darauf freigab. Meine Mutter brauchte nur einen Blick darauf zu werfen, schon wusste sie, was er erzählte, das sah ich an den Furchen auf ihrer Stirn.

»Warum hast du nie mit mir darüber geredet? Warum habt ihr so ein Geheimnis aus allem gemacht?«

Eine Weile sah sie mich einfach nur an, dann stand sie plötzlich auf und setzte sich neben mich. »Dich zu adoptieren war eine bewusste und wohlüberlegte Entscheidung, Louise. Ich hätte nie gedacht, dass du solche Schwierigkeiten damit hast. Du schienst immer so gut mit allem klarzukommen, den neuen Schulen, den fremden Sprachen, man hat dir nie angemerkt, ob es schwierig für dich war. Weißt du noch, wie lange Sophia jedes Mal geweint hat, wenn wir umziehen mussten? Wie sehr sie gelitten hat, weil sie ihre Freunde zurücklassen musste? Du hast nie geweint, nicht ein Mal.«

Ich saß nur da, hielt den Atem an und schwieg. Es war, als würde ich durch das Wasser nach oben gleiten. Irgendwo da oben war Licht, war Luft, aber es war nicht leicht, dorthin zu kommen. Der Brief in meiner Hand fühlte sich schwer an, viel schwerer als nur Papier und Tinte. Meine Mutter streckte die Hand danach aus und nach kurzem Zögern legte ich ihn in ihre Handfläche. Eine Weile starrte sie reglos darauf, dann knüllte sie ihn zusammen und zog mich in ihre Arme.

Ihre Nähe betäubte mich, ihr Geruch, ihre weiche Haut an meiner, und alles in mir brach, jeder Damm und jede Beherrschung. Ich drückte mein Gesicht an ihre Schulter und ließ die Tränen laufen. Bis zu diesem Moment hatte sich Weinen immer falsch angefühlt, wie ein Versagen meines Körpers, aber plötzlich tat es gut, alles loszulassen. Meine Mutter strich ganz sanft über meinen Rücken und lehnte ihren Kopf an meinen. Auf einmal hatte ich die verrückte Vorstellung, meine Großmutter würde auf uns herabschauen und zufrieden nicken. Ich schniefte und ließ meine Mutter los. Sie rückte ein Stück von mir ab. »Sieh mal, du bist genauso mein Kind, wie Sophia es ist, und mir ist es wichtig, dass ihr etwas aus eurem Leben macht.«

Ich wischte mir mit dem Handrücken über die Augen, aber noch immer waren mir meine Tränen nicht peinlich. »Okay«, sagte ich langsam und ohne sie anzusehen. »Es war dämlich, das Abi zu schmeißen. Aber ich würde es genauso wieder machen, wenn es die einzige Sprache ist, die ihr versteht. Ich will selbst entscheiden, was ich mit meinem Leben anfange, und ich will mich nicht immer schlecht fühlen, wenn das nicht in euren Plan passt.«

Die Sonne sank hinter die Berge und meine Mutter hob seufzend den Kopf. »Vielleicht ist es doch gar nicht schlecht, einen Ort zu haben, an dem man zusammenkommen kann. Wer weiß, vielleicht lebt später eine von euch beiden hier in diesem Haus?« Sie stand auf. »Was hältst du davon, wenn wir beide noch eine Runde im Pool schwimmen, bevor wir uns um das Abendessen kümmern?«

Das Funkeln auf den Wellen war zu einem unwiderstehlichen Rufen geworden. Ich stand ebenfalls auf, aber ich ging um den Pool herum. »In Ordnung, schwimmen wir. Aber nicht hier. Sondern da unten.«

Ich konnte ihr Zögern spüren, und einen Moment war ich sicher, sie würde Nein sagen, weil das Salzwasser ihre Haare verklebte und sie danach würde duschen müssen, aber meine Mutter überraschte mich wieder. Sie zuckte mit den Schultern und lief barfuß vor mir her durch den Garten und die Steinstufen hinunter. Ich musste mich beeilen, um mit ihr Schritt zu halten. Sie blieb nicht stehen, als sie das Meer erreichte, sondern lief wie ich an meinem ersten Tag weiter und weiter hinein und drehte sich erst um, als sie bereits vom Wasser getragen wurde.

Ihre Haare hingen lose ins Meer, und jetzt sah ich auch, warum es heller wirkte – erste graue Strähnen hatten sich in ihre blonde Mähne geschlichen. Sie hob die Arme hoch über den Kopf und legte sich flach auf den Rücken. »Das letzte Mal bin ich im Meer geschwommen, als ich ein Kind war. Ich hatte ganz vergessen, wie herrlich das ist.«

Ich wartete, bis sie die Augen geschlossen hatte, dann tauchte ich ab. Es war seltsam, über mir die Silhouette meiner Mutter zu sehen, und ich schwamm schnell wieder hinauf, als ich merkte, wie sie nach mir zu suchen begann.

»Warum muss es gerade dieser Sport sein?« Sie sah mich mit weiten blauen Augen an. »Man kann doch auch mit Atemgerät tauchen.«

»Das ist nicht dasselbe.« Ich streckte die Hand nach ihr aus, und sie zögerte, bevor sie danach griff. »Vertrau mir doch mal. Da unten ist es noch schöner als hier oben!«

Meine Mutter starrte auf unsere ineinandergeschlungenen Hände, aber plötzlich lächelte sie. Wir holten tief Luft und tauchten nebeneinander ab. Ich spürte, wie sie den Griff um meine Finger verstärkte und sich an mir festhielt, und in dem Moment wusste ich, dass ich es geschafft hatte.

Ich war frei.

ALLEIN

Der Mond hing groß und oval über dem nächtlichen Meer. Ich saß allein auf dem Grund und blickte durch die Wasserdecke zu ihm hoch, aber das zitternde Licht reichte nicht bis hier unten. Um mich war nichts als Schwärze.

Ich streckte den Arm aus, als ich eine Bewegung spürte, aber meine Finger tauchten ins Leere. Meine Zehen schabten über den Boden, wo immer ein paar Schnecken klebten, aber zum ersten Mal fand ich nicht eine einzige. Es schien überhaupt kein Leben um mich zu geben hier unten. Nicht mal ich atmete.

Eine Wolke schob sich vor das blasse Mondlicht und ich schloss die Augen. Als wir das letzte Mal zusammen im nächtlichen Meer gewesen waren, hätte über uns ein Orkan toben können und ich hätte ihn nicht gehört. Aber er war nicht mehr hier und das Wasser gluckste zu leise. Aus tröstlicher Stille war ein stummes, kaltes Nichts geworden.

Vor beinahe zwei Jahren hatte das Herz meiner Großmutter aufgehört zu schlagen, im Schlaf, einfach so. Sie war ebenfalls gegangen, ohne sich zu verabschieden, ohne mir zu verraten, wie ich damit klarkommen sollte.

Angel hatte mich berauscht, so wie die Tiefe es mit Tauchern macht. Das Wasser war mein Element geworden und dabei hatte ich nicht gemerkt, dass ich mit dem Feuer spielte.

Ich machte die Augen wieder auf, aber die Dunkelheit war geblieben.

Sechs Minuten. Ich spürte die verronnene Zeit in jeder Faser meines Körpers, wusste, dass ich hinaufmusste, wenn ich weiterleben wollte. Widerstrebend stieß ich mich vom Grund ab und glitt durch das dunkle Meer, dem Mond entgegen.

SPURENSUCHE

Wirre Träume weckten mich am Morgen, zusammen mit der beißenden Hitze und einem metallischen Klopfen, das in meinem Kopf widerhallte. Ich stieg schwankend aus dem Bett und zog mir ein kurzes Trägerkleid über den Kopf, das Soph in meinem Zimmer vergessen haben musste.

Der Abschied von meiner Mutter war mir seltsam schwergefallen, so als ob ihr Weggang eine Lücke geschaffen hätte. Im Halbschlaf hatte ich ein paar Momente lang geglaubt, ihre Stimme durch die leeren Räume hallen zu hören, aber dann hatte Sophia gelacht und der Duft nach Omas frisch gebackener Focaccia war durchs Haus geweht, und ich hatte gewusst, dass ich träumte.

Ich war froh, allein zu sein – aber ich fühlte mich einsamer als je zuvor.

In das metallische Klopfen mischten sich nun laute Rufe und beides kam definitiv nicht aus meinem Kopf. Ich trat auf den Balkon und hörte, dass jemand meinen Namen rief. Ich kannte die Stimme, aber ich brauchte eine Weile, bis ich sie zuordnen konnte. Mit einem Satz war ich an der Treppe und lief aus dem Haus.

»Lou! Na endlich!«

Ein vollbepackter roter Kleinwagen stand vor dem Tor, einer, dem ich schon mal von unten in die Motorhaube geguckt hatte. Sein Besitzer hatte das Fenster runtergekurbelt und winkte, also schloss ich das Tor auf und sah zu, wie er staunend die Allee entlangrollte.

»Wow. Was für eine Hütte!«

»Es war mal eine Hütte, zumindest nicht viel mehr, bis meine Großmutter es gekauft und aufgepäppelt hat. Aber es sieht nobler aus, als es ist.« Einen kurzen, flüchtigen Moment fragte ich mich, welcher Teufel mich ritt, einen beinahe Fremden in mein Haus zu lassen, aber ich war zu müde, um vorsichtig zu sein.

»Ich hab vor ein paar Tagen versucht, dich anzurufen.« Ich blieb neben dem Fiat stehen. »Aber dein Handy war aus. Ella meinte, du hättest die Insel schon verlassen.«

Cario schälte sich umständlich aus dem kleinen Auto und klopfte aufs Wagendach. »Nein, wir zwei sind ein bisschen rumgefahren. Aber heute geht es zurück nach Hause.«

Das rote Auto gab ein Quietschen von sich.

»Weit kommst du damit aber nicht!«

Er verzog die Lippen zu seinem verrutschten Grinsen. »Er muss es nur bis Rom schaffen, da wohnt ein Freund von mir, der bringt mich dann zum Flughafen.«

»Und was willst du hier?«

Fast beleidigt sah er mich an. »Na, mich verabschieden. Macht man das nicht unter Freunden?«

Ich deutete mit dem Kopf zum Haus hinunter. »Magst du ’n Kaffee?«

Cario folgte mir den Palmenweg entlang und pfiff durch die Zähne, als wir die Veranda betraten. Die Sonne brannte auf den Stein und unter uns funkelte das Meer.

»Hier lebst du? Ganz allein?«

»Nein«, log ich, ohne zu wissen, warum. »Meine Mutter und meine Schwester sind ausgeflogen.«

Cario wanderte ungeniert quer durch unseren Garten, schlüpfte aus seinen Schlappen und ließ einen Fuß durch das klare Wasser des Pools gleiten. Als ich mit zwei Tassen auf die Veranda zurückkam, hatte er sich auf der Liege mit dem Blättermuster ausgestreckt. Ein sachter Schmerz zuckte durch meine Venen, ganz kurz nur – dann fühlte ich die Hitze, die der Kaffee verströmte, und stellte die Tassen rasch auf dem Steinboden ab. »Mein Vater hat immer gesagt, allein wegen dem Kaffee lohnt es sich, auf Kuba zu leben.«

Cario lachte laut auf. »Ich hatte dort einen Kumpel, der auf einer Plantage gearbeitet hat. Das Zeug, das er mitbrachte, schmeckte mehr nach Zigarren als nach Kaffee, aber die Leute fuhren voll darauf ab.«

Erinnerungen lagen plötzlich in meinem Kopf verstreut wie Puzzleteile. Palmen im Garten. Der Duft nach kühlem Atlantikwasser vor dem Schlafengehen. Straßen und Autos wie aus einem alten Film. Sophia, die mit zornesroten Wangen schrie: »Deine Mama hat dich weggegeben, weil du blöd bist!«

»Kuba«, seufzte ich. »Das ist ewig her.«

»Wo hat dein Vater gearbeitet?«

Ich verkniff mir ein Lächeln. »Er war der deutsche Botschafter.«

Cario riss die Augen auf, ließ seinen Blick abermals über Haus und Garten wandern. »Oh, ach so. Dann bist du bestimmt schon ganz schön rumgekommen.«

»Geht so.« Ich nippte an meiner Tasse, trank dann zwei große Schlucke. »Wo willst du jetzt hin, zurück nach Kuba?«

Cario schüttelte den Kopf und ein bitteres Zucken spielte um seinen Mund. »Das kann ich nicht. Ich bin Exilkubaner. Weißt du, was das bedeutet?«

»Dass du nicht in dein Heimatland zurückkehren darfst, es sei denn, du bekommst die offizielle Erlaubnis dazu.«

Er griff nach der Kaffeetasse, die noch immer zwischen uns auf dem Naturstein stand, und kippte die schwarze Flüssigkeit, ohne abzusetzen, in sich hinein. Dann stellte er die Tasse weg und schwang die Beine von der Liege. Auf einmal war er mir sehr nah und ein warnendes Beben kroch durch meinen Bauch. »Komm schon, Lou. Der ist nicht abgehauen, nicht vor dir. Wo ist er?«

Mein Atem stockte und heißer Kaffee lief ungebremst in meine Kehle. Ich hustete. »Äh – was?«

»Euer Supertaucher! Angel. Er heißt nicht wirklich Angel, das ist euch klar, oder?«

Ich stellte die Tasse ab und versuchte vergeblich, das Brennen in meinem Hals mit Spucke abzulöschen. »Wie heißt er dann?«

Cario grinste, aber diesmal hatte sein Ausdruck nichts Höfliches mehr an sich. »Das verrate ich dir, wenn du mir hilfst, ihn zu finden.«

»Ich hab keine Ahnung, wo er ist!« Vor lauter Verwirrung über diesen Stimmungsumschwung reagierte ich zu langsam, als Cario blitzschnell meine Handgelenke packte und mich zu sich heranzog. Der intensive Geruch nach Minze mischte sich in seinen Kaffeeatem und mein Magen drehte sich, aber sosehr ich mich auch wehrte, er ließ nicht los.

»Scheiße, was soll das? Er hat uns alle hocken lassen. Kannst du dir vielleicht vorstellen, dass wir ihn gar nicht suchen wollen?«

Abrupt gab er mich frei und atmete einmal tief ein und wieder aus. Ich sprang auf die Füße und brachte mich in Sicherheit, die Rosenliege wie einen Schutzschild zwischen uns. »Verschwinde, Cario. Raus hier, sofort, sonst ruf ich die Polizei!«

Er rührte sich nicht und mit einem Mal fiel seine bedrohliche Haltung zusammen wie ein Gebilde aus Luftblasen. Eingesunken hockte er da und verbarg das Gesicht in den Händen. »Ich muss ihn finden, verstehst du? Er ist alles, was mir noch geblieben ist. Ich bin sogar meinen Job los wegen ihm! Nichts macht mehr Sinn, gar nichts mehr.«

Ich tastete an mir herunter, aber ein Kleid war ein schlechter Ort für ein Handy. Wo lag das blöde Ding, noch in meinem Zimmer? Plötzlich fiel mir ein, was mein Vater in Konfliktsituationen immer tat: reden. Ich musste ihn dazu bringen, dass er redete, bis er bereit war, freiwillig zu verschwinden.

»Ihr habt gestritten«, fing ich an, aber meine Stimme zitterte zu sehr, also räusperte ich mich und versuchte es noch einmal. »Ella hat erzählt, in der Nacht vor seinem Verschwinden habt ihr euch im Dive-in gezofft.«

»Da erzählt sie was Falsches«, gab er dumpf zurück. Er ließ die Hände fallen und kniff die Augen zusammen. »Er hat keinen Ton gesagt, aber wozu auch – er weiß, dass er schuldig ist!«

»Schuld woran?«, flüsterte ich. Mir wurde plötzlich heiß, aber nicht wegen Cario. Es gab einen Tauchunfall, hatte Finn auf dem Boot im Ligurischen Meer gesagt. Einen Unfall, in den er verwickelt war.

Carios Augen wurden pechschwarz. »Er hat jemanden umgebracht.«

Mein Herz stoppte. Nichts rührte sich mehr, die Blätter an den Olivenbäumen hingen herab, selbst das Meer hatte sein Rauschen eingestellt. Die Welt stand still.

»Ich hätte es euch allen schon viel früher erzählen sollen«, presste Cario hervor und sein Finger fuhr hoch und deutete auf seinen kaputten Schneidezahn. »Hier, das war er – mit bloßer Faust hat er mir die Zähne eingeschlagen! So kennst du ihn nicht, was? Du hast dich in sein hübsches Gesicht verliebt und in diese atemlosen Spielchen, die er treibt. Aber du weißt nichts von ihm, gar nichts.«

»Ich glaub dir nicht«, hörte ich mich sagen. »Die einzige Person, die er in Gefahr bringt, ist er selbst!«

Cario stand auf und kam um die Liege herum auf mich zu. Ich wich zurück, bis ich mit dem Rücken an die Hauswand stieß. Die Muskeln unter seinem dünnen Hemd spielten, als er sich links und rechts von mir abstützte. Was immer seinen Antrieb zum Trainieren bildete, musste ziemliche Macht über ihn haben.

»Er hatte sich in mein Mädchen verliebt und wollte ihr imponieren, also hat er seine Show für sie abgezogen und sie dazu gebracht, ihm da runter zu folgen. Die anderen sagten, es war ein Unfall, aber ich weiß es besser. Ich war dabei.«

Ich rührte mich nicht, obwohl mein ganzer Körper nur weg wollte. »Ist er deshalb abgehauen? Wegen dir?«

Cario lehnte sich noch näher zu mir, bis unsere Nasenspitzen fast aneinanderstießen. Seine Augen schirmten alles ab, das Meer, den Wind, jeden Gedanken. »Er ist es nicht wert, Lou. Er ist den ganzen Aufwand nicht wert, er verdient es nicht, mit Apnoe Geld zu machen, als wäre nichts passiert.« Endlich ließ er mich frei und trat zurück. »Und am allerwenigsten ist er dich wert.«

Die nächsten Tage verbrachte ich im Zombie-Modus. Ich wachte auf, wusch mich, zog mich an, aß, atmete. Aber mehr auch nicht. Irgendwann fing ich an, mit dem Rad zum Friedhof zu fahren, um mich ans Grab meiner Großmutter zu setzen und ihr stumm von meinen verlorenen Tagen zu erzählen. Ich brauchte keinen Rat mehr, was ich tun sollte, aber ich sehnte mich nach jemandem, dem ich mich anvertrauen konnte, ohne mich für meine Gedanken rechtfertigen zu müssen. Ich schrieb selbstmitleidige Mails an Anne, die ich allesamt wieder löschte, obwohl sie mich deshalb bestimmt nicht ausgelacht hätte; Anne, die im vergangenen Sommer mit mir nach Wacken abgehauen war, nur um einmal den brennenden Schädel und Nightwish live zu sehen, und die trotzdem irgendwie nicht mehr zu meinem Leben gehörte. Soph rief ein paarmal an und erzählte von diversen Modenschauen und einem Typen, den sie da kennengelernt hatte, und immer fragte sie mich am Ende des Gesprächs, ob ich etwas von ihm gehört hätte. Francesca suchte im Internet nach Spuren und lernte in diversen Foren lauter Freitaucher kennen, die glaubten, ihn gesehen oder zumindest von ihm gehört zu haben. Immer wieder schickte sie Ella und mir Links auf Artikel oder YouTube-Videos, aber ich hörte irgendwann auf, sie anzuklicken, weil sie doch zu nichts führten. Ich fuhr sogar nach Lacona, wo der Strand inzwischen vor Urlaubern überquoll, aber Pat konnte mir nicht mehr erzählen, als ich bereits von Cario wusste, und wiederfinden wollte er Angel gleich dreimal nicht.

Als es Zeit wurde, meine Sachen für Indien zu packen, stieß ich ganz hinten in einer Schublade auf die Schachtel mit dem Kettchen, das meine Mutter mir zum Geburtstag geschenkt hatte. Meine Finger tasteten danach und stießen unverhofft auf einen weiteren Schatz – es war der Stein aus der Tiefe, den ich in der hintersten Ecke versteckt und vergessen hatte. Mit etwas Einbildung ein verrutschtes Herz. Er fühlte sich weich und kühl in meiner Hand an und roch noch immer nach dem Meer, wo er vielleicht jahrzehntelang gelegen hatte.

Lass los, Lou.

Für einen Atemzug hielt ich ihn fest in meiner Faust umklammert, dann versenkte ich ihn tief in der Tasche meiner Shorts, schnappte mir meinen Cyclewolf und fuhr zum Friedhof nach Capoliveri. Es war Markttag und der Platz an der Mauer rappelvoll, also schob ich mein Rad das letzte Stück und kaufte eine einzelne Rose, die ich meiner Großmutter aufs Grab legte. Dann setzte ich mich in den Halbschatten, schloss die Augen und hörte zum ersten Mal seit Tagen auf zu denken.

Als ich aus meiner Starre erwachte, war die Sonne in den Zenit geklettert und brannte erbarmungslos auf mich nieder. Es gab genau zwei Möglichkeiten: Cario glauben und den Stein ins Meer zurückschleudern, zusehen, wie er versank und ihn für immer vergessen. Oder Cario nicht glauben und das Herz aus Stein für immer mit mir herumschleppen.

Ich rappelte mich hoch, schüttelte meine eingeschlafenen Beine aus und verabschiedete mich stumm von ihr. Nein, keine zwei Möglichkeiten. Ich hatte nur eine einzige.

In Capoliveri fand ich einen kleinen Laden, der mir ein schmales Loch durch das Steinherz bohrte, gerade groß genug, um ein Lederband hindurchzufädeln. Zufrieden verließ ich den Laden, den Stein dicht über meinem Herzen um den Hals, und fuhr in die Berge der Calamita-Halbinsel. Ich folgte keiner bestimmten Route, nahm jede Abzweigung, wie es sich gerade ergab. Die Hitze verlangte mir jeden Höhenmeter doppelt und dreifach ab, aber ich genoss die Anstrengung. Unter mir funkelte das Meer einladend in allen Blaugrün-Tönen und doch hatte es seine magnetische Wirkung auf mich verloren.

Als ich völlig durchgeschwitzt und bis in die letzte Faser meiner Muskeln erschöpft zu Hause ankam, wartete Marco vor dem Tor auf mich. Acqua kauerte hechelnd zwischen seinen Beinen im Fußraum der alten Vespa und wedelte nur träge mit dem Schwanz, als er mich sah. Ich stutzte. Es war zu heiß zum Warten und aller Schatten lag unerreichbar hinter dem schmiedeeisernen Eingangstor.

»Hi.« Ich wartete keine Antwort ab, sondern stieß das Tor auf, um sie schnell hereinzulassen. Acqua folgte mir dankbar ins Haus und ließ sich aufseufzend auf die kühlen Fliesen fallen, Marco aber blieb zögerlich in der offenen Tür stehen und spielte mit den Verschlüssen seiner Kameratasche.

»Keine Angst, sie sind alle weg. Und so schnell kommen sie nicht wieder.«

»Ich weiß.« Marco trat hinter mir ins Haus und sah sich befremdet in dem kahl geräumten Wohnzimmer um. Vielleicht war es skurril für ihn, nach seiner Zeit als Gärtner und Hausmeistergehilfe wieder als Freund zu Besuch zu sein – so wie zu Beginn des Sommers. »Deine Mutter hat uns beauftragt, nach dem Rechten zu schauen und nachzusehen, ob du was brauchst.«

»Ihr sollt mich kontrollieren«, schlussfolgerte ich müde. Im Schrank fand ich ein isotonisches Getränkepulver, das ich löffelweise in mein Wasser schaufelte. Ich bot Marco ebenfalls ein Glas an, aber er schüttelte den Kopf. »Bist du deshalb hergekommen? Um mich auszuspionieren, für meine Mutter?«

Er lächelte traurig. »Sie macht sich wirklich Sorgen um dich, Lou. Und du solltest wissen, dass mich niemand zu dir schicken muss.«

Der Isodrink rumorte in meinem Magen, doch die Flüssigkeit tat gut und ich fühlte mich schon nicht mehr ganz so erschöpft. Plötzlich sah ich Sophia vor mir, draußen im Regen, als Marco mich heimgebracht hatte – und ich konnte ihre Worte hören, ihre spöttische Anklage. Vielleicht war es an der Zeit, mit ein paar Dingen aufzuräumen, Wunden aufzureißen und den Dorn zu entfernen, damit sie endlich, endlich heilen durften.

»Ich hatte was mit ihm«, spuckte ich die Worte aus, bevor ich es mir anders überlegen konnte. »Ich habe ihn nochmal getroffen in der Nacht, als er verschwand. Wir waren für den Abend verabredet nach dem Tauchgang. Er wollte mich holen kommen.«

Marco blieb eine ganze Weile stumm und folgte mit dem Blick seinen wippenden Fußspitzen. Dann schaute er mich wieder an und lächelte ganz leicht. »Danke, dass du es endlich aussprichst. Ich wollte nichts auf Ellas Geschwätz geben, aber natürlich habe ich gemerkt, dass da mehr dahintersteckt als Freitauchen.«

»Er ist …« Ich drehte meine Haare ums Handgelenk und schaute aus dem schmalen Küchenfenster, als würden sich die Worte im Gestrüpp verstecken.

»Ja«, sagte Marco nur. »Das ist er wohl.«

»Sei mir nicht böse«, flüsterte ich leise.

Ich hatte das Gefühl, als wolle Marco sich im Grunde bei mir entschuldigen, aber dieses Gefühl ergab keinen Sinn, also lief ich voran nach draußen und streckte mich erschöpft auf der Liege mit dem Blättermuster aus. Angels Liege.

»Weißt du, was?« Marco biss auf seiner Unterlippe herum und deutete mit dem Kinn zum Haus. »Ich bekoch dich heute. Wenn du magst. Weil du aussiehst, als könntest du ein paar Kohlenhydrate gebrauchen – und natürlich weil wir es deiner Mutter versprochen haben.«

Wir saßen auf der Veranda über dem Meer, bis die Sonne unterging und jede Farbe in gleichtönigem, kühlem Blau ertrank. Marco hatte Spaghetti aglio e olio für mich gekocht und wir verzehrten sie mit Acquas Hilfe bis auf die letzte Nudel, ehe wir uns die Liegen unters Dach zogen und eine Flasche von Großmutters hausgemachtem Limoncello öffneten. Obwohl wir nur ein Licht angestellt hatten, kroch ein mintfarbener Gecko an der Hauswand empor und postierte sich neben der Lichtquelle, als wolle er darüber wachen, dass wir keinen Unfug anstellten.

»Willst du ihn noch finden?«, fragte Marco, irgendwann spät in dieser letzten Nacht.

Ich überlegte, wie ich meinen Wunsch beschreiben sollte, aber im Grunde gab es nur eine Welt, die meine Gefühle erklären konnte. »Warst du schon mal da unten, Marco? Unter dem Blau, wo das Meer so dunkel wird, dass selbst die Delfine umkehren?«

Er hob die Brauen, abwartend. Eine Sternschnuppe fiel vom Himmel und im selben Moment setzte der Gesang der Nachtigallen ein, ihr vielstimmiges Echo schien von überallher zu kommen und meine Stimme zu tragen.

»Du fällst in einen Sog, der stärker ist als du, stärker als alles, was du kanntest. Selbst wenn es keinen Sinn mehr ergibt, weiter zu sinken, weil es gefährlich wird, willst du ihm immer noch nachgeben und ihm bis zum Ende folgen. Ich … ich bin unter diese Grenze geraten. Und ich komme nur wieder zurück ans Licht, wenn ich weiß, was dort unten auf mich wartet.«

Eine ganze Weile sagte Marco nichts. Er starrte blicklos geradeaus, hinunter zum dunklen Meer, auf dem ein blasser Halbmond schwamm. Dann veränderte er seine Haltung, sackte ein und gab endlich seine befremdliche Beherrschung auf.

»Ich muss dir was gestehen«, begann er zögerlich. Er mied meinen Blick. Ich hielt den Atem an und wartete.

Marco sog tief die klare Nachtluft ein, dann sah er mich endlich an. »In dieser Nacht vor dem Tauchversuch hatte ich meine Nikonos im Dive-in vergessen. Ich bin nicht noch mal zurückgefahren, um sie zu holen, weil ich sie am Morgen sowieso gebraucht hätte. Dann brach das Chaos los und ich habe zwei Tage lang nicht mehr an sie gedacht, aber als ich am dritten Abend die Tasche geleert habe, steckte da dieser Umschlag. Ich kannte die Handschrift nicht, aber der Brief war auch nicht für mich bestimmt.« Er zog schuldbewusst die Brauen zusammen. »Sondern für dich.«

Nachtluft flutete meine Lungen, doch ich spürte es kaum. »Ist er von ihm?«

Marco hob abwehrend die Schultern. »Ich schwöre dir, ich habe ihn nicht angerührt! Da waren so viele Leute an dem Tag im Dive-in. Aber von wem soll er sonst sein?«

»Hast du den Brief noch?«

Marco sah zu Boden und nickte. Er schloss einen Moment die Augen, dann beugte er sich hinunter und holte einen einfachen weißen Umschlag aus seiner Kameratasche.

Ich starrte wie geblendet darauf und merkte, wie meine Hände feucht wurden.

Der Umschlag fühlte sich leicht und unbedeutend an. Dünnes Papier, zweimal gefaltet. Die Schrift auf der Vorderseite hatte ich noch nie gesehen, nur die zwei Worte, die darauf geschrieben standen, hallten in meinem Kopf wider.

Marie-Louise.

Mit bebenden Fingern riss ich den Brief auf. Das Papier raschelte wie der Seewind in den Olivenbäumen, und ich glaubte, einen Hauch Wüstenduft daran zu riechen. Ich zog das gefaltete Blatt heraus und klappte die Enden auf, bis ich nichts mehr fühlte, nur noch den Schmerz in meinen bebenden Lungen.

Es war eine Bleistiftzeichnung, genau wie die anderen Skizzen, die sie in Angels Zelt gefunden hatten. Aber diesmal hatte er keinen Delfin gezeichnet, sondern ein Mädchen.

Sie hielt die Augen geschlossen und schien im Wasser zu schweben. Atemlos. Ihr langes Haar flocht sich um ihren Leib und hüllte die Haut dort ein, wo der dünne Bikini sie nicht bedeckte. Sie sah aus, als könne sie ewig so aushalten, als gehöre sie ins Blau, wo man schwerelos schweben konnte und weder hören noch riechen musste, wo alles gleich blieb, auch die Geräusche und Gerüche. Sie sah schön aus, fast verträumt – so als würde sie auf etwas warten.

»Und?« Marcos Stimme drängte sich fremd und störend in die Erinnerung. »Ist er von ihm? Weißt du, wo er steckt?«

Meine Finger strichen sehnsüchtig über die winzigen Engelsflügel in der rechten unteren Ecke, dann drehte ich das Blatt herum. Nur ein Wort stand dort, aber es sagte alles: SORRY.

Ich schluckte. »Es ist nur ein Bild – ein Bild von mir, das er mal gezeichnet hat, da unten.«

Auch Marco hatte mich mit Bildern rumgekriegt, damals, vor zwei ewig langen Jahren. Der Vollmond über der Bucht. Wir beide, allein am Strand, von den Felsen verborgen. Ich hatte es wissen wollen, endlich mitfühlen, wenn alle darüber sprachen – und ein kleines bisschen hatte ich es deshalb getan. Ein größerer Teil ging auf das Konto des Mondes, der auf dem Meer tanzte und diese Nacht verzauberte, aber Marco war trotzdem der richtige Junge gewesen, die perfekte Wahl für ein erstes Mal.

Angel war die perfekte Wahl für all die anderen Male, jedes einzelne – bis zum Schluss. Ich spürte, wie ich wieder zu zittern begann.

»Tut mir leid«, murmelte Marco und sah mich niedergeschlagen an. »Jetzt hab ich dir nicht nur den Brief vorenthalten, sondern auch noch falsche Hoffnungen gemacht. Ich war so sicher, dass er dir alles erklärt.«

Fliehende erklären nichts, dachte ich matt. Aber jeder hinterlässt Spuren. Ich streckte meine Hand aus und griff nach Marcos Fingern. Die Geste sollte ihn trösten, doch dann klammerte ich mich an ihn wie an ein rettendes Floß auf offener See.

Weil ich nicht schlafen konnte, nachdem Marco gegangen war, holte ich mein iPad auf die Veranda und wickelte mich bis zum Hals in eine Decke. Mücken schwirrten um das helle Licht und stachen mir in die Finger, aber ich merkte es kaum.

Zuerst nahm ich mir die Seite des Dive-in vor, aber Pat vermied das Thema Apnoetauchen tunlichst und blockte jede Anfrage, was denn nun aus Angel geworden sei, ziemlich schroff ab. Stattdessen war mein eigenes Gesicht Thema Nummer eins oder besser das, was man hinter der grünen Schminke noch von mir erkennen konnte, während der Hai lauernd an meinem Fischschwanz hing. Ich scrollte mich durch die Kommentare, aber mehr als vage Spekulationen über Angels Verbleib waren nicht darunter.

Auf der AIDA-Seite wurde ich ebenfalls nicht fündig, weil Angel seinen Rekordversuch nie angetreten hatte und nicht einmal erwähnt wurde. Australien besaß keine große Freitauchszene, nur Neuseeland hatte zwei ziemlich erfolgreiche Apnoisten hervorgebracht, aber weiterhelfen konnte mir das auch nicht.

Niedergeschlagen klickte ich mich durch die Links, die Francesca geschickt hatte, und merkte plötzlich, dass ich synchron mit den Tauchern in den Videos den Atem anhielt. Das, was die machten, war absolut irre. Ein französischer Freitaucher namens Guillaume Néry zum Beispiel sprang mit angehaltenem Atem in ein schwarzes Loch. Er nannte diesen Stunt Base Jump und ließ ihn aussehen wie einen Bungeesprung ohne Seil, was ziemlich spektakulär wirkte. Ich schaute mir das Video noch mal an und dann noch mal, und auf einmal klopfte mein Herz so schnell, als wäre es schon ohne mich losgelaufen. Meine Augen zuckten, dann las ich den Titel erneut: Base Jump in Dean's Blue Hole. Eine Stimme wisperte in meinem Kopf und meine Finger flogen über die Buchstabebn auf dem Bildschirm.

Dean's Blue Hole war eine Höhle unter Wasser, zweihundert Meter tief und breit genug, um sich in ihr zu verlieren. Sie lag direkt vor Long Island, einer Insel der Bahamas mitten in der Karibik. Jedes Jahr im Spätherbst trafen hier die besten Apnoisten im Tauchen mit konstantem Gewicht aufeinander, um sich in einem internationalen Wettkampf zu messen – und um neue Rekorde aufzustellen.

Ich ließ das iPad sinken und versuchte, meinen Atemstrom zu beruhigen. Ein dunkles Loch, eine Höhle. Das Wasser so warm, dass einem die Dunkelheit nichts ausmachte. Angel hatte exakt die Worte benutzt, die hier standen, das Bild heraufbeschworen, das ich sah. Kannte er diesen Ort? War er selbst schon mal in das Blue Hole getaucht? Worum ging es hier, um den Wettkampf, diesen verrückten Rekordversuch? Oder …

Mein Atem stockte. Wenn er tatsächlich schuld am Tod dieses Mädchens war, wollte er sich dann womöglich dafür bestrafen? War sie der Geist, der ihn verfolgte? Auf einmal konnte ich keine Sekunde länger still sitzen bleiben, obwohl es nichts gab, was ich von hier aus tun konnte. Cario hatte doch recht, schrie es in mir, und Angel wird in dieses Loch tauchen und er wird es allein tun, so lange, bis er seine Geister vertrieben hat – oder auf dem Weg zurück ans Licht draufgeht.

POR AMOR

Unter einem funkelnden Sternenhimmel lief ich barfuß die Steinstufen hinunter und fühlte mit jedem Schritt, wie es leichter ging, wie ich tiefer atmen konnte und mein unruhiges Herz langsamer schlug. Die Wärme des Tages hing noch in der Luft und mischte sich mit dem würzigen Duft der See. Das Haus hinter mir glühte im Schein unzähliger kleiner Flammen und überall in den Büschen tanzten winzige Lichtpunkte – Leuchtkäfer, hell wie die Sterne über dem ruhenden Meer.

Meine Füße berührten die Wasserlinie und endlich fühlte ich mich wieder heimisch und am richtigen Ort. Ich glitt ins kühle Wasser und spürte, wie es meinen nackten Körper umspielte.

Ohne Anstrengung ließ ich mich von den Wellen aufs Meer hinausschaukeln, schloss die Augen, machte mich so steif wie möglich und ließ mich vom Salz des Meeres tragen, bis mein Herz in gleichmäßigem Takt schlug und all meine Gedanken nur meinem Atem galten, der immer ruhiger wurde.

Dann nahm ich einen letzten, tiefen Schluck Nachtluft und tauchte kopfüber ins Nachtmeer hinab.

»Was ist denn hier passiert?«

Marco stieß mit dem Fuß gegen die Plastiktüte voller abgebrannter Teelichter, die neben meinem Rucksack, Sophias alter Tennistasche und vier Kartons am Eingang lehnte.

»Sentimentaler Anfall von Abschiedsschmerz«, erklärte ich knapp und deutete mit dem Kopf auf die Umzugskisten. »Das sind alle.«

»Wann geht dein Flieger noch mal?« Marco sah sich in dem kahlen Raum um, ließ seinen Blick über die traurig verhüllten Möbel streifen, die leer gefegte Küche mit dem nagelneuen, beinahe unbenutzten Induktionskochfeld, all die Kisten, die sich oben am Treppenabsatz stapelten. Nichts von uns würde in diesen Mauern zurückbleiben.

»Um vier Uhr. Schaffen wir locker.«

Marco lud sich den ersten Karton und Sophs Tasche auf die Arme und stieß mit dem Fuß die Tür auf. »Dein halbes Leben wirfst du weg, aber die Tennisschläger müssen mit?«

»Haha. Da sind meine Apnoeflossen drin.«

Er bugsierte seine Last rückwärts aus der Tür und sah mich tadelnd an. »Hast du vergessen, was ich beruflich mache? Wir haben richtige Reisetaschen für Langflossen!«

»Ja, aber du tust schon genug für mich. Du chauffierst mich immerhin nach Rom.«

»Stimmt, die Tasche wäre da echt ein bisschen viel verlangt gewesen.«

Ich knuffte ihn in die Seite und schüttelte den Kopf, als er mir die Tür ebenfalls aufhalten wollte. »Geh schon vor. Ich brauch noch ein paar Minuten.«

Kaum war ich allein, schlug die alte Trauer über mir zusammen wie eine Welle auf hoher See. Ich hing an dem Haus und dem Meer zu seinen Füßen, an den Olivenbäumen im Garten und dem Geruch nach ewigem Frühling. Langsam wanderte ich durch das kühle Wohnzimmer und lehnte mich an die Verandatür, von wo aus man bis zur Insel Montecristo sehen konnte. Bevor ich zu traurig wurde, drehte ich mich um und stieg die Stufen hinauf, vorbei an stapelweise Kartons mit Sophias und meinen Kindheitserinnerungen, und betrat stumm mein kahl geräumtes Zimmer. Ohne das Poster vom Vollmond über dem Strand und die Vorhänge, die im steten Seewind immer leicht gebläht gewesen waren, wirkte der Raum fremd und verlassen. Ich schlenderte zum Fenster, drückte meine Nase gegen das Glas und sog den Anblick zum letzten Mal in mich auf.

Die Reise nach Neu-Delhi mit Zwischenstopp in Dubai würde etwa siebzehn Stunden dauern. In ziemlich derselben Zeit kam man von Rom nach Miami und war von dort nur noch eine Flugstunde von Nassau entfernt. Ich schloss die Augen und seufzte. Den ganzen Abend lang hatte ich versucht, mich abzulenken und realistisch zu bleiben, aber je tiefer die Nacht über das Meer sank, umso stärker wurde ein anderer Wunsch. Ich wollte das Ticket nach Indien sausen lassen und nach Angel suchen, auch wenn es keinen Sinn ergab. Ich hatte nichts außer ein paar Gesprächsfetzen, an die ich mich wahrscheinlich nicht mal richtig erinnerte. Es dauerte noch Monate bis zu diesem Wettkampf, wer sagte mir denn, dass er tatsächlich schon da war?

Stumm blieb ich an die Scheibe gelehnt stehen, bis ich Schritte auf der Treppe hörte.

»Hier.« Marco trat hinter mich und stopfte einen abgeschrägten Gegenstand in die Tasche meiner Cargohose. »Deine Panflöte lag noch auf der Liege.«

Ich stieß mich vom Fenster ab und griff mit einer Hand

an meinen Hals. Das Steinherz war mit jedem Tag in diesem Haus schwerer geworden. Den goldenen Anhänger von meiner Mutter dagegen hatte ich kaum gespürt, als ich am Abend mit ihm nach Capoliveri gefahren und ihn bei einem kleinen Juwelier zu Geld gemacht hatte. Ohne mich noch einmal umzudrehen, verließ ich den Raum.

»Ich kann es kaum fassen, dass du gehst.« Marco folgte mir nach draußen unter die Morgensonne, wo der Transporter seines Vaters parkte, und sah mich ernst an. »Indien – das ist für mich so weit weg wie der Mond.«

Ich schob meinen Cyclewolf zum Transporter und lächelte schwach. »Für mich auch, aber ich werde es schon aushalten. Ist ja nur für ein Jahr.«

»Pass auf dich auf«, sagte er rau. Ich trat auf ihn zu und umarmte ihn, drückte mich an ihn und fühlte mich ein paar kurze, vertraue Herzschläge lang dem Sog entrissen.

Mein Handy summte, als ich mich eben in die Schlange hinter dem Check-in eingereiht hatte. Wie jedes Mal in letzter Zeit beschleunigte mein Puls, doch dann sah ich, dass die Nachricht von meinem Vater stammte.

»Liebe Louise, ich frage nicht, wozu du diese Info benötigst. In dem angehängten Dokument findest du alles, was ich auf die Schnelle herausfinden konnte. Hoffentlich hilft es dir weiter. Alles Liebe und bis bald, Papa.«

Einen Moment musste ich überlegen, wovon er sprach – dann fiel es mir wieder ein. Cario. Im Grunde brauchte ich nichts mehr über ihn zu erfahren, das Thema war erledigt. Am konsequentesten wäre es, die Nachricht ungelesen zu löschen. Jemand räusperte sich hinter mir, und ich sah, dass die Schlange ein ganzes Stück weiter vorgerückt war.

Schnell schloss ich auf, etwa in dem Moment, als die junge Frau hinter dem Check-in entschuldigend die Schultern hob, in Richtung ihres Bildschirms gestikulierte und aufstand. Es konnte also dauern.

Ich holte tief Luft, dann klickte ich auf das angehängte Dokument und hielt den Atem an, ehe ich zu lesen begann.

Cario Fuentes Rubas, geboren im August 1987, in einem Municipio von Havanna aufgewachsen. Drei ältere und ein jüngerer Bruder. Vater war ein angesehener Arzt und Allgemeinmediziner, gehört der MTT an (paramilitärische Bürgerwehr Kubas), leidet heute an den Folgen seiner Alkoholsucht und ist arbeitsunfähig; Mutter war Köchin in einem Hotel, erkrankte aber vor acht Jahren am Tako-Tsubo-Syndrom (Funktionsstörung des Herzmuskels), nachdem ihr jüngstes Kind vom Schwimmen nicht zurückkam. Brüder haben heute selbst Familie, leben alle in und um Havanna. Cario hat Kuba vor drei Jahren mit einem Ausreisevisum verlassen und ist seitdem nicht mehr heimgekehrt.

Die Frau war an den Schalter zurückgekommen und hatte einen älteren Mann mitgebracht, der mit gefurchter Stirn auf die Tastatur einhackte. Kurz darauf setzte sich die Schlange vor mir wieder in Bewegung. Ich ließ vorsichtig die Luft aus meinen Lungen strömen, dann erst merkte ich, dass ich den Text noch nicht zu Ende gelesen hatte.

Vor zehn Jahren war Cario in einen Unfall verstrickt, bei dem ein junges Mädchen starb. An einem Wintertag fuhr er zusammen mit seinem Bruder aufs Meer hinaus, um zu angeln, doch aus ungeklärten Gründen sprang das Mädchen ins Wasser und ertrank. Der genaue Hergang konnte nie rekonstruiert werden, weil sich die Aussagen der Beteiligten widersprachen, der Vorfall wurde als Unfall ad acta gelegt.

»Signorina?«

Ich hob den Blick, ohne die Frau hinter dem Schalter wirklich zu sehen.

»Ihr Ticket und Ihren Ausweis bitte.«

Es konnte nicht sein, unmöglich, und doch passte alles schrecklich genau zusammen. Cario. Kuba. Der Unfall. Das Mädchen, das gestorben war.

»Wollen Sie nun einchecken oder nicht?«

Langsam schüttelte ich den Kopf, schulterte meinen Rucksack und ließ sie wortlos stehen.

DEEP BLUE HOLE

Ich war zehn gewesen und Sophia neun, als unsere Mutter uns zum ersten Mal alleine ins Flugzeug steckte. Wir sollten nach Rom fliegen, wo Oma auf uns wartete, und ich hatte die ganze Nacht zuvor kein Auge zugetan vor Aufregung und Vorfreude. Soph freute sich nicht, im Gegenteil, sie weinte bittere, herzzerreißende Kindertränen. Sie wollte nicht weg von Mama und der vertrauten Umgebung, und es kostete mich und alle verfügbaren Stewardessen sämtliche Aufmerksamkeit und alles Spielzeug, um das schluchzende Mädchen zu beruhigen.

Ganz ähnlich wie meine Schwester damals fühlte ich mich, als ich am Deadman's Cay Airport ankam und die schwülwarme tropische Hitze über mir zusammenschlug. Binnen Sekunden klebten die Haare an meiner Kopfhaut, und ich hatte das Gefühl, mein Shirt auswringen zu müssen. Das Klima war anders als auf Elba, es fehlte die natürliche Barriere, Berge, Hügel, Wälder. Dafür roch und spürte ich das Meer, noch ehe ich einen Fuß auf die Insel gesetzt hatte.

Eine freundliche Insulanerin hatte mir am Flughafen von Nassau die Adresse einer privaten Unterkunft genannt, unter der ich auf Long Island wohnen konnte. Das einfache

Strandhaus befand sich außerhalb von Clarence Town und nur wenige Kilometer von der Bucht mit dem Blue Hole entfernt. Sharese, die Besitzerin, war eine toughe Frau Mitte fünfzig mit kaffeebrauner Haut und unzähligen Lachfältchen um die Augen. Sie hatte ihr ganzes Leben auf Long Island verbracht und erzählte unentwegt von ihrem Sohn, der zur See gefahren war und sich in Neuseeland in ein Mädchen verliebte, ausgerechnet Neuseeland, am anderen Ende ihrer Welt. Ich fühlte mich sofort wohl bei ihr, denn sie erinnerte mich an Gianna, unsere Skipperin auf dem Ligurischen Meer. Nur einmal hörte sie auf zu lächeln – als ich ihr erzählte, weshalb ich hier war.

»Halte dich von dem Strand fern, Mädchen«, hatte sie geflüstert. »Dieses Loch hat der Teufel persönlich ausgehoben!«

Noch am selben Abend schlüpfte ich in meine Sneakers und lief auf der einzigen Straße westwärts, bis ich die Bucht erreichte, die auf drei Seiten von grün überwucherten Felsen eingekesselt war. Sobald meine Füße in den feinen weißgoldenen Sand sanken, trat ich die Schuhe von meinen Fersen, um leichter voranzukommen.

Vor mir lag ein Meer aus Blau, ein Farbenspiel, ein Geheimnis. Türkisblaues Wasser leckte an den Felsen der Bucht und lief warm und spielend auf den Strand. Doch dort, in ihrer Mitte, verlor sich die Farbe, wurde aufgesogen von einem finsteren Abgrund, der mich wie ein Versprechen anzog.

Ich hockte mich in den warmen Sand und ließ die feinen Körner durch meine Finger rieseln. Wärme streichelte meine Haut und ein Beben kroch in meinen Bauch. Das Wasser sah einladend aus, indigoblau mit einem Funken von

Gold auf den Wellen, die von der tief hängenden Sonne geschickt wurden. Eine Weile saß ich nur da und lauschte, dann zog ich mein Handy aus der Tasche, hielt den Atem an und wählte. Ich wollte mit jemandem reden, der mir keine Vorhaltungen machte oder mir Panik einimpfte, also rief ich den letzten Menschen an, dem ich mich normalerweise mitteilte. Erst als ich ihre Stimme hörte, wurde mir klar, was ich tat, aber dann fühlte es sich richtig an.

»Es gibt tausend Orte, an denen man tauchen kann«, sagte Sophia, »warum bist du so sicher, ihn gerade da zu finden?«

»Das ist nicht irgendein Tauchplatz, sondern ein Blue Hole«, erklärte ich ihr. »Eine Höhle unter Wasser, über zweihundert Meter tief. Der Eingang sieht aus wie ein Trichter und liegt dicht unter dem Meeresspiegel.«

»Ein Loch zu einer Unterwasserhöhle?« Meine Schwester quiekte angewidert. »Was wird das, pimp my dive?«

Ich musste lächeln. »Da drin ist es absolut still und es gibt keine gefährlichen Strömungen. Und es ist tief, das tiefste Blue Hole überhaupt. Paradiesische Verhältnisse für Apnoisten.«

Von der Dunkelheit mal abgesehen, dachte ich, von der Kälte und der Vorstellung, haltlos in ein Loch zu fallen, ein feuchtes Grab.

Sophia wartete ein paar Atemzüge, dann sagte sie leise: »Und du willst natürlich auch in dieses Loch tauchen.«

»Sag ja nicht, ich soll auf mich aufpassen, sonst lege ich sofort auf.«

Ich hörte, wie sie lächelte. »Ich hab mich nur gefragt, was passiert, wenn Angel nicht auftaucht. Du bist so verrückt nach diesem Typen, dass du sogar das Atmen aufgibst.

Wenn er nicht kommt, tauchst du allein wieder auf? Wie lange bleibst du in diesem blauen Loch?«

Tränen schossen in meine Augen, aber ich biss sie weg, sie waren mir im Weg. Noch nie hatte ich das Bedürfnis verspürt, meine Schwester in den Arm zu nehmen, aber jetzt hätte ich es am liebsten getan.

»Ich komm wieder, versprochen. Und sag Mama und Papa … sag ihnen, es tut mir leid.«

Jeden Tag kam ich zu dem Strand am Blue Hole und sah den anderen Tauchern zu, die von einer hellen Plattform aus in den Abgrund tauchten. Und jeden Tag wartete ich vergebens.

Ich brachte mir Wasser und Bananen mit, kaufte mir ein Buch und gab vor, die Zeit mit Lesen zu vertreiben. Ein paarmal war ich sicher, dass jemand mich beobachtete, aber wenn ich mich umdrehte und das Gestrüpp über den Felsen abscannte, blinzelte mir nur die Sonne entgegen. Sharese versuchte, mich mit düsteren Warnungen von dem Loch fernzuhalten, und ich verschwieg ihr, dass Flossen in der Tasche über meiner Schulter steckten und ich nicht die einzige Verrückte war, im Gegenteil – das dunkelblaue Loch schien eine magische Anziehungskraft auf Freitaucher auszuüben.

Ein Seil war von einem Kran hinuntergelassen worden war, vor dem ein paar Taucher mit Schnorchel im Wasser hingen und in die Tiefe starrten, während die anderen auf der Plattform warteten, mit ihren Flossen im Wasser planschten und miteinander lachten. Ich hatte ihnen nun lang genug zugesehen, um zu wissen, dass Angel nicht mit ihnen tauchte, aber ich konnte auch nicht länger tatenlos herumsitzen. Wenn jemand etwas von ihm wusste, dann sie.

Ich watete bis zur Hüfte ins weiche Wasser, zu einer Sandbank und noch weiter, bis ich spürte, wie der Boden unter meinen Füßen abfiel und die farblose Dunkelheit Gestalt annahm. Ein, zwei Schwimmzüge lang suchte ich meinen Weg, dann holte ich tief Luft und ließ meinen Kopf in die Wellen sinken. Es ging ganz leicht, denn ich wollte nicht atmen. Ohne Atem fühlte ich mich ihm viel näher.

Winzige Garnelen stolperten durch den Sand, und ich bemerkte eine riesige Meeresschildkröte, die träge aus der Bucht hinausschwamm. Ein paar gelb gestreifte Schnapper begleiteten mich ein Stück, dann veränderte sich die Temperatur. Ich hatte den Rand des Trichters erreicht, Sand wurde zu Fels, Blau versank in Schwarz.

Ein Kribbeln breitete sich in meinen Venen aus, füllte meinen Körper, verdrängte das Blut aus Armen und Beinen. Ganz plötzlich war nichts mehr unter mir, nur Tiefe, nur Dunkelheit. Es sah unheimlich aus, das schon, aber es schreckte mich nicht, und das machte mir die größte Angst – es lockte mich hinab. Ich glitt noch ein Stückchen tiefer, und auf einmal befand ich mich nicht mehr in einem düsteren Felsenloch, sondern in einer wildschönen, fremdartigen Unterwasserwelt, die ein paar verirrte Sonnenstrahlen schluckte und das Seil, das urplötzlich vor mir ins tiefe Blau baumelte. Etwas in mir zögerte, fragte, in welche Richtung ich wollte – dann stieß ich mich mit schnellen Schwimmbewegungen nach oben.

»Wow«, rief einer der Taucher über mir. »Die ganzen Gruselgeschichten über diesen Ort sind doch wahr!«

Ich hielt mich an der Plattform fest und blinzelte verwirrt

zu ihnen hoch, aber sie lachten nur. Einer legte sich flach auf den Boden und streckte die Hand aus, um mir hinaufzuhelfen.

»Wegen deiner langen Haare! Du hast eben ausgesehen wie eine Meerjungfrau.«

Ich versuchte, mit ihnen zu lachen, aber vor meinen Augen spielten die Farben verrückt. »Trainiert ihr hier für den Wettkampf?«

Sie tauschten Blicke und grinsten sich zu. »Ja, klar – jeden Tag! Was ist mit dir?«

Ich ließ meinen Blick über die Gesichter fliegen und scannte die Taucher im Wasser, aber noch ehe ich damit fertig war, wusste ich, dass ich vergebens gekommen war. »Eigentlich suche ich jemanden. Einen Typ mit dunklen Haaren und blauen Augen. Er taucht über hundert Meter mit konstantem Gewicht und sein Name ist – Angel.« Mein Mund wurde trocken und meine Kehle eng. »Habt ihr ihn gesehen?«

Die Taucher wechselten wieder Blicke, bis einer sagte: »Angel? Ist das nicht der Typ aus dem Internet, der vor Elba den Rekord brechen wollte?«

Ein anderer schüttelte den Kopf. »Nein, der ist nicht hier, an den würde ich mich erinnern. Wenn er wegen dem Wettkampf kommt, weiß William Bescheid.«

»William?«

Wieder lachten die Taucher. »Du bist doch keine Meerjungfrau, sonst würdest du William Trubridge kennen! Ihm gehört diese Tauchschule und er organisiert auch den Wettkampf. Wenn William ihn nicht kennt, ist dein Engel nie da gewesen.«

Sharese setzte sich zu mir auf die Bank unter dem Dach, als eben der Regen einsetzte. Sie hatte so traurig zugesehen, wie ich meine Sachen zusammengepackt und ein paar Geldscheine auf ihren Tisch gelegt hatte, dass ich sie spontan in den Arm genommen und lange an mich gedrückt hatte. Eine Weile saß sie schweigend neben mir im Regen, und ich dachte schon, sie wäre eingeschlafen, da grunzte sie plötzlich und legte mir eine Hand auf den Arm.

»Du bist auch traurig. Warum? Weil du abreisen musst?«

Ich schüttelte den Kopf, dann nickte ich. »Ich muss nicht abreisen. Aber es gibt auch keinen Grund, länger dazubleiben.«

Sharese sah wieder zum Meer hinaus und ich folgte ihrem Blick. Aufgewühlt peitschten die Wellen an den Strand. Auf einmal war ich froh, hergekommen zu sein, auch wenn es umsonst gewesen war. Einer der Taucher hatte mir William Trubridge vorgestellt und nach Angel gefragt, aber er hatte sich weder zu dem Wettkampf angemeldet noch sonst einen Hinweis darauf gegeben, dass er an dem Termin hier sein würde. Es hatte keinen Sinn, länger auf ihn zu warten, aber es war auch zu spät, um nach Neu-Delhi in mein altes Leben zurückzugehen. Ich konnte wieder nach Elba gehen und bei Marcos Vater im Laden jobben, irgendwo in einem Zelt wohnen und die Schule dort zu Ende machen, das italienische Schuljahr fing ja erst an …

»Was suchen sie da unten?«

Die Stimme riss mich aus meinen Gedanken und ich erschrak, weil Sharese mich mit ihren tiefen, dunklen Augen anschaute.

»Diese Taucher«, fragte sie ruhig, »was suchen sie in diesem schrecklichen Loch?«

»Sie suchen ihre Grenze.« Ich sah mich um. Wieder hatte ich das absurde Gefühl, beobachtet zu werden, beschattet und belauscht, aber da war nur der Wind über den Wellen und Sharese, die ruhig neben mir atmete. »Aber die Grenze liegt nicht da unten in der Dunkelheit, sondern oben, beim Licht und der Luft. Es geht nicht nur darum, möglichst weit runterzukommen, sondern es zurückzuschaffen und am Leben zu bleiben.«

Das Tageslicht war vom Horizont verschwunden und dunkle Wolken trieben den warmen Regen über das Meer. In dem Loch ist es dunkel, hatte er gesagt, aber das stimmte nicht – es gab jede Menge Licht und jede Menge Menschen, die ihn hätten sehen müssen.

Plötzlich fuhr mein Körper hoch, als hätte jemand die Bank unter Strom gesetzt. Was, wenn nicht der Ort verkehrt war, sondern die Zeit? Angel tauchte nicht, wenn alle trainierten – er suchte nicht nach Grenzen. Angel suchte seine Geister.

Ich wirbelte herum. »Ich muss noch mal zurück zu dem Loch. Jetzt sofort.« Warme Tropfen fielen in meinen Kragen und krochen meinen Rücken hinab, aber ich spürte es kaum. Sharese sagte kein Wort. »Meine Schwester heißt Sophia. Ihre Nummer steht innen in meiner Tasche, falls …«

Sie sah mir ruhig nach, fast zu ruhig, doch etwas von ihrer Gelassenheit lief mir hinterher und holte mich ein, noch ehe ich die Straße erreicht hatte. Der Wind peitschte mir die Haare ins Gesicht und schon nach wenigen Schritten war ich komplett durchnässt. Ich spürte dunkle Augen auf mir, bis die Dunkelheit mich verschluckte, dann fühlte ich nichts mehr, nur noch den Asphalt unter meinen nackten Füßen.

Die Plattform schaukelte leicht auf den Wellen und imitierte das Tröpfeln des Regens sacht und klopfend wie eine Melodie. Hinter mir lag das offene Meer, aber die Schatten der Felsen über dem Strand gaben mir das Gefühl, in einer Arena zu sitzen und auf einen Kampf zu warten. Ich ließ mich mitten auf der Plattform nieder und legte mich auf den Rücken. Der Wind war stärker hier draußen und blies unerbittlich durch mein nasses Shirt.

Ich schloss die Augen und lauschte auf das Plätschern, das so vertraut klang – wie das Schlagen von Wellen gegen Steinstufen über dem Meer. Doch in dieser Regennacht war ich dem Plätschern näher, und das Meer roch viel intensiver, so als hätte jemand alle Düfte ineinandergemischt.

Das Platschen drang erneut durch den Regen, und wieder hörte ich dieses eigenartige akustische Déjà-vu, vertraute Töne in einer fremden Umgebung. Einer Wasserwelt. Ich schlug die Augen auf, robbte bis zum Rand der Plattform und legte mich flach auf den Bauch, um nicht versehentlich hineinzustürzen – und hörte es erneut. Wasser machte nicht solche Geräusche, Wasser gluckste und schleckte gleichförmiger. Es sei denn, jemand schwamm in dem schwarzen Wasser auf mich zu.

Mein Herz schlug wie verrückt vor Aufregung. Ich kniete mich aufrecht hin und suchte mit den Augen die Dunkelheit ab, aber ganz plötzlich hörte das Platschen auf, und ich glaubte schon, mich geirrt zu haben, als auf einmal ein anderes Geräusch die Nacht erfüllte. Es klang ein bisschen wie das Schnarchen eines Riesen, doch ich wusste, ich hörte keine Schlafgeräusche, sondern tiefes, fast übermenschlich kräftiges Atmen.

Schon machten sich meine Füße selbstständig, schlüpften unter meinen Körper und drängten von der Plattform ins Wasser. Meine Beine folgten, und ehe ich wusste, was ich tat, ehe ich darüber nachdenken konnte, schwamm ich bereits von der Plattform weg auf das Geräusch zu. Mein Shirt und die Shorts, die ich noch immer trug, saugten sich mit schwerem Wasser voll und zogen mich hinab. Wieder hörte ich das Platschen, doch von dem fremden Atem war nichts mehr zu hören, er war verstummt – oder hinuntergetaucht, nahe der Stelle, wo ich mich befand und das Seil in die Tiefe reichte.

Dort, wo ich hintauche, ist es dunkel, hatte er mal gesagt. Die Dunkelheit schien uns zu verfolgen, seit wir uns kannten – und irgendwie verband sie uns, genau wie das Meer.

Regen prasselte auf meinen Kopf und der Wind pfiff mir schmerzhaft in die Ohren. Ich legte eine Hand an das Seil und schloss die Augen, bis ich eine Melodie gefunden hatte, die wie ein Licht mit mir in die nachtfarbene Tiefe sank.

The one in the Big Blue is what the world stole from me, this night will bring him back to me.

Dunkelheit und Stille umfingen mich, ein Glucksen in den Ohren, das Rauschen meines eigenen Blutes. Mein Herz schlug sehr laut, aber langsam, es war gewappnet für den Tanz mit der Tiefe. Nein, diese Welt war mir keineswegs fremd, der Ort vielleicht, aber nicht das Wasser. Blind griff ich nach dem Seil und ließ mich in die Tiefe leiten.

Die Wände spürte ich zuerst. An dieser Stelle verengte sich der Trichter, und ich hatte das Gefühl, nach dem Fels greifen und mich an ihm festklammern zu können, so wie der Mann in dem YouTube-Video. Meine Hände stießen an etwas Hartes, eine Scheibe, die das Ende des Seils markierte – ein Gewicht, das erst hinabgelassen werden musste, wenn man tiefer hinunterwollte. Ohne Flossen und Seil in die Dunkelheit zu fallen war viel zu gefährlich. Ich zögerte nur einen winzigen Moment, dann drehte ich um und schwamm wie ein Frosch zurück nach oben.

Das Seil erzittert, und ich hörte, wie der Sturm an der Plattform rüttelte und Wellen in die Bucht peitschte. Ich konnte den Regen über mir spüren, seine harten Tropfen, die auf das Meer prallten wie wütende Fäuste. Wieder bebte das Seil in meinen Händen, aber diesmal erkannte ich die Berührung, und mein Herz begann so schnell zu schlagen, dass mir schwindlig wurde. Jemand ließ sich davon leiten, jemand, der unter mir austauchte und wie ich den Weg zurück in den Regen suchte.

Angel, dachte ich, und dann schrie ich seinen Namen ins Meer. Meine Finger zitterten zusammen mit dem Seil, und dann glitt der Körper an mir vorbei, so dicht, dass wir uns berühren mussten, so langsam, dass kein Zweifel mehr übrig blieb. Ich konnte ihn nicht sehen, genau wie in dieser ersten Nacht auf der Veranda, aber ich wusste, wer er war, noch bevor er den Arm ausstreckte und meinen Körper umfing. Wir taumelten, als er das Seil losließ und mit mir zusammen ins Schwarz fiel. Blind tastete ich nach seinem Kopf, bis ich die Finger in seine Haare versenken konnte. Keine Sekunde länger würde ich die Luft anhalten können, aber ich musste es tun. Ich lehnte mich vor und drückte meine Lippen auf seine.

Schwärze wirbelte hoch, dann prasselte der Regen auf mich ein und ich konnte wieder atmen und sogar wieder etwas sehen. Der Mann in den Wellen starrte mich an wie seinen persönlichen Geist der Tiefe. Außerdem roch er anders, er roch nach Meer und nach mir, aber er roch nicht mehr nach Abenteuerwüste.

»Sag was«, rief ich. »Oder hast du mich schon vergessen?«

Er schüttelte den Kopf und gab ein Geräusch von sich, das wie ein Lachen klang. Sein Arm lag noch immer um meine Hüfte, und ich spürte, wie heftig er zitterte.

»Ich kann nicht glauben, dass ich dich gefunden habe.« Ich merkte kaum, dass ich weinte wie der Himmel. »Und natürlich tauchst du völlig allein in dieses blaue Loch, wenn dir was passiert wäre, wenn du wieder –«

»Lou«, sagte er so leise, dass der Regen die Worte schluckte.

»Warum? Warum haust du vor mir ab? Was hab ich dir getan?«

»Du hast gar nichts getan«, gab er zurück. »Ich kann nicht bei dir bleiben, Lou, ich bin nicht frei für dich, verstehst du? Bei mir ist so viel kaputt und du hast deine Familie, du hast ein Leben …«

»Du doch auch!« Ich schrie nun fast. »Aber du wirfst alles weg, Pat und Ella und den Rekordversuch, sogar Finn, und es interessiert dich einen Scheiß, wie es mir dabei geht!«

Sein Arm fiel herunter und augenblicklich begann ich zu frieren. Er legte den Kopf aufs Wasser, als würde er beten.

»Red doch endlich mit mir«, verlangte ich mit bebender Stimme. »Ich geb nichts darauf, was irgendwer über dich erzählt, ich kenne dich, ich weiß, dass du niemanden absichtlich in Gefahr bringen würdest. Angel?«

Er verharrte in dieser Stellung, bis ich dachte, er würde sich vor meinen Augen ertränken. Sein Kopf hob sich so langsam, dass ich jeden meiner Herzschläge zählen konnte, bis er mich endlich ansah.

»Und wenn es wahr ist? Was sagst du dann? Wenn ich tatsächlich jemanden umgebracht habe?«

Die Kälte war von meinen Fingern und Zehen bis in die Mitte meines Körpers gekrochen und erreichte mein Herz. Ich versuchte, das Beben aus meiner Stimme zu drängen, aber es gelang mir nicht. »Das ändert nichts daran, wer du für mich bist.«

Ozeanwasser tropfte aus seinen Haaren und perlte seine Wangen hinunter wie salzige Tränen. Er sah mich nur an und schüttelte ganz leicht den Kopf. Irgendwo hinter uns schlugen Wellen gegen die Plattform, aber ich hörte es kaum, alles verschwamm, alles, bis auf die Angst.

Lass los, flüsterte es in meinem Kopf. Und auf einmal ging alles ganz leicht. Ich brauchte nichts zu tun, musste nur ganz sacht meine Beine bewegen und diesen schrecklichen Abstand zwischen uns wegschwimmen. Meine Finger legten sich wie von selbst auf seine Wangen, und als ich meine Lippen auf seine drückte, war die Berührung so sanft, dass er nichts dagegen tun konnte. Ich spürte den Regen und die Kälte nicht mehr, ich ergab mich völlig seiner Zunge an meinen Lippen und seinem Atem in meiner Kehle.

»Ihr zwei seid so ein rührender Anblick!«

Die Stimme trennte uns wie ein Peitschenhieb, und Angel fuhr zusammen, als habe ich ihn geschlagen. Die Plattform ruckte, als ein schwerer Körper sich aufrichtete und schwankend Halt auf zwei Beinen suchte. Dunkles Wasser tropfte auf den Boden und bildete rutschige Schlieren, dann stand Cario vor uns und sah feixend auf uns nieder.

»Na, ist mir die Überraschung gelungen, Bruderherz?«

Mein Körper wurde mit einem Schlag stocksteif.

»Sorry, ich hab wohl vergessen, dir das zu sagen.« Cario stellte sich breitbeinig in die Mitte der Plattform und verschränkte die Arme vor der Brust. »Aber es macht keinen Unterschied, was er ist!«

»Verschwinde«, knurrte es hinter mir. Am Rande meiner Wahrnehmung registrierte ich, dass Angel Spanisch sprach, ebenso wie Cario – und dass er denselben altvertrauten Akzent hatte.

»Du kennst ja nicht mal seinen richtigen Namen!« Cario streckte sich, als würde er jeden Moment zu uns ins Wasser springen. »Du bist auf sein Gesicht reingefallen, genau wie unsere Mutter damals bei seinem Erzeuger. Aber er war verheiratet und hatte schon Kinder, die ihm wichtiger waren.«

»Ist mir scheißegal, wie er heißt«, zischte ich zu Cario hinauf.

Cario lehnte sich vor und feixte uns an. »Hast du gehört, Ángel? Es ist ihr egal, wer du wirklich bist! Eine tolle Freundin hast du dir ausgesucht.«

»Halt sie da raus«, hörte ich Angels Stimme in dieser neuen Sprache sprechen. »Du kriegst, was du willst, aber wir halten sie raus!«

»Was, hier?« Cario schüttelte den Kopf. »Ich will offiziell gegen dich tauchen, nicht hier in einem dunklen Loch, wo uns keiner sieht. Du hast Schiss, diesmal gegen mich zu verlieren, deshalb bist du abgehauen!«

»Wie hast du ihn überhaupt gefunden?« Worte bilden, dachte ich seltsam ruhig. Nicht denken. Einfach reden.

Cario deutete mit dem Kopf auf mich. »Durch dich, wie sonst? Du hast mich doch hergeführt. Marco erzählte was von Indien, aber als mein Kumpel dein Handy abgecheckt hat, bist du plötzlich auf Long Island, und das liegt zufällig genau in meiner Nachbarschaft.« Er stemmte die Hände in die Hüften. »Dachte mir schon, dass du mich angelogen hast und ihm doch hinterherläufst.«

Ich schüttelte fassungslos den Kopf. »Schön, ich hab auch ein paar Dinge über dich erfahren, Cario Fuentes Rubas.«

Cario ließ sich auf den Rand der Plattform sinken und zog mit harschen Bewegungen seine Flossen über. »Na klar. Das war sicher harte Arbeit für ein Diplomatentöchterchen! Hat er dir auch erzählt, dass das Herz unserer Mutter gebrochen ist, weil dieser australische Pinkel sie mit der Brut in ihrem Bauch sitzen gelassen hat? Das hat unsere Familie zerstört, danach war nichts mehr, wie es war.«

»Vater hat sie zerstört«, warf die leise Stimme neben mir ein. »Vater und seine Scheißsauferei.«

»Das hat sie dir eingeredet, damit du dich nicht schuldig fühlst«, gab Cario grob zurück. »Seit es dich gab, hat sie dich verhätschelt und beschützt, als wären wir plötzlich nicht mehr wichtig!«

»Ihr wart zu viert«, hörte ich mich sagen. »Und ihr habt euch gegen ihn verschworen.«

Cario ballte die Hände zu Fäusten. »Er war scharf auf

meine Freundin, vom ersten Tag an. Alle wollten sie haben, aber Ángel konnte es nicht ertragen, dass sie mich liebte, mich! Sie sah sogar ein bisschen aus wie du, Lou, sie hatte lange dunkle Locken und das schönste Gesicht …« Seine Stimme brach, doch er fing sich sofort wieder. Die Wut hielt ihn wie ein Marionettenspieler gefangen. »An dem Tag fuhren wir raus, nur wir drei. Ángel wollte sie beeindrucken und fing an, immer länger unter Wasser zu bleiben. Er wollte besser sein als ich, aber sie gehörte mir, also setzte ich dem Spiel ein Ende. Ich fand eine Tauchflasche im Wasser und versteckte mich, damit er endlich aufgab und sie in Ruhe ließ.« Seine Stimme verlor sich abermals. Als sie zurückkehrte, klang sie dunkel und zerbrochen. »Doch er gab nicht auf. Er zerrte sie ins Wasser und zwang sie, nach mir zu suchen. Sie war nicht annähernd so gut wie er, sie konnte nicht mithalten – und als ich endlich kapierte, was für ein Spiel er trieb, war es zu spät.«

Etwas in meinen Lungen funktionierte nicht mehr richtig, ich schaffte es kaum, Atem zu schöpfen. Ich erstickte in Bildern von einer Puppe, die leblos und blass im kalten Meer trieb.

»Er hat ihr Angst gemacht«, fuhr Cario in schrillem Tonfall fort, »und sie so tief tauchen lassen, bis nur noch Schaum aus ihren Lungen quoll. Sie ist ertrunken, obwohl er bei ihr war, obwohl er es hätte verhindern können!« Die letzten Worte spuckte er förmlich aus, so als würden sie ihm sonst die Zunge verätzen.

Ich weiß, wollte ich rufen – ich war dabei, ich habe es gesehen! Aber die Erinnerung verschwamm, erschien mir wie ein Traum. Bilder und Wortfetzen vermischten sich zu einer breiigen, konfusen Masse.

»Ich hab sie doch –« Angels Stimme brach, ehe sie richtig angesetzt hatte. Erschrocken drehte ich mich um und sah voller Entsetzen, wie Tränen aus seinen Augen liefen.

»Na los, bringen wir es hinter uns.« Cario stand auf und löste die Arretierung an dem Kran, der das Seil auf halber Tiefe gefangen hielt. Er kurbelte, bis der runde Teller, der das Ende des Abstiegs markierte, in den schwarzen Wellen aufblitzte, dann zog er ein Stück Plastik aus seiner Tasche und klinkte es hinein, bevor er das Seil samt Teller wieder in die Tiefe rauschen ließ.

»Hundertdreißig Meter«, erklärte er und ließ sich ins Wasser gleiten. »Es ist nur fair. Beim letzten Mal war mein Mädchen mit dabei, jetzt ist es deines.«

Angel drehte sich zu mir herum und auf einmal war sein Blick flehend. »Geh«, bat er mich, ohne mich zu berühren. »Verschwinde aus meinem Leben, Lou.«

Über seine Schulter sah ich, dass Carios Lippen ein verrutschtes Lächeln formten.

»Nein«, antwortete ich ebenso leise. »Ich bin schon längst mit dir da unten, hast du das nicht gemerkt?«

Angel zitterte, ich spürte es, ohne ihn zu berühren. Ich stieß mich von Cario weg und schwamm einen Bogen, bis ich meine Arme von hinten um Angels Brust legen konnte. Sein Körper schien aus purem Eis zu bestehen, aber ich drückte mich an ihn, so fest ich konnte. Mit einer Hand griff ich in meinen Nacken und löste das Lederband, öffnete die Finger seiner Hand und legte das Herz aus Stein hinein. Und endlich reagierte er. Die Finger seiner Hand schlossen sich zur Faust und er schmiegte sich an mich, ganz kurz nur, dann schob er sich abrupt von mir weg und griff mit seiner freien Hand nach dem Seil.

Cario und er verschwanden für einen schnellen Aufwärmtauchgang unter der Oberfläche. Angel blieb stumm und hielt die Augen geschlossen, als er zurückkehrte, aber Cario stieß tief und dröhnend die Luft aus.

»Du tust es für sie«, rief Cario, ohne den Blick von Angel zu lösen. »Wenn du da unten bist, denkst du an Estella!«

»Nicht«, rief ich erschrocken, aber es war zu spät. Angel kippte nach vorn und das Meer schluckte ihn lautlos.

»Mann, warum hast du das gemacht?«

»Weil er nur dich im Kopf hat«, knurrte Cario. »Und das ist nicht richtig.«

»Cario«, versuchte ich es mit Reden. »Gib ihn frei! Er leidet genau wie du, er kann diesen Tag doch auch nicht vergessen, siehst du das nicht?«

Carios Miene wurde hart wie Granit. »Er wird ihn auch nie vergessen, dafür sorge ich.« Mit zwei kräftigen Flossenschlägen war er dicht neben mir. »Weißt du, wie Orcas einen jungen Grauwal töten? Sie trennen Mutter und Kalb und ertränken es vor ihren Augen.« Ich wollte ihm ausweichen, aber er schob sich nur noch näher an mich heran. Er schien nur aus Masse und Muskeln zu bestehen. Ohne mich aus den Augen zu lassen, fuhr er fort: »Die Grauwalkuh ist fünfmal so schwer wie die Orcas, trotzdem hat sie keine Chance, ihr Kind zu retten. Ist die Welt nicht grausam?«

»Du bist krank«, hörte ich mich fassungslos sagen, »deine Freundin ist ertrunken, weil sie dich gesucht hat! Sie wollte nicht da rein, das Wasser war viel zu kalt an dem Tag, aber sie war krank vor Sorge um dich. Angel hat keine Schuld und das Meer auch nicht, wenn etwas sie getötet hat, war es ihre Liebe zu dir!«

Cario keuchte auf, und ich wagte nicht, den Kopf aufs

Wasser zu legen, um nach Angel Ausschau zu halten. Das Seil erzitterte, also schlang ich meine Hand darum, um ihn wenigstens so zu spüren.

Neben mir krümmte Cario sich zusammen und tastete nach seinem Fuß. Ich sah etwas aufblitzen und auf einmal hielt er ein Klappmesser in der Hand und ließ es mit einem Zipp aufschnappen. Vor Schreck fuhr ich hoch, sicher, dass er mir das Messer ins Herz rammen würde, zur Strafe, weil ich wagte, seinen Bruder zu lieben, aber dann griff er nach dem Seil und ich hatte nur noch Angst um Angel.

»Cario, bitte!« Kalt, mir war so schrecklich kalt! Meine Glieder fühlten sich an wie gelähmt, trotzdem kraulte ich zu ihm hin und versuchte, nach seinem Arm zu greifen. Cario schob mich beinahe spielend von sich. Er hob das Messer an und ließ es mit einem Ruck durch das Seil fahren.

»Nein!« Ich schrie, aber es war bereits zu spät. Wie eine Seeschlange raste das Seil mit seiner blinden Last dem Grund entgegen.

Fassungslos starrte ich Cario an. »Warum hast du das getan? Wie soll er uns finden? Da unten ist es stockduster!«

Cario schaute dem Seil beinahe traurig nach. »Was ist, willst du ihn nicht retten, Lou?«

»Du bist so krank!«, schrie ich ihm ins Gesicht und steckte hastig den Kopf ins Wasser. Ohne Maske war ich so blind wie Angel – wie lange war er überhaupt schon fort, fünf Minuten? Oder länger? Ich kam wieder hoch, prustete, hyperventilierte. Nein, Lou, denk nach, nicht durchdrehen! Die Angst ist dein größter Feind! Cario hielt seinen Kopf ebenfalls ins Meer. Er griff nach unten, an sein Bein, löste einen Gegenstand, den er am Knöchel getragen haben musste – noch ein Messer? Ein Lichtstrahl fiel auf die Wellen, sank hinein. Cario drehte sich im Wasser und tauchte unter mir weg.

Ich legte mir die Hände vors Gesicht und zwang mich, ruhig zu atmen. Atmen. Atmen. Irgendwann ließen die Gefühle nach und die Gedanken verebbten, ja, du warst ein guter Lehrer, der beste überhaupt … dann nahm ich einen letzten, tiefen Schluck Morgenluft und tauchte kopfüber zurück in das schwarze Loch.

Zuerst sah ich gar nichts, nur die Dunkelheit. Ohne das Führungsseil fühlte ich mich hilflos und verloren, dann war da plötzlich ein greller Schimmer, der suchend und immer hektischer die Felswände abtastete. Ich wollte ihm ausweichen, aber er erfasste mich und kam viel zu schnell auf mich zu. Ich floh und sank, sank, immer weiter, bis mich pochender Schmerz in meinen Ohren stoppte. Das Licht holte auf, also gab ich meine Nebenhöhlen frei und ließ Wasser einströmen, ein seltsames Gefühl, aber wenigstens ließ der Druck nach und ich konnte weiter fallen. Eine tiefe Stille machte sich in mir breit, dann sah ich, dass der Lichtkegel nicht mehr von Felswänden reflektiert wurde, sondern hilflos im Nichts ertrank. Das blaue Loch war zu einem schwarzen Loch geworden. Einem tödlichen Loch.

Angel, wo bist du?, dachte ich noch, dann hatte mich das Licht gefunden und zwei starke Arme umklammerten meinen Körper.

Ich schrie. Der alte Kampfgeist erwachte zum Leben, und ich rebellierte, strampelte und trat, biss und spuckte und hörte erst auf, mich zu wehren, als der wild wirbelnde Lampenstrahl auf einen Körper traf, der hilflos ins Schwarz trudelte.

Der Klammergriff lockerte sich, aber ich schaffte es nicht,

ihm zu entkommen. Lass mich los, schrie ich, ihm musst du helfen, nicht mir!

Der Körper glitt unter uns weg und verschwand, nur das Licht blieb sinnlos wartend in die Finsternis gerichtet.

Dann schaltete mein Verstand einfach ab.

OCEAN SOUL

Die Welt versank. Jemand zerrte an mir und da war eine Stimme, die meinen Namen rief – doch das konnte gar nicht sein, nicht hier, in den Tiefen des Ozeans. Alles war nur ein Traum, so wie damals, so wie immer – ein Traum von meinem Leben.

Ich fiel, immer tiefer, immer schneller. Mein Kopf schlug hart gegen eine Felsnase, doch ich sank weiter, ich würde versinken in diesem endlosen blauen Loch, aber ich hatte keine Angst vor dem Tod, denn er war hier – ich stürzte in dasselbe Grab wie Angel.

Wieder eine Stimme, die zu mir sprach, Stimmen im Meer, die nicht sein durften, nicht sein konnten – ein Rufen, mein Name, Lou – dann Stille, dann ein Schrei.

»Lou, atme, du musst atmen, hörst du?«

Aber nein, ich hörte bereits nicht mehr hin. Die Stimme wurde dünner und auf einmal glaubte ich, eine Melodie zu hören. Jemand sang … *losing emotion, finding devotion* … aber diesmal erklangen die Töne in meinem Kopf … *dress in white* … und sie ertranken mit mir, leise, viel zu schöne Worte voller Musik … *should I search the sea as I always wished to be – one with the waves.*

War ich schon angekommen? Wie weit war es bis zum

Grund? Irgendwo tauchte eine Zahl auf, doch die Tiefe war gar nicht wichtig, sondern der Druck, der mich zerquetschen würde. Aber noch war es nicht so weit. Mein Herz schlug noch, da war ich mir sicher, weil es sich anfühlte wie eine riesige, schmerzende Wunde.

Der Sog wurde stärker, es gab nun kein Entkommen mehr. Ein Teil von mir wollte weinen, schreien, kämpfen, so wie er es immer getan hatte – aber der andere, dieser neue, so viel stärkere Teil ließ es einfach geschehen.

Lass los, hörte ich Angels Stimme wispern. *Kannst du die Stille hören, Luna-Girl? Die Stille ist alles, was du mitnehmen musst. Jetzt atme, atme tief in deinen Bauch. Bist du bereit?*

Ich war bereit. Ich blinzelte, und alles, was ich sah, waren seine meerfarbenen Augen. Dann öffnete ich meinen Mund und ergab mich den Stimmen.

Ich registrierte, wie ich an den Armen aus dem Wasser gehievt und behutsam auf rauem Boden abgelegt wurde. Jemand schob mir etwas Weiches unter den Kopf. Ich wollte wieder abdriften, aber ein Gewicht drückte unerbittlich auf meine Brust und ließ mich nicht gehen.

Als ich wieder erwachte, schlug ich die Augen auf, aber mein Blickfeld verschwamm und ließ sich nicht scharf stellen. Da war Licht, grelles, blendend weißes Licht, das mir in den Augen wehtat. Ein Schatten schob sich vor mein Gesicht, und alles, was ich sah, war blau.

Erneut blinzelte ich und kämpfte mich an die Oberfläche meines Bewusstseins. Das Licht bildete einen Kranz um die Person, die dicht über mir lehnte und mit besorgten Augen mein Gesicht studierte. Etwas Festes streifte meine Haut und griff nach meiner Nase, dann drückten sich zwei Lippen auf meinen Mund und fremder, warmer Atem strömte in meine Lunge.

»Gut so«, raunte eine Stimme. »Sie atmet wieder.«

Die Lippen ließen mich los und sofort wurde mir kalt, so schrecklich kalt. Ich zitterte, ich fror, aber die Stimme hatte recht – ich atmete tatsächlich. Eine Hand fasste an meine Stirn, eine andere legte sich in meinen Nacken. Die Hände zogen an mir, bis ich halb saß, halb in starken Armen hing.

»Lou«, flüsterte jemand, dicht über mir. »Kannst du mich hören?«

Ich hob die Hand, versuchte, mit Daumen und Zeigefinger einen Kreis zu formen. O.K. in Tauchersprache. Meine Finger machten nicht, was ich wollte, aber ich war trotzdem verstanden worden, denn die Arme zogen mich jetzt hoch und drückten mich gegen einen warmen Körper. Etwas zitterte – der Boden, auf dem wir saßen? Nein, es war der Körper, der über mir zusammensackte und das schmerzhafte, blendende Licht abschirmte. Wieder sah ich Blau, aber diesmal erkannte ich, dass es seine Augen waren. Etwas Feuchtes tropfte auf meine Stirn, meine Wange, meine Lippen. Ich schmeckte Salz, natürlich – ich war soeben im Meer ertrunken.

»Komm, Ángel, sie muss zu einem Arzt! Wir müssen sie irgendwie an Land schaffen.«

Die Arme zogen wieder an mir, hielten mich, hoben mich hoch. Wir fielen ins Wasser, aber der warme Körper stützte mich und ich verspürte keine Angst. Erst als Wasser in mein Ohr drang und ein plötzlicher Schmerz durch meinen Kopf zuckte, begann ich zu keuchen, zu strampeln, zu schreien – zu leben.

KUBA, 2014

Leiser Seewind schüttelt die trockenen Palmblätter über meinem Kopf und ich schaue nach oben, wo ein paar wintermüde Sonnenstrahlen durch mein provisorisches Dach fallen. Im Sommer kann man hier nie sitzen, dann gehört dieser Hochsitz den *socorrista*. Die Rettungsschwimmer passen auf, dass keiner der vielen Badegäste im Meer verloren geht. Aber heute braucht niemand aufzupassen, es ist zu kalt, um zu baden.

Acht Wochen ist alles nun her. Vor acht Wochen hat mein Leben ganz neu angefangen.

Ich kann mich nur vage an den Moment erinnern, als ich im Krankenhaus die Augen aufschlug. Aber ich weiß noch, wie Sophia mit tränenblinden Augen »Mensch, Lou!« flüsterte, und dann weinte sie herzerweichend, wie damals im Flugzeug. Sie schluchzte und wollte mich gar nicht wieder loslassen, bis die Schwester kam und sie freundlich, aber bestimmt aus dem Zimmer warf.

Auch meine Eltern waren da, erst meine Mutter, später sogar mein Vater. Sie alle schimpften mit mir, weil ich so dumm gewesen war, aber eigentlich überspielten sie damit nur den Schreck, den ich ihnen eingejagt habe.

Dabei ist mir gar nichts passiert. Bis auf den komatösen

Schlaf und die Sache mit meinem geplatzten Trommelfell. Der nasse Druckausgleich war wohl doch keine so gute Idee, jedenfalls höre ich seitdem auf einem Ohr fast nichts mehr. Was schlimm ist, aber nicht tragisch – angesichts der Dinge, die hätten geschehen können.

»Ich gehe zurück auf die Schule«, habe ich gesagt, als es mir etwas besser ging. »Aber danach lasst ihr mich machen, was ich will.«

Der Hochsitz knarrt leicht, als ich mich bewege und meine Beine ganz dicht an meinen Körper ziehe, genau wie damals, vor zehn Jahren. Es ist schier ein Wunder, dass dieser Hochsitz noch genauso aussieht und dass ich immer noch draufpasse. Weit draußen taucht nun ein Boot auf, es ist klein und rot und es sitzen drei Personen darin. Ich blinzle, aber das Boot ist immer noch da, und nun sehe ich, dass es ein Fischerboot ist, kein Déjà-vu.

Eine Gestalt geht den einsamen Strand entlang, lautlos, beinahe unsichtbar. Ich sehe auf meine Uhr. Gut, okay, ich war viel zu früh dran. Aber er ist es auch.

Ich krame in der Tasche meiner Jacke, bis ich gefunden habe, wonach ich suche, hebe die Flöte an die Lippen und puste ganz leise die ersten Töne von *White Night Fantasy* hinein.

Mein Ruf funktioniert. Die Gestalt bleibt stehen und hebt den Kopf. Er sieht mich nicht, lächelt aber. Ich stecke die Flöte hastig wieder ein und klettere von dem Hochsitz herunter. Die letzten Sprossen überspring ich. Meine Füße landen in kühlem Sand, es ist ein schöner Strand mitten im Karibischen Meer, und doch fühlt er sich falsch an. Das hier war nie mein Strand und es wird nie mein Meer sein.

Die Gestalt lächelt ganz leicht, dunkle Haare fliegen in

alle Richtungen. Ich habe ihm alles erzählt, als er mich im Krankenhaus besuchte. Was heißt besuchte – als er Wache schob. Er wich nicht von meiner Seite, ließ sich nicht mal von der Krankenschwester hinausbitten – nur als meine Familie kam, meine Eltern, da nahm er Reißaus wie ein kleiner Junge.

»Du bist zu früh«, sage ich und blinzle in das helle Winterlicht.

»Du auch«, gibt er zurück, ohne zu blinzeln.

»Hast du mit ihm gesprochen?« Ich muss die Frage stellen, auch wenn ich mir die Antwort denken kann.

Aber er überrascht mich. »Ja.«

Ich reiße die Augen weit auf. »Echt? Ja – und?«

»Ich ziehe in euer Haus.«

»*In* das Haus?«

»Okay, vielleicht auch auf die Veranda.« Er grinst, und da merke ich, wie froh er ist, das Gespräch hinter sich gebracht zu haben. Mein Vater hat dafür gesorgt, dass Angel seine Familie besuchen kann und dabei hat Angel ihn nach der Yoga-Schule gefragt, die jetzt in unserem Haus auf Elba entsteht.

»Das wird neu für mich«, sagt er leise und macht endlich einen Schritt auf mich zu. »Yoga-Lehrer sein. Ich dachte immer, alles, was ich kann, ist tauchen.«

»Du hast selbst gesagt, dass es beim Freitauchen um viel mehr geht als das«, gebe ich atemlos zurück. »Ich glaube, du hast dich richtig entschieden. Elba ist der perfekte Ort für jemanden wie dich.«

»Für jemanden, der sich ordentlich Feinde gemacht hat, ist nirgendwo der richtige Ort«, sagt er und senkt den Blick.

»Vergiss Pat.« Ich krame in meiner anderen Jackentasche,

bis ich den Zettel gefunden habe, den Marco mir diktiert hat. »Finn glaubt an dich und er will dir helfen. Immer noch. Du weißt doch, wie schnell das bei ihm geht.«

Angel streckt die Hand aus, doch er muss noch zwei weitere Schritte auf mich zugehen, ehe er den Zettel an sich nehmen kann. Unsere Fingerspitzen berühren sich, der Zettel ist klein – und ein Stromstoß jagt durch meinen Körper.

»Hey.« Angel sieht wieder raus, auf die Wellen. Dorthin, wo vor auf den Tag genau zehn Jahren ein kleines Boot vor Anker ging und zwei Jungen um ihr Leben tauchten. »Solange ich auf der Veranda schlafe, steht, glaube ich, noch eine zweite Liege leer. Besuchst du mich mal?«

Ein Hitzestrom zuckt durch meine Venen und augenblicklich höre ich auf zu frösteln. »Es sind nur noch vier Monate bis zum Abi. Wäre wohl keine gute Idee, wieder vorher nach Elba abzuhauen.«

Angel schaut mich an. Ich merke es erst, als ich aufsehe, dann aber kann ich nicht mehr weggucken, nie mehr. Dabei weiß ich längst, dass er es nie lang an einem Ort aushält.

»Soll ich auf dich warten?«

Ich lächle und versuche, mir nicht anmerken zu lassen, wie erleichtert ich bin. »Welche Ehre, dass du fragst. Mit Worten. Bisher habe ich immer nur kryptische Zeichnungen von dir bekommen.«

Er legt den Kopf in den Nacken und lacht. Dann macht er den letzten Schritt und steht mit einem Mal so dicht vor mir, dass ich von der Erinnerung an seinen Duft beinahe umgeworfen werde. Ich spüre seinen Arm auf meiner Hüfte und lasse mich sanft in den Sand hinunterziehen.

»Du hast so viel für mich getan«, sagt er leise.

Ich hätte noch viel mehr getan, denke ich. Mich ertränkt,

zum Beispiel, nur um bei dir zu sein. Dabei tauchst du blind in Nachtmeere, seit du ein kleiner Junge bist. Cario wusste das natürlich, und jetzt ist mir klar, dass es ihm gar nicht um die Revanche beim Tauchen ging, sonder darum, dir Angst zu machen. Und ich war der Köder dazu. Aber irgendwie habe ich es geschafft, dass ihr am Ende mich gerettet habt, Cario und du zusammen.

Mit einer Hand glättet Angel den Sand, mit der anderen malt er eine Wellenlinie und darunter zwei Taucher, gefolgt von einer ganzen Schar weiterer, kleiner Taucher. Ich muss gegen die Tränen anblinzeln, obwohl mir eigentlich nach Lachen zumute ist.

»Kinder?«, frage ich amüsiert. »Und gleich so viele?«

Er lächelt wieder. »Tauchschüler. Viele kleine bunte Apnoisten.«

Langsam lässt er seine Hand in meine Haare gleiten, zieht einzelne Strähnen durch seine Finger. Ich liebe diese Berührung. Sein Kuss schmeckt salzig, wie das Meer, wie alle Meere zusammen. Ich will nicht aufhören, aber mir geht die Luft aus und sogar er ist außer Atem.

Dann wischt er mit der freien Hand durch die Zeichnung, radiert alle aus bis auf die zwei Taucher. Nun sieht es aus, als wären wir allein da unten, ein Meerjunge und ein Meermädchen, die tief im Blau schweben.

Atemlos.

ICH DANKE …

… meiner Lektorin Marion Perko, weil sie von Anfang an tief in meine Geschichte eintauchte und nie müde wurde, sie besser zu machen;

… meiner Agentin Michaela Hanauer-Dietmaier, die sogar mir Mut machen kann und meinen Traum wahr werden ließ;

… Bettina Belitz für das Vergolden diverser Brücken – und für alles andere auch;

… meiner Mama und meinem Papa für die vielen, vielen Babysitterüberstunden;

… Alex und Harry für die Sache mit dem Bier auf Elba;

… Corinna und Jan Lopez für Mojito und Kuba-Impressionen am Genfer See;

… Andre Brosch für Taucher-Tales aus Australien;

… Björn, Thomas und Manuela von Aquanautic Elba für das Beantworten merkwürdiger Tieftauch-Fragen;

… Ute Gessmann von AIDA International für Details zu Tieftauchrekorden;

… den Forenschreibern auf taucher.net für viele hilfreiche Threads;

… Eli B. Toresen für die Chance meines Lebens;

… den beiden freundlichen Damen im Schwimmbad, die mich während meiner ersten Apnoeselbstversuche retten wollten;

… all den Freitauchern und Freitaucherinnen da draußen, die mit ihren Geschichten und Bildern die Sehnsucht nach dem »Meer über uns« schüren;

… Lilo, weil sie da ist, und Gianna, weil sie da war, in all den atemlosen ersten Schreibstunden.

TEXTNACHWEISE

Wir bedanken uns für die freundliche Abdruckgenehmigung von Zitaten aus:

Dark Chest of Wonders, Musik und Text: Tuomas Lauri Johannes Holopainen.
© by Potoska Publishing Ltd. Oy.
Adm. by Hanseatic Musikverlag GmbH & co. KG.

Ever Dream, Musik und Text: Tuomas Lauri Johannes Holopainen.
© by Ranka Kustannus.
Adm. by Neue Welt Musikverlag GmbH & Co. KG.

Sleeping Sun, Musik und Text: Tuomas Lauri Johannes Holopainen.
Mit freundlicher Genehmigung von Edition Drakkar Musikverlag.

White Night Fantasy, Musik und Text: Tuomas Lauri Johannes Holopainen.
© by Potoska Publishing Ltd. Oy.
Adm. by Hanseatic Musikverlag GmbH & co. KG.

Natürlich magellan©

FSC
www.fsc.org
MIX
Papier aus verantwortungsvollen Quellen
FSC® C083411

Wir pflanzen Bäume
Für unsere Umwelt
www.magellanverlag.de

Hergestellt in Deutschland
Gedruckt auf FSC®-Papier
Lösungsmittelfreier Klebstoff
Drucklack auf Wasserbasis

1. Auflage 2019

Dieses Werk wurde vermittelt durch die Literatur Agentur Hanauer
Umschlaggestaltung: Christian Keller
unter der Verwendung von Motiven von
iStock / NatuskaDPI / Alhontess / mihtiander
Druck: CPI, Leck
ISBN 978-3-7348-8207-4

www.magellanverlag.de

Für meine Familie –
die alte und die junge.

Nachhaltigkeit liegt uns am Herzen.

Hergestellt in Deutschland
Gedruckt auf FSC®-Papier
Lösungsmittelfreier Klebstoff
Drucklack auf Wasserbasis

Natürlich
magellan

Sabine Giebken
Über uns das Meer